Son secret, son espoir

*

À nouveau dans tes bras

*

L'amour de Sarah

MARGARET WAY

Son secret, son espoir

Traduction française de
ALEXIS VINCENT

HARLEQUIN

Titre original :
THE CATTLE KING'S BRIDE

Ce roman a déjà été publié en 2013

HARPERCOLLINS FRANCE
83-85, boulevard Vincent-Auriol, 75646 PARIS CEDEX 13
Service Lectrices — Tél. : 01 45 82 47 47

www.harlequin.fr

ISBN 978-2-2803-8511-4

1

Il était 8 heures. Amelia allait quitter son appartement lorsque la sonnerie stridente de ses trois postes de téléphone déchira le silence matinal. Une main sur la poignée de la porte, ses clés dans l'autre, elle hésita un moment. On l'attendait au bureau. Peut-être valait-il mieux laisser son répondeur prendre le message… Mais, en même temps, l'instinct lui soufflait de prendre l'appel. Après tout, ce pouvait être important.

Saisie d'un mauvais pressentiment, elle abandonna son sac à main dans le fauteuil de l'entrée, et rebroussa chemin vers la cuisine.

— Allô ?

— Amelia ? C'est moi, déclara une voix familière.

— Maman ? Tout va bien ?

Sachant déjà que la réponse serait négative, elle s'assit sur une chaise. Sa mère n'avait pas l'habitude de l'appeler, surtout à une heure pareille. C'était toujours elle qui téléphonait et envoyait des courriels pour prendre ou donner des nouvelles. Non, cet appel n'était pas anodin…

— C'est M. Langdon, n'est-ce pas ?

— Il est en train de mourir, répondit sa mère sans cacher son abattement. Le médecin ne lui donne pas plus d'une semaine. Il veut que tu reviennes à la maison.

Gregory Langdon, le maître de Kooraki, le légendaire éleveur de bétail, avait soixante-dix-huit ans et sa santé n'avait cessé de s'affaiblir depuis l'année précédente. Malgré la compassion qu'il lui inspirait, Amelia ne put cacher son agacement.

— La maison ? Enfin maman, tu sais bien que ce n'est pas

ma maison ! Tu y étais domestique jusqu'à ce que M. Langdon te nomme gouvernante, et j'ai toujours été la fille de la bonne. Je t'ai suppliée mille fois de venir t'installer avec moi, mais tu as choisi de rester là-bas.

Evoquer ce sujet lui faisait de la peine. Grâce à son poste à la banque, elle aurait pu sans aucun problème leur offrir à toutes les deux une existence agréable et confortable. Mais Sarina Norton en avait décidé autrement.

— C'était mieux ainsi, Amelia, reprit sa mère d'un ton égal. Tu dois faire ton propre chemin dans la vie et je serais un fardeau pour toi. Quant à M. Langdon, il a été très bon avec nous, surtout après la mort de ton père.

— Pour quelqu'un d'aussi riche que lui, cela n'avait rien de si extraordinaire de se montrer généreux avec la veuve d'un de ses employés. Il aurait aussi bien pu te donner un petit pécule pour te permettre d'aller t'installer dans une grande ville et recommencer une nouvelle vie. Au lieu de cela, nous avons dû subir la haine tenace de Mme Langdon. L'as-tu oublié ? Pas moi en tout cas. Même petite, je la détestais. Elle excellait dans l'art de nous humilier publiquement. Elle nous a haïes jusqu'à son dernier souffle.

— Elle nous détestait parce que Gregory nous aimait bien. Toi aussi, il t'aimait beaucoup !

— *Gregory ?* Tu ne l'appelles plus M. Langdon à présent ?

Sa mère resta silencieuse. Mel poussa un soupir. Cette conversation faisait resurgir des souvenirs qu'elle aurait voulu oublier pour toujours.

Son père, le contremaître Mike Norton, qui s'occupait du bétail du domaine de Kooraki, avait été piétiné à mort par un taureau furieux devant ses hommes quand elle n'avait que sept ans. Une mort horrible, qui avait donné des cauchemars à la fillette qu'elle était alors, pendant des années… Les ragots concernant les relations de Sarina et Gregory Langdon, qui avaient commencé à circuler bien avant cette tragédie, n'avaient ensuite cessé de croître et de leur empoisonner l'existence. L'attitude ouvertement hostile de Mireille Langdon, la maîtresse des lieux, n'avait rien fait pour arranger la situation. Mel en avait souffert pendant toute son enfance. Et au lieu de se défendre, au lieu de quitter cet endroit maudit, sa mère avait adopté un profil bas, se murant dans un silence oppressant et se montrant de plus en plus distante envers sa fille unique.

— Ainsi nous sommes censées devoir une éternelle gratitude à M. Langdon ? reprit-elle. Alors que nous avons dû subir la colère de son épouvantable épouse pendant toutes ces années ?

— C'était sa femme, lui rappela sa mère, et la mère de son fils. On ne divorce pas, dans ces familles.

— Cela aurait pourtant été préférable pour tout le monde. Leur désunion a fait souffrir toute la famille.

— Cela ne nous regarde pas. Gregory ne pouvait pas contrôler son épouse quand il était absent. Il était un homme important, avec d'énormes responsabilités, et pourtant, même si Mireille Langdon souhaitait par-dessus tout notre départ, il nous a toujours protégées.

— C'est *toi* qu'il protégeait, la corrigea Mel. A Kooraki, tout le monde a toujours prétendu qu'il tenait plus à toi qu'à sa femme.

Pourquoi ne pas en parler ouvertement avec sa mère ? songea-t-elle, pleine d'amertume. Elle avait vécu avec ce sentiment de honte jusqu'à son départ de Kooraki. Durant leurs innombrables disputes enflammées, Dev lui avait souvent reproché d'être restée totalement immature sur le plan émotionnel. C'était facile pour lui de dire cela ! Il portait le nom des Langdon-Devereaux. Et elle, qu'avait-elle d'autre que le sentiment humiliant d'être la fille de la maîtresse du patron ? Et des doutes. Des questions qu'elle n'avait jamais réussi à poser à sa mère. Le souvenir d'un père mort trop jeune. Une mère distante et secrète qui ne lui disait rien, qui ne lui manifestait jamais son affection ou sa tendresse. Pourtant, Mel l'aimait de tout son cœur. Même si elles étaient comme des étrangères l'une pour l'autre…

— Gregory nous aime toutes les deux, reprit calmement Sarina. Tu étais une fillette pleine de vie et d'énergie, intelligente et vive. Il aimait ça chez toi. Tu n'as jamais eu peur de lui.

— Ni de Mireille. Et pourtant, elle était effrayante !

— Je sais. Tu as toujours eu un caractère très fort, Amelia. N'oublie pas non plus que c'est lui qui a payé tes études.

— Peut-être était-ce par culpabilité ? Ni toi ni moi ne savons exactement comment papa est mort. C'était un cavalier émérite et un vrai professionnel. Pourtant il a été jeté à bas de sa monture et piétiné par ce taureau. Qui peut dire si cette démoniaque Mireille n'a pas payé quelqu'un pour effrayer le bétail et provoquer cet accident ? Y as-tu jamais pensé ? Je suis certaine qu'elle n'aurait pas reculé devant un acte aussi ignoble. N'a-t-elle pas insinué devant moi que son mari pouvait avoir organisé l'accident pour se débarrasser d'un rival gênant ?

Sa mère, sans doute prise de court, resta silencieuse un instant avant de répondre :

— Amelia, je ne veux plus parler de tout ça. C'est du passé.

— Le passé nous poursuit sans cesse, maman. Et j'ai détesté devoir à la charité de M. Langdon de faire des études.

— Tu l'as souvent dit, mais tu l'as néanmoins acceptée. Je te rappelle que ton père nous a laissées sans rien, et à sa mort, j'ai bien été obligée d'admettre que je n'avais aucune formation me permettant de gagner ma vie. Or, j'avais une petite fille à élever. J'ai pris ce qu'on m'offrait, et je ne regrette rien, malgré tout ce que j'ai enduré.

— Tout ce que *nous* avons enduré, la corrigea Mel. Ne m'oublie pas. Je ne sais pas comment j'aurais pu survivre à tout cela si je n'avais pas été envoyée en pension.

— Justement, souviens-toi que c'est Gregory qui a insisté pour que tu reçoives une très bonne instruction, dans les meilleures écoles d'Australie. Tu as toujours été une enfant brillante, dès ton plus jeune âge.

Cette évocation de sa prime jeunesse plongea Mel dans une rêverie nostalgique.

— Je me rappelle quand papa me faisait la lecture. J'aurais pu l'écouter pendant des heures ! Je crois qu'il avait raté sa vocation, il aurait dû être professeur. C'était un être si doux, si attentif, si doué avec les enfants !

— Oui, c'est vrai, c'était un homme bien. Il avait de grandes ambitions pour toi. Aussi, je dois te rappeler que tu n'aurais pas une si belle situation aujourd'hui sans Gregory Langdon. Avant même de partir de Kooraki, il t'avait donné libre accès à une des plus belles bibliothèques privées d'Australie.

Amelia dut admettre que ce geste avait été une vraie bénédiction. Une fillette de son âge, enfant d'une domestique, avoir accès à tous ces livres ! En l'autorisant à utiliser la bibliothèque sans restriction, Gregory lui avait ouvert les portes d'un monde qu'elle ne soupçonnait même pas. Les portes de l'art, de la littérature, des sciences, de la poésie…

Malgré son ressentiment, elle lui en était reconnaissante. Il avait effectivement été bon à son égard. Celle qui en revanche avait fait de sa vie à Kooraki un enfer était son épouse. Le simple souvenir de cette femme raviva sa colère.

— Dommage que Mireille se soit acharnée à gâcher tout ça, reprit-elle. Cette sorcière a même réussi à le brouiller avec leur fils unique ! Pas étonnant que leur petit-fils soit parti loin du domaine.

— Contrairement à son père, Dev a un fort caractère, et il a su tenir tête à Gregory.

— Tu dois bien admettre que M. Langdon a un caractère terriblement autoritaire. Toute cette famille est complètement névrosée… A cause d'eux, j'ai passé toute mon enfance avec l'impression de traverser un champ de mines. Alors aujourd'hui que j'ai construit ma propre vie à Sydney, je n'ai aucune envie de revenir à Kooraki. J'ai un poste à hautes responsabilités et je ne peux pas partir comme ça. M. Langdon tient peut-être à me voir, mais je doute que ce soit le cas pour les autres. D'ailleurs, je parie que Dev ne fera pas le voyage lui non plus.

— Tu te trompes, insista sa mère. Ava et son mari sont déjà arrivés. Luke Selwyn est charmant, du reste… mais j'ai l'impression que leur couple bat de l'aile. Ava n'est sûrement pas celle qu'il imaginait en l'épousant.

Amelia réagit sans réfléchir à la critique implicite qui visait son amie d'enfance.

— Ava est une personne douce, attentionnée et profondément gentille, maman. Cela n'a pas été facile pour elle non plus de grandir au domaine. Les femmes ont toujours été quantité négligeable chez les Langdon. Il n'y a que les fils qui comptent. Les héritiers ! Les hommes sont élevés pour régner sur Kooraki. Si leur mariage n'est pas heureux, c'est plutôt à cause de Luke. Oh ! Il est charmant, certes, mais c'est un être superficiel et volage, qui a une très haute opinion de lui-même et qui n'arrive pas à la cheville d'Ava. Dev ne l'a jamais aimé, et il a un excellent jugement.

— Pourtant, sa sœur l'a épousé…

— Ouvre les yeux maman ; c'est parce que ce mariage lui permettait de fuir Kooraki.

— Enfin, peu importe, rétorqua sa mère avec un soupir excédé. Ils sont là, Dev a été prévenu et il a confirmé qu'il viendrait lui aussi. Ta présence est nécessaire.

— Pourquoi ? Ce n'est pas ma famille, ma place n'est pas là-bas.

— Pas pour Dev en tout cas. Il a demandé si tu avais été convoquée toi aussi.

Mel prit quelques secondes pour digérer l'information, avant de reprendre, la voix tremblante de frustration et d'indignation contenues :

— J'ai l'impression de l'entendre. C'est exactement ça : une convocation !

— Gregory Langdon a passé toute sa vie à diriger un énorme domaine, rétorqua Sarina avec patience. Pour des hommes comme lui, donner des ordres devient une seconde nature. On ne peut pas lui reprocher d'être qui il est. Dev est pareil, d'ailleurs.

— Je sais bien, admit Mel dans un soupir. Lui aussi est né pour commander.

— Je t'en prie, Amelia. Je suis sûre que tu as des congés à prendre. Il s'est écoulé un an depuis tes dernières vacances à New York. Dev et toi êtes attendus ici. Si tu ne le fais pas pour Gregory, viens au moins pour lui. Vous avez toujours été très liés l'un à l'autre.

Sur ce point, Mel ne pouvait la contredire. Le lien qui les unissait était indestructible. « Les deux moitiés d'un tout », avait-il dit un jour. Du reste, sa mère ignorait qu'ils avaient passé ensemble ces vacances à New York… Dev vivait dans son cœur, dans son esprit, dans son corps. Il faisait partie d'elle. Elle l'aimait depuis toujours et ne cesserait jamais, en dépit de tous ses efforts. Il lui manquait terriblement.

Mel savait pourtant qu'il était bien au-delà de sa portée, qu'ils n'appartenaient pas au même monde. Pendant qu'il gravitait dans des sphères supérieures, elle se contentait de ramper sur la surface de la terre parmi le commun des mortels, être faible amoureux d'un astre inaccessible. Il exerçait sur elle une attraction puissante, une autorité qui semblait naturelle et contre laquelle Amelia luttait de toutes ses forces.

Elle connaissait les hommes de cette famille et leur caractère despotique, et refusait de s'y soumettre. En faisant la sourde oreille aux déclarations d'amour de Dev, en ignorant ses demandes en mariage, elle avait rejeté ce joug amoureux et tourné le dos à son destin de femme pour échapper à la fatalité. Sa mère avait été soumise à un Langdon toute sa vie, et elle refusait de suivre le même chemin.

Certes, sans Dev, elle avait l'impression d'errer dans un labyrinthe sans fin de doutes et de remords. Néanmoins, elle restait libre et indépendante, appréciée de ses confrères et respectée de tous.

Elle fit un effort pour revenir au sujet qui les occupait. Gregory Langdon lui avait indéniablement manifesté une sincère affection pendant son enfance. Sans doute trouvait-il intrigante la révolte qui l'animait depuis toujours... Léguerait-il le domaine à son petit-fils ? Sans l'ombre d'un doute. Malgré leurs disputes, Gregory était fier de Dev et il aimait son esprit indépendant et volontaire. Il l'appréciait sans doute plus que son propre fils Erik.

De toute façon, il n'avait pas le choix : tout le monde savait qu'Erik Langdon n'avait pas les épaules assez solides pour diriger Kooraki. Dev, en revanche, en avait la carrure.

Mel soupira de nouveau. La sagesse lui conseillait de garder ses distances, de ne pas retourner dans ce domaine, de ne pas revoir Dev. L'amour qu'il lui inspirait ressemblait à un fauve en cage. Il dormait et se laissait observer de loin, mais mieux valait ne pas s'en approcher de trop près ! Non, mieux valait ne jamais revoir Dev, pour la paix de son cœur...

2

La journée fut particulièrement pénible pour Mel. Même son patron à la banque Gresham, Andrew Frazier, lui demanda si quelque chose la préoccupait. Il avait certainement remarqué son air soucieux, et comme il était davantage un mentor, un confident et une figure paternelle qu'un véritable patron, Mel décida de lui demander conseil.

Elle lui raconta l'appel téléphonique de sa mère, reconnaissante d'avoir trouvé en lui une oreille si attentive. Rien de la vie de Mel ne lui était étranger : il l'avait engagée à sa sortie de l'université, il la connaissait bien, et il savait ce que cachait son assurance de façade.

— Je ne peux pas y aller, Andrew, conclut-elle. Mon retour à Kooraki ne peut rien apporter de bon.

— Mais Langdon t'a réclamée, et ta mère t'a demandé de venir, n'est-ce pas ?

— Oui…

— C'est de son petit-fils que tu étais amoureuse ?

— Je n'aurais jamais dû vous raconter ça, rétorqua-t-elle en détournant les yeux.

— Ne sois pas stupide, Amelia, tu sais que tu peux tout me dire, et contente-toi de répondre. Cette histoire d'amour dure depuis toujours. Je ne comprends d'ailleurs pas ce qui vous empêche d'être heureux ensemble.

— Beaucoup de choses, Andrew. Je ne veux pas me lier avec le clan Langdon-Devereaux. J'ai dû me libérer de tout ça et je veux garder ma liberté. Cela me donne une tranquillité d'esprit que j'estime préférable à tout le reste.

— Je crois plutôt que ta plus grande angoisse est d'être

dominée, rétorqua-t-il. D'après ce que tu m'as raconté, le jeune Langdon a du charisme.

— Comme son grand-père !

— Aurais-tu peur qu'il devienne comme Gregory Langdon en vieillissant ?

— Dev est un homme inflexible, une véritable force de la nature, répondit-elle, éludant la question. Il est capable de tenir tête à n'importe qui, y compris son grand-père. En dehors de lui, personne n'a jamais résisté à Gregory Langdon, jamais ! Ça en dit long…

— Oui, tu m'as déjà raconté que ce vieux monsieur est un véritable tyran.

— Absolument. Il a littéralement écrasé son fils Erik, qui n'a aucune force de caractère. Avoir autant d'argent et de responsabilités tend à transformer certaines personnes en despotes.

— Je comprends que ton enfance à Kooraki t'ait beaucoup marquée, souligna Andrew. Feu Mme Langdon et ses crises de colère à ton encontre, sa manière de traiter ta mère comme une domestique de l'époque victorienne…

A cette évocation, des larmes amères brûlèrent les yeux de Mel.

— J'ai détesté tout ça, Andy ! Et je me suis juré de ne jamais me retrouver dans une telle situation.

— Pourtant, c'est ce qui a fait de toi une femme aussi énergique et déterminée. Et puis, Gregory Langdon s'est assuré que ta mère et toi ne manquiez de rien. Il a même payé tes études.

— A vous entendre, on croirait que vous me conseillez d'y aller.

— A toi de décider, Mel.

Elle poussa un soupir exaspéré et tourna la tête vers la fenêtre du bureau, trop perturbée pour regarder la vue magnifique sur Sydney qu'offrait la baie vitrée.

— Tout est si confus ! C'est ainsi chaque fois qu'il est question de Kooraki. Il y a tant de tensions chez les Langdon ! Même entre Dev et moi. Sans parler de l'hostilité de toute la famille envers ma mère. Et envers moi par extension. Ava, la sœur de Dev, est la seule à faire exception. Elle est adorable avec tout le monde.

Andrew hocha la tête pensivement et reposa sur le bureau le stylo en or avec lequel il jouait machinalement.

— Tu as des congés à prendre, déclara-t-il.

— Il faut finir de rédiger le contrat Saracen, lui rappela-t-elle.

— Burgess peut s'en occuper. Je pense que tu devrais y aller, Mel. Ta mère y tient, tout comme Gregory Langdon. Il est à l'agonie, et on a des devoirs envers les mourants...

— Dans ce cas, je devrai partir dès demain, car les médecins ne lui laissent que quelques jours.

— Alors prépare-toi, rétorqua-t-il. S'il disparaissait avant ton arrivée, crois-moi, tu te le reprocherais jusqu'à la fin de tes jours.

La sonnerie de l'Interphone fit sursauter Amelia. Un coup d'œil au réveil à son chevet lui indiqua qu'il était 22 h 30. Qui pouvait bien venir lui rendre visite à pareille heure ? Sans doute des adolescents qui s'amusaient à sonner aux portes. Un plaisir que son enfance à Kooraki ne lui avait pas offert mais qui semblait très populaire à Sydney !

Son sac était presque fait et il ne restait que quelques vêtements à plier sur son lit. Un second coup de sonnette la fit de nouveau sursauter. Son visiteur indésirable ne voulait donc pas comprendre ? Rejetant ses longs cheveux sur un côté, elle se rendit dans le hall et appuya sur le bouton de visionnage. Aussitôt, l'écran afficha une image très nette de celui qui la dérangeait aussi tard.

Soudain, le cœur de Mel fit un bond dans sa poitrine et pendant quelques secondes, le monde entier lui sembla se figer.

— C'est moi, Mel ! Laisse-moi entrer.

Elle aurait reconnu cette voix entre mille, à la fois autoritaire et sensuelle, incroyablement virile et en même temps aussi douce qu'une caresse. Une voix à laquelle elle ne pouvait résister. Les genoux flageolants, elle actionna la commande d'ouverture de la porte.

Son appartement se trouvait au dernier étage. Il lui restait une minute avant que l'ascenseur n'amène sur son palier James Langdon-Devereaux, que tous ses familiers appelaient Dev. Mue par une énergie décuplée, elle retourna à toute vitesse vers sa chambre et observa son regard dans le miroir de sa coiffeuse. En rentrant de la banque, elle avait troqué son tailleur Armani contre une tunique Pucci à grands motifs colorés. Ses cheveux noirs étaient un peu ébouriffés, et elle se passa en toute hâte un coup de brosse pour leur redonner un semblant de tenue. Il ne lui restait pas assez de temps pour se remettre du rouge à lèvres...

Elle s'arrêta brusquement, prenant conscience de l'état de fébrilité où elle se trouvait. Comme d'habitude, l'arrivée de Dev lui mettait les nerfs à vif ! Pourtant, depuis le temps, cela aurait dû lui passer. Elle, qui avait dans son travail la réputation d'être d'une courtoisie un peu distante et de ne jamais perdre son sang-froid, se comportait comme une adolescente affrontant son premier flirt ! Elle inspira profondément pour tenter de calmer sa nervosité.

Dev n'hésita pas une seconde quand elle lui ouvrit la porte. Il entra dans l'appartement de son pas souple et délié d'athlète, et laissa tomber un sac de voyage en cuir sur le carrelage.

— Alors, tu m'embrasses ou quoi ? lui demanda-t-il d'un ton amusé.

Mel referma la porte et désigna du menton le luxueux sac qu'il venait de lâcher.

— En quel honneur ?

— Il fallait que je te parle.

Sans attendre d'y être invité, il passa dans le salon, qu'il examina d'un œil appréciateur.

— Me parler de quoi ?

— Ne joue pas l'idiote, personne ne peut y croire... Je suis venu te chercher, ma chérie. Ta mère m'a téléphoné pour me le demander. J'ai le Cessna d'oncle Noël, nous partons demain à la première heure.

Comment un homme pouvait-il être en même temps aussi sexy et horripilant ? Car pour être sexy, il l'était. Grand, les épaules larges, les hanches étroites, les jambes longues, il avait une épaisse chevelure blonde dont les boucles effleuraient le col de son blouson en jean. Son teint hâlé accentuait le bleu intense de ses yeux. Par-dessus tout, il dégageait un charme viril qui ne laissait personne indifférent. Oui, il était assez attirant pour conquérir n'importe quelle femme d'un simple regard !

Et assez agaçant pour la rendre folle en moins de deux minutes !

— Tu n'as pas perdu l'habitude de donner des ordres, fit-elle remarquer.

— C'est mon héritage, je suppose.

— Pas celui de ton père.

— Ne parle pas de mon père, rétorqua-t-il avec un froncement de sourcils en guise d'avertissement.

— Très bien, alors parlons de ma mère si tu préfères…

— Arrêtons de jouer à ce petit jeu, Mel. Mon grand-père est mourant, et il veut nous voir tous les deux. Tu es superbe, à propos. Encore plus belle que la dernière fois qu'on s'est vus. Ce qui ne date pas d'hier, soit dit en passant.

— Nous étions d'accord pour faire une pause, lui rappela-t-elle.

— *Tu* voulais faire une pause. C'est toi qui tiens à ton indépendance, protesta-t-il. Combien de temps cela va-t-il durer ? Depuis qu'on se connaît, on ne cesse de se séparer « pour prendre le temps de réfléchir », comme tu le dis toujours. Tu ferais mieux de réfléchir une bonne fois pour toutes, Mel, car nous ne rajeunissons pas. Et je doute qu'on arrive un jour à se séparer pour de bon. Je sais que tu as essayé…

Mel vit le piège qu'il lui tendait et ne put résister à la tentation d'y tomber. C'était toujours ainsi entre eux. Dès qu'ils étaient ensemble, l'air se chargeait d'électricité, et le moindre mot de travers déclenchait une dispute ! Pourtant, il n'y avait qu'avec lui qu'elle se sentait totalement vivante. En sa présence, tout devenait plus intense, plus fort. Les disputes, certes, mais aussi les moments de bonheur…

— Prétends-tu être un moine ? rétorqua-t-elle. As-tu cessé de t'intéresser à Megan Kennedy ? C'est un bon parti, que ta famille approuverait.

— Pour commencer, je me moque de ce que ma famille

approuve ou pas. Et ensuite, je ne cache pas que j'aime bien Megan, qui est une chic fille, amusante et gentille, mais je n'ai jamais été amoureux d'elle.

— Faut-il forcément être amoureux pour se marier ? rétorqua-t-elle, à moitié sérieuse. L'amour s'évanouit tôt ou tard. Au bout du compte, ce qui reste, c'est l'amitié, les valeurs partagées, le milieu auquel on appartient. Quant au sexe, il n'est pas tout dans une relation.

Dev laissa échapper un éclat de rire sardonique tout en la déshabillant littéralement du regard.

— Je n'épouserais jamais une femme que je ne souhaiterais pas retrouver dans mon lit tous les soirs. Ton problème, Mel, c'est que tu es non seulement en guerre contre moi, mais également contre toi-même…

Elle ne répondit rien. La colère qui l'habitait était enracinée si profondément dans son âme qu'elle faisait partie intégrante de sa personnalité.

— Mais je ne suis pas venu ici pour recommencer cette conversation avec toi, reprit Dev avec un signe apaisant de la main. Je boirais bien quelque chose. Tu m'offres un verre ?

— Il n'y a pas de bar dans ton hôtel ? rétorqua-t-elle. Où es-tu descendu, au fait ?

— Chez toi, ma chérie.

— Tu plaisantes ?

— Je n'ai pas vraiment envie de rire en ce moment, avoua-t-il. Ecoute, tu peux quand même me laisser utiliser ta chambre d'amis, non ? Je ne m'attends pas à ce que tu m'invites à partager ton lit…

— Voilà qui t'évitera une déception !

Sa remarque acide le fit soupirer.

— Mel, tu ne pourrais pas me dire quelque chose comme « ça me fait plaisir de te voir, Dev, tu m'as manqué », ou autre chose de gentil ?

— Pardon, répondit-elle en détournant le regard. Il est tard et je ne m'attendais pas à ta visite. Tu aurais dû téléphoner…

— Pour que tu me raccroches au nez ? Sûrement pas ! Alors, ce verre ? Un scotch pur malt, si tu en as.

Elle abandonna la partie et se dirigea vers la cuisine, Dev

sur les talons. Là, elle sortit des glaçons du congélateur et en jeta trois dans un verre en cristal.

— Ainsi Noël t'a prêté son avion ?

Noël était le patriarche de la famille Devereaux et le frère de la défunte Mireille. Dev était son petit-neveu, son filleul et son chouchou. Noël avait deux filles mais pas de garçon pour lui succéder. Bien qu'adorant ses filles, toutes deux très bien mariées, il avait toujours placé Dev sur un piédestal. En revanche, lui et son beau-frère Gregory n'avaient jamais été très proches. Les deux hommes, riches et puissants, avaient tous deux un caractère autoritaire qui ne facilitait pas leurs relations. Et il avait évidemment très mal pris la liaison scandaleuse de Gregory et de Sarina Norton…

— Oui, ces derniers temps, c'est moi qui le pilote le plus souvent. Noël n'aime plus tellement voler.

— Cela doit le soulager de t'avoir sous la main. D'après ce qu'on m'a dit, tu diriges pratiquement Westhaven désormais.

— Et alors ?

— Alors des félicitations s'imposent, non ?

— Je ne suis pas un employé, mais un membre de la famille. Oncle Noël veut quitter la direction du domaine.

— Il compte prendre sa retraite ? demanda-t-elle, étonnée.

— Pas vraiment, mais Diane voudrait voyager et passer davantage de temps avec leurs filles et leurs petits-enfants. Comme ils ne rajeunissent pas, Noël est prêt à lever le pied.

— Et à te laisser les commandes ?

— Ses filles ne sont pas intéressées, pas plus que leurs maris, qui ont une belle situation en ville. De toute façon, il s'agit juste de la direction, pas de la propriété du domaine.

Amelia fit un signe de la tête sans ajouter un mot. Quand son grand-père mourrait, il devrait sans doute choisir entre Westhaven et Kooraki…

Elle lui servit une rasade de son meilleur whisky et lui tendit le verre.

— Veux-tu manger quelque chose ?

— Si tu m'offres un sandwich, je ne refuserai certainement pas. Et si tu fais du café, j'en prendrai aussi volontiers une tasse. Et de ton côté, tu te débrouilles bien ?

— Très bien, merci. Je suis très appréciée chez Gresham.

Elle commença par faire le café et mit la cafetière en marche, puis sortit du réfrigérateur les ingrédients nécessaires pour préparer un sandwich au jambon.

— Quand tu auras fini de manger et de boire, j'apprécierais que tu te trouves un hôtel, Dev, déclara-t-elle.

— Pas question, Amelia, je reste ici. J'ai besoin de dormir. A ce sujet, il n'est pas trop tard pour que tu m'invites à partager ton lit.

— N'y pense même pas ! répondit-elle d'un ton sévère.

— Ça ne coûtait rien d'essayer, dit-il en avalant une gorgée de whisky.

Amelia le connaissait trop bien pour ne pas comprendre qu'en dépit de son air détaché, quelque chose le perturbait.

— Tu es contrarié, fit-elle remarquer.

— C'est normal, non ? Mon grand-père va mourir. Nous l'avons toujours connu. Avec lui, c'est une page de notre enfance qui se tourne à tout jamais.

— Pourquoi tout a-t-il tant changé depuis cette époque ? murmura Amelia.

Combien de fois n'avaient-ils pas évoqué le sujet ? Dev détourna les yeux.

— Nous le savons tous les deux.

— Ta grand-mère détestait ma mère.

— Elle en avait peur, la corrigea-t-il. En revanche, ton caractère inflexible lui inspirait un certain respect.

Amelia poussa un soupir et détourna à son tour le regard.

— Quoi qu'il en soit, elle n'est plus là aujourd'hui, et ton grand-père va aller la rejoindre dans le caveau familial. Tu parlais de diriger Westhaven, mais tu dois bien avoir envisagé la possibilité que ton grand-père te laisse la direction des affaires, non ?

— Après notre dispute ? demanda-t-il en vidant le fond de son verre. Nous avons échangé des mots très durs !

— En dépit de ce que vous avez pu vous dire, nous savons tous les deux que ton père est toujours resté dans l'ombre de ton grand-père. Il n'est pas dans sa nature de prendre en main la gestion d'un domaine aussi important.

— Papa en héritera quoi qu'il arrive, rétorqua-t-il. C'est lui l'héritier légitime.

— Sans doute, mais ton grand-père ne laissera jamais son empire entre les mains de quelqu'un qui ne saurait pas le diriger. Tu es le seul à en avoir les capacités. Je suis sûre que ton père ne sera pas lésé, mais il est évident que ton grand-père ne lui abandonnera pas les rênes. Combien es-tu prêt à parier que j'ai raison ?

— Amelia chérie, tu as toujours raison, répondit Dev, moqueur. Le café n'est pas encore prêt ?

— Non, mais voilà ton sandwich.

Elle lui tendit l'assiette et Dev se jeta dessus comme s'il n'avait rien mangé depuis des jours.

— Tu n'as pas l'intention d'aller à Kooraki, n'est-ce pas ? reprit-il la bouche pleine.

— Je ne veux pas laisser tomber ma mère, protesta-t-elle.

— Tu m'as pourtant bien laissé tomber, moi ! Combien de fois m'as-tu dit que tu m'aimais ?

— Je ne sais pas compter jusque-là, rétorqua-t-elle. Mais nous ne vivons pas dans le même monde, Dev. Nous menons des vies trop différentes. Bientôt, tu seras le directeur général de Langdon Enterprise, avec d'énormes responsabilités. Moi, je ne suis qu'une petite employée de banque.

Sa remarque lui fit lever les yeux au ciel.

— Ne joue pas la modeste avec moi, Mel. Tu as un poste très important chez Gresham, nous le savons tous les deux. Et tu n'aurais aucun mal à trouver tes marques à mes côtés.

— Sûrement pas, rétorqua-t-elle. Ta famille ne m'acceptera jamais. N'oublie pas que certains possèdent un nombre important de parts dans le domaine.

— Et alors ? Ce n'est pas ça, le vrai problème. Ce qui nous sépare vraiment, ce sont *tes* problèmes, et je ne peux pas les régler à ta place. Depuis le début, tu laisses ces histoires de famille s'interposer entre nous.

— Les histoires de *ta* famille, le corrigea-t-elle, pas de la mienne. Nous appartenons à deux mondes différents et rien ne pourra supprimer le fossé qui nous sépare. Et nous marier restera toujours un rêve impossible.

— Sais-tu pourquoi ? s'exclama-t-il, soudain en colère. Parce que tu as peur d'affronter tes angoisses. Tu imagines que je ne sais pas combien tu redoutes d'être dominée ? Comme si cela risquait d'arriver, avec ton caractère ! Tu veux rester indépendante, je le comprends très bien et je l'accepte sans difficulté. Je suis fier de ta réussite professionnelle ; tu es une femme intelligente et déterminée, et tu serais un atout formidable pour Langdon Enterprise si tu quittais Gresham. Mais à en juger par ta manière de te comporter, on croirait que nous sommes sans cesse en compétition, que nous ne sommes jamais vraiment des alliés et toujours des rivaux. Je n'ai jamais compris ce que tu attendais de moi. Parfois, j'ai l'impression que je te fais peur. Pas physiquement, bien sûr, mais comme si tu craignais quelque chose de ma part. Je crois que tu as vraiment un problème avec les hommes.

Sa tirade terminée, il reprit son sandwich et le mordit rageusement, comme pour passer sa colère. Il avait raison, totalement raison. Mais qu'y pouvait-elle si sa vie avait toujours été marquée par le refus de toute domination masculine ? Depuis sa plus tendre enfance ?

— Je ne vois pas comment je pourrais l'éviter, déclara-t-elle. Depuis mon premier jour, j'ai grandi dans l'ombre d'une figure de tyran. Ton grand-père dominait tous ceux qui l'entouraient, à commencer par ma propre mère.

— Bon sang, Mel, il était juste lui-même ! Un homme fort, déterminé et intelligent, à la volonté inflexible.

— On croirait entendre ton portrait moral.

— Maintenant, tu vas vraiment me mettre en colère. Qu'attends-tu de moi ? L'as-tu jamais su ? Moi, en tout cas, je ne l'ai jamais compris. Ta soif exagérée d'indépendance s'est toujours interposée entre nous. On croirait que tu refuses de compter sur un homme, comme si tu avais peur qu'il puisse te briser. Je t'assure que cela confine à la paranoïa !

Amelia sentit la colère l'enflammer à son tour. C'était toujours ainsi que cela se passait entre eux. En présence l'un de l'autre, ils étaient sans cesse au bord de l'explosion, comme deux bombes à retardement.

Elle prit une profonde inspiration pour se calmer.

— Arrêtons d'en parler, Dev. Je ne veux pas me disputer avec toi ce soir.

— Moi non plus, répondit-il. Mais tu es vraiment une femme difficile à comprendre, Mel.

— Je veux bien l'admettre. Pour toi, tout a toujours été clair et tu as toujours su quelle place tu occupais dans le monde. De mon côté, j'ai grandi sans père, sans personne pour me guider et me conseiller. Ma mère reste une inconnue à mes yeux. Je ne sais même pas vraiment pour quelle raison elle a abandonné sa propre famille, ni si j'ai des parents encore vivants. Comme ils étaient des immigrés italiens, je suppose que j'ai probablement de la famille à Sydney…

— S'il est vrai qu'elle vient de là, fit remarquer Dev. J'ai du mal à imaginer pourquoi elle aurait fait si jeune tout le chemin entre Sydney et le Queensland du Nord. Après tout, quand elle est arrivée à Kooraki, personne ne s'est posé de questions : elle était juste la jeune épouse de Mike Norton. Mais elle est tellement secrète que je ne jurerais de rien à propos de son passé.

— Moi non plus, avoua Amelia. N'est-ce pas terrible de penser que j'ignore pratiquement tout de son passé ? Son goût du mystère me rend folle.

— Toutes les familles ont leurs secrets. Tu as laissé ceux de la tienne t'empoisonner trop longtemps. Fais-moi confiance et tourne la page, Mel !

A ces mots, Mel eut un mouvement d'impatience et se détourna de lui. Dev ne savait que dire pour la réconforter. Sarina Norton était une femme étrange et dissimulée, en qui il n'avait aucune confiance. Sa beauté méditerranéenne était à couper le souffle, même dans sa maturité, et elle s'en était toujours servie pour manipuler les hommes. Sa fille avait hérité de sa silhouette parfaite et voluptueuse, de ses traits fins et racés, de ses immenses yeux noirs et de sa somptueuse chevelure de jais. Mais à la différence de Sarina, Mel était totalement inconsciente de l'effet qu'elle produisait sur les hommes.

— Si seulement je savais pour quelle raison elle a coupé

les liens avec sa famille, reprit-elle. Mon père devait le savoir, mais il n'est plus là pour m'en parler.

— Un jour, ta mère finira peut-être par se confier à toi, répondit Dev. En attendant, tu dois l'accepter telle qu'elle est. Je sais que tu lui as proposé de venir s'installer ici avec toi et qu'elle a choisi de rester à Kooraki.

— Oui, elle a préféré ton grand-père à sa propre fille, rétorqua Mel avec une pointe d'acrimonie. Un homme assez âgé pour être son père… Evidemment, il est tout à fait hors du commun. Et il l'intéresse sans doute plus que moi !

L'air dépitée, elle débarrassa l'assiette sale et se retourna pour la ranger dans le lave-vaisselle. Dev ne savait que lui répondre. Il termina son sandwich sans un mot pendant qu'elle remplissait deux tasses d'un bon café noir. Ils le burent en silence, assis l'un en face de l'autre.

— Je te remercie, dit-il enfin en reposant sa tasse vide. Je n'avais rien avalé depuis 10 heures du matin.

— Pourquoi ma mère veut-elle tant que je vienne ? reprit Mel à brûle-pourpoint.

Dev comprit qu'elle était encore en train de ruminer ce dont ils venaient de discuter. Que pouvait-il lui répondre ? Sarina Norton était une énigme pour lui aussi. Et il cherchait depuis des années le moyen d'apporter à Mel cette sérénité après laquelle elle courait depuis son adolescence. Quoi qu'il fasse, quoi qu'il dise, jamais il n'avait réussi à l'apaiser. Un démon l'habitait, qu'il ne savait comment chasser, ni même apprivoiser. Un démon qui les avait séparés, alors qu'elle était la seule femme qu'il aimait, qu'il ait jamais aimée, et qu'il aimerait jamais…

— Pourquoi es-tu tellement réticente à retourner à Kooraki ? lui demanda-t-il.

— Parce que ton grand-père imagine qu'il lui suffit de claquer des doigts pour que tout le monde obéisse. Enfin, presque tout le monde. Tu t'es rebellé contre lui, même quand il t'a menacé de te déshériter.

— Je n'ai jamais aimé qu'on cherche à me museler. Quelqu'un devait se dresser contre lui et lui dire d'aller au diable. Et il y a autre chose que je lui reproche : qu'il l'ait fait volontairement ou pas, il a totalement écrasé mon père.

— Je n'ai jamais compris comment ton père a pu le supporter si longtemps sans rien dire, acquiesça Mel.

— Tout le monde n'a pas une âme de révolté comme toi, fit-il remarquer avec humour. Et face à mes grands-parents, mon pauvre père n'avait pas une seule chance. Ma mère l'avait bien compris. Elle a tenu bon aussi longtemps que possible avant de jeter l'éponge et de quitter Kooraki. Une question de survie, je suppose. J'ai longtemps espéré qu'elle reviendrait, en vain. Et j'en ai beaucoup voulu à mon grand-père. La pauvre Ava a été celle qui a le plus souffert de la séparation de nos parents. Ce qui m'a toujours étonné, c'est qu'ils n'ont jamais divorcé. Pourtant, ils auraient pu refaire leur vie chacun de leur côté sans problème.

— Je suppose que ton grand-père l'a interdit ?

— Ce n'est pas impossible, admit Dev. Cependant, s'il pouvait contraindre mon père, il n'avait plus aucun pouvoir sur ma mère. C'est elle qui a trouvé l'énergie de partir. Mes parents auraient dû quitter Kooraki après leur mariage, ajouta-t-il, soudain pensif. Ils étaient heureux ensemble. Rester dans cette maison a été une terrible erreur.

— Ta mère sera-t-elle présente également ?

— Si mon grand-père meurt, je ne vois pas comment elle pourrait éviter d'assister aux funérailles, répondit Dev.

— Et Ava ? Est-elle heureuse ?

— Nous savons tous les deux qu'elle s'est mariée pour s'enfuir de la maison, sans savoir dans quoi elle s'engageait. Elle continue de prétendre être heureuse, mais je suis sûr que c'est faux. Je n'aime pas son mari, ce type n'est pas du tout l'homme qu'il lui faut.

Mel observa un moment les traits séduisants et virils de Dev. Seigneur, qu'il était beau ! Réprimant un soupir, elle reposa sa tasse dans la soucoupe avant de se relever.

— Pour ton information, j'avais décidé d'aller à Kooraki. Mes bagages sont prêts et j'avais réservé un billet d'avion. Je suppose qu'il faut l'annuler à présent.

— Oui, fais-le sans attendre. Où vais-je dormir ?

Apparemment, ta chambre à coucher est zone interdite. Inutile de fermer ta porte à double tour, à propos. Je ne harcèle pas les femmes.

— Effectivement, c'est plutôt l'inverse, si j'en crois les dernières rumeurs. De bonnes âmes se sont fait un plaisir de me raconter ton aventure avec Megan Kennedy.

— Megan savait dans quoi elle s'engageait, répondit-il. Nous sommes restés bons amis.

— Oh ! N'est-ce pas charmant ? J'espère que nous prendrons le thé un de ces jours tous les trois ensemble !

Mel n'avait pas oublié combien cette passade l'avait tourmentée, et combien il lui avait été pénible de le cacher. « L'aventure Megan » avait été jusque-là son pire épisode de jalousie, et les braises de cet incendie n'avaient pas encore vraiment eu le temps de refroidir. Pour rester calme, elle dut se rappeler ses propres liaisons sans lendemain, assez frustrantes, et qui n'avaient jamais réussi à lui faire oublier le seul homme qui comptait dans sa vie…

— Ne réveillons pas le feu qui dort, déclara justement ce dernier. Et en parlant de dormir… ?

— Le lit est fait dans la chambre d'amis. Tu connais les lieux, tu n'as pas besoin que je te fasse visiter.

— Entendu. Tu n'auras qu'à m'appeler si tu te sens trop seule, Mel.

— Ne rêve pas, répondit-elle avec un petit rire. Je m'endormirai à peine couchée !

3

En dépit de ses affirmations, Mel resta longtemps dans son lit à observer les pâles rayons de la pleine lune qui éclairaient sa chambre d'une lumière froide. Peut-être à cause du café ? C'était l'hypothèse la plus facile. La plus réaliste, en revanche, c'est qu'il lui était impossible de dormir en sachant que Dev se trouvait juste de l'autre côté du couloir. Elle ne parvenait pas à contrôler le désir qu'il lui inspirait, et refuser d'y céder la remplissait d'une terrible frustration sexuelle. Pouvait-il exister ailleurs dans le monde un homme comme James Lagdon-Devereaux ?

Après s'être tournée et retournée mille fois dans son lit, elle ralluma la lampe pour regarder l'heure. 1 heure ! Elle allait être épuisée le lendemain… Elle éteignit et attendit. Dix minutes passèrent sans rien changer. A croire que Dev lui avait jeté un sort ! « Tu n'aurais jamais dû l'héberger », marmonna-t-elle tout bas en donnant un coup de poing rageur dans son oreiller.

Dans la chambre voisine, allongé sur le dos dans son lit, Dev fixait le plafond en essayant de résister à la tentation. Il était consumé de désir et ne rêvait que de rejoindre Mel dans sa chambre ! Cela aurait été terriblement maladroit. Elle subissait une intense pression, et il ne souhaitait surtout pas aggraver la situation, même si lutter contre ce désir le torturait. Pourquoi tout était-il tellement compliqué avec elle, alors que cela se passait si bien avec les autres femmes ? Sans doute parce que avec les autres, il n'éprouvait qu'un intérêt poli qui n'avait rien à voir avec la passion qu'elle lui inspirait depuis son adolescence…

Pour les séparer, sa pauvre grand-mère avait même essayé de le convaincre que Mel était la fille de Gregory. Cela n'avait pas marché. Son instinct lui disait le contraire, et il trouvait assez pitoyable et mesquin que sa grand-mère s'abaisse à de tels mensonges.

Pourtant, il comprenait la jalousie qui la torturait. Son grand-père avait bel et bien perdu la tête pour la mère de Mel ; cela se lisait sur son visage chaque fois qu'il regardait la superbe Sarina Norton.

Dev ne savait pas très bien quand cette liaison avait commencé. Peut-être après la mort de Mike Norton ?

Ce dernier travaillait à Maru Downs, une des propriétés des Langdon dans le Queensland du Nord, quand Gregory Langdon l'avait rencontré lors d'une de ses tournées annuelles. C'est à cette occasion qu'il avait fait la connaissance de sa jeune épouse.

Gregory avait alors proposé au jeune couple de s'installer à Kooraki. Si Mike Norton était incontestablement un excellent contremaître, la beauté stupéfiante de sa femme avait sans aucun doute été un facteur plus déterminant dans sa promotion… La passion amoureuse ne pouvait avoir qu'un effet explosif chez un homme aussi autoritaire que Gregory Langdon. Malgré sa forte personnalité, Mireille, la grand-mère de Dev, n'avait eu aucune chance dans cette bataille. Et pourtant, elle avait lutté jusqu'à son dernier souffle.

Le crissement de la poignée de sa chambre le tira de ses pensées. Se redressant, il découvrit Mel debout dans l'embrasure de la porte. La lumière blanche de la lune qui arrivait de l'autre côté du couloir traversait l'étoffe légère de sa chemise de nuit vaporeuse et dissimulait dans l'ombre son beau visage, ne révélant que sa silhouette parfaite en ombre chinoise, auréolée de la masse soyeuse de sa chevelure de jais. Un frisson le secoua. Elle était belle et terrible comme une déesse païenne de l'amour, aussi sensuelle dans ses accès de volupté que formidable dans ses mouvements de colère. Elle était son idéal féminin.

— Mel ? Ça va ?

Elle laissa échapper un petit rire triste.

— Non. Tu sais bien que ça ne va pas…

Elle approcha et s'assit au bord du lit. Son visage à la beauté grave de madone sortit de l'ombre, et il lut de la confusion dans ses immenses yeux de velours.

— Tu ne peux pas faire ça, Mel, reprit-il en dépit de ce que son corps réclamait.

— J'ai envie de dormir avec toi, Dev, avoua-t-elle.

— Si tu grimpes dans mon lit, nous ne dormirons pas et tu le sais très bien. Alors ne joue pas à la petite sœur effrayée avec moi !

— Non, je sais très bien ce que je fais. Comme toujours. Et je ne suis pas ta sœur, ou plutôt ta tante, contrairement à ce que ta grand-mère prétendait.

— Je le sais très bien. La jalousie est un poison violent, Mel, et très destructeur.

Sans répondre, la jeune femme lui caressa le torse, jouant à glisser ses doigts fuselés à travers le duvet blond qui couvrait ses pectoraux. Comme elle le faisait toujours… Il laissa échapper un gémissement de frustration et il lui prit les mains.

— Tu me fais perdre la raison, Mel. Je voudrais dessiner un pentagramme autour de nous pour nous isoler à tout jamais du monde extérieur et de ses mauvaises vibrations. Nous avons passé toute notre vie à lutter contre les autres, aussi bien toi que moi. A cause de ça, tu te protèges de moi comme si tu avais peur que je te fasse du mal moi aussi. Comme si je mettais ta liberté en danger.

Mel eut de nouveau un petit rire.

— Autant voir la vérité en face, Dev. Tu es né pour commander. Et tu seras le chef de Kooraki dès que le testament de ton grand-père sera ouvert. Un tel rôle donne une autorité dans la vie que je ne possède pas.

— Et voilà, toujours le même problème, s'exclama-t-il avec impatience. Tu es belle, intelligente, cultivée, tu as acquis une position très enviable chez Gresham, tous tes collègues te respectent, et malgré tout ça, j'ai l'impression que tu es restée la petite fille fragile et anxieuse d'autrefois.

— Je ne suis pas fragile, protesta-t-elle.

Il lui attrapa la main pour lui embrasser le poignet.

— Personne ne le voit, mais moi, je le sais bien. Et je n'ai pas l'intention de passer le reste de ma vie à marcher sur la pointe des pieds autour de toi.

— Personne ne pourra jamais t'accuser de marcher sur la pointe des pieds, protesta-t-elle, amusée.

— Pourtant, si je l'avais voulu, j'aurais trouvé le moyen de te capturer, de te faire mienne. J'aurais pu m'arranger pour que tu tombes enceinte. Il aurait bien fallu que tu oublies ta vision dépassée de la lutte des classes et que tu m'épouses !

— J'adorerais être enceinte, s'exclama Mel. Mon horloge biologique commence à s'emballer et je rêverais de tenir notre bébé entre mes bras !

— Notre bébé ? répéta Dev, interloqué. Es-tu en train de me dire que je ne dois pas abandonner tout espoir que tu deviennes un jour ma femme ?

— L'espoir est le sel de la vie…

— Je ne suis pas d'humeur à badiner, rétorqua-t-il, soudain impatient. Réponds plutôt à ma question. As-tu l'intention de prolonger encore longtemps notre liaison à éclipses, ou vas-tu te décider à accepter ma demande en mariage ?

— Notre liaison est assez excitante, ne trouves-tu pas ? Si romanesque, si peu conventionnelle !

Dev lui jeta un regard noir.

— Pas du tout. Je suis très vieux jeu, Mel. Tu es la femme de ma vie, je te l'ai déjà dit une bonne centaine de fois, et je veux t'épouser. Vas-tu accepter, oui ou non ?

— Je dois y réfléchir, et j'en suis incapable quand je suis si près de toi, avoua-t-elle.

Dev poussa un soupir et la lâcha.

— Dans ce cas, il serait plus sage de retourner dans ton lit. Allez, ouste ! Retourne dans ta chambre.

— Je me rappelle une époque où tu étais plus galant…

Il la regarda tripoter nerveusement une de ses longues mèches. Elle n'avait pas bougé d'un pouce. Jamais il ne saurait résister à cette sirène, se dit-il avec un soupir. Elle l'avait ensorcelé bien des années plus tôt et le retenait depuis dans les rets de ses sortilèges…

Les traumatismes du passé la pétrifiaient dès qu'il s'agissait de prononcer le petit mot, le tout petit mot qui pourrait enfin les unir à tout jamais. Mais Dev la comprenait mieux que personne et il ne pouvait lui en vouloir. Mel était la première à souffrir de ses conflits intérieurs.

Il s'assit dans son lit et déposa les armes. Elle avait encore besoin de temps. Que pouvait-il faire d'autre que de lui en laisser, et de prendre ce qu'elle lui donnait en attendant qu'elle accepte de lui accorder sa main ? Impossible et adorable Amelia ! Ils avaient beau se chamailler sans cesse, il ne pouvait se passer d'elle !

— Tu veux que je te fasse l'amour ? murmura-t-il en lui caressant le bras.

Elle inclina la tête avec une irrésistible moue d'hésitation, puis prit une profonde inspiration.

— Oui ! Mille fois oui, s'écria-t-elle.

Dev se mit à rire comme un enfant le matin de Noël, et quand il lui ouvrit les bras, elle s'y jeta avec une fougue qui les fit basculer tous deux contre son oreiller. Il l'adorait. Elle faisait de sa vie un enfer, mais elle seule était également capable de le rendre aussi heureux qu'il l'était à cet instant précis.

Il n'aurait échangé sa place contre rien au monde.

Allongé dans son somptueux lit d'acajou et de cuivre, Gregory Langdon était immobile. Sa main d'une maigreur squelettique gisait sur la couverture. Les épais rideaux que Sarina avait presque complètement tirés masquaient la lumière trop violente du soleil. Son fils Erik était au rez-de-chaussée. Sa petite-fille Ava venait d'arriver avec son bon à rien de mari. Gregory se doutait que leur couple devait déjà commencer à battre de l'aile. Il avait tonné contre Ava pour la faire renoncer à ce jeune homme, sans autre résultat que de se la mettre à dos, elle aussi. Luke Selwyn était sans doute un jeune homme séduisant ; sa famille était riche et il n'était pas un coureur de dot. Gregory savait cependant que ce blanc-bec était un être gâté et égoïste qui ne pourrait jamais rendre sa petite-fille heureuse… Dev pensait comme lui. Même l'avis de son frère adoré n'avait pas réussi à convaincre Ava de renoncer à ce mariage.

Tout cela ne le regardait plus, et il ne serait plus là pour voir se produire ce qu'il avait prédit. La famille se rassemblait dans la grande demeure, il les entendait au rez-de-chaussée. Des Langdon et des Devereaux venus de tous les coins du pays. Mais ni Dev ni Amelia n'étaient encore arrivés. Il ne pourrait plus les attendre très longtemps. Il savait qu'il était en train de mourir, et acceptait ce fait inévitable. La mort ne lui laissait pas le choix. Mais il voulait quand même revoir son petit-fils et Mel avant de pousser son dernier soupir. La grande faucheuse lui accorderait-elle cette dernière faveur ?

La douleur n'avait pas d'importance. Il voulait se réconcilier avec ceux qui comptaient le plus pour lui.

Un bruit du côté de la porte le tira de ses sombres pensées. Sans doute l'infirmière. Il ne l'aimait guère. Elle était compétente, certes, mais terriblement ordinaire, et Gregory avait l'habitude d'être entouré de belles femmes. Mireille, son épouse ; Ava, Amelia, les plus jeunes. Et Sarina, la plus belle d'entre toutes, l'astre de sa vie.

Ils n'avaient pas eu beaucoup de chance, tous les deux. Toute leur histoire portait le sceau de la malédiction. Leur différence d'âge, pour commencer. Une génération les séparait. Ils étaient tous les deux mariés. Leur liaison avait éveillé la haine de Mireille, qui avait transformé leur maison en un véritable enfer pour tout le monde. Il ne pouvait guère en vouloir à sa défunte épouse. Il lui avait demandé sa main pour satisfaire ses parents, qui rêvaient de l'avoir comme brue. Et pour être juste, Mireille avait fait son possible pour être une bonne épouse et une bonne mère. Mais un homme ne devrait jamais épouser une femme sans l'aimer plus que tout au monde…

Lorsqu'il avait rencontré Sarina Norton, le coup de foudre avait été instantané. Tous les hommes restaient fascinés par cette brune plantureuse qui dégageait une sensualité torride, et il n'avait pas fait exception. Malgré toutes ses qualités, Mireille ne lui arrivait pas à la cheville. Et elle l'avait immédiatement compris…

Une silhouette familière approcha de son lit et il tourna péniblement la tête. Son vieux cœur se mit à battre plus vite. Son ange aux cheveux d'ébène…

— Sarina ?

— Je suis là, Greg, répondit-elle en lui prenant doucement la main.

— Dis-moi, mon petit-fils est-il arrivé ? Et Amelia ?

— Pas encore, mais ils sont en chemin. Ils seront là vers midi.

— J'espère que ça ne sera pas trop tard. Pourquoi ai-je fait un tel gâchis de ma vie ? Mon fils unique est terrorisé devant moi, et mon seul petit-fils m'accuse d'en être coupable. Dev n'a jamais eu peur de moi, lui. Pas plus qu'Amelia. Ava a toujours été trop silencieuse et timide… Ma chérie, un peu d'eau, s'il te plaît.

— Tout de suite.

Sarina se pencha vers la table de chevet pour lui verser un verre d'eau, et Gregory admira encore une fois la grâce exquise de ses gestes, la féminité qui nimbait le moindre de ses mouvements et qui n'avait jamais cessé de le fasciner.

Sarina l'aida à avaler quelques gorgées d'eau en réprimant son angoisse. Pourvu que Dev et Mel arrivent à temps ! Un peu d'eau coula sur le menton du mourant, et elle l'épongea délicatement avec un mouchoir en papier.

Gregory Langdon. Elle l'avait cru immortel. Michael Norton, celui qu'elle avait choisi comme époux, avait occupé une place importante dans sa vie, certes, mais sans aucune commune mesure avec celle que son âme avait immédiatement accordée à l'homme qui gisait à présent sur son lit de mort. Rien que de regarder Gregory suffisait à faire battre son cœur plus vite et à lui mettre le feu à la peau ! Il avait beau être bien plus âgé qu'elle, cela n'avait aucune importance. La passion qui les avait capturés dans ses filets ne pouvait s'arrêter à de si petits détails.

En toute franchise, elle ne pouvait prétendre avoir été

vraiment heureuse avec lui. En réalité, leur liaison lui avait apporté un nombre incroyable d'ennuis, de rebuffades et d'humiliations. Si leur passion amoureuse avait été aveugle à tous les obstacles, les obstacles, eux, ne les avaient pas oubliés ! Il aurait sans doute été bien plus avisé de tomber amoureuse d'un autre homme. Mais dans ce domaine, on ne choisit pas... Et si tout avait été à refaire, Sarina n'aurait pas hésité une seconde. Gregory avait été l'amour de sa vie. Aussi tumultueuse qu'ait été leur relation, ne pas la vivre aurait été comme passer à côté de sa propre existence.

Non, elle ne regrettait rien.

Gregory lui prit la main.

— Assieds-toi près de moi, mon ange.

Il souffrait beaucoup, cela se voyait à ses traits crispés.

— Veux-tu que j'appelle l'infirmière pour faire augmenter les doses d'antalgique ? lui demanda-t-elle en prenant place près de lui.

— Non ! Je veux rester conscient jusqu'au bout. Sarina, tu as été la seule femme que j'ai réellement aimée. La vie aurait été parfaite si nous nous étions rencontrés dans d'autres circonstances. J'étais trop vieux pour toi, et déjà marié. Je ne t'ai pas rendue heureuse et c'est mon plus amer regret.

— Ne te fatigue pas en parlant inutilement, le supplia-t-elle.

— Tu resteras avec moi jusqu'au bout ?

— Je te le jure..., répondit Sarina en lui serrant doucement les doigts.

Le vol pour Kooraki prit plus de temps que prévu. La piste d'atterrissage fut fermée plus d'une heure à cause d'un orage, puis la tour de contrôle leur fit attendre leur tour un long moment avant de leur donner l'autorisation de décoller. Une fois arrivés à destination, un Land Rover les conduisit du petit terrain d'aviation jusqu'à la maison. Mel était si nerveuse qu'elle trébucha sur les marches de la véranda. Dev la rattrapa par le bras.

— Je suis avec toi, lui murmura-t-il. Nous affronterons tout ça ensemble.

— J'espère que nous n'arrivons pas trop tard, répondit-elle.

— Nous ne pouvions pas faire plus vite. Même mon grand-père ne commande pas aux éléments.

Ils foulaient à peine le dallage de marbre noir et blanc du grand hall que Sarina se précipita à leur rencontre. Son visage était terriblement pâle et ses lèvres presque violettes. Des larmes séchées avaient tracé des sillons sur ses joues. Jamais Mel ne l'avait vue dans un tel état. Sa mère restait toujours parfaitement calme, quelles que soient les circonstances…

— Il est déjà parti, s'écria-t-elle avec colère. Pourquoi arrivez-vous si tard ?

Mel ouvrait la bouche pour lui répondre quand Dev la fit taire d'un geste.

— Pour votre gouverne, Sarina, un orage a bloqué l'aéroport. Ce sont des choses qui arrivent et nous n'y pouvons rien.

Son ton calme plein de fermeté ramena Sarina à la raison.

— Pardon, Dev, je ne voulais pas être blessante. Mais Amelia aurait pu arriver hier.

— Elle est là aujourd'hui, rétorqua-t-il.

Contrôlant enfin les émotions violentes qui l'agitaient, Sarina fit un geste du menton à une employée de maison, qui prit leurs bagages, puis, reprenant son rôle de gouvernante, elle leur ouvrit la voie.

Le hall débouchait à gauche et à droite sur les vastes pièces de réception. L'escalier monumental, en ferronnerie aussi délicate qu'une dentelle, permettait d'accéder au premier. Un grand portrait ancien de femme, dans le style néoclassique, ornait le mur et les contempla alors qu'ils montaient à l'étage. Le modèle ressemblait beaucoup à Sarina, et peut-être était-ce la raison pour laquelle Gregory l'avait acheté en Europe.

Une fois sur le palier du premier, ils avancèrent le long de la galerie qui donnait accès aux chambres. Ava sortait à ce moment-là de celle de son grand-père. Apercevant son frère, elle se jeta dans ses bras en sanglotant.

Ava était comme un ange égaré au milieu des démons, songea Mel. Une colombe au milieu des faucons… Le frère et la sœur se ressemblaient beaucoup physiquement, mais n'auraient pu avoir des personnalités plus différentes. Ils avaient hérité des cheveux blonds, des yeux bleu ciel et des traits fins des Langdon. En revanche, si Dev tenait son fort caractère de son grand-père, Ava avait un tempérament doux et craintif d'agneau.

Après avoir étreint son frère, elle se tourna vers Mel qu'elle embrassa tendrement.

— Mel, je suis tellement contente que tu sois là, déclara-t-elle en pleurant.

— Tu m'as manqué, répondit Mel au bord des larmes, touchée par le chagrin de son amie d'enfance. Je regrette que nous nous retrouvions dans de si pénibles circonstances.

— Qui est avec grand-père ? demanda Dev.

— Papa, bien sûr, et quelques autres membres de la famille.

Dev et Mel avancèrent jusqu'à la porte, et celle-ci s'arrêta sur le seuil.

— Je vous laisse. Je ne suis pas de la famille.

Dev la contempla une seconde et n'insista pas, comprenant sans doute son trouble. Il prit sa sœur par les épaules et ils entrèrent tous les deux dans la chambre mortuaire, la laissant avec Sarina.

Encore secouée par la brutalité de l'accueil de sa mère, Mel la contempla en silence. Sa liaison avec Gregory Langdon l'avait tourmentée toute sa jeunesse. Quand cela avait-il commencé ? Avant ou après la mort de son père ? Mel adorait son père et avait vécu cette relation comme une trahison. Le fait que cette liaison se déroule dans la communauté minuscule de Kooraki, grande comme un hameau, et qu'elle nourrisse tous les ragots, n'avait rien fait pour arranger la situation. Mel avait dû affronter les commentaires désagréables sur sa mère, sans compter les réflexions au vitriol que lui lançait parfois Mireille Langdon dans ses accès de rage, jusqu'à ce qu'elle soit enfin assez grande pour s'évader de ce huis clos étouffant.

Tout ça à cause de Sarina et de Gregory…

— Quelle manière affectueuse de m'accueillir, déclara-t-elle enfin.

Sa mère, les bras serrés autour de la poitrine et le regard perdu dans le vague, sortit enfin de sa léthargie.

— A quoi t'attendais-tu, dans un tel moment ? répondit-elle.

— Bizarrement, à une démonstration d'affection maternelle. Ce qui montre que malgré mon âge, j'ai encore des illusions. J'aurais dû comprendre il y a longtemps qu'en dehors de Gregory Langdon, tu n'aimes personne.

— Comment oses-tu dire une chose pareille ? s'écria sa mère en s'enflammant brutalement. Je t'interdis de me parler ainsi !

Le cœur battant comme une grosse caisse dans sa poitrine, Mel sentit le feu lui monter aux joues.

— Je ne le répéterai plus jamais. Je l'ai dit une fois et je le pense. Tu nous as enfermées toutes les deux dans cette prison pour rester près de lui. Je ne suis pas triste qu'il soit mort. C'était un tyran domestique, et il a fait de toi sa créature, son esclave. N'oublie pas que je suis la fille de mon père. Je n'ai aucun devoir d'affection envers Gregory Langdon.

— Pourquoi le détestes-tu ainsi ? Il a beaucoup fait pour toi.

— Je suppose que c'était le prix de la trahison ? Pour avoir volé l'épouse de mon père ? Ouvre les yeux, maman. Tout ce qu'il a fait, c'était pour toi. Tu étais sa captive ; il t'a ramenée à Kooraki, il a donné cette promotion à papa pour t'avoir près de lui. Il a dominé toute ton existence. Il a tenté d'agir de même avec moi, mais je ne l'ai pas laissé faire.

Sarina pinça les lèvres, sans doute pour retenir une remarque cinglante, puis reprit la parole sur un ton calme :

— Quoi qu'il en soit, tu pourrais lui manifester un peu de respect maintenant qu'il est mort, Amelia.

— En effet, il est mort, ce qui veut dire que nous ne sommes plus les bienvenues au domaine. Tu ferais mieux de préparer ton départ, maman.

— Je suis sûre que Gregory aura pourvu à mon avenir…

— Je suppose que tu tiens cette information de première source ?

— Quand es-tu devenue si dure, si intransigeante ?

— Quand j'ai entendu Mireille Langdon me traiter de fille de catin. Tu te rappelles comment je me suis jetée sur elle ? Tu as dû me tirer de toutes tes forces pour que je la lâche. J'aurais tout accepté pour que nous quittions cet endroit ce jour-là…

— Pour aller où ? Pour faire quoi ? Sans argent, avec une enfant à charge ?

— Il y a des tas de femmes qui se débrouillent toutes seules avec leurs enfants. J'aurais préféré n'importe quoi plutôt que rester ici.

— Tu n'as aucun cœur, Amelia. Je viens de subir un deuil terrible, et tu es incapable de la moindre compassion.

— J'ai l'impression que tu verses beaucoup plus de larmes pour lui que pour papa.

— J'ai pleuré ton père, Amelia, rétorqua Sarina, les yeux étincelants de colère. Tu crois tout connaître de la vie, mais tu ne sais encore rien ! Je n'ai pas d'explications à te donner. J'ai vécu ma vie comme je l'entendais et tu n'as pas de jugement à émettre. Contente-toi donc de vivre ta propre existence.

— Tu me conseilles donc d'accepter que ma mère est une inconnue ? Que je ne sais rien sur sa vie ?

C'était la vérité. Mel n'avait jamais vu aucune photo de sa famille. Toutes celles de son père avaient disparu après sa mort. Sa mère avait prétendu que c'était sa manière de gérer son deuil. Sa seule certitude, c'était ce qu'indiquait son certificat de naissance. Michael Norton était écrit sur la ligne « père », et Sarina Cavallaro-Norton sous la rubrique « mère ». Pour tout le reste, tout ce qui datait d'avant ses propres souvenirs, elle n'avait que les récits flous, changeants et incohérents de sa mère.

— Si tu as la moindre affection pour moi, ne me parle plus de cela, rétorqua celle-ci avec hauteur. Je ne suis pas une méchante femme, juste quelqu'un de différent. Si je suis venue ici, c'est parce que l'Outback est un endroit où personne ne songe à te chercher lorsque tu as coupé les ponts avec ton passé.

— Tu n'as assassiné personne au moins ? lui demanda sa fille, à moitié sérieuse.

Elle connaissait le tempérament volcanique de sa mère et l'avait vue deux ou trois fois plonger dans des colères aussi terribles qu'incontrôlables. Sans doute son héritage latin qui refaisait surface…

— Ne raconte donc pas n'importe quoi, déclara sa mère en haussant les épaules. Mon seul crime a été de tomber enceinte. Mes parents, qui m'adoraient et m'avaient élevée comme une princesse, m'ont alors tourné le dos. Mon père me regardait avec dédain parce que je l'avais déshonoré. Il est devenu un étranger. Ma mère qui n'osait jamais s'opposer à lui n'a jamais pris ma défense. Mireille Langdon, que son âme brûle en enfer, n'était pas la première à me traiter de catin. Ma propre mère l'a fait. Jamais je ne leur pardonnerai le mal qu'ils m'ont fait. Même s'ils ont été tués dans un accident de voiture quelques années plus tard.

— Et donc tu es partie ? murmura Mel, impressionnée par ces révélations.

— Oui. J'ai préféré affronter seule le monde plutôt que de subir le mépris de ma propre famille. Plutôt que d'élever mon enfant, toi, Amelia, chez des gens qui me regardaient comme une moins que rien.

— Mais… Es-tu en train de me dire que papa… enfin, que mon père biologique n'était pas papa ?

— Je t'avais dit de ne pas me questionner. Voilà ce qui arrive quand on a ton besoin stupide de connaître toute la vérité. Je n'ai pas l'intention de continuer à subir ton interrogatoire, Amelia. Il y a des choses dont il vaut mieux ne jamais parler.

Et sur ces mots, Sarina tourna les talons et s'éloigna dans le couloir, laissant sa fille médusée.

4

Les invités étaient arrivés en avion ou en voiture. Parents, amis, simples connaissances ; relations professionnelles ou personnelles, avocats ou hommes d'affaires, trop habillés pour le climat chaud de la région, ils semblaient tous vouloir rendre un dernier hommage au défunt, cet homme hors du commun qui avait bâti un véritable empire financier.

Mel observait sa mère le cœur lourd. Rien n'aurait pu tenir Sarina Norton à l'écart du petit cimetière du domaine. Vêtue d'une robe noire dont la sobriété ne cachait pas aux yeux avertis l'excellence de la coupe, elle se tenait à l'écart de la foule, le regard fixé sur l'horizon. Personne n'ignorait qui elle était. Ceux qui avaient déjà été invités à Kooraki et qui l'avaient rencontrée dans son rôle officiel de gouvernante la saluaient de la tête. Les autres n'osaient rien lui dire, mais tous contemplaient avec une curiosité avide la créature par qui le scandale était arrivé.

Il fallait avouer qu'elle tranchait sur les autres femmes. Sa toilette noire soulignait sa beauté latine de star de cinéma. Un pli austère figeait sa bouche sensuelle, et une lueur de défi hautain brûlait dans ses yeux noirs, comme pour hurler en silence « moi aussi, j'ai le droit d'être là ! » à ceux qui auraient osé en douter.

Pendant des années, Mel avait tenté de comprendre cette femme, sans jamais y parvenir. Leur dernière conversation lui avait appris qu'elle n'avait même pas éraflé la surface de cette personnalité infiniment complexe. Sa mère venait une fois de plus de la déstabiliser en dévoilant à mots couverts que Michael Norton n'était pas son vrai père…

Mais qui, alors ?

Elle se jura tout bas de découvrir la vérité. Il y avait trop longtemps que sa mère lui mentait. Quel que soit le prix à payer, elle voulait tout savoir !

Assis au premier rang, Erik Langdon observa sa fille Ava, soutenue par Mel Norton. On n'aurait pu imaginer deux physiques plus différents. Sa fille était d'une blondeur translucide, délicate et fine comme une figurine en porcelaine. Mel, en revanche, ressemblait incroyablement à sa mère dont elle avait hérité la beauté brune et le port de reine. Il était rassuré que sa fille soit près de son amie d'enfance, si solide et si fiable. En cas de besoin, il savait que Mel s'occuperait d'elle.

Il avait été soulagé de la voir arriver à Kooraki avec Dev. Son fils avait aussitôt pris en main la direction de la maison, ce qui avait été un grand soulagement pour lui. Erik ne savait plus où il en était. La figure dominante de sa vie venait de disparaître, le laissant totalement désemparé et désespéré.

La main d'Elisabeth, sa femme, se glissa dans la sienne, lui apportant un immense réconfort.

— Nous surmonterons tout ça, Erik. Reste fort.

L'émotion qui lui nouait la gorge l'empêcha de répondre. Elisabeth avait dit « nous ». Cela signifiait-il donc qu'elle tenait encore à lui ? Aurait-il l'immense chance de la reconquérir ? Une seule femme avait jamais compté dans sa vie, et c'était elle. Il n'aurait jamais dû l'emmener à Kooraki. La vie au domaine avait tout gâché. Mais Erik n'avait jamais su dire non à son père, et celui-ci ne voulait pas entendre parler d'un déménagement. Au bout du compte, Elisabeth avait fini par détester ses parents et le quitter. Il pensait que sa présence aux funérailles n'avait comme seul but de les réconforter, lui et leurs enfants, mais elle semblait prête à lui accorder bien plus que ça, s'il le souhaitait.

Et Dieu seul savait combien il le souhaitait ! Il se serait jeté à genoux à l'instant même pour qu'elle lui revienne. Même si son père lui avait laissé Kooraki, il n'aurait pas hésité à abandonner le domaine pour elle. Ce qui n'arriverait pas :

Erik connaissait assez son père pour deviner que celui-ci avait pris ses dispositions pour que Dev en hérite. Le vieux despote laissait les clés du royaume au seul membre de la famille capable non seulement de le conserver intact, mais même de l'agrandir.

Loin de le fâcher, cette perspective le soulageait. Son fils saurait bien mieux remplir cette tâche que lui.

Les funérailles terminées, tout le monde remonta en voiture pour regagner la maison.

— Tu m'as tellement manqué, Lisbet, murmura-t-il tandis qu'ils se retrouvaient seuls tous les deux, dans l'intimité de son Land Rover. Tout a été ma faute…

— Mon chéri, ne te tourmente plus. J'ai moi aussi ma part de responsabilité dans l'échec de notre mariage. Tu ne peux pas savoir combien j'ai prié pour avoir une nouvelle chance, et apparemment, le ciel nous l'accorde.

Erik n'attendit pas une seconde de plus pour prendre son épouse dans ses bras. Celle-ci se serra contre lui en riant doucement.

— Ma chérie ! Tu sais que je suis prêt à tout abandonner pour toi. Dis-moi que tu es d'accord pour recommencer.

— Oui, mon amour ; prenons un nouveau départ.

La vaste demeure était pleine de monde. Bien que funèbre, la réunion tourna lentement à la réception mondaine. Les invités échangeaient des nouvelles avec des amis ou des parents éloignés perdus de vue depuis longtemps, tout en buvant et mangeant comme si une famine mondiale les menaçait. Mel s'aperçut que sa mère avait disparu. Elle n'était plus la gouvernante de Kooraki. Désormais, l'espérance d'un héritage la plaçait dans une position intermédiaire et lui donnait une indépendance qui la libérait des contraintes de son poste. Mel avait la certitude que Gregory Langdon s'était montré généreux avec sa maîtresse et que ce legs certainement conséquent allait raviver de vieilles rancœurs…

De temps en temps, Dev lui jetait un regard interrogateur. Ils se suivaient des yeux dans les salons de réception, sans jamais beaucoup s'éloigner. Ava, vêtue d'une robe noire qui mettait admirablement en valeur son teint d'albâtre, passait de groupe en groupe pour s'assurer que les invités ne manquaient de rien. Son mari, Luke, ne la quittait pas et séduisait tout le monde par son charme. Tout le monde sauf Mel !

Elle savait quel genre d'homme il était. Il le lui avait montré le jour même de son mariage, quand il avait tenté de l'embrasser durant la réception ! Cette audace lui avait valu une gifle discrète mais bien sentie !

La maison regorgeait de fleurs, et leur parfum lourd lui montait à la tête. Elle s'éclipsa pour chercher un cachet d'aspirine, et en traversant le hall, des bribes de conversations lui parvinrent.

— Que va-t-elle faire à présent que son protecteur est mort ? Croyez-vous qu'elle restera ici ?

— Vous plaisantez ? Jamais la famille ne l'accepterait !

Les rumeurs ne s'éteindraient donc jamais. Sa mère était trop belle, et son apparition à l'enterrement avait été trop spectaculaire pour qu'on l'oublie. Seule une femme hors du commun pouvait capturer l'affection d'un homme comme Gregory Langdon et la conserver si longtemps, et en la découvrant aussi sculpturale dans sa robe de deuil, chacun avait compris que Sarina Norton n'était assurément pas une femme ordinaire…

Mel préféra penser à autre chose et chercha Dev des yeux. Il discutait avec Patrick et Melissa O'Hare. Siobhan O'Hare, leur fille unique, à la chevelure d'un roux flamboyant, le contemplait avec une admiration visible. Mel ne pouvait l'en blâmer : il était incroyablement sexy dans son costume noir ! Les O'Hare, de riches éleveurs de la région, possédaient eux aussi un immense domaine, et leur fille, aussi ravissante qu'instruite, aurait été une compagne idéale pour Dev. La moitié des invités le pensaient certainement, et en dépit de son amour inconditionnel pour lui, Mel partageait cet avis. La liaison de sa mère avec Gregory Langdon entachait sa réputation, et Dev n'avait pas besoin d'une épouse au passé familial si trouble…

Dev, justement, lui coupa sa retraite alors qu'elle tentait discrètement de s'éclipser.

— Comment cela se passe-t-il ? lui murmura-t-il.

— Je trouve cette réunion indécente, répondit-elle à voix basse. Ces gens semblent oublier que le maître de maison vient de mourir !

— Ils ne se sont pas vus depuis très longtemps, fit-il valoir avec un haussement d'épaules indulgent. C'est toujours ainsi aux enterrements. Où est passée ta mère ?

— Je crois qu'elle est remontée. Pourquoi ?

— Pour savoir. Elle fait sans doute ses bagages. On ne peut pas nier qu'elle a été une gouvernante remarquable. Regarde : elle a si bien formé les domestiques de la maison qu'ils ont pu gérer cette réception à merveille en son absence.

— C'est vrai…

— Je suis certain que mon grand-père a pris des dispositions pour assurer son avenir. Il lui a sans doute légué un million ou deux.

— C'est énorme, s'exclama Mel, impressionnée.

— Pas pour un milliardaire, fit-il remarquer. Il t'a certainement laissé quelque chose à toi aussi.

— Parce que je suis la fille de Sarina ?

— Parce qu'il t'aimait. Mon grand-père respectait ceux qui osaient lui tenir tête… Je suis prêt à parier que tu es toi aussi sur son testament. D'ailleurs, le notaire a demandé que tu sois présente à la lecture.

En dépit des émotions contradictoires qui l'agitaient, Mel garda son calme. Elle n'allait tout de même pas se donner en spectacle devant tous ces invités.

— Je n'irai pas, répondit-elle sèchement. Quant à ma mère, je ne sais pas.

— Cela m'étonnerait qu'elle rate ça…

Mel contempla sans les voir les motifs du tapis persan qui couvrait le carrelage.

— Je monte dans ma chambre, annonça-t-elle fermement. Tout ce que je souhaite à maman, c'est qu'elle prenne enfin un nouveau départ.

— Oui, je comprends ; elle est libre désormais. Mais ne pars pas, Mel. Je ne te laisserai pas t'enfuir.

— Vraiment ? Et comment envisages-tu de me retenir ?

— Tu le découvriras si tu essayes de filer avant la lecture du testament, dit-il avec une pointe de menace dans la voix.

— Pourquoi nous acharner, Dev ? Je serai toujours une étrangère ici. Tu ferais mieux d'épouser Siobhan O'Hare. Tout le monde l'aime, elle serait une épouse parfaite.

— Tu oublies un détail d'importance : je ne suis pas du tout amoureux d'elle !

Mel s'efforça de garder le contrôle de ses émotions et de ne pas laisser les larmes qui lui brûlaient les yeux rouler sur ses joues.

— L'amour n'est pas tout. Réfléchis-y, Dev. Malgré tout ce que nous avons vécu tous les deux, je ne suis pas celle qui te convient. Siobhan, en revanche, fera une femme idéale. D'ailleurs, n'as-tu pas remarqué comment elle et ses parents te regardent ? Ils ont tous beaucoup d'espoir…

— Ils seront déçus car je ne l'épouserai jamais, insista-t-il fermement. Je t'en prie, ne t'en va pas sans me prévenir, Mel. Et puis, ma mère voudrait te parler. Tu sais qu'elle aussi s'est toujours vue comme une intruse dans la famille…

— Ta famille aurait donné cette impression à n'importe qui, rétorqua-t-elle. Je parlerai à ta mère, ne t'inquiète pas. Elle a toujours été adorable avec moi et je l'aime beaucoup.

— Alors allons la voir tout de suite. Mon père ne la lâche pas d'un pouce depuis qu'elle est revenue. Je crois qu'ils sont toujours amoureux l'un de l'autre …

Mel s'efforça de chasser les idées noires qui l'accablaient alors qu'ils avançaient vers Elisabeth Langdon. Après quelques minutes de conversation, Dev les laissa toutes les deux ensemble. Elisabeth était une belle femme vêtue avec une discrète élégance, aux beaux cheveux châtains et aux yeux noisette très expressifs.

— J'espère que tu resteras un peu avec nous à Kooraki, n'est-ce pas ? lui demanda-t-elle avec affection.

— Je ne sais pas encore, madame Langdon.

— Oh ! Amelia, je t'en prie, appelle-moi Elisabeth ! Tu ne

repars quand même pas tout de suite, si ? Je tiens vraiment à ce que tu me racontes ce que tu deviens. Ça fait si longtemps que nous ne nous sommes pas vues ! Tu as toujours été une fille brillante et ta réussite me réjouit. Entre nous, ajouta-t-elle plus bas, j'ai toujours admiré le cran dont tu faisais preuve face à ma belle-mère ! Vos disputes étaient mémorables, ajouta-t-elle en riant doucement. Tu étais si jeune, et pourtant tu avais bien plus de courage que moi !

— Peut-être justement parce que j'étais encore jeune, suggéra Mel. Je suis heureuse de vous revoir, Elisabeth. Je n'étais pas sûre que vous veniez.

— Je suis venue pour soutenir mes enfants. Ma chère Ava en particulier. Dev, lui, est solide comme un roc. Maintenant que je suis ici, je m'aperçois que mon mari aussi a besoin d'aide.

— Je crois qu'il est très heureux que vous soyez là.

Elisabeth laissa échapper un soupir d'aise qui confirma le soupçon que Dev avait confié à Mel sur la réconciliation de ses parents.

— Mais où est ta mère ? reprit-elle. Je ne la vois nulle part ?

— Je pense qu'elle préfère rester discrète.

— Comme je la comprends, déclara Elisabeth. Cette famille n'a pas été tendre à son égard. Je ne l'avais pas revue depuis des années et j'ai l'impression que le temps n'a pas de prise sur elle. Tu as hérité de sa beauté, Amelia. Je suppose qu'elle ne compte pas rester à Kooraki très longtemps ?

— Non, je suis pratiquement certaine qu'elle partira dès que possible.

En réalité, Mel n'avait aucune idée des intentions de sa mère. Celle-ci avait exigé son retour parce que Gregory Langdon souhaitait la revoir, mais Mel n'avait pas l'impression que sa présence lui apportait le moindre réconfort, ni du reste que sa mère en avait besoin.

Leur dernière conversation ne cessait de la hanter. Se pouvait-il que son vrai père ne soit pas Michael Norton ?

Dès que cela fut possible, elle quitta la réception et alla frapper à la porte de la chambre de sa mère. Une explication était nécessaire !

Sarina mit si longtemps à venir lui ouvrir que sa fille se

demanda si elle ne s'était pas réfugiée dans ses quartiers pour pleurer à son aise, loin des regards scrutateurs des invités. Mais quand la porte s'ouvrit enfin, sa mère avait le visage parfaitement impassible.

— Qu'y a-t-il, Amelia ?

— Je peux entrer, maman ? J'ai besoin de te parler. J'imagine que tu le comprends…

— Cela ne nous mènera nulle part.

Malgré sa mise en garde, Sarina s'écarta pour la laisser pénétrer dans la vaste chambre. Mel fut surprise de constater que celle-ci avait été luxueusement redécorée, avec un goût très sûr, dans des tons ocre, bleu sombre, rouille et or. L'ensemble était impressionnant.

— Assieds-toi, Amelia, lui dit sa mère sévèrement. Tu dois bien savoir que je suis très fâchée contre toi.

— J'en suis désolée, mais je ne t'ai donné aucune raison de l'être.

— Aucune raison ? Après les choses abominables que tu m'as dites ?

Comprenant que continuer dans cette direction ne la mènerait nulle part, Mel adopta une nouvelle tactique.

— Maman, je suis une adulte, j'ai une très bonne position, un poste avec beaucoup de responsabilités, et pourtant tu continues de me traiter comme une enfant. Je comprends que tu m'aies caché des choses autrefois, mais pourquoi continuer à présent ? Par moments, j'ai l'impression de tout ignorer sur toi ! De quoi as-tu peur ? Es-tu restée à Kooraki toutes ces années pour te cacher ? Ou parce que tu étais vraiment amoureuse de Gregory Langdon ? Peut-être pourrais-tu maintenant me confier tes projets d'avenir. Je ne suis pas certaine d'en faire partie, mais si c'est le cas, j'aimerais autant que tu me le dises tout de suite.

Sarina prit place dans une exquise bergère Louis XV et baissa les yeux sur ses mains, posées sur ses genoux. Mel l'observa avec curiosité. Sa mère avait toujours été une étrangère. En dépit de ses efforts pour s'en faire aimer, pour attirer son attention, malgré ses brillants résultats scolaires et sa fulgurante carrière dans la banque, Mel n'avait jamais réussi à obtenir un signe d'affection de sa part. En la voyant si détachée, si distante, elle songea soudain que Sarina pourrait bien l'abandonner du jour au lendemain sans plus jamais lui donner signe de vie…

— Qui es-tu réellement, maman ? reprit-elle. Tu es tellement mystérieuse… Je te souhaite ce qu'il y a de meilleur au monde et j'espère que tu auras bientôt tout ce dont tu as pu rêver. Tu es une femme très belle, et tu le sais déjà, tu seras bientôt très riche. Quand tu auras fait ton deuil de M. Langdon, tu te remarieras peut-être. En tout cas, je te souhaite d'être heureuse pour le restant de tes jours. Surtout après tout ce que tu as sacrifié pour cet homme — y compris moi. Me diras-tu au moins quand et où tu comptes partir ? Assisteras-tu à la lecture du testament ?

— Tous les liens que je pouvais avoir avec les Langdon sont brisés maintenant que Gregory n'est plus, rétorqua sa mère en relevant la tête. Je suis enfin libre de vivre ma vie. Je compte partir dès que ce sera possible, et je te conseille d'en faire autant. Ces gens ne veulent pas de nous, Amelia. Je sais que tu tiens beaucoup à Dev, mais ne rêve pas, jamais il ne t'épousera. Les Langdon n'épousent pas des femmes comme nous.

Le ressentiment que laissaient transparaître ces paroles la frappa. Sa mère avait vraiment dû avaler de terribles rebuffades tout au long de sa vie pour exprimer une telle aigreur. Mel en eut de la peine pour elle.

— Peu importe que nous nous mariions ou pas, déclara-t-elle. Cela ne m'empêchera pas de l'aimer jusqu'à mon dernier souffle.

— Dans ce cas, ma petite fille, tu te prépares un avenir pénible. Pendant que j'y pense, reprit-elle en détournant la tête, Gregory t'a fait un legs.

— Je ne veux aucun legs de la part de M. Langdon, répondit Mel en se levant.

— On ne refuse jamais de l'argent, Amelia, la morigéna Sarina sévèrement. Prends-le et pars d'ici comme moi. Nous n'avons plus rien à faire à Kooraki.

— C'est ce que j'ai essayé de te faire comprendre il y

a bien longtemps déjà, maman, mais tu n'as jamais voulu m'écouter. Je saurai me montrer plus intelligente et plus forte que toi. Je préfère vivre seule toute ma vie plutôt que d'abandonner mon indépendance entre les mains d'un homme comme tu l'as fait.

Mel crut voir une expression de tristesse nostalgique assombrir les traits de Sarina. Mais ce fut si fugace qu'elle douta aussitôt de l'avoir vraiment vue.

— Le temps de la revanche a sonné pour moi, Amelia. Je ne refuserai pas l'argent de Gregory. Je l'ai mérité.

Mel regagna sa chambre dans un état second. Pas un seul mot d'affection n'avait franchi les lèvres de sa mère. Une montagne de silence, de secrets et de mensonges les séparait.

Ce n'est qu'en observant machinalement son reflet dans le miroir de sa salle de bains qu'elle se rendit compte que des larmes coulaient sur ses joues…

5

Cachée par le rideau de mousseline de sa fenêtre, Mel observait l'exode des invités devant la maison. Dev accompagna les O'Hare jusqu'aux véhicules du domaine qui devaient reconduire tout le monde au terrain d'aviation. La propriété des O'Hare, grande de quelques centaines d'hectares, se trouvait à cent cinquante kilomètres au nord-ouest, vers le centre du Queensland.

Dev serra la main de Patrick O'Hare, puis il embrassa Mme O'Hare sur les joues avant de se tourner vers Siobhan. Malgré la distance, Mel voyait l'expression d'adoration qui se peignait sur le visage de la ravissante jeune femme, et son cœur se brisa dans sa poitrine. Elle aimait tant Dev ! Aucune femme ne pourrait jamais l'aimer avec une telle flamme, une telle intensité, et la violence de ses sentiments pour lui la terrorisait. Quelque chose lui disait que son univers était sur le point d'imploser. Elle allait le perdre. La prédiction de sa mère lui résonnait encore aux oreilles…

Accablée de chagrin, elle se détourna de la fenêtre.

Gregory Langdon avait épousé une femme tout à fait convenable, d'un bon milieu, un excellent parti, dont il n'était cependant pas amoureux. Il s'agissait d'un mariage de raison entre deux familles puissantes. En dépit de ses allégations, Dev pouvait très bien faire le même choix. Une union entre les Langdon et les O'Hare aurait été bénéfique pour les deux clans. Sans compter que Siobhan pouvait même le rendre heureux.

Mel tenta de ne plus y penser. Le testament devait être lu un peu plus tard dans la bibliothèque, une pièce où elle avait passé de longues heures d'extase dans son enfance, à lire avec avidité. Combien Gregory Langdon avait-il laissé à sa mère ? La curiosité la titillait un peu. Pour sa part, elle campait sur ses positions : elle ne voulait rien de lui. Son legs, si legs il y avait, irait tout droit à une association caritative. La recherche sur le cancer ou la maladie d'Alzheimer par exemple. Pas un cent ne resterait sur son compte en banque…

Un coup à sa porte la fit sursauter. Qui cela pouvait-il être ? Sans doute son amie Ava…

En fait, c'était Dev. Il entra dans la pièce sans attendre d'y être invité et la contempla d'un air inquisiteur.

— Que se passe-t-il, Mel ? Tu as l'air bouleversée.

— Je n'aurais jamais dû venir ici, répondit-elle. Ma mère me semble de plus en plus distante, je me demande même si elle voudra me revoir après notre départ de Kooraki. Je ne veux pas assister à la lecture de ce testament, c'est au-dessus de mes forces.

— Tu t'es encore disputée avec ta mère…

— Je ne tiens pas à en parler, Dev. J'ai l'impression qu'une autre femme l'a remplacée, une jumelle qui va prendre l'argent et disparaître à tout jamais.

— Je crains que ce ne soit pas si simple. Il faudra du temps pour régler la succession, et personne dans la famille ne fera rien pour hâter les choses.

Par une de ces volte-face qui lui étaient coutumières, Mel se rangea aussitôt d'instinct du côté de sa mère.

— Tu la détestes vraiment, n'est-ce pas ?

— Pourquoi l'aimerais-je ? Elle a toujours considéré le mariage de mes grands-parents comme un obstacle mineur. Ma grand-mère avait peut-être un sale caractère, mais elle avait de bonnes raisons d'être jalouse de Sarina. Savoir que son mari lui préférait une employée de maison l'a empoisonnée pendant presque trente ans, et je suis sûr qu'elle aurait été ravie de voir ta mère s'en aller.

— Sauf que ton grand-père ne l'aurait pas laissée partir. C'est lui qui commandait, qui manipulait tout le monde, qui imposait sa volonté à toute la maisonnée. Ma mère et moi avons été obligées de rester à Kooraki et de subir cet enfer au quotidien.

— C'est vrai, admit Dev. Même si elle l'avait souhaité, ta mère n'avait aucune chance d'échapper à mon grand-père.

Les souvenirs du passé lui revinrent en pleine figure et la mirent brusquement en colère.

— Je t'assure que l'histoire ne se répétera pas !

— Oh ! Mel, pas de mélodrame, je t'en prie, protesta Dev. C'est toi qui fais de ma vie un enfer. A croire que par moments, tu laisses l'enfant humiliée que tu as été autrefois reprendre le dessus. Comme si tu craignais de te retrouver dans la situation de ta mère. Mais vous êtes complètement différentes toutes les deux, Mel ! Tu as peut-être hérité de sa beauté, mais tu es fière et indépendante. Il serait temps que tu prennes conscience de qui tu es avant qu'il soit trop tard.

Sa tirade, débitée sur un ton grave et vibrant de frustration, la laissa muette.

— Je sais par quoi tu es passée, reprit-il plus doucement. Dieu sait que j'ai été patient, et que ça n'est pas dans ma nature. Quand suis-je tombé amoureux de toi ? Je l'ignore. J'ai l'impression de t'avoir toujours aimée, depuis notre enfance. Depuis ce temps, j'éprouve instinctivement le besoin de te protéger. Mais il y a vraiment des moments où tu exagères. Alors s'il te plaît, je voudrais que tu cesses de te cacher ici, que tu descendes avec moi et que tu restes assise tranquillement pendant la lecture du testament. Tu as toujours été courageuse, alors je te demande de faire face une dernière fois à la famille.

— C'est un ordre ?

— Une prière, Mel. Juste une prière.

Devant la douceur qu'exprimaient ses si beaux yeux bleus, les réticences de Mel fondirent comme neige au soleil et elle acquiesça d'un signe de tête.

Un silence écrasant s'abattit comme une chape de plomb à l'intérieur de la bibliothèque. Vingt millions de dollars ! Voilà donc la somme que Gregory Langdon laissait à Sarina

Norton. Même Dev ne parvint pas à dissimuler sa stupéfaction. Mel se recroquevilla sur sa chaise. C'était la preuve irréfutable de la liaison entretenue pendant plus de vingt ans par Gregory et sa mère. Le prix de la honte…

— Dieu du ciel ! murmura quelqu'un.

Comme si les participants à la lecture n'attendaient que ce signal pour sortir de leur stupeur muette, un murmure s'éleva dans l'assistance. Mel aurait voulu disparaître dans un trou de souris. Assise très droite au second rang, parfaitement imperturbable, sa mère gardait la tête haute, en apparence indifférente aux regards médusés qui se dirigeaient dans sa direction.

Le notaire continua sa lecture avec une nouvelle annonce surprenante, mais qui heureusement eut moins d'impact que l'effet fracassant de la précédente annonce : elle, Amelia Gabriella Norton, héritait de deux millions de dollars. Plus qu'on ne pouvait en dépenser en une vie entière, et qui irait directement à ses associations caritatives préférées.

La suite, en revanche, n'étonna personne. La direction du domaine revenait à James Devereaux-Langdon. Le défunt laissait également une somme énorme à sa petite-fille Ava, en faisant d'elle la plus riche jeune femme du pays. Le notaire continua avec la liste des différents legs accordés aux uns et aux autres, parents et amis de Gregory Langdon.

Quand la lecture fut terminée, chacun se leva et Mel sortit rapidement de la bibliothèque pour regagner sa chambre, en dépit des regards impérieux que lui lançait Dev pour la retenir. Elle arrivait au milieu de l'escalier lorsque Luke Selwyn la rattrapa.

— Amelia, attends une seconde !

Elle cacha son impatience. Que diable lui voulait-il ? Il ne cessait de la regarder avec insistance, et elle savait qu'il la trouvait attirante. Il le manifestait assez clairement chaque fois qu'ils se croisaient à un dîner ou une soirée, ou qu'il s'invitait aux déjeuners qu'elle partageait régulièrement avec Ava. Cela la rendait malade de deviner qu'il n'aurait pas hésité à tromper son épouse avec elle, son amie d'enfance.

« Garde ton calme, lui conseilla son bon sens. Echange quelques mots polis avec lui et laisse-le. »

— Tu es magnifique, reprit-il avec un grand sourire.

— Merci, Luke. Tu as l'air très en forme toi aussi. Que puis-je faire pour toi ?

— Eh bien, je te vois très rarement et j'aimerais bien profiter de cette occasion pour qu'on bavarde un peu tous les deux. Veux-tu redescendre dans le salon un instant ?

— Non merci, Luke. Je n'ai rien à te dire.

— Je suis sûr que si, protesta-t-il. Pourquoi ne viens-tu pas nous voir plus souvent ? Ava et moi t'apprécions beaucoup.

— Je doute que ce soit de la même manière, rétorqua-t-elle. Je n'ai pas oublié ce qui s'est passé le jour de votre mariage, Luke, et je préfère qu'on en reste là. Ava n'est pas stupide, vois-tu…

— Tu ne lui en as jamais parlé, n'est-ce pas ?

— Pour qui me prends-tu ? Je ne ferais jamais de peine à Ava. Au revoir, Luke.

Elle faisait demi-tour pour continuer à gravir l'escalier quand il la retint par le bras. Le contact de sa main la révulsa et elle fit un effort pour ne pas le gifler.

— Nous devrions nous montrer discrets, c'est sûr, insista-t-il avec un sourire doucereux, mais cela ne poserait pas de problème.

— Ton père a la réputation d'être un homme à femmes et je vois que tu as hérité de lui, déclara-t-elle en dégageant son bras d'un geste sec.

— Tous les hommes sont ainsi, répondit-il en riant. C'est comme ça que fonctionne le monde, Amelia, tu le sais bien. Ton précieux Dev n'a-t-il pas lui aussi des aventures ? Son histoire avec Megan Kennedy est de notoriété publique, et je crois qu'à présent il s'intéresse à cette ravissante petite rousse, Siobhan O'Hare. Je sais que vous avez une liaison depuis longtemps tous les deux, mais ne rêve pas, toi et Siobhan ne courez pas dans la même catégorie. Il ne t'épousera jamais. Tu ferais mieux de prendre du bon temps et de profiter des occasions qui se présentent.

— Au revoir, Luke, rétorqua-t-elle, furieuse.

— Tu es fâchée contre moi ? Je n'ai pourtant rien dit que tu ignorais, n'est-ce pas ? Tu sais comment cela se passe dans nos familles.

— Va au diable, Luke, tu me dégoûtes, s'exclama-t-elle à bout de patience.

— Cela ne me dérange pas, rétorqua-t-il, le regard soudain poisseux de désir. Est-ce ma faute si j'ai envie de toi ?

Il lui reprit le bras et elle fit un geste pour se dégager. Soudain, une voix puissante résonna au pied de l'escalier.

— Lâche-la immédiatement, Selwyn !

Luke sursauta et relâcha son étreinte, si brusquement qu'il resta une seconde en équilibre au bord d'une marche, à faire des moulinets avec les bras pour ne pas tomber. Mel le contempla avec une satisfaction non dissimulée.

— C'était super, Luke ! Tu peux le refaire ?

Sauf que le moment n'était pas aux clowneries. Dev les rejoignit, le visage crispé par la colère. Luke fit face à son beau-frère avec embarras.

— Ne t'énerve pas, je ne faisais que discuter avec Mel. On se voit si rarement…

Mel craignit soudain un esclandre. Dev avait vraiment l'air hors de lui et il semblait prêt à en venir aux mains !

— Ce n'est rien, Dev, déclara-t-elle.

— Oui, rien du tout, renchérit Luke. Je suis désolé de t'avoir donné une fausse impression.

Ava apparut alors dans le hall et les contempla tous les trois avec anxiété. Ils restèrent un instant immobiles avant qu'elle ne prenne la parole :

— Que se passe-t-il ?

— Luke a failli perdre l'équilibre dans l'escalier, déclara Mel.

— Oui, j'ai vraiment failli tomber, ajouta-t-il en redescendant. J'ai eu très peur.

Ava le contempla, puis regarda Dev et Mel qui ne bougeaient pas.

— Sois plus prudent à l'avenir, reprit-elle un peu sèchement. Je monte dans ma chambre, viens avec moi. Tu es tout pâle…

— J'aurais pu me casser la cheville, déclara-t-il en lui emboîtant le pas.

Mel et Dev s'écartèrent pour les laisser monter, et en passant, Ava jeta un regard honteux vers son frère.

— Pourrions-nous nous retrouver dans un instant, demanda-t-elle à Mel. J'aimerais te parler.

— Bien sûr. Passe dans ma chambre dans une heure si tu veux ; nous prendrons un café sur le balcon.

Ava et son mari disparurent au premier étage. Dev attendit que la porte de leur chambre se referme pour reprendre la parole.

— Ce type est insensé, murmura-t-il.

— En effet. Pendant un instant, j'ai cru que tu allais le provoquer en duel…

La pointe d'humour le laissa de marbre.

— Il a toujours eu un faible pour toi…

— Oh ! Je t'en prie, n'exagérons rien !

— Je reconnais tous les symptômes : c'est de la pure concupiscence.

— Ne sois donc pas si théâtral, protesta-t-elle.

— Tu ne sembles pas te rendre compte à quel point tu es une femme désirable, insista-t-il. Tu affoles les hommes.

— Merci, rétorqua-t-elle, piquée au vif. Tout est donc ma faute ?

— Exactement.

Mais cette fois, une expression malicieuse avait remplacé le pli soucieux sur le front de Dev. Il se pencha et déposa un baiser terriblement sensuel sur sa bouche.

— Dev ! Quelqu'un pourrait venir…

— Et alors ?

— Et alors il y a assez de commérages qui circulent. J'essaie de me montrer aussi discrète que possible.

Sa remarque le fit rire.

— Tu le voudrais que tu n'y arriverais pas, ma chérie. Mais je comprends ce que tu veux dire. On se croirait dans une série télévisée américaine ici. C'est un psychodrame perpétuel dans cette maison…

— Justement, essaie donc d'être sérieux et cesse de me tarabuster sans arrêt.

— C'est tellement facile avec toi, Mel ! Tu réagis toujours au quart de tour, j'ai du mal à résister à la tentation de te taquiner.

Mel devait bien admettre qu'avec lui, il lui était difficile de garder son sang-froid légendaire. Il en avait toujours été ainsi…

— Je fais tout mon possible pour rester discrète, objecta-t-elle.

— Ne te fatigue donc pas, rétorqua-t-il aussitôt. Quoi que nous fassions, nous ne réussirons jamais à provoquer un choc aussi énorme que le legs de mon grand-père. Apparemment, le prix du péché est de vingt millions de dollars. Tout augmente si vite de nos jours ! Les rumeurs sont maintenant confirmées. Il est désormais clair pour tout le monde que ta mère s'est très bien occupée de mon grand-père. Elle n'a même pas pris la peine de démissionner officiellement. Elle a simplement cessé de travailler.

— Sur ce dernier point, je ne sais pas quoi répondre sinon que j'en suis désolée, avoua Mel, embarrassée. Mais à quoi t'attendais-tu ? Maintenant je monte dans ma chambre. Je sens que nous sommes à deux doigts de nous disputer et je n'en ai aucune envie.

— Oui, ce serait dommage d'avoir une scène ici, devant toutes ces personnes, admit Dev, plus conciliant. Et il fallait que ce soit aujourd'hui que ce porc de Selwyn décide de te faire des avances ! Avec Ava à quelques mètres.

Sentant l'atmosphère se détendre de nouveau entre eux, Mel laissa échapper un soupir.

— Cet homme n'a aucun tact et pas la moindre décence, répondit-elle. Il se prend pour un séducteur irrésistible à qui aucune femme ne peut dire non. Enfin, il n'y a pas lieu de s'en inquiéter.

— Pardon, mais je ne suis pas d'accord, argua-t-il. Viens, sortons marcher un peu, loin des oreilles indiscrètes. Dans quelques instants, tous les autres quitteront la bibliothèque.

Mel protesta pour la forme, mais un simple regard de Dev

la fit céder. Ils redescendirent l'escalier et sortirent par la grande porte. Dehors, le soleil dardait ses rayons verticaux sur le jardin, heureusement protégé par les grands arbres.

— Je m'inquiète pour Ava, reprit Dev, l'air soucieux. Plus vite elle se débarrassera de lui, mieux ça sera. Elle est encore jeune et peut refaire sa vie avec un homme bien.

— Je suis sûre qu'il n'a aucune envie de la quitter…

— Il n'aime pas ma sœur, murmura-t-il.

— Je ne crois pas qu'il soit capable d'aimer qui que ce soit, mais je sais qu'il est très fier de l'avoir comme épouse. Ava est très belle.

— Et très riche, ajouta-t-il. Elle veut te parler, c'est l'occasion rêvée de savoir si ce mariage la satisfait encore. Si elle veut divorcer, il lui suffit de le dire. Luke n'a aucun droit sur son argent, grâce au contrat de mariage que mon grand-père a eu la sagesse de leur faire signer. Et heureusement, ils n'ont pas d'enfants qui pourraient souffrir d'une séparation.

— Je suis contente qu'il ait pensé à ta sœur. Une femme doit être indépendante…

Sa remarque, bien qu'innocente, le fit éclater d'un rire sarcastique.

— Je te reconnais bien là, s'exclama-t-il. Tu as toujours été indépendante, Mel, et Ava t'admire beaucoup pour cela. Elle envie ta réussite.

— Il ne faut pas exagérer, protesta-t-elle modestement. Je ne suis pas un génie et je n'ai rien fait de si extraordinaire. A propos d'argent, je n'ai pas l'intention de garder celui que ton grand-père m'a laissé.

— Tu estimes que c'est trop peu par rapport à ta mère ? demanda-t-il, moqueur.

— Comme je te l'avais dit, poursuivit-elle sans répondre, je ferai des donations à des organisations caritatives.

— Ce n'est pas trop ? rétorqua-t-il en fronçant les sourcils. Réfléchis bien, Mel. Tu pourrais en garder une partie…

— Je gagne très bien ma vie et je n'ai pas besoin de plus. Je suis sûre que cet argent pourra faire une différence capitale pour certaines associations. Je ferai mes donations au nom de ton grand-père. Je suppose que cela fera plaisir à ton père, non ?

— Oui, certainement, admit-il. J'ai l'impression que pour lui aussi, la vie va changer désormais.

— Ta mère ne l'a pas quitté d'une semelle, acquiesça Mel, et je crois que tu avais raison : ils semblent prêts à se réconcilier.

— Alors au moins ce décès aura-t-il eu une conséquence positive, déclara Dev.

Ils avaient atteint le jardin clos. On le nommait ainsi car il était entouré de hauts murs et de haies pour protéger les plantes délicates du vent sec du désert qui les aurait abîmées, et qui aménageaient ainsi des pièces de verdure aux décors végétaux foisonnants, regorgeant de fleurs multicolores. Papillons et abeilles virevoltaient et bourdonnaient au milieu de cette orgie de parfums sucrés et de nectar. Le ciel était d'un bleu immaculé, frangé vers l'horizon de lointains cirrus effilés comme les plumes d'un immense oiseau. La beauté calme de cette nature luxuriante mais savamment ordonnée contrastait avec les conflits qui agitaient la maisonnée et ceux, plus anciens et encore plus violents, qui avaient tonné entre ses murs.

Franchissant arcade après arcade, ils passèrent d'un enclos à un autre, jusqu'au dernier, au centre duquel se dressait une tonnelle qui croulait sous une bougainvillée rose. C'est là qu'ils se donnaient autrefois leurs rendez-vous amoureux, quand ils habitaient encore Kooraki, et qu'ils faisaient l'amour, loin de tout, protégés du monde extérieur par cette succession de murs.

Ils s'installèrent à l'intérieur du nid d'ombre et de fraîcheur. Ce petit paradis terrestre et le souvenir des délices qu'il leur avait réservés les apaisa. Dev cueillit une fleur qu'il glissa doucement derrière l'oreille d'Amelia.

— Tout ce temps que nous avons gaspillé…, murmura-t-il.

— Je ne t'en voudrais pas si tu en avais assez, Dev. Nos querelles m'ont encore plus affectée que toi. C'est à croire qu'une malédiction poursuit nos familles, génération après génération…

— Il ne tient qu'à nous de rompre le maléfice, Mel.

— Si c'était si facile…

— Je sais, répondit-il en soupirant. Mais promets-moi de ne jamais renoncer à nous, ma chérie. Ce que nous partageons est trop précieux pour qu'on l'abandonne, même s'il faut se battre pour le garder.

Bouleversée par sa tendresse, Mel le contempla avec amour, les yeux pleins de larmes.

— Je te le promets, Dev. Quoi qu'il arrive, je ne cesserai jamais de t'aimer.

— Voilà qui est bien parlé, répondit-il en déposant un petit baiser sur ses lèvres. Dîneras-tu avec nous ce soir ?

— Avec ta famille ? Je ne suis pas sûre que ce soit une bonne idée ! Les vingt millions de maman risquent de rendre l'atmosphère pesante…

— Ce n'est pas ça qui m'empêchera de dormir, et je te conseille de ne plus y penser. Et si tu n'y arrives pas, ajouta-t-il en souriant, change de psychanalyste.

— Un psychanalyste ? Je n'en ai pas, protesta-t-elle.

— Parler à quelqu'un d'expérimenté et de sage peut aider à comprendre les problèmes et à les surmonter. Parfois juste quelques séances suffisent.

— Si je me lançais dans ce travail, penses-tu vraiment que je n'aurais besoin que de quelques séances ?

Ils se mirent à rire tous deux, si complices, si unis qu'elle se demanda pourquoi ils avaient une relation si chaotique.

— Parfois, reprit-il, j'ai le sentiment qu'on ne quitte jamais l'enfant qu'on a été, qu'il reste vivant en nous malgré les années. Au fond, notre personnalité est assez comparable aux arbres : chaque année rajoute un cercle de croissance, mais la petite pousse du début reste au centre…

— C'est possible, en effet, admit-elle, pensive. Et le fait que les autres continuent de nous juger par rapport à notre passé n'arrange rien. Pour ta famille, je ne serai jamais une partenaire convenable. Je suis d'accord avec eux. Les médias pourraient s'emparer de l'histoire de ma mère ; je serais impliquée dans le scandale…

Elle prit soudain conscience de l'impact qu'une telle

affaire aurait, et du tort que cela pourrait faire à sa carrière à la banque.

— Tu es le directeur de Langdon Enterprise désormais, ajouta-t-elle. Pourrais-tu envisager de contester le testament ?

— Pour laver notre linge sale en public ? Sûrement pas. Mel, reprit-il en lui prenant la main, je ne veux surtout pas te nuire. La somme a beau dépasser ce que je prévoyais, je souhaite désormais que ta mère prenne cet argent et disparaisse. D'ailleurs, t'a-t-elle dit quand elle comptait s'en aller ? Ce n'est pas comme si elle pouvait simplement appeler un taxi…

— Non, j'ignore tout de ses projets, avoua-t-elle, mais je serais surprise qu'elle ne saisisse pas la première occasion de quitter Kooraki.

Ils se turent un instant pour admirer le tableau de verdure qu'encadrait l'ouverture de la tonnelle.

— S'il te plaît, viens dîner avec nous, reprit Dev. J'ai vraiment envie que tu sois là.

— Et tout doit se passer comme tu le souhaites ?

— Mel, s'exclama-t-il. Je vais finir par croire que tu détestes les hommes !

— Parfois, admit-elle en souriant. La guerre des sexes est bien réelle.

— J'ai hâte qu'elle prenne fin, surtout quand elle nous empêche de nous entendre parce que tu t'imagines devoir absolument gagner chaque bataille !

Il la contemplait de ses magnifiques yeux bleus pétillants de malice et elle se sentit perdre du terrain.

— Seulement certaines batailles, le corrigea-t-elle en souriant.

— Tu es en train de remporter celle-ci.

Pour signer sa défaite, il se pencha et l'embrassa voluptueusement, la faisant gémir de plaisir. Elle l'étreignit instinctivement, retrouvant en une seconde l'ardeur de leurs premières étreintes, quand ils découvraient l'amour physique dans les bras l'un de l'autre. Quand il releva enfin la tête, elle resta quelques secondes tout étourdie de plaisir. Puis reprit ses esprits.

— Est-ce le désir qui nous unit tous les deux ? Lui demanda-t-elle.

Dev laissa échapper une exclamation d'impatience.

— Je préfère ne rien répondre à cette bêtise. Il est grand temps que tu retrouves confiance en toi, Mel. Et en attendant, toute conversation sur ce sujet est inutile.

6

Dev la raccompagna jusqu'au hall sans ajouter un mot, et comment l'en blâmer ? C'est elle qui doutait sans cesse de leur relation et qui le tourmentait de ses doutes, qui errait au milieu de ses sentiments contradictoires comme dans un labyrinthe. Si seulement elle avait encore eu son père pour lui demander conseil !

Cette idée lui glaça soudain les sangs. Sa mère lui avait-elle dit la vérité en insinuant que Michael Norton n'était pas son véritable père ? Ce soupçon rajoutait un nouveau sujet d'incertitude au lot déjà encombrant que la vie lui avait accordé. Qu'avait-il pu se passer ? A des tas d'indices, Mel soupçonnait sa mère de venir d'une famille très convenable. Sa tenue, son éducation soignée, sa manière d'être, son goût pour le raffinement laissaient supposer que son milieu d'origine avait été assez privilégié. Se pouvait-elle qu'elle soit tombée enceinte trop jeune d'un mauvais garçon que sa famille ne pouvait accepter ? Son père, un Italien aux idées rigides, qui la portait aux nues jusque-là, pouvait alors l'avoir bannie de la famille à cause de ce déshonneur.

Bien que crédible, le scénario resterait un simple scénario tant qu'elle ne pourrait l'étayer par des faits tangibles. Ce qu'elle se promit de faire le plus vite possible.

Quand Ava la rejoignit enfin, elles s'installèrent sur la terrasse. Mel avait demandé qu'on leur monte du café, qu'une domestique apporta sur un joli plateau en argent.

— Quelle journée ! déclara Ava après sa première gorgée. Tu n'as pas l'air dans ton assiette ; tout va bien ?

Mel détourna les yeux, un peu gênée.

— Rien d'inhabituel. Dev et moi nous sommes querellés. Nous ne pouvons pas nous en empêcher.

— Vos rapports ont toujours été volcaniques, déclara Ava avec une pointe d'envie, et ça ne vous empêche pas d'être faits l'un pour l'autre. De quoi s'agissait-il ? Tu veux m'en parler ?

— De ma mère, bien sûr ! Tout le monde a été choqué aujourd'hui, moi la première.

— Nous nous en remettrons tous, répondit Ava sans s'émouvoir. Tu ne devrais pas tout prendre trop au sérieux, Mel. Toute ta vie, tu as cru qu'elle était sous ta responsabilité et tu as voulu régler ses problèmes, même s'ils te dépassaient complètement. Mais tu n'es pas ta mère !

— Certes, mais parfois les péchés des parents retombent sur leurs enfants.

— Ridicule, déclara tranquillement Ava. Tu es folle d'éprouver la moindre honte ; tout ça n'a rien à voir avec toi. Accorde-toi un peu de temps, je t'assure. Tout le monde finira par oublier cette histoire, tu aurais tort de t'empoisonner la vie avec.

— Tu as sans doute raison, admit Mel en mordant dans un exquis petit biscuit à la cannelle. Mais assez parlé de moi. J'ai l'impression que tu n'es pas très heureuse, Ava. Je me trompe ?

Son amie poussa un profond soupir et baissa les yeux vers sa tasse de café.

— Pas très, en effet. J'ai cru que mon mariage m'apporterait la liberté, mais tout s'est passé bien différemment de ce que j'espérais. Luke me considère plus comme un trophée que comme une épouse. Il est incroyablement égocentrique, et je le soupçonne de m'être infidèle. Je ne suis pas aveugle et je sais qu'il t'a déjà fait des avances. J'en suis désolée, Mel. Il se croit irrésistible, comme son père, et il s'imagine qu'un homme se doit de séduire toutes les femmes. Il voudrait me garder enfermée dans une cage dorée, comme un canari, et que je chante pour le distraire quand il s'ennuie. Je ne peux même pas compter sur ses parents pour me soutenir. Pour eux, il est parfait ! Et si je me plains, c'est moi qui suis impossible à vivre. Il regarde les autres femmes ? Allons donc, tous les vrais hommes en font autant !

Ava reposa sa tasse avec une brutalité qui tranchait sur son naturel posé et trahissait un profond mécontentement.

— Maintenant, je suis supposée tomber enceinte, poursuivit-elle. Après deux ans de mariage, n'est-ce pas ce qu'une épouse doit faire ?

— Sauf que quelque chose te retient, conclut Mel. Parce que tu n'imagines pas Luke comme le père de tes enfants ?

— Pas du tout, confirma Ava tristement. Ça me fait du bien de te parler, Mel, je sais que tu me comprends. Je ne peux me confier à personne d'autre. Même pas à Dev ; il n'a jamais approuvé mon mariage, il ne serait pas objectif. J'envisage de divorcer, bien que cela ne se soit jamais produit dans notre famille. Même mes parents ne l'ont pas fait.

— Parce qu'ils tiennent l'un à l'autre.

Le visage d'Ava retrouva son sourire à cette remarque.

— Oui, et je pense qu'ils vont revivre ensemble désormais. N'est-ce pas merveilleux ? Mon père est très heureux de ne pas avoir hérité de la direction des affaires familiales. Lui et maman ont de grands projets ; ils ont l'intention d'entreprendre un grand voyage en amoureux. Je suis tellement heureuse pour eux !

— Je leur souhaite beaucoup de bonheur moi aussi. Quant à toi, ma chérie, je te rappelle que tout a changé ici. Dev n'est pas ton grand-père.

— Dieu merci, s'exclama Ava en riant. Il ne veut que mon bonheur, je le sais, et j'aurais dû l'écouter… Au lieu de ça, je me suis braquée et j'ai foncé tête baissée dans les ennuis sans rien voir.

— Que veux-tu, la situation n'était pas facile et même les personnes les plus intelligentes commettent des erreurs. On n'a pas toujours de véritable choix. Ou nous ne voyons pas à l'avance ce qui risque d'arriver. Mais une fois qu'on a compris qu'on faisait fausse route, il ne faut pas hésiter à changer de voie. La véritable erreur, c'est de s'enferrer dans un piège sans réagir.

— Tu as raison. Cela va faire beaucoup de bruit, mais je

pense que je vais demander le divorce dès qu'on sera rentrés chez nous. Si elle était encore de ce monde, ma grand-mère serait furieuse contre moi ! « Il faut boire le vin jusqu'à la lie. » Tu ne l'as jamais entendue dire ça ?

— Plus d'une fois, et cette théorie a fait de sa vie un enfer.

— Pas seulement la sienne, celle de toute la famille. Parfois, je me demande si nous arriverons un jour à nous en remettre…

Mel resta silencieuse. Pour ceux qui avaient grandi dans cette atmosphère délétère, il était difficile de retrouver un équilibre à l'âge adulte. Elle, en tout cas, n'y était pas parvenue. Ava aussi garda le silence un instant, comme absorbée par ces souvenirs détestables. Puis elle leur resservit une tasse de café.

— Tu descendras dîner avec nous, n'est-ce pas ? reprit-elle.

— Tu sais ce que ta famille pense des Norton, répondit Mel.

— C'est toi qui dis ça, alors que tu étais la seule de cette maison à oser tenir tête à ma grand-mère quand tu n'étais pas plus haute qu'un tabouret ? Allons, Mel, je te croyais plus courageuse que ça ! S'il te plaît, dîne avec nous. Ça me fera très plaisir, et à mes parents et Dev aussi.

Le dîner dans la grande salle à manger se déroula sans incident. Erik et Elisabeth Langdon se montrèrent très affectueux à son égard, et les cousins les plus éloignés la traitèrent avec courtoisie, même s'ils la regardaient à la dérobée dès qu'elle détournait les yeux. Chacun évita soigneusement d'évoquer l'héritage mirobolant de sa mère, bien qu'il fût évident que tout le monde ne pensait qu'à ça…

Connaissant les habitudes de la maison, Mel avait enfilé une robe du soir de soie violette, assez sombre pour convenir à un dîner d'enterrement. Pour se donner un peu d'assurance, elle avait mis une paire de boucles d'oreilles en diamant, un bijou magnifique qu'elle s'était offert après avoir conclu une importante affaire à la banque.

Par respect pour le défunt, ni Erik ni Dev n'occupaient sa haute chaise de bois sculpté au bout de la longue table d'acajou, à laquelle on avait ajouté ses rallonges pour accommoder tous les invités. L'argenterie était rutilante, les cristaux étincelaient, des bols de fleurs alternaient avec les chandeliers au centre de la table. Chacun admira en silence leur ordonnancement impeccable et la perfection du service des domestiques, conséquences du savoir-faire de Sarina Norton et de ses longues années au service des Langdon.

Après un excellent dîner, toute la famille passa dans le salon pour prendre le café. La soirée ne traîna pas en longueur. Un vol avait été organisé tôt le lendemain matin vers Sydney, ce qui donnait à chacun une bonne excuse pour ne pas prolonger cette morne soirée.

A la fin, Mel se retrouva seule avec le nouveau maître de Kooraki.

— Merci d'être venue dîner avec nous, Mel, déclara Dev.

— Ce n'est pas pour toi que je l'ai fait, c'est pour Ava.

— Ta bonté n'a donc pas de bornes ! s'exclama-t-il. J'adore tes boucles d'oreilles, ajouta-t-il. Un petit cadeau de ton mentor à la banque ?

— Ne sois pas ridicule, protesta-t-elle en rougissant. Je les ai achetées moi-même.

— Une belle femme ne devrait jamais s'acheter ses bijoux.

— Tu veux dire, quand elle a un amant ?

— C'est toi qui le dis, Mel, déclara-t-il avec un petit rire. Bien, je crois qu'il est temps que ta mère et moi ayons une petite conversation.

— Quoi ? Maintenant ?

— Et alors ? Il n'est que 21 h 30. Pourquoi ne montes-tu pas la première pour la prévenir de ma visite ? Elle pourrait déjà être en déshabillé. J'imagine qu'elle en a toute une collection, ajouta-t-il, perfide.

— Et alors, est-ce interdit ? répliqua Mel sans réfléchir.

— Pas du tout ! Je garde un souvenir très doux de ceux que je t'ai vue porter…

— Pourtant, avec toi, je ne les ai jamais gardés très longtemps sur le dos…

Il se mit à rire, puis reprit son sérieux.

— Alors, vas-tu monter ou non ? De toute façon, je parlerai à ta mère, alors autant aller la prévenir.

— On croirait entendre ton grand-père, protesta-t-elle. Tu commences déjà à te montrer aussi tyrannique que lui !

— Inutile de râler. Je monte dans dix minutes quoi qu'il arrive.

Etouffant une exclamation exaspérée, Mel se leva et monta au premier étage.

Sa mère lui ouvrit vêtue d'une ravissante tunique exotique brodée de fleurs multicolores. Distante et un peu froide, comme toujours, elle accepta de recevoir Dev, qui arriva un instant plus tard. La conversation fut brève. Sarina partirait avec les autres le lendemain matin ; elle consentit à donner le nom de l'hôtel où elle résiderait en attendant la liquidation de la succession et le départ de sa nouvelle vie.

En sortant de sa chambre, Mel prétexta une grande fatigue pour laisser Dev, qui n'insista pas pour la retenir. Une fois seule, elle ôta ses boucles d'oreilles en songeant au court entretien qu'ils venaient d'avoir avec sa mère. Celle-ci allait partir de Kooraki.

Vingt ans trop tard…

Et qu'arriverait-il ensuite ? Continueraient-elles de se voir ? Un doute affreux lui empoisonnait l'esprit, et elle décida brusquement de retourner discuter avec sa mère.

Comme celle-ci ne répondait pas, Mel poussa la porte, qui n'était pas fermée à clé, et entra dans la chambre, qui était vide. Il y avait du bruit dans la salle de bains. Elle s'installa dans un fauteuil en attendant.

Sa mère revint dans la pièce un instant plus tard, drapée dans un peignoir d'éponge et une serviette en turban autour de la tête.

— Maman ?

— Oh ! s'écria-t-elle en sursautant. Tu es folle de me faire des peurs pareilles ! Veux-tu que je fasse une crise cardiaque ?

— Encore faudrait-il que tu aies un cœur, rétorqua sa fille froidement.

— Si tu es revenue pour te montrer désagréable et me manquer de respect, tu ferais mieux de sortir.

— Non, je suis venue pour avoir quelques réponses que tu me dois depuis trop longtemps, et je ne sortirai pas sans les avoir obtenues.

Sarina contempla sa fille avec impatience et pinça les lèvres.

— Tu as toujours été impossible avec tes questions. Je n'ai pas envie de discuter ce soir, Amelia. Je suis fatiguée, je pars tôt demain matin. Je dois me reposer et finir de faire mes bagages.

— Si tu réponds sans mensonge, cela ne devrait pas prendre trop de temps. Hier, tu as insinué que papa n'était pas mon vrai père. Je veux connaître la vérité. Toute la vérité, maman. Je veux tout savoir de ton passé.

Mel aurait juré apercevoir un éclair de panique dans les grands yeux noirs de sa mère, mais ce fut passager et celle-ci détourna le visage.

— Tu perds ton temps, Amelia. Tu ne gagneras rien à apprendre ces vieilles histoires. Mon passé ne te regarde pas.

— Je ne te demande pas les détails, mais j'ai le droit de savoir ce qui me concerne personnellement, insista Mel. Contrairement à ce que Mireille Langdon a insinué un jour, Gregory n'était pas mon père. Je me trompe ?

— Non, déclara Sarina en relevant le menton.

Le geste fier la fit soudain paraître incroyablement jeune. Sa fille l'observa avec incrédulité.

— Quel âge as-tu exactement, maman ? Tu dois être bien plus jeune que tu l'as toujours prétendu.

Sa mère resta silencieuse, figée dans une posture de défi.

— Quel âge avais-tu quand je suis née ? reprit Mel. Seize, dix-sept ans ? Tu étais déjà enceinte quand tu as connu papa, n'est-ce pas ? Je suppose que tu ne lui as rien dit.

— La vie est pleine de mystères, Amelia, répondit enfin sa mère d'une voix froide. Mais tu es incapable de te résigner, je te connais bien. Tu es le genre de personne qui se cogne la tête contre les obstacles pour les abattre. Sauf que parfois, ce sont les obstacles qui t'abattent… N'insiste pas, je ne te dirai rien. Mon passé est derrière moi et je ne veux plus y penser. Tout est différent à présent. Je suis une femme riche, je peux tourner définitivement la page.

— Et me balayer comme tes souvenirs encombrants, je suppose ?

— Ne sois pas stupide, Amelia. Tu es ma fille, quoi qu'il arrive.

Il y avait une gravité dans ses paroles qui fit frissonner Mel. Jamais sa mère ne lui avait dit qu'elle l'aimait, ou en tout cas elle n'en gardait aucun souvenir ; mais la connaissant, cette simple phrase ressemblait beaucoup à un témoignage d'affection. Comment en être sûre avec une femme aussi renfermée ?

Elle n'eut pas le temps de réfléchir à une nouvelle approche. Sa mère se ressaisit brusquement et retrouva son expression d'énergique détermination.

— Je ne sais pas ce que tu t'imagines, Amelia, mais j'en ai assez de tes reproches. J'ai fait tout ce que j'ai pu pour toi. Je t'ai élevée, je me suis assurée que tu avais un toit sur ta tête et de quoi manger tous les jours. Je n'ai sans doute pas été la mère que tu désirais et crois bien que je le regrette, mais on ne refait pas le passé, et tu dois accepter ce que tu as reçu. Je ne te demande pas de m'aimer ou de me manifester de la reconnaissance, mais admets au moins que j'ai fait mon devoir et que je n'ai pas été une mauvaise mère. Maintenant, laisse-moi tranquille avec tes questions. Je ne te dirai rien de plus. Vis ta vie, ma fille, et cesse de nous tourmenter toutes les deux avec tes doutes. L'avenir est devant toi. Et si je peux te donner un conseil, ne le gâche pas avec Dev. Il est comme son grand-père, il ne t'épousera jamais. Sois indépendante et ne laisse jamais aucun homme te tenir à sa merci. C'est le seul conseil que je te donnerai. Maintenant, retourne dans ta chambre et laisse-moi.

C'était la première fois que sa mère lui en disait autant, mais cela ne lui suffisait pas.

— Non. Je ne sortirai pas avant que tu m'aies parlé de mon véritable père. Ce n'était pas papa, n'est-ce pas ?

— Non, Amelia, je te l'ai déjà dit.

L'entendre le répéter sans la moindre ambiguïté fut un choc. Mel se raidit dans son fauteuil, plus décidée que jamais à n'en pas bouger avant de connaître enfin *toute* la vérité.

— Qui était-ce, alors ?

— Michael Norton était un homme bon et généreux, s'exclama sa mère avec impatience. Il a eu pitié de moi quand mon amant m'a abandonnée. Celui-ci m'avait juré qu'il m'aimait, qu'il ne me quitterait jamais. Ne crois jamais un homme, Amelia. Ils sont incapables d'un véritable amour. Nous ne sommes que des jouets à leurs yeux.

— Qui était-ce ? répéta Mel.

— Mon professeur de mathématiques. Un homme respecté de tous. Il me donnait des cours particuliers quand j'étais au lycée. Un vrai gentleman. En tout cas je le pensais.

Mel absorba le choc sans fléchir. Pour la première fois, sa mère semblait ébranlée. Son intuition lui disait que si celle-ci ne disait peut-être pas la vérité, elle s'en rapprochait beaucoup.

— Je veux savoir d'où tu viens, maman. Donne-moi le nom de ta ville natale.

— Silverton. Dans le Queensland du Nord.

Apparemment abattue, sa mère tomba sur le canapé. Mel resta un instant médusée.

— Mais tu m'as toujours dit que tu venais de Sydney !

— C'est une grande ville où personne ne pouvait retrouver ma trace, rétorqua sa mère d'une voix assourdie. Dieu me punira un jour pour ce que j'ai fait, ajouta-t-elle sans relever la tête. Je n'attends pas beaucoup de mansuétude de sa part, Amelia, ni de la tienne. Mais je n'y peux rien ; je suis ce que je suis.

— N'importe qui peut dire ça, maman, mais cela n'explique rien. Est-ce parce que j'étais la fille de cet homme que tu ne m'as jamais aimée ?

Sarina redressa fièrement la tête, les yeux brillants de colère.

— Ne dis jamais ça ! Tu es le fruit de mon péché, ma punition, mais tu n'as pas le droit de dire que je ne t'aime pas. C'est complètement faux. C'est juste que… J'étais si jeune, si désemparée… Tu n'as pas d'enfant, tu ne peux pas comprendre ce que cela signifie d'être mère quand on n'est pas soi-même une adulte. Je n'étais pas préparée à la maternité. J'ai fait tout ce que j'ai pu, Amelia, je te le jure. Je sais que cela ne suffisait pas, mais je te jure que je ne pouvais pas faire mieux. Et ensuite, quand tu as commencé à grandir, tu es devenue hostile, emportée, têtue comme une mule. Je ne savais plus quoi faire avec toi. Seul Michael trouvait grâce à tes yeux. Il y avait Gregory dans ma vie, tout était si compliqué, je ne savais plus quoi faire, j'étais déchirée entre la culpabilité et mon amour pour lui. Ensuite, Michael a été tué lors de cet horrible accident, et tu t'es éloignée de moi encore davantage, comme si tu me tenais pour responsable de cette mort. Je n'ai pas été une bonne épouse pour lui, je l'avoue, mais jamais, tu entends, jamais je n'ai cessé de le respecter. C'était un homme profondément bon. Me rencontrer a fait son malheur à lui aussi. Depuis, ta colère est ma punition, le prix que je paye pour n'avoir été amoureuse que des mauvais hommes. La beauté est un don fatal, Amelia, surtout quand on est très jeune.

Mel avait écouté sa mère sans oser respirer. Très droite à présent sur le canapé, celle-ci ressemblait à une souveraine, incroyablement belle et hautaine, murée dans ses contradictions et sa culpabilité.

— Tu es encore si jeune, maman... Quel âge as-tu exactement ? Quarante-trois ? Quarante-quatre ans ?

— Quelque chose comme ça, admit sa mère.

— Je suis désolée pour tout ce qui t'est arrivé, maman, murmura-t-elle, très émue. Sincèrement désolée. Tu étais une jeune fille, bien trop jeune pour avoir un bébé. Mais pourquoi m'as-tu tenue à distance toutes ces années ?

— Comment aurais-je pu te réconforter quand j'avais tant besoin de réconfort moi-même ?

Mel acquiesça. C'était difficile à admettre, mais elle comprenait désormais.

— Et Gregory ? Tu l'aimais vraiment ?

Sarina détourna la tête et une rougeur monta à ses joues.

— Maman ? Tu l'aimais vraiment, ou tu t'es seulement servie de lui ?

— Je l'ai aimé plus que tout au monde, Amelia. C'était un homme impossible, un despote, mais je l'ai aimé plus que n'importe qui d'autre.

— Plus que ta propre fille ?

Sarina la contempla d'un visage indéchiffrable, puis se leva sans répondre.

— Va te coucher, Amelia. Il est tard et nous sommes toutes les deux épuisées.

Mel n'avait pas besoin d'en entendre plus, l'absence de réponse était une réponse en soi.

Elle se leva à son tour et marcha vers la porte, le cœur lourd, mais apaisée.

Et avant de sortir, elle fit quelque chose qu'elle n'avait pas fait depuis des années.

Elle se pencha vers sa mère pour déposer un baiser sur sa joue.

7

Les oiseaux se lancèrent dans un joyeux concert le lendemain matin juste avant le lever du soleil, et leur chorale matinale réveilla Mel. Elle se leva, fascinée par cette aubade, et passa sur le balcon pour écouter ces chants si entraînants qui semblaient provenir de chaque arbre du bush.

Sa nuit n'avait pas été bonne, troublée de rêves oppressants, hantée par les fantômes du passé, Mireille Langdon en tête. Elle avait même vu son père. Il ne l'était peut-être pas génétiquement parlant, mais Michael Norton le resterait à tout jamais dans son cœur. Il avait été le seul qu'elle avait aimé et appelé « papa », et rien ne pourrait changer ce fait. La conversation avec sa mère, la veille au soir, l'avait bouleversée. Même si celle-ci avait eu des propos durs à entendre, Mel y avait décelé une pointe de regret et du chagrin. Avait-elle des remords d'avoir été une mère si peu aimante, de lui avoir manifesté si peu de tendresse ? Probablement.

Mel avait du mal à se montrer objective. Il s'agissait quand même de sa mère, de son enfance ! Paradoxalement, si elle lui en voulait toujours de ne pas avoir été plus affectueuse, elle comprenait parfaitement qu'une jeune fille se retrouvant mère sans l'avoir souhaité pouvait effectivement être totalement démunie face aux besoins affectifs de son enfant. Et lui faire porter inconsciemment la responsabilité de sa situation.

Mais comment pouvait-on vivre sereinement sans la certitude profonde et inébranlable d'avoir été aimée et désirée par ses parents ? Jamais Sarina ne lui avait donné cette impression et cela la remplissait d'une infinie tristesse. Le seul qui l'avait choyée avait été Michael Norton. Son seul et vrai père, quoi qu'en disait l'hérédité.

Se secouant, elle sortit un jean et ses bottes de son sac, s'habilla et sortit de la maison silencieuse en direction des écuries. Un tour à cheval dans la fraîcheur du petit matin, voilà qui lui changerait les idées !

Il y avait un palefrenier déjà debout malgré l'heure matinale qui lui sella une belle jument blanche, et Mel s'élança avec soulagement vers le bush.

Des milliers de fleurs sauvages couvraient de taches multicolores la terre rouge. Au loin, les collines érodées se teintaient de rose dans le soleil levant. A midi, Mel savait qu'elles apparaîtraient d'un rouge sombre. C'était une des choses qui la fascinaient dans le bush : rien n'était jamais pareil suivant l'heure du jour et ces falaises prenaient une variété infinie de couleurs. Uluru, une des plus spectaculaires, était vénérée par les aborigènes qui en avaient fait un endroit magique, créé par les esprits tout-puissants. Elle se dressait à plusieurs centaines de mètres au-dessus du désert, masse immuable et massive qui formait le plus gros monolithe du monde. Au-delà s'élevaient aussi Olgas, Kata Tjunta, avec leurs formes fascinantes qui évoquaient des dômes et des tourelles…

Ce spectacle apaisant aida Mel à se détendre et à oublier tout ce qui la tourmentait. Un aigle volait très haut dans le ciel, dessinant sur l'azur des cercles parfaits. Lui aussi était sacré pour les indigènes. Un groupe de perroquets vert et jaune la suivait dans sa promenade, alors que la jument avançait à son rythme, sans que sa cavalière lui donne aucune indication, en se dirigeant instinctivement vers une des plus jolies berges de Kooraki, qui pourtant en comptait beaucoup. Sur cette terre plate, les rivières serpentaient à l'infini, et la moindre dépression de terrain se transformait en étang ou en lac d'un vert profond. Et partout fleurissaient les lotus et les nénuphars. Les premiers, surtout avec leurs fleurs qui se dressaient hors de l'eau, et ouvraient leurs pétales roses, jaunes ou blancs au-dessus d'un tapis de larges feuilles d'un vert intense.

Arrivée au bord de la rivière, Mel attacha la jument à la branche d'un acacia en fleur, puis elle descendit la courte pente qui menait à la petite plage de sable d'un ocre pâle. A cet endroit, la rivière était assez profonde, et en dehors de cette plage, une végétation épaisse protégeait ses berges. Dev et elle étaient souvent venus ici autrefois pour faire l'amour dans l'eau fraîche, cachés par les buissons d'acacias qui chargeaient l'air de leur parfum sucré.

Dev la prenant dans ses bras... l'embrassant... la caressant... Rien que de se le rappeler lui donnait le frisson. Il était un amant extraordinaire. Un jour, il lui avait confié que l'amour qu'il éprouvait à son égard était si fort qu'il aurait pu mourir si elle l'avait quitté. Mel éprouvait la même chose. Dev était le seul homme de sa vie, son âme sœur, son complément. Il avait eu une influence considérable sur toute son existence. Elle savait qu'il lui serait impossible de vivre sans lui.

Pourquoi, malgré cette certitude, n'arrivaient-ils pas à trouver la paix tous les deux ?

La question la tenaillait depuis longtemps. Sans doute devait-elle faire la paix avec son passé avant de pouvoir affronter l'avenir. Et il avait peut-être raison quand il lui disait qu'elle n'avait pas une assez bonne image d'elle-même pour accepter qu'on l'aime vraiment.

Le souvenir de Michael Norton et de sa mort lui revint à l'esprit.

Papa, pourquoi m'as-tu abandonnée ? songea-t-elle, comme alors terrassée par l'injustice de cette disparition. Savait-il qu'elle n'était pas sa vraie fille ? « Mais tu es sa vraie fille, protesta son cœur. Tu l'as toujours aimé comme ton père, même s'il ne l'était pas à proprement parler, et les révélations de ta mère ne changent rien à ce fait... »

Il fallait plus de temps pour devenir un père que pour engendrer un enfant, se rappela-t-elle. Michael Norton l'avait élevée comme sa fille, l'avait choyée et protégée pendant sept ans. Il avait gagné le droit d'être appelé papa, même s'il n'était pas son géniteur.

Une profonde tristesse la saisit soudain. Le choc de cette conversation, sans doute, la fatigue, l'affrontement avec

Dev, tout cela fut soudain trop pour ses nerfs et elle se mit à sangloter comme une petite fille.

Ce qui lui fit du bien. Au bout d'un moment, ses larmes se tarirent et elle resta immobile à fixer l'étendue d'eau sans vraiment la voir. Sa mère n'était pas la première adolescente à tomber amoureuse d'un homme plus âgé, marié ou pas. Silverton… Elle se souvenait vaguement que la région produisait des fruits tropicaux. Il ne lui serait pas difficile d'y retrouver la trace de cet homme. Elle voulait absolument le retrouver, et clore ce chapitre pour enfin s'occuper de son avenir !

Le soleil devenait de plus en plus chaud et l'eau de la rivière de plus en plus tentante. Il n'y avait personne à des kilomètres à la ronde, et la promesse d'un bon bain fut la plus forte. Elle se releva, ôta ses vêtements, et plongea avec bonheur dans l'onde fraîche.

Dev trouva Mel allongée sur le sable, à moitié endormie. Qu'elle était belle ! Il resta un instant immobile à l'admirer en silence, avant de la rejoindre. Quand son ombre se projeta sur la jeune femme, elle ouvrit les paupières avec une exclamation de surprise.

— Ah, c'est toi ! Depuis combien de temps es-tu là ?

— Je viens juste d'arriver. Ton bain était-il agréable ?

— Divin.

S'appuyant sur les coudes, elle se redressa à moitié pour regarder la rivière. Dev était impressionné par sa beauté et sa nudité ; pourtant ils n'avaient aucun secret l'un pour l'autre, et ils avaient passé d'innombrables moments à cet endroit même pendant leur jeunesse, nus comme Adam et Eve au temps de la création… Peut-être à cause de cela, il avait l'impression d'être le même jeune homme qu'alors, bouillant d'un désir irrépressible.

Sauf que désormais, tout était bien plus compliqué entre eux qu'à cette époque.

Il tomba sur le sable à côté de Mel.

— Qu'est-ce que ta mère t'a raconté ? demanda-t-il sans préambule.

— Ma mère ? Pourquoi m'aurait-elle raconté quoi que ce soit ?

— Ne me mens pas, Mel ; je te connais bien. Vous vous êtes encore disputées, je le devine.

Elle détourna les yeux et s'assit.

— Peux-tu me passer ma chemise, s'il te plaît ?

— Dommage que tu te rhabilles. Tu as vraiment un corps magnifique.

Elle lui jeta un regard noir et il comprit que le moment était mal choisi pour la taquiner. Il la laissa se rhabiller sans commentaire, avant de revenir à la charge.

— Alors, ta mère… ?

— Je ne vois pas pourquoi je devrais te rapporter la moindre conversation avec ma mère, protesta-t-elle. Après tout, me racontes-tu tout, toi ?

Ils allaient encore se disputer, comprit-il. Mais juste quand il ouvrait la bouche pour répondre, un couple de grues brolgas arriva en planant et se posa de l'autre côté de la rivière.

— Ne bouge pas, murmura-t-il.

Amelia lui obéit sans discuter. Dans un pays comme l'Australie, qui abritait des animaux terriblement dangereux, dont les serpents les plus venimeux du monde, personne ne discutait un ordre pareil ! Il lui prit la main et lui désigna du menton les oiseaux.

— Rassieds-toi doucement, Mel, murmura-t-il.

Elle s'installa sans geste brusque sur le sable chaud juste à côté de lui. La plus grande des deux grues, haute de plus d'un mètre, s'inclina devant la seconde, ouvrit ses ailes, et attendit que son partenaire réponde à son salut. C'était le début de leur fascinante danse nuptiale.

Mel oublia sa tension et réagit comme autrefois ; elle s'appuya contre lui et lui enlaça la taille alors qu'il la prenait par les épaules. L'un contre l'autre, dans cette paisible étreinte, ils admirèrent l'étrange et merveilleux rituel des oiseaux, aussi raffiné et élégant qu'une chorégraphie de ballerines. Lorsque celui-ci se termina, ils se retinrent d'applaudir, ce qui aurait effrayé les échassiers, et restèrent silencieux, à moitié cachés par les acacias en fleur.

— La paix et la beauté existent vraiment dans ce monde, chuchota Dev. Même si elles sont parfois difficiles à trouver.

— Oui, c'est merveilleux, répondit-elle en posant la tête sur son épaule. Si seulement nous pouvions recommencer du début !

— C'est impossible, tu le sais bien. On doit aller de l'avant, et regretter le passé n'est qu'une perte de temps. Nous vivons au présent, nous regardons vers l'avenir. C'est la seule direction possible.

— Tu as toujours su affronter l'existence avec sérénité. Pour ma part, cela me remplit d'angoisse, avoua-t-elle.

— Veux-tu me raconter ta conversation avec ta mère, maintenant ?

La jeune femme soupira et se mit à tripoter un coquillage rose dans le sable.

— Elle m'a confirmé que Michael Norton n'était pas mon vrai père.

— J'imagine qu'en effet cela a dû être un choc pour toi.

— Je crois que je n'ai pas encore totalement digéré cette révélation, avoua-t-elle. D'après son histoire, ma mère a eu une aventure avec un de ses professeurs du lycée, un homme marié, qui l'a mise enceinte. Sa famille l'a alors rejetée, en particulier son père. Je ne sais pas si c'est toute l'histoire ; en revanche, je sens que son passé lui pèse beaucoup, même encore aujourd'hui. Sa ville natale est Silverton. En as-tu entendu parler ?

— Oui, bien sûr. C'est une petite ville prospère tout au nord du Queensland du Nord. L'activité économique principale est la production de mangues et de fruits secs. C'est sans doute là qu'elle a rencontré Mike. Il venait de Maru Downs, et Silverton est l'une des villes les plus proches de cette propriété.

— J'ai toujours cru que sa famille était de Sydney, avoua Mel en soupirant.

— Ta mère voulait sans doute mieux cacher ses origines. Il y a eu beaucoup d'immigrés italiens dans le Queensland du Nord. L'industrie du sucre leur doit beaucoup ; c'est eux qui l'ont développée.

— Les informations sur ma famille me tombent dessus comme les débris d'une cheminée un jour de tempête, déclara-t-elle en redressant la tête. J'en suis encore tout étourdie !

— T'a-t-elle parlé de ses parents ?

— Ils seraient morts dans un accident de voiture il y a longtemps.

Dev hocha la tête. Quelque chose lui semblait vaguement incohérent dans ce récit, et il savait que Sarina Norton pouvait mentir avec un aplomb incroyable.

— Pourquoi a-t-elle attendu si longtemps pour te le dire ?

— Je lui ai assuré que je ne quitterais pas sa chambre sans obtenir de réponses à mes questions. Peut-être qu'il y avait aussi la fatigue de la fin de journée, le fait que sa vie est sur le point de changer radicalement, que les vingt millions de ton grand-père lui offrent une liberté qu'elle n'a jamais connue jusqu'à maintenant… ?

— Et ton père ? Je veux dire Mike ; savait-il que tu n'étais pas sa fille ?

— Comment le saurais-je ? Ma mère ne me l'a pas dit. Tout ce que je sais, c'est qu'il m'aimait comme un véritable père.

— Bien sûr ! confirma Dev avec conviction. Je n'étais encore qu'un enfant, mais je me souviens très bien avec quelle affection il te parlait, et comme il était heureux de t'embrasser le soir après le travail. Que ta mère le lui ait dit ou pas, il t'aimait de tout son cœur. Peut-être que toute cette histoire de professeur de lycée n'est qu'une nouvelle invention de ta mère…, ajouta-t-il.

— J'ai bien l'intention de tout vérifier.

— Tu veux te rendre à Silverton ?

— Oui.

— Je t'y emmènerai, rétorqua-t-il. Si Sarina a vécu là-bas, quelqu'un s'en souviendra. Après tout, elle n'a pas un physique qu'on oublie facilement ! Quant à son nom… As-tu envisagé que ce ne soit pas le sien ?

— Oui, avoua Mel, j'y ai pensé. Tu sais, j'ai beaucoup réfléchi à son histoire, reprit-elle après une seconde de réflexion. Dans un milieu très conservateur, avec une éducation très stricte, le fait d'attendre un bébé sans être mariée, d'un homme plus âgé et déjà pris de son côté… Je peux comprendre que tout cela soit extrêmement perturbant pour une jeune femme, encore presque une adolescente. Mais j'ai besoin d'en savoir plus sur son histoire.

— Je comprends très bien, ma chérie, et c'est pour ça que je t'emmènerai à Silverton. Je suis prêt à faire n'importe quoi si cela peut t'aider à avancer.

La jeune femme se blottit contre lui et le contempla de ses magnifiques yeux noirs, si expressifs qu'il en eut le cœur chaviré.

— Merci, Dev. Je ne peux rien te promettre, mais je sais que je me sentirai beaucoup plus en paix quand je saurai la vérité. Tu comprends ?

— Bien sûr, mon cœur. Il ne faudra qu'un jour ou deux pour organiser le voyage.

— Parfait.

Elle se releva alors et rattacha les derniers boutons de son chemisier. Dev aperçut alors les larmes qu'elle tentait de lui cacher. Il se releva d'un bond pour la prendre dans ses bras.

— Mon amour, ne pleure pas, je t'en supplie. Tout va s'arranger.

Pour la convaincre, et parce qu'il était dévoré d'un inextinguible désir, il l'embrassa sur la bouche avec une passion brûlante. Mel répondit à son baiser avec la même fougue, puis nicha la tête au creux de son cou. Ils restèrent un instant ainsi, savourant le bonheur d'être ensemble, au milieu de cette nature inviolée.

— Ça va mieux ? lui demanda-t-il au bout d'un instant.

— Oui, merci, répondit-elle en s'écartant. Rentres-tu à la maison à présent ?

— Oui. Patrick O'Hare vient déjeuner ; il a une proposition à me faire. Lui et mon grand-père traitaient beaucoup d'affaires ensemble.

— Je serais surprise qu'il vienne seul. Siobhan l'accompagnera sans doute. Elle ne raterait pas une si belle occasion de te voir.

— Ne commence pas avec ça, Mel, la prévint-il. Je t'ai déjà dit ce que j'éprouvais pour elle, je ne veux pas me répéter. J'espère que tu te joindras à nous pour déjeuner ?

— Bien sûr.

Dev savait que Mel était jalouse de la jeune Siobhan. Cette dernière s'imaginait être amoureuse de lui, et ses parents l'encourageaient dans cette voie, sans doute dans l'espoir de resserrer les liens entre leurs deux familles. Bizarrement, Siobhan ne l'avait jamais interrogé sur ses relations avec Mel. Peut-être préférait-elle croire qu'il s'agissait d'un lien quasi familial, une sorte de cousinage, sans rien de physique ?

La réalité, c'est que Siobhan ne lui inspirait pas la moindre attirance. Si une relation était exclusivement amicale, contrairement à ce que croyait Mel, c'était bien celle qu'il avait avec la fille des O'Hare !

8

Siobhan O'Hare avait fait un effort particulier pour se montrer tout à son avantage pour cette visite à Kooraki. Son père, évidemment, avait été ravi de l'y emmener avec lui. Ses deux parents, et sa mère en particulier, espéraient qu'elle réussirait à capturer le cœur du célibataire le plus convoité de toute la région. Dev et elle avaient toujours été amis, et à presque trente ans, il devrait très bientôt trouver une épouse. De nombreuses jeunes femmes se pressaient sur la file d'attente, il n'avait qu'à faire son choix. Et à présent qu'il avait succédé à Gregory Langdon, la pression de la famille pour qu'il se marie et fonde un foyer serait encore plus forte.

Siobhan avait un gros atout dans son jeu, étant née dans l'Outback et étant l'héritière de la famille O'Hare. Son expérience de la vie dans un domaine isolé, le statut social de sa famille, riche et ancienne, lui donnaient un sérieux avantage. Sa mère le pensait également. Bien sûr, il y avait ce petit grain de sable dans cette belle mécanique, Amelia Norton…

Il fallait se montrer réaliste : Amelia était d'une beauté exceptionnelle, dotée d'une voix grave et mélodieuse de mezzo, et d'un charme féminin évident. En plus de cela, elle était intelligente et occupait déjà un poste très important dans une grosse banque d'investissement.

Son handicap était sa mère. Depuis la lecture du testament de Gregory Langdon, tout le monde avait désormais la certitude que Sarina Norton avait été la maîtresse du vieux monsieur. Et personne n'avait l'intention de l'oublier ou de le pardonner. Si la presse en parlait, cela ferait un beau scandale !

Bien sûr, il y avait quelques rumeurs sur une liaison entre

Dev et Amelia, mais personne n'avait jamais pu l'étayer d'un seul fait concret. Ils ne se comportaient certainement pas en public comme deux amants. Après tout, leur relation pouvait très bien être fraternelle, puisqu'ils avaient presque le même âge et qu'ils avaient grandi dans le même domaine.

Malgré cela, un doute ne cessait de la tarabuster et elle se promit de sonder Amelia à la première occasion.

Exactement comme Mel l'avait prédit, Siobhan arriva avec son père. Ils la saluèrent tous deux cordialement, bien qu'avec un soupçon de froideur chez la jeune femme. Celle-ci était ravissante. Ses courtes boucles couleur de cuivre brillaient au soleil et les taches de rousseur sur son nez lui donnaient un adorable air juvénile. Elle portait une robe de coton toute simple qui lui allait à ravir. Quand Dev se pencha pour l'embrasser, elle leva vers lui un visage rayonnant, comme une fleur de tournesol se dirigeant vers l'astre du jour.

Le cœur de Mel se serra péniblement dans sa poitrine. Dev n'était pas amoureux de la visiteuse, cela se voyait, mais n'importe qui pouvait voir également que Siobhan, de son côté, l'adorait littéralement ! Quelle merveille d'être amoureuse, songea-t-elle amèrement. Et quel enfer de l'être du mauvais homme…

Le déjeuner fut servi à l'ombre de la véranda, du côté de la piscine qui se trouvait au bout d'une pelouse verdoyante, en partie cachée de la maison par une pergola croulant sous les bougainvillées. L'assistante de sa mère, Nulla Morris, avait été élevée au grade de gouvernante depuis la mort de Gregory Langdon, et elle prouva son savoir-faire en leur faisant servir une succulente salade d'avocat, de cédrats et de roquette, suivie par un plat d'inspiration thaïlandaise mêlant fruits de mer et légumes aigres-doux. Gregory Langdon adorait la cuisine thaïe et Sarina en faisait souvent servir à la table de Kooraki. Une glace à la noix de coco et au gingembre garnie de pousses de menthe terminait ce repas léger mais exquis.

Siobhan anima tout le repas avec une vivacité primesautière charmante. Oubliant sa timidité habituelle, elle leur raconta une foule d'histoires amusantes et de gentils commérages qui les firent tous beaucoup rire. Elle avait un véritable talent d'imitatrice et savait à merveille reproduire les tics de leurs connaissances communes, ce qui ajoutait au comique de ses histoires. Son père paraissait très fier de sa fille. Dev, lui, la contemplait avec affection, ce qui devait réconforter chacun de leurs deux invités. Mel fit un effort pour se montrer également d'humeur légère. Elle se rendait parfaitement compte que Dev l'observait discrètement, et cette surveillance finissait par la rendre nerveuse.

Après le déjeuner, les deux hommes se retirèrent dans le bureau pour discuter, les laissant seules. Mel aurait bien aimé garder une certaine distance entre elles deux, mais Siobhan avait d'autres projets.

Elles marchaient toutes les deux vers la pergola de bougainvillée quand Siobhan commença ce qui ressemblait a priori à une conversation amicale, mais qui était en réalité un véritable interrogatoire.

— Quand pensez-vous rentrer à Sydney ? lui demanda-t-elle en la prenant par le bras.

— Je ne le sais pas encore, répondit Mel, évasive.

— La situation doit être difficile pour vous, n'est-ce pas ?

— Difficile ? Pourquoi ? rétorqua-t-elle en feignant de ne pas comprendre.

— A cause de votre mère. Nous sommes tous de votre côté, Amelia.

— Pourquoi pensez-vous que j'ai besoin qu'on soit de mon côté, Siobhan ?

Les joues d'albâtre de la jeune femme se colorèrent de rose.

— Ne le prenez pas mal, surtout ! Je voulais juste vous dire que vous aviez des amis ici.

— Je sais que j'ai des amis, c'est gentil de me le rappeler.

— Oh ! C'est bien normal, s'exclama Siobhan en riant.

— Je pourrais même vous répondre que j'ai tous les amis dont j'ai besoin.

Le rire de la jeune O'Hare s'étrangla dans sa gorge.

— Oh ! Pardon, je vois que je vous ai contrariée. Je voulais juste vous dire que cette histoire avec votre mère ne vous avait pas attiré d'ennemis. Tous ces zéros, il faut avouer que ça donne le vertige. Vingt millions, c'est ça ?

— Qui vous l'a dit ? rétorqua Mel.

— Eh bien… Dev, bien sûr !

— C'est faux.

Mel avait de plus en plus de mal à contenir son exaspération, et cela se voyait sans doute car Siobhan semblait se rapetisser à chaque parole.

— Pourquoi vous mentirais-je ? protesta-t-elle faiblement.

— Vous venez pourtant de le faire à l'instant. Je crois que vous êtes impatiente de me voir partir. Je sais que vous êtes très attachée à Dev…

— Cela se voit tant que ça ? demanda la jeune femme en piquant un fard.

— Pour moi en tout cas. Je ne vous en blâme pas, d'ailleurs. Dev est un homme particulièrement beau et séduisant. Alors qu'est-ce qui vous inquiète chez moi ?

Une approche aussi directe parut la déconcerter et elle resta quelques secondes sans rien dire, l'air mal à l'aise.

— J'ai besoin de savoir où je mets les pieds, expliqua-t-elle enfin. Vous et Dev êtes très proches, tout le monde le sait ; vous l'avez toujours été.

— Et cela vous pose un problème ?

— Non, non, bien sûr ! Je comprends très bien. Vous avez grandi seule ici, sans amis, sans frère ni sœur ; votre mère était employée de maison… Dev a dû être votre chevalier servant.

— Et vous souhaitez savoir s'il l'est encore, conclut Mel abruptement.

Siobhan, apparemment peu habituée à une attaque aussi frontale, rougit de plus belle.

— Soyons claires, ma chère, reprit Mel. Vous voulez savoir si Dev et moi sommes amants, n'est-ce pas ? Vous voulez savoir si la voie est libre pour vous ou pas…

— Pardon, Amelia, je ne voulais pas vous vexer.

— Alors pourquoi aborder le sujet ?

— Je vous prie de m'excuser. Je vous admire beaucoup, Amelia ; vous êtes si belle, si intelligente ! Dev parle toujours de vous dans les meilleurs termes. Je voulais juste savoir si j'avais une chance avec lui ou pas, rien de plus.

— Rien de plus ? C'est déjà beaucoup, Siobhan. Pourquoi ne pas avoir posé la question à Dev plutôt qu'à moi ?

Cette fois, l'embarras de la jeune femme fit place à une expression scandalisée.

— Je ne suis pas ce genre de femme ! Ce serait beaucoup trop direct. Je pensais que vous pourriez peut-être m'aider. Je vous ai toujours bien aimée, Amelia, et mes parents aussi. Nous vous avons toujours beaucoup plainte.

— Je n'ai pas besoin de votre pitié, rétorqua Mel, piquée au vif. Je me débrouille très bien, merci. Vous, d'un autre côté, vous devriez vous rappeler qu'il est plus facile de dire des mensonges que d'y croire. Dev ne vous a jamais dit combien Gregory Langdon avait laissé à ma mère.

Siobhan prit une expression de profonde culpabilité et se cacha le visage entre les mains.

— Cela ne m'en dit pas beaucoup, reprit Mel.

— Il a dû en parler à mon père… ?

Meg fit claquer sa langue devant ce nouveau mensonge, pour la plus grande confusion de la pauvre Siobhan qui était passée sans rien comprendre du rôle d'interrogatrice à celui d'interrogée.

— Je comprends que votre famille place de grands espoirs matrimoniaux en vous, Siobhan. J'imagine que vos parents exercent une pression affectueuse mais constante sur vous pour que vous les réalisiez. Ce serait en effet formidable si vous y parveniez.

Cette fois, la jeune femme releva fièrement la tête.

— Est-ce si abominable ? Devrais-je défendre la position de ma famille ? Je rêve de Dev depuis que je suis toute petite, et je sais qu'il m'aime beaucoup. Si vous ne vous dressez pas entre nous deux, Amelia, je suis parfaitement prête à accepter votre longue amitié avec lui, et je sais que j'aurais alors une chance de conquérir son cœur. Personne n'est mieux placé que moi, pour autant que je sache. Megan Kennedy a bien essayé de le retenir, sans résultat. Elle m'a dit qu'il était extraordinaire au lit…

— Comme tout le monde est devenu indiscret aujourd'hui, rétorqua Mel en cachant sa colère et sa jalousie. Personnellement, je ne crois pas à ces confidences indécentes. Et évidemment, vous n'avez aucun élément pour confirmer ou infirmer les commentaires de Megan…

— Non, non, bien sûr ! protesta Siobhan en rougissant. Mais Dev devra se marier tôt ou tard, surtout maintenant qu'il dirige Kooraki. Vous devez bien le comprendre, n'est-ce pas ?

Mel s'arrêta de marcher pour admirer le bassin turquoise encadré par des masses d'arums blancs.

— Je comprends, en effet, murmura-t-elle.

En entendant cette simple remarque, la jeune femme eut l'air aussi soulagée que si l'on venait de lui retirer un poids énorme des épaules.

— Oh ! C'est formidable ! Vous ne lui direz rien de cette conversation, n'est-ce pas ?

— Bien sûr que non ! C'était une conversation privée qui le restera. Une chance pour vous que je ne sois pas Megan Kennedy ! Mais ne soyez pas trop optimiste, ajouta-t-elle.

— Non, promis, déclara Siobhan comme une petite fille obéissante. Dev vient de perdre son grand-père, il ne pense évidemment pas au mariage pour l'instant.

— Ou peut-être a-t-il déjà une idée sur le sujet ?

— Oui, peut-être, rétorqua Siobhan avec un sourire plein d'espoir.

Heureusement, leur tête-à-tête en resta là. Patrick et Dev avaient terminé de discuter ensemble et les O'Hare firent leurs adieux. Siobhan la prit dans ses bras pour l'embrasser comme si elles étaient les meilleures amies du monde.

— Nous devrions nous voir plus souvent, Amelia, déclara-t-elle. Maman et moi allons souvent à Sydney ou à Melbourne pour faire du shopping ou voir des spectacles. J'aimerais vous téléphoner la prochaine fois que je vais à Sydney.

— Oui, bien sûr, répondit Mel.

Que pouvait-elle dire d'autre ? « Non, surtout pas » ?

Dev raccompagna leurs visiteurs en Jeep jusqu'au terrain d'aviation. A son retour, il trouva Mel lisant dans la bibliothèque.

— La bonne nouvelle, déclara-t-il en tombant sur le canapé, c'est que O'Hare souhaite m'acheter la ferme d'Illuka, et qu'il est d'accord pour payer le prix que j'en demande.

— Parfait, déclara-t-elle en reposant son livre. Et la mauvaise ?

— Eh bien, je ne sais pas vraiment si c'est vraiment une mauvaise nouvelle, dit-il pour la taquiner, mais Siobhan m'a serré très fort dans ses bras et m'a embrassé pour me dire au revoir.

— Quelle chance ! La petite O'Hare a beaucoup changé récemment.

— En effet, je ne l'ai jamais connue si enjouée. C'est son côté celte, sans doute, qui la rend si imprévisible.

— Ne la rends pas malheureuse, Dev, lui dit-elle sans quitter son ton sérieux.

— Je n'ai pas l'habitude de rendre les femmes malheureuses, si ?

Il la contempla avec tendresse. Elle portait un simple chemisier blanc à manches courtes et un pantalon de lin noir. Une large ceinture de cuir étranglait sa taille fine en accentuant sa poitrine voluptueuse. Quoi qu'elle porte, Mel avait toujours l'air de sortir d'un magazine de mode. Aucune des femmes qu'il connaissait ne pouvait rivaliser avec elle pour la classe et la séduction.

— Je dois aller à Sydney avec l'avion lundi prochain, reprit-il.

— Pour les affaires ?

— Toujours, oui. Je dois rencontrer un des courtiers de mon grand-père. Tu m'accompagnes ?

— Pas si cela retarde mon voyage à Silverton, répondit-elle. Si tu ne peux pas m'accompagner, je peux y aller toute seule.

— Je sais que tu le peux, rétorqua-t-il, mais je veux t'accompagner pour que ce voyage se déroule bien. Je n'aime pas te savoir partie dans le bush toute seule : c'est loin de tout et le moindre incident peut prendre des proportions dramatiques. On va d'abord à Sydney, et à Silverton juste après, cela te va ?

— Je suppose que oui…

— Si tu supposes que oui, je suppose que cela me convient également, s'exclama-t-il, ironique. Bon, pourquoi ne m'accompagnerais-tu pas au Five Mile ? On doit trier un troupeau et on aurait besoin d'un coup de main. Certains des gars sont encore dans le désert en train de rechercher des animaux errants. Nous devons séparer toutes les bêtes qui ne sont pas marquées et les partager entre Patrick O'Hare et moi. Le problème, c'est que tous les ans, de nombreuses têtes de bétail préfèrent retourner à la vie sauvage, et ils se reproduisent entre eux.

— La liberté plaît à tout le monde, même aux vaches, souligna Mel. D'abord il faut que je me change. Accorde-moi une demi-heure et je te retrouve là-bas.

— Parfait. Tu n'auras qu'à demander qu'on te selle Gunner. L'avantage avec toi, c'est que je suis certain que tu ne te perdras pas dans le bush en venant nous rejoindre, déclara-t-il. Je ne sais plus combien de fois j'ai dû mettre nos visiteurs en garde au cours des années. Tu te rappelles ce joueur de polo qui était sorti faire un petit tour à cheval ?

Le souvenir la fit rire. L'invité s'était perdu et on avait dû lancer une mission de recherche pour le retrouver.

— Chris Quentin !

— Ah oui, ce brave vieux Chris ! répéta-t-il en riant. Pas très doué pour retrouver son chemin, le pauvre. Il devait rêver de toi quand il est sorti. A la fin de son week-end, j'ai bien cru qu'il allait te demander ta main !

— Qu'est-ce qui te dit que je n'aurais pas accepté de la lui accorder ?

— Allons, Mel, tu ne peux pas te passer de moi ! Je le sais car j'éprouve la même chose envers toi. Tu es la seule femme de l'univers tout entier avec qui je veuille faire ma vie, nonobstant tous les panneaux de mise en garde que tu dresses autour de toi ! Je suppose que tu n'es toujours pas prête à m'aimer et m'obéir jusqu'à ce que la mort nous sépare ? Ou le divorce…

— On ne divorce pas chez les Langdon, lui rappela-t-elle, pince-sans-rire.

— Pas jusqu'à maintenant, mais mon petit doigt me dit que ma chère petite sœur risque de changer la tradition. Je me demande toujours pourquoi elle a épousé ce minable…

— Dans l'espoir de gagner sa liberté.

— Qui pourrait l'en blâmer, dit-il en soupirant. Bien, à tout à l'heure donc. Ne tarde pas trop…

Il la rattrapa par la taille avant qu'elle ne sorte et déposa un baiser sur ses lèvres. La jeune femme lui fit les gros yeux, mais avec un sourire.

Oui, décidément, elle était la seule femme qui comptait dans sa vie…

Lorsque Mel arriva au domaine de Five Mile, la pause thé se terminait et la cloche annonçait la reprise du travail. Elle vit tout de suite Dev devant le premier enclos, en train de discuter avec quelques vachers. L'atmosphère était joyeuse et joviale, et tous les hommes plaisantaient entre eux. Ils l'accueillirent cordialement. Tous la connaissaient, certains depuis l'enfance.

Elle descendit de cheval et attacha Gunner à la barrière. Au même moment, un vol de cacatoès roses passa au-dessus de la ferme. Les oiseaux s'appelaient les uns les autres et ils se posèrent un peu plus loin sur un groupe d'arbres, comme un nuage rose descendant du ciel sur la terre. Bien qu'elle ait vu ce genre de spectacle pratiquement toute sa vie, la beauté de ces perroquets la laissait toujours admirative. Le nombre et la variété des oiseaux qu'on pouvait trouver dans le Queensland étaient incroyables, même pour une profane comme elle. On en voyait sans cesse, de toutes les couleurs, de toutes les tailles, seuls ou en groupe, et leurs chants remplissaient le bush. Le Channel Country était particulièrement accueillant pour eux depuis les inondations exceptionnelles de l'année 2011. Cette région était si plate que les rivières n'arrivaient pas à évacuer toute l'eau des rares pluies qui y tombaient. Lorsque celles-ci se montraient particulièrement généreuses, les cours d'eau grossissaient, serpentaient à travers les terres qu'ils inondaient sur des centaines de kilomètres, transformant le désert en un paradis verdoyant. Lors des plus exceptionnelles saisons humides, les rivières parvenaient jusqu'au grand lac Eyre, vestige d'une ancienne mer intérieure du continent australien.

Il n'y avait pas que les oiseaux qui profitaient de cette exceptionnelle humidité. La végétation était luxuriante et se couvrait de fleurs magnifiques que butinaient de splendides papillons, l'air vrombissait d'insectes, d'abeilles et de libellules. C'était vraiment un spectacle extraordinaire que Mel appréciait avec bonheur.

Dès que Dev la vit, il la rejoignit.

— Tu as l'air essoufflée, fit-il remarquer. Tout va bien ?

— Oui, j'ai juste eu une petite peur en venant. J'ai croisé le chemin d'un dingo de belle taille qui suivait un couple de wallabys. Je l'ai chassé.

— Où était-ce ?

— Près de l'étang de Tarana.

— D'accord, je vais envoyer des hommes y faire un tour. Je connais ce dingo, il est issu du croisement entre un animal sauvage et un chien. Ceux-là sont encore plus dangereux que les bêtes de pure souche.

Il se détourna et examina les cinq enclos qui s'étendaient devant eux.

— Les hommes travaillent depuis l'aube, reprit-il. Ils ont réussi à faire entrer tout le bétail dans le grand enclos et ils le dirigent à présent vers les plus petits à travers le couloir.

Ce qu'on appelait le « couloir » était une allée en entonnoir qui se terminait par une barrière mobile qui servait à trier les bêtes et à les diriger vers des enclos séparés.

— Nous avons réussi à mettre la plupart des vaches et des veaux dans celui-ci, poursuivit-il. Les taureaux, eux, sont dirigés vers l'enclos numéro trois, là-bas. Inutile de préciser que je ne veux pas te voir t'en approcher.

Mel acquiesça. L'avertissement était inutile en effet. Les taureaux étaient des animaux dangereux et imprévisibles. Le couloir qui permettait de les diriger vers leur enclos réservé était étroit et, à son extrémité, ne faisait que la largeur d'une bête. Si un taureau s'y sentait soudain pris au piège, il cédait à la panique et pouvait causer des dégâts considérables. Pour cette raison, seuls s'occupaient d'eux les hommes les plus expérimentés. Cet après-midi, les taureaux semblaient assez calmes, mais tout le monde savait combien ils étaient d'humeur changeante, et au fil des années, ils avaient déjà blessé plus d'un vacher présent ce jour-là. C'est lors du triage du bétail que son père avait été piétiné à mort par un de ces mastodontes…

— J'aimerais que tu fasses équipe avec Bluey, dit Dev. Il est encore jeune et fougueux, mais il apprendra vite.

Il lui désigna un jeune homme à la toison d'un roux flamboyant, au visage agréable couvert de taches de rousseur. Vu son âge, elle avait sans doute plus d'expérience que lui pour cette tâche…

— D'accord, patron, déclara-t-elle en ajustant son chapeau pour se protéger du soleil.

Chacun reprit son poste et se remit à travailler. Bluey et Mel formaient une bonne équipe, même si celui-ci se montrait assez tête en l'air. Ensemble, ils faisaient avancer en les tirant ou les poussant une demi-douzaine de vaches et de veaux dans le couloir. Une quarantaine de taureaux, encore dans le grand enclos principal, allaient s'engager à leur tour dans le couloir, et ils devaient faire avancer rapidement les bêtes afin de refermer la barrière et d'empêcher les mâles de les rejoindre.

C'est à ce moment critique que Bluey, sans raison apparente, quitta son poste pour aider un cavalier qui agitait son fouet au-dessus des têtes des animaux pour les amener à s'engager dans le couloir. Mel cria pour mettre le cavalier en garde, mais pas assez vite. Le fouet claqua sur l'épaule de Bluey qui poussa un hurlement de douleur, bientôt suivi d'un concert de meuglements et de mugissements affolés chez les bêtes. Irrité, le premier taureau de la rangée fit demi-tour et chargea le jeune homme encore étourdi par le coup de fouet. Il lui planta une corne dans la hanche et l'envoya rouler sur le sable.

Mel comprit aussitôt ce qui se passait. N'écoutant que son instinct et sans même penser au danger, elle attrapa la première branche tombée à sa portée, et se mit à avancer vers le taureau en l'agitant. L'animal n'apprécia pas d'être ainsi attaqué et il en oublia Bluey, ce qui laissa au jeune homme le temps de sortir de l'enclos. Mel resta immobile avec sa branche, pas vraiment sûre de ce qu'il fallait faire ensuite. Fuir était la pire des choses, car le taureau l'aurait aussitôt chargée et renversée avant que quiconque puisse intervenir.

Le cœur battant à tout rompre, elle resta face à la bête furieuse, agitant sa branche mollement.

Heureusement, Dev se matérialisa comme par magie entre elle et l'animal furieux. Il commença par la repousser brutalement hors du champ de vision du taureau, ce qui la fit rouler dans la poussière, puis il agita les bras pour attirer l'attention de ce dernier en marchant vers le bord de l'enclos. Une demi-douzaine des hommes le rejoignirent et l'un d'eux sortit un revolver de sa poche, prêt à tuer l'animal en dépit de sa valeur s'il devenait plus menaçant.

Heureusement, cela ne fut pas nécessaire. En d'autres circonstances, lors d'un rodéo, Mel aurait trouvé toute la scène très excitante. Là, elle tremblait d'épouvante. Protégée par la barrière sous laquelle elle venait de se faufiler, elle pria jusqu'à ce que Dev soit hors de danger.

Seigneur, elle aurait pu le perdre lui aussi !

Une fois le taureau conduit à son enclos, Bluey avança vers Dev avec un grand sourire, la main tendue en avant.

— C'était super, patron ! Vous êtes vraiment un champion avec les bêtes.

Dev ignora sa main, et les autres hommes le contemplèrent avec consternation. Comprenant enfin que tout ne se déroulait pas exactement comme prévu, le jeune homme resta perplexe, ne sachant que dire.

— Bluey, tu es un véritable crétin, s'exclama alors Lew, le chef de l'équipe.

Bluey s'empourpra, ce qui le fit paraître encore plus juvénile et vulnérable.

— Regarde-moi, lui déclara Dev. Quel âge as-tu exactement ?

— Vingt-deux ans, patron…

— Vingt-deux ans ? Eh bien, laisse-moi te dire une bonne chose. Tu ne vivras pas beaucoup plus si tu continues à agir de manière aussi irréfléchie. Tu as entendu ce que Lew t'a expliqué, n'est-ce pas ? Tu dois te concentrer sur ton travail et rien d'autre ! Ce que tu viens de faire aurait pu causer ta mort et celle de Mel. Tu le comprends à présent ? Je sais que tu pensais donner un coup de main, mais personne n'avait besoin de ton aide. Mungo est parfaitement capable de se débrouiller seul, alors que toi, tu ne l'es pas. Il devrait vraiment te donner quelques coups de son fouet, ça t'apprendrait peut-être à te montrer plus sérieux.

Visiblement impressionné, Bluey baissa la tête piteusement.

— Je suis d'accord, patron, marmonna-t-il.

— Pour cette fois, on n'ira pas jusque-là, rétorqua Dev. Accomplis le travail qu'on te confie sans faire de zèle. Il te reste encore beaucoup à apprendre. Maintenant, ajouta-t-il plus doucement, va t'excuser auprès de Mel. Tu lui dois une fière chandelle ! Même si ce qu'elle a fait était complètement fou…

— Je t'ai entendu, Dev, protesta-t-elle. Je ne pouvais pas rester les bras croisés, quand même !

Elle accepta gracieusement les excuses du jeune vacher. Chacun regagna alors son poste, mais la bonne humeur du début avait disparu. Les plus anciens de l'équipe avaient connu Michael Norton et certains étaient présents le jour où il avait été tué exactement dans les mêmes conditions. Voir sa fille s'élancer au-devant d'un taureau furieux pour sauver un jeune imprudent leur avait rappelé l'horrible accident et ils n'avaient plus aucune envie de plaisanter.

Mel fut la première à voir le sang qui tachait la chemise de Dev. Pourtant, celui-ci avait toujours le visage impassible. Un vrai Langdon !

— Tu es blessé ?

Sans attendre sa réponse, elle lui déboutonna sa chemise.

Rien ne lui arriverait tant qu'elle était là pour veiller sur lui ! Il avait une longue éraflure sur le côté, depuis l'aisselle jusqu'à la taille.

— Ça n'est pas très joli, murmura-t-elle.

— C'est superficiel et mes vaccinations sont à jour, ne t'inquiète pas.

— Quoi qu'il en soit, il faut nettoyer cette plaie et la désinfecter. Et ne me dis pas que c'est inutile, ajouta-t-elle, menaçante.

— Je ne vais pas me vider de mon sang…

— Je déteste cette manière qu'ont les hommes de traiter leur santé par-dessus la jambe, comme si ça n'était pas leur bien le plus précieux. Allez, ne discute pas et accompagne-moi jusqu'à la maison. Tu sais comme moi qu'il ne faut pas laisser une plaie comme ça.

— Elle a raison, patron, il ne faut pas rester ainsi, déclara Lew.

— Vous arriverez à vous débrouiller sans nous ?

— On a presque terminé, vous pouvez y aller, répondit Lew.

L'assurance de son premier contremaître acheva de le convaincre et il accepta alors de suivre Mel jusqu'à la maison, pour le plus grand soulagement de celle-ci.

9

Une fois de retour à Kooraki, ils se rendirent dans l'infirmerie.

— Toi d'abord, déclara Dev.

— Moi ? demanda Mel, étonnée.

— Oui. Tu t'es écorché le coude et tu tiens ton bras bizarrement.

— Ce n'est pas grand-chose, protesta-t-elle.

— Les règles d'hygiène sont les mêmes pour tout le monde. Laisse-moi regarder.

Il était inutile de résister et elle lui tendit son bras. Dev l'examina attentivement.

— Ton coude est bien écorché. Je suis désolé de t'avoir poussée si brutalement, mais je n'avais pas de temps à perdre.

— Tu m'as sauvé la vie, Dev, tu n'as pas besoin de t'excuser !

— En effet, je crois que je t'ai sauvé la vie, admit-il. J'imagine que tu dois me vouer une reconnaissance éternelle après ça, non ? Cela te montre à quel point je t'aime. Je suis prêt à mourir pour toi…

Même s'il avait parlé avec légèreté, Mel devina qu'il était tout à fait sérieux.

— Je crois que je le sais, répondit-elle.

— Quoi ? Tu *crois* le savoir ? s'indigna-t-il, tout en lui désinfectant le coude.

— D'accord, je sais que tu mourrais pour moi. Comme je pourrais mourir pour toi.

Il suspendit son geste, et la regarda avec une surprise mêlée d'amusement.

— Eh bien, si j'avais su qu'il suffisait de s'interposer entre toi et un taureau furieux pour entendre ça, je l'aurais fait plus tôt ! Maintenant ne bouge plus pendant que je nettoie ton coude.

Elle resta immobile à le regarder désinfecter sa plaie. Ils étaient si proches l'un de l'autre qu'elle sentait la chaleur de son corps l'irradier et faire battre son cœur plus vite. Finalement, il se redressa, et sans un mot, il se pencha vers elle pour l'embrasser sur la bouche. Leurs deux corps se soudèrent ensemble, comme les deux moitiés d'un tout se retrouvant enfin.

Un moment plus tard, ce fut au tour de Dev de s'asseoir sur un des bancs installés le long des murs de l'infirmerie. Mel avait mis sa chemise tachée de sang à tremper dans l'eau froide, dans un des éviers d'Inox. Elle avait beau connaître son corps sur le bout des doigts, voir ses muscles d'acier, son torse bien dessiné, son ventre plat qui laissait apparaître des abdominaux irréprochables la troublait quand même beaucoup !

— C'est plus profond que je ne le croyais, constata-t-elle en examinant sa blessure. Heureusement, ça ne saigne plus.

Il resta tranquille pendant qu'elle lui savonnait le flanc, puis elle lui appliqua un antiseptique et termina par un pansement. Dès que sa tâche fut terminée, il l'attira dans ses bras.

— Montons au premier étage, ma chérie. J'ai envie de faire l'amour avoir toi, murmura-t-il. Qu'en dis-tu ?

Elle avait beau s'efforcer de garder la tête froide, l'entendre lui chuchoter de tels propos à l'oreille ranima son désir. Elle l'enlaça et huma l'odeur si excitante de sa peau.

— J'en dis… que c'est une idée séduisante, répondit-elle.

— Ta chambre ou la mienne ?

— Je ne pense pas que ça change grand-chose.

Ils échangèrent un sourire complice, puis Dev la souleva dans ses bras sans prêter attention à ses cris de protestation et à ses rires effrayés, et il la porta au premier étage jusqu'à sa chambre…

Dev composa le numéro de téléphone de l'hôtel de Sarina pendant que Mel prenait une douche. Ils venaient d'arriver à l'appartement de la jeune femme après un vol long et épuisant. Le réceptionniste qu'il eut en ligne, après avoir vérifié la liste des résidents, lui annonça qu'il n'y avait aucune madame Norton à l'hôtel.

— Ah, pardon, j'aurais dû dire la *signora* Cavallaro, corrigea Dev.

On le mit aussitôt en relation avec la chambre de Sarina, qui décrocha à la seconde sonnerie.

— Allô ?

— Sarina ? Dev Langdon à l'appareil. J'ai besoin de vous parler. Cet après-midi de préférence.

La rapidité de son entrée en matière parut la prendre par surprise.

— Je pensais avoir répondu à toutes vos questions, répondit-elle après quelques secondes de silence.

— Cela me semble difficile…

— Ah, vous avez parlé avec Amelia…

— A vous entendre, on dirait qu'il s'agit d'une trahison. Mel me confie toujours tout, Sarina, vous le savez mieux que personne. J'ai entendu un nouvel épisode captivant sur l'histoire de votre vie. J'ai besoin de m'assurer que c'est la vérité.

— Et que comptez-vous faire si ce n'est pas vrai ? Me poursuivre en justice ?

— Non, rétorqua Dev froidement. Mais la famille Langdon contestera le testament de mon grand-père.

Il y eut un nouveau silence lourd de signification à l'autre bout de la ligne.

— Je savais que vous ne respecteriez pas les dernières volontés de votre grand-père, répondit-elle enfin.

— Nous n'hésiterons pas si vous avez encore menti. Mel et moi avons l'intention de nous rendre à Silverton. Si c'est encore une de vos inventions, vous feriez mieux de le dire maintenant. Je déteste qu'on me fasse perdre mon temps.

Il raccrochait juste quand Mel entra dans le salon, drapée dans une serviette rose.

— A qui parlais-tu ? lui demanda-t-elle. Et ne me dis pas que c'était un faux numéro !

— Tu veux vraiment un nom ?

— Toi, tu mijotes quelque chose. Je te connais, Dev, aussi bien que tu me connais.

Il se mit à rire un peu faux.

— Pas de ça avec moi, renchérit Mel. C'était ma mère, n'est-ce pas ?

— Tu veux dire la *signora* Cavallaro ?

La jeune femme tomba sur le canapé en ouvrant de grands yeux.

— C'est ainsi qu'elle se fait appeler désormais ?

— Oui, ta mère a repris son nom de jeune fille. Peut-être pour bien marquer le début de sa nouvelle vie ? Je vais la voir tout à l'heure, tu m'accompagnes ?

Voyant la mine déconfite de Mel, Dev lui prit la main.

— Ne la laisse pas te déprimer, ma chérie. Nous serons ensemble. Je veux juste m'assurer que nous n'irons pas à Silverton pour rien. Je veux t'aider à connaître le fin mot de ton histoire familiale, ma chérie. Nous avons rendez-vous cet après-midi, ajouta-t-il en se levant. Je lui ai dit que je voulais avoir une version définitive et exacte de son histoire, faute de quoi j'attaquerai le testament de mon grand-père.

— Tu irais jusque-là ?

— Je ferais n'importe quoi pour toi…

— Sauf me proposer de nouveau le mariage… ?

— Ça, ma chérie, c'est la dernière chose que je ferais, lui confirma-t-il avec un petit sourire en coin. Pour te punir de m'avoir fait attendre si longtemps, c'est toi qui devras me le demander. A genoux, de préférence…

Mel ne put s'empêcher de rire. Elle l'aimait tant !

— Le miracle, c'est que tu tiennes toujours autant à moi, déclara-t-elle, les larmes aux yeux. Pourtant, je n'ai cessé de te repousser et d'ériger des barrières entre nous.

— Justement. Je crois que le comportement de ta mère porte une lourde responsabilité dans ton attitude envers moi. Notre plus grosse erreur a été de croire ses histoires. A partir de maintenant, je change d'approche. Je vais aller prendre une douche et me changer. Ensuite, nous irons déjeuner dans un endroit agréable, et nous irons parler avec Sarina Cavallaro.

Sarina les accueillit à la porte de sa suite. Ses cheveux noirs, coupés mi-long, encadraient son magnifique visage de madone. Son tailleur gris perle, strict et impeccable, mettait en valeur sa taille mince et ses formes féminines. Un rang de perles magnifiques ornait son cou de cygne, et elle portait une splendide paire de boucles d'oreilles en diamant aux oreilles. Sans doute des cadeaux de Gregory Langdon, songea Mel en pénétrant dans la suite.

Sa mère parut étonnée de la voir et se tourna vers Dev d'un air interrogateur.

— Pourquoi êtes-vous venu avec ma fille ? lui demanda-t-elle.

— Ce que j'ai à vous demander la concerne, rétorqua-t-il.

Elle acquiesça et leur fit signe de s'asseoir. Son attitude semblait parfaitement calme et sereine, mais Mel la connaissait assez bien pour comprendre qu'il ne s'agissait que d'une façade. Sous cette apparence policée et froide se cachait une véritable anxiété : Sarina savait que Dev n'était pas un homme qu'on pouvait abuser sans courir de gros risques…

— Nous voilà de nouveau réunis, déclara-t-il d'une voix suave. A cause de vous, Sarina, et de votre invraisemblable manie de réinventer sans cesse votre histoire. J'en ai entendu la dernière version, et j'ai besoin que vous la confirmiez. Nous avons perdu assez de temps comme ça. Encore un mensonge, et j'entame les démarches juridiques pour faire annuler le testament de mon grand-père. Il était âgé, vous très jeune, ses forces déclinaient, vous l'avez manipulé… Je ne sais pas vraiment dans quel sens trancherait un tribunal, mais ce qui est certain, c'est que cela pourrait durer très longtemps. Peut-être dix ans, voire davantage. Une période pendant laquelle vous n'aurez pas un sou.

Mel frémit. Il n'y allait pas de main morte !

— Je t'en prie, maman, fais ce qu'il te demande, intervint-elle dans un élan de pitié filiale.

— Je ne sais pas pourquoi tu insistes, Amelia. Je t'ai dit toute la vérité.

— Tu plaisantes ? Je ne connais même pas le nom de mon père biologique, protesta Mel.

— Nous avons besoin de ce nom, Sarina, reprit Dev.

Réfléchissez bien avant de répondre. Vous avez le devoir de dire la vérité à votre fille.

— Vous me donnez votre parole que vous n'entreprendrez aucune poursuite si je vous réponds ?

— Oui.

Sarina l'examina un court instant en silence, puis elle se mit à parler…

Au moment où ils quittaient la suite, Dev tendit la main à Sarina.

— Ces boucles d'oreilles… Je les veux. Vous les portez très bien, mais elles font partie de l'héritage de ma grand-mère et elles doivent revenir à Ava. Elle a déjà le bracelet et le collier et nous nous demandions où étaient les boucles… Maintenant nous le savons. Mon grand-père n'avait aucun droit de vous les offrir, si toutefois il l'a fait.

Cette accusation fit bondir Mel. Sa mère n'avait pas pu voler ces bijoux ! Elle était intéressée par l'argent, sans doute, mais n'était pas pour autant une voleuse !

Sarina aussi se raidit à cette accusation.

— Bien sûr qu'il me les a offertes, protesta-t-elle avec hauteur. Me prenez-vous pour une vulgaire voleuse ? Et les aurais-je portées si je les avais dérobées ?

— Rends-les-lui, maman, intervint Mel. Tu pourras t'acheter tous les bijoux que tu désires quand tu auras reçu ton argent.

Avec l'expression d'une souveraine outragée, Sarina détacha ses boucles et les laissa tomber dédaigneusement dans la main tendue de Dev. Celui-ci les glissa dans la poche de son veston.

— Merci, Sarina. Si vous avez tenu parole, je ferai débloquer votre argent le plus rapidement possible. Mais gare à vous si vous nous avez encore menti.

Leur hôtesse ne daigna pas répondre à cette menace et referma la porte derrière eux sans ajouter un mot.

De retour à son appartement, Mel s'effondra sur le canapé du salon, à moitié assommée par le récit qu'ils venaient d'entendre.

Dev lui aussi était très silencieux. Il ôta la veste de son costume anthracite et la posa sur un dossier de chaise.

— Je crois que j'ai besoin d'un verre, déclara-t-il. Pas toi ?

— Je ne crois pas que je devrais y aller, dit Mel sans lui répondre.

— Peut-être un gin tonic, murmura-t-il en ouvrant le placard où étaient rangées les bouteilles.

— L'idée que la presse puisse entendre parler de tout ça est terrifiante.

— As-tu du tonic au frais ?

Sans attendre la réponse, il passa dans la cuisine et ouvrit le réfrigérateur.

— Ah, j'ai trouvé, reprit-il. Pourquoi as-tu si peur des médias ? Ce n'est pas une histoire si extraordinaire, tout bien considéré, et je ne vois pas qui cela pourrait intéresser.

— Moi, ça m'intéresse, protesta-t-elle.

Dev soupira. Que répondre à cela ? Elle avait avant tout besoin d'un verre, et il commença à préparer leur cocktail.

— Je suis une enfant illégitime, reprit-elle.

— Et alors ? Tu es aussi une enfant de l'amour. Comme moi, comme Ava. N'est-ce pas ce qui compte le plus ? Tiens, bois ça, ajouta-t-il en lui tendant un verre, ça te fera du bien.

— Tu es un Langdon, lui rappela-t-elle.

— Et alors ? Tu es apparemment une Kellerman.

— Karl Kellerman… C'est un nom allemand, non ?

— En effet.

Dev avait déjà vérifié dans l'annuaire : il y avait six Kellerman répertoriés à Silverton. Mel avala une longue gorgée de son cocktail glacé et poussa un soupir.

— Et le nom de jeune fille de ma mère n'est finalement pas Cavallaro mais Antonelli. Et mes grands-parents n'ont pas été tués dans un accident de voiture.

— Tu dois encore avoir des parents des deux côtés de ta famille, fit-il observer.

— Qui ne voudront sans doute jamais me rencontrer.

— Comment le savoir ? Leur version de l'histoire est sans doute très différente de celle de ta mère.

— Peut-être, admit la jeune femme. Ce Karl Kellerman n'a pourtant pas agi très décemment. Ce n'est pas étonnant que ma mère ait été si perturbée. Il l'a trahie.

— Nous en saurons plus quand nous irons à Silverton.

— Au moins ma mère n'a pas avorté…

— Mel, s'exclama-t-il sévèrement. Arrête de dire des choses pareilles et bois ton gin tonic !

— Pour noyer mon chagrin ? rétorqua-t-elle avec force. Oh ! Je te demande pardon, se reprit-elle. J'essaie juste de digérer toutes ces nouvelles.

— Je comprends, mon cœur, déclara Dev en la serrant contre lui. Ecoute, je dois aller voir le courtier de mon grand-père à présent. Je peux te laisser toute seule ?

— Oui, ne t'inquiète pas. Cela me fera du bien de ruminer tout ça un moment en paix.

Il la contempla avec tendresse et l'embrassa sur la bouche.

— Je te promets de ne pas rentrer tard.

— Merci pour tout, Dev. A tout à l'heure…

Mel accompagna Dev jusqu'à la porte de l'appartement avec un profond sentiment de gratitude. Il avait été merveilleux à tous les égards ! Sans lui, sa mère n'aurait jamais accepté de leur raconter ce qui était sans doute la version la plus proche de la vérité de son histoire familiale. Cela n'avait pas été facile et Dev avait dû littéralement la faire chanter pour arriver à ce résultat. Même si ces secrets l'avaient fait souffrir pendant toute sa vie, Mel comprenait d'une certaine manière les réticences de sa mère à étaler ainsi sa vie privée. Pour une femme pudique et réservée à l'extrême, venant d'un milieu conservateur, ayant reçu une éducation très religieuse et très vieux jeu, une aventure si jeune, suivie d'une grossesse hors mariage, était vraiment une honte dont on ne se relevait pas.

Elle retourna s'asseoir sur le canapé et avala une gorgée de gin tonic. Au fond, elle comprenait mieux les motivations de sa mère. Cela ne rendait pas leurs relations plus faciles ou aimantes, mais au moins, elle connaissait maintenant les raisons de la froideur de Sarina à son encontre, et cela l'aidait à l'accepter.

Quand Dev rentra quelques heures plus tard, elle avait fait une petite sieste qui l'avait aidée à oublier ses sombres réflexions.

— J'ai croisé Scott Davenport en ville, déclara-t-il.

— Scott ? Comment va-t-il ? Et Frances ?

— Ils vont très bien tous les deux. Il y a un dîner chez eux ce soir et il a insisté pour que nous y assistions.

Mel resta pensive quelques secondes. Scott était un vieux copain d'université de Dev. Lui et son épouse occupaient une place enviable dans la bonne société de Sydney. S'afficher avec Dev à leur dîner était comme admettre publiquement qu'ils avaient une liaison, et elle hésita. Cette soirée était l'épreuve du feu.

Et Mel décida qu'elle en avait assez de se cacher. Elle ne vivrait pas comme sa mère, toute sa vie dans l'ombre de l'homme qu'elle aimait !

— Bonne idée ! Qui sera présent ? Comment crois-tu que je doive m'habiller ?

— Ce sera chic ; Frances aime garder un certain décorum.

— Parfait. Je suis sûre qu'on va passer une très bonne soirée, déclara-t-elle courageusement.

10

Frances Davenport, très séduisante, accueillit Mel et Dev à la porte. Après les avoir embrassés tous les deux, elle les invita à entrer.

— Quelle bonne surprise, s'écria-t-elle. Mel, vous êtes magnifique ! Ça fait longtemps que j'ai envie de vous revoir. Il y a quelqu'un ici que vous connaissez bien tous les deux : Siobhan O'Hare.

Mel nota avec une certaine satisfaction que la nouvelle laissait Dev impassible. Pourquoi fallait-il qu'elle se montre aussi bêtement jalouse ?

— Vraiment ? Scott ne me l'avait pas dit, déclara-t-il.

— Il m'a prévenue en fin de journée qu'elle venait, précisa Frances. Je crois qu'elle est en ville pour faire du shopping ; je lui ai promis de l'accompagner demain dans les magasins. Il y a aussi Annabel Corbett. Tu te souviens d'elle, Dev ?

— Très bien, rétorqua-t-il un peu froidement.

Son attitude fit rire leur hôtesse.

— Ne t'inquiète pas, elle vient de se fiancer. Allez, tous les deux, venez avec moi !

Et elle les prit par le bras pour les entraîner vers le salon.

L'arrivée de Dev Langdon et d'Amelia Norton dans le somptueux salon des Davenport fut un choc pour Annabel Corbett. A vingt-neuf ans, elle commençait à éprouver une certaine hâte à se trouver un mari, et n'était pas vraiment folle amoureuse de son fiancé, Bart Cameron. Mais Bart et les parents de celui-ci étaient de vieux amis de sa famille, il jouissait d'une position mondaine enviable et avait une très belle situation. Un excellent parti, en somme, qui ferait un mari parfait. C'est du moins ce qu'elle pensait jusqu'à ce que Dev n'entre dans le salon.

Dieu qu'il est magnifique ! songea-t-elle en le voyant. Non content d'avoir un physique d'acteur, il avait une manière de bouger terriblement sexy qui évoquait un peu le fauve, mêlant à la fois la sensualité et la force dangereuse. Elle résista difficilement à l'envie de se jeter sur lui.

Annabel connaissait sa compagne, évidemment. Amelia Norton, une jeune cadre pleine d'avenir chez Gresham, d'après ce qu'on disait. Il fallait avouer qu'elle était splendide et que sa robe de cocktail rouge sombre lui allait comme un gant. A la fois élégante et sexy… Aurait-elle eu de meilleures relations mondaines, elle aurait été la coqueluche du tout Sydney. Tout le monde savait que la mère d'Amelia était la gouvernante de Kooraki. Durant l'entracte de Carmen, à l'Opéra, Annabel avait entendu Cassie Stewart et Valerie Devereaux parler à voix basse d'un legs scandaleux. Sûrement dans le testament de Gregory Langdon… Il s'agissait sans doute d'un secret, mais les secrets ne le restent jamais très longtemps !

Lorsqu'elle les vit, Siobhan sentit tous ses espoirs se briser. Ils étaient si bien assortis tous les deux. Même si Amelia n'avait absolument pas l'attitude possessive d'une maîtresse jalouse, Dev, en revanche, projetait un message très clair autour d'eux. Siobhan ne pouvait pas s'y tromper : il était son amant et la gardait comme un lion de toutes tentatives de séduction de la part des autres hommes. C'était la première fois qu'il affichait sa passion pour celle qui était toujours passée pour une amie d'enfance. Sans doute la mort de son grand-père lui offrait-elle enfin cette liberté. Siobhan n'éprouva même pas de jalousie. A quoi bon ? Elle ne pouvait pas lutter. Amelia était l'incarnation parfaite de la beauté italienne, le teint mat, les cheveux noirs, une sensualité à fleur de peau… Elle ne pouvait absolument pas lutter contre une telle beauté, pas plus qu'aucune des femmes présentes dans la pièce. La situation lui apparaissait soudain clairement. Le moment était venu de tourner la page, d'oublier ses chimères, et de reprendre sa vie.

Le dîner fut raffiné, et accompagné de vins subtilement sélectionnés par Scott. Le menu comprenait des huîtres, un pâté de foie gras réalisé dans la tradition française, un rôti de bœuf tendre et fondant servi avec une délicate sauce aux champignons. Un chariot de desserts terminait ce petit banquet.

Assise près d'Alistair Milbank, un courtier en Bourse qu'elle connaissait depuis longtemps et avec qui elle s'entendait très bien, Mel profitait de la soirée. Agé d'une soixantaine d'années, Alistair était un ami proche de son patron et ils avaient souvent dîné ensemble chez Andrew. Il se mit à lui parler affaires, jusqu'à ce que Scott ne le rappelle gentiment à l'ordre.

— Pardonnez-moi, mais Amelia est si brillante que je ne peux pas m'empêcher de lui demander son avis professionnel, protesta-t-il. Pardon, ma chère ! ajouta-t-il à l'adresse de sa voisine. Ce qu'on m'a dit est-il exact ? reprit-il à voix basse.

— J'ignore ce qu'on vous a dit, fit-elle remarquer.

— Que Langdon avait légué une véritable fortune à votre mère.

— Oh ! Pas ici, Alistair ! protesta-t-elle en levant une main.

— Je prends ça pour un oui, déduisit-il. Mais je ne répéterai rien, c'est promis. D'ailleurs, cela ne regarde personne. Vous ai-je dit combien vous étiez époustouflante de beauté ?

— Deux ou trois fois ce soir, répondit-elle en souriant. Puis-je savoir cependant d'où vous tenez cette information sur ma mère ?

— Ma tante Cassie, ma chère enfant, est au courant de tout ce qui se passe partout. Et comme je m'occupe de ses affaires, nous nous voyons souvent et elle me répète tous les derniers commérages. Tenez-vous prête, Amelia. Le secret sera bientôt de notoriété publique. Avez-vous pensé à la manière dont vous allez réagir ?

— Pas encore, avoua-t-elle, mais il s'agit de ma mère, pas de moi, et je ne me sens pas concernée. Je saurai faire face.

— J'en suis sûr. Maintenant, parlons sérieusement. Quel dessert allons-nous choisir ? Je suis très gourmand, ajouta-t-il en confidence.

— Comme beaucoup d'hommes, je crois, rétorqua Mel en riant.

Et ils se concentrèrent sur le chariot de desserts que la domestique venait d'approcher de leurs chaises.

Jetant de temps à autre des coups d'œil à la sublime Amelie Norton, Annabel sentait monter en elle un violent accès de jalousie. Le petit aparté de la jeune femme avec Alistair ne lui avait pas échappé. Si seulement elle avait su lire sur les lèvres, elle aurait eu le fin mot de l'histoire ! Malheureusement, ce n'était pas le cas. Pourquoi ces deux-là avaient-ils soudain baissé le ton ? Quels secrets avaient-ils échangés ? Sûrement les mêmes que ceux que Valerie Devereau évoquait avec la tante d'Alistair. Annabel voulait absolument savoir de quoi il s'agissait. Peut-être que la petite O'Hare saurait de quoi il retournait. Après tout, ses parents étaient les voisins des Langdon, et s'il y avait quelques nouvelles juteuses, Siobhan les connaîtrait. Annabel avait remarqué sa mine défaite quand Dev et Amelia étaient entrés, et elle en déduisit que la petite rouquine aurait peut-être envie de se confier. Elle aussi paraissait avoir des vues sur Dev, et il était évident pour tout le monde ce soir qu'Amelia Norton avait conquis le célibataire le plus en vue d'Australie…

A la fin du dîner, Scott et Frances annoncèrent à leurs amis qu'ils attendaient leur premier enfant. Toutes les femmes présentes se rassemblèrent autour de la future mère pour l'embrasser et la féliciter. Siobhan voulut en faire autant mais Annabel Corbett l'entraîna à l'écart.

— Chérie, j'adore ta robe, lui déclara-t-elle avec un grand sourire.

— Merci.

Siobhan avait fréquenté la même école privée qu'Annabel, bien qu'à quelques années d'écart, et elle se méfiait de son penchant bien connu pour les intrigues. Elle lui adressa cependant un sourire courtois.

— Ecoute, j'espère que tu pourras m'aider à savoir ce qui se passe, car on entend beaucoup de rumeurs au sujet de Dev Langdon et de sa famille.

— Vraiment ? Lesquelles ?

— Justement, j'attends que tu me le dises, murmura furieusement Annabel. Que se passe-t-il avec Amelia Norton, pour commencer ? Que fait-elle ici avec lui ? D'habitude, il ne s'intéresse pas du tout à ce genre de femmes…

— Peut-être as-tu besoin de lunettes ? suggéra Siobhan, en songeant qu'une paire ne lui aurait pas fait de mal non plus. Amelia est exactement le genre de femmes qui intéresse Dev. Même un aveugle s'en rendrait compte.

— Vraiment ? Ça alors ! Et que s'est-il passé avec la mère d'Amelia, la gouvernante ? On raconte qu'elle avait une liaison avec le vieux Langdon.

— Pourquoi me poses-tu la question ? rétorqua Siobhan en la regardant bien en face.

Déconcertée par cette réaction, son ancienne camarade d'école perdit un peu de son assurance.

— Mais enfin, à qui d'autre pourrais-je le demander ? Tu habites à côté de Kooraki, non ? Et j'ai bien vu combien tu étais surprise, pour ne pas dire plus, quand ils sont entrés ici.

— Admets que c'est naturel : ils forment un couple splendide.

Annabel manqua s'étrangler avec son café.

— Un couple ?

— Evidemment, un couple. Depuis très longtemps. Tu l'ignorais donc ? De toute façon, je te croyais fiancée, non ?

Son interlocutrice perdit son calme un court instant, et son visage exprima tout en même temps la surprise, la jalousie, la déception et la mortification. Il lui fallut quelques secondes pour recouvrer son calme et tenter de cacher son trouble par un petit rire superficiel.

— Oui, bien sûr, je suis fiancée, je suis juste curieuse de savoir ce qui arrive à mes amis, c'est tout. Mais comment peux-tu ne pas détester la femme qui t'a volé Dev ? ajouta-t-elle, perfide. Après tout, Amelia n'est pas de notre milieu...

Siobhan devait admettre l'avoir pensé un court instant ; mais à la différence d'Annabel, cette pensée l'avait remplie de honte.

— Tu as toujours été une terrible snob, Annabel. Je te rappelle que Dev est un ami d'enfance, tout comme Amelia, et je leur souhaite beaucoup de bonheur. Dev ne s'est jamais intéressé à moi d'une manière romantique, pas plus qu'à toi, d'ailleurs. Et si j'étais toi, j'éviterais de colporter des ragots sur sa famille. Je pense que ça ne serait pas sans conséquence...

— Je crois que tu te méprends sur mes intentions, protesta Annabel en effectuant une rapide marche arrière. Je voulais juste échanger les dernières nouvelles.

— Excuse-moi, ma chérie, reprit Siobhan en reposant sa tasse vide, mais je dois féliciter Frances et dire un mot à Amelia. Elle est superbe dans cette robe, ne trouves-tu pas ?

— Un peu trop voyante à mon goût, rétorqua son amie sèchement. A plus tard !

Et elle s'éloigna, apparemment furieuse.

Tandis qu'ils rentraient à l'appartement en taxi, Mel repensait à la soirée qu'ils venaient de passer, ensemble, pour la première fois en compagnie d'autres personnes. « Tout le monde est au courant pour vous deux désormais », lui répétait sans cesse une petite voix intérieure. Et alors ? Pourquoi cela avait-il tant d'importance ? Il ne s'agissait plus de l'époque victorienne, tout de même ! Une femme avait le droit d'avoir une aventure en dehors du mariage sans en éprouver la moindre honte ! Malgré ces arguments pleins de bon sens, elle ne parvenait pas à chasser un sentiment de trouble.

Cela méritait réflexion, se dit-elle en montant dans l'ascenseur. La relation de sa propre mère avec Gregory Langdon l'avait tellement marquée qu'elle n'osait pas s'afficher avec celui qui avait gagné son cœur… Jusqu'où allait sa peur du qu'en-dira-t-on ?

— La soirée s'est bien passée, fit remarquer Dev en entrant dans l'appartement. Scott m'a demandé d'être le parrain de leur enfant.

— C'est très gentil…, répondit-elle d'un air absent.

— Serais-tu jalouse ? demanda-t-il avec un regard taquin.

— Bien sûr que non !

— Je sais ce que tu éprouves à propos de la maternité, Mel. La fameuse horloge biologique qui affole toutes les femmes…

Elle haussa les épaules dans l'espoir de minimiser un autre de ses sujets d'inquiétude.

— As-tu eu une liaison avec Annabel Corbett ? reprit-elle en déposant sa veste.

— Dieu m'en garde ! Pourquoi ?

— Parce que je la crois prête à abandonner son fiancé sans hésiter si elle pense qu'elle a la moindre chance avec toi…

— Si c'est vrai, elle est véritablement folle. Je ne comprends pas ces femmes qui tombent amoureuses d'un homme sans vraiment le connaître… Siobhan était ravissante ce soir, n'est-ce pas ?

— Oui, mais notre entrée commune l'a totalement décontenancée. Si elle avait des espoirs à ton sujet, ta manière d'être avec moi les a réduits à néant. Je croyais qu'on était d'accord pour ne jamais manifester nos sentiments en public.

— Quels sentiments ? rétorqua-t-il en feignant la surprise. As-tu vu quelqu'un qui semblait choqué, en dehors de Siobhan et d'Annabel ?

Il avait raison. Tout le monde s'était comporté de la manière la plus naturelle à leur égard ; elle était sans doute un peu trop paranoïaque sur ce point.

— Je sais que tu as beaucoup souffert du regard des autres durant ton enfance, reprit-il en lui capturant les mains entre les siennes, mais tu es une adulte à présent, une adulte capable de forger son propre destin. Je n'arrive pas à croire que tu puisses être aussi craintive face à l'opinion publique. Regarde Alistair Milbank, par exemple : il incarne à la perfection l'homme du monde, et il a une très haute opinion de toi, tant professionnellement que personnellement. Comme tous ceux qui se trouvaient à cette soirée, du reste.

— Tu as sans doute raison, admit-elle en baissant la tête. J'ai grandi avec l'impression que le monde entier était contre moi, et il n'est pas facile de changer si vite.

— Ne t'inquiète pas, Mel, nous sommes ensemble, insista-t-il en lui caressant tendrement les bras. Il n'y aura pas de scandale, j'y veillerai. Des ragots, peut-être, que les gens oublieront dès le prochain divorce à sensation. C'est toujours ainsi que cela se passe, tu devrais le savoir, non ?

— Tu as raison. Après tout, je n'ai rien fait de mal.

— Exactement. Va te coucher maintenant, mon cœur. Tu as l'air épuisée.

— Je n'ai pas droit à un petit baiser ? demanda-t-elle, provocatrice.

Dev éclata de rire et la prit dans ses bras pour la serrer contre son cœur. Il l'embrassa tendrement dans le cou en lui massant le dos, et elle l'enlaça langoureusement.

— Tu seras toujours là pour moi, n'est-ce pas ? murmura-t-elle d'une petite voix.

— Toujours, Mel. Nous sortirons ensemble de ce chaos. Très bientôt, je te le promets. Maintenant, file te coucher.

Il déposa un petit baiser sur ses lèvres, avant de la pousser doucement vers sa chambre.

La savane du Nord était une immense étendue d'un vert émeraude depuis la grande inondation du Queensland en 2011. A l'est s'étendait la mer de Corail, couleur d'aigue-marine, et ses eaux semblables à un labyrinthe formé de hauts fonds, de bancs de coraux, d'îles, de récifs. C'est là que s'étendait, sur 2 600 kilomètres de long, la huitième merveille du monde : la Grande Barrière de corail.

Mel admira ce magnifique spectacle et songea que le capitaine Cook, qui avait le premier découvert ce récif, devait vraiment être un marin hors du commun pour ne pas y avoir laissé son bateau. Bougainville, lui, avait prudemment battu en retraite en découvrant les remous que les hauts fonds provoquaient à la surface de la mer…

Ils atteignirent Maru Downs en milieu de matinée. Dev avait pris l'hélicoptère du domaine, afin qu'ils puissent se rendre à Silverton sans utiliser un des 4x4 de la ferme. Ils passèrent une heure chez le régisseur de Maru Downs, dont l'épouse leur offrit du thé et des scones tout chauds sortis du four. Dev discuta avec lui, pendant que Mel bavardait avec leur hôtesse.

Malgré ses efforts pour se concentrer sur la conversation, deux choses l'obnubilaient. La première, c'est que Michael Norton avait travaillé dans cette ferme comme contremaître. Il y serait sans doute toujours, bien vivant, si la fatalité ne lui avait pas fait croiser le chemin de sa mère. La seconde, c'est qu'un voyage sans doute plein de surprises les attendait à Silverton…

Ils quittèrent bientôt le régisseur et sa femme, et reprirent l'hélicoptère. Un moment plus tard, Dev atterrissait sur l'aéroport de Silverton.

A cette période de l'année, la ville présentait son plus joli visage aux visiteurs. Les pelouses des parcs publics étaient d'un vert profond, les grands manguiers étaient couverts de fleurs, les poincianas écarlates formaient des parasols géants qui se découpaient sur un ciel d'azur, pendant que les bougainvillées multicolores se lançaient à l'assaut de tout ce qui pouvait servir de support à leur floraison exubérante.

En arrivant par les airs, ils avaient admiré, non loin de la ville, les plages magnifiques qui s'étendaient sur des kilomètres et où poussaient les cocotiers et les pandanus, si utiles pour les populations locales qui en tressaient les feuilles pour fabriquer des paniers, des cloisons de maison, des toitures et bien d'autres choses encore.

Sur le Net, Mel avait découvert que le groupe Kellerman était une entreprise familiale fondée quelques années après sa naissance et qui était devenue depuis un des premiers producteurs et exportateurs de fruits secs, de pulpe, de purée et de pâtes de fruits pour l'industrie. Apparemment, l'entreprise se portait très bien. Sur leur site, elle avait vu la photo de trois de ses directeurs, Marcus Kellerman et sa sœur Zelma. Son demi-frère et sa demi-sœur ?

Quant à ses grands-parents maternels, ils ne voudraient sûrement pas la voir. Ce que sa mère lui en avait appris laissait présager le pire. Bien que parfois, l'âge venant, les gens s'adoucissent… ?

En descendant de l'hélicoptère, ils montèrent à bord de la voiture que le régisseur de Maru Downs avait fait mettre à leur disposition, et se dirigèrent vers le centre-ville. Ils arrivèrent bientôt dans un quartier résidentiel, aux larges rues bordées de belles maisons. Dev s'arrêta enfin devant une superbe résidence de style colonial qui se dressait au milieu d'un magnifique jardin.

— Cette propriété doit valoir des millions, fit-il remarquer. Tu es sûre de vouloir aller jusqu'au bout ?

— Je suis anxieuse, avoua-t-elle. On va sûrement nous jeter dehors…

— Tu te souviens de ce qu'a déclaré Franklin D. Roosevelt lors de son discours inaugural ? « La seule chose dont nous devons avoir peur, c'est de la peur elle-même. » Et après tout, nous ne sommes là que pour rendre une visite de courtoisie à Karl Kellerman. Allez, viens. Je suis là, ma chérie…

Mel acquiesça et redressa le menton. Elle s'était juré d'aller jusqu'au bout, et le moment était venu de se montrer à la hauteur.

Une domestique les accueillit à la porte.

— Qui est-ce, Rose ? demanda une voix de l'intérieur de la maison.

— James Landgon et sa fiancée, Amelia Norton, répondit Dev.

Une quadragénaire aux cheveux blonds mêlés de fils d'argent apparut dans le hall. Dotée d'un joli visage avenant, elle était élégamment vêtue, bien que d'une manière un peu vieux jeu.

— Madame Campigli ? demanda Dev.

— C'est moi, confirma-t-elle. Vous pouvez nous laisser, Rose. Langdon, voilà un nom très prestigieux dans notre région.

— Gregory Langdon était mon grand-père, madame, rétorqua Dev.

Son sourire charmeur fit son effet habituel. Leur hôtesse, déjà souriante, eut les joues qui rosirent sensiblement, et se fit plus aimable encore.

— Je vous en prie, appelez-moi Zelma ! Que puis-je faire pour vous ? Mais d'abord, entrez vous asseoir. Puis-je vous offrir un café ?

Acceptant enfin de le quitter des yeux, elle tourna le regard vers Mel et eut l'air soudain surprise.

— Oh ! Mais vous devez être une Antonelli, s'exclama-t-elle.

— Vous vous rappelez sans doute Sarina, la mère d'Amelia ? déclara Dev. Elle a grandi à Silverton. Nous sommes dans la région pendant un jour ou deux et nous voulions en profiter pour vous rencontrer. Quelle belle maison vous avez !

— Merci, vous me flattez ! Mais laissez-moi demander qu'on nous apporte du café.

Elle les fit entrer dans un vaste salon meublé avec beaucoup de goût, les invita à s'asseoir, puis s'éclipsa un instant pour donner des ordres à sa bonne.

— Je crois que ma ressemblance avec ma mère l'a déstabilisée, murmura Mel.

— Je l'ai remarqué moi aussi, mais maintenant au moins nous sommes sûrs d'être dans la bonne ville. Restons calmes. Je suis certain que ce voyage sera très instructif.

Quand Zelma Campigli revint enfin, son expression avait légèrement changé, comme si cette interruption lui avait permis de réfléchir à la ligne de conduite à adopter.

— Je suppose que vous profiterez de votre passage ici pour rendre visite à Mme Antonelli, votre grand-mère ? dit-elle en prenant place en face de Mel. Vous avez dû passer devant la demeure des Antonelli en venant ici. C'est une grande villa rose avec une véranda, à quelques minutes d'ici.

Dev acquiesça comme s'il connaissait parfaitement la maison en question.

— En effet, mais apparemment, il n'y avait personne.

— Vraiment ? Adriana s'y trouve sans doute, elle ne sort que très peu depuis la disparition de Frank. Cela a été un grand coup. Ils étaient inséparables, comme mes pauvres parents. Un couple admirable. Vous devez savoir que mon défunt père a été le proviseur du lycée pendant longtemps, et qu'il a été le professeur de Sarina. Puis-je vous demander comment va votre mère, ma chère ? Personne ici ne sait ce qu'elle est devenue. Elle a simplement disparu du jour au lendemain.

— Vous n'avez jamais su ce qui lui était arrivé ? demanda Mel, surprise.

— Jamais, rétorqua Zelma avec un air légèrement réprobateur. Inutile de vous dire que cela a bouleversé Frank et Adriana. Je suppose que cela avait un lien avec la mort de ce pauvre garçon… ?

— Ma mère ne m'a parlé de son passé que très récemment, madame Campigli, avoua Mel, et j'ignore encore beaucoup de choses sur son histoire. De quel garçon parlez-vous ?

— Oh ! Ma chère, je suis désolée, je croyais que vous étiez au courant… Je parle du petit Cavallaro. Il était l'amoureux de votre mère au lycée, ils ne se quittaient jamais. Je me souviens très bien que cela avait d'ailleurs posé des problèmes, et mon père avait dû rencontrer leurs deux familles pour en discuter. Ils étaient beaucoup trop jeunes pour s'engager autant, vous comprenez…

La bonne éducation de leur hôtesse lui interdisait sans doute d'en dire davantage, mais son expression entendue laissa parfaitement bien comprendre ce qu'elle voulait dire par « s'engager autant ». Cavallaro, le nom que sa mère avait choisi comme nom de jeune fille à la place du sien… Mel sentit qu'elle touchait un point capital.

— Et que s'est-il passé ? reprit-elle.

— Un drame. Dino Cavallaro a eu un accident de voiture avec le véhicule de son père. Il n'avait même pas son permis à l'époque. Mon père a toujours dit que c'était un miracle que Sarina ne soit pas dans l'auto avec lui. C'était une jeune fille incroyablement belle, ajouta Zelma, mais avec un caractère très fort, très obstiné. Nous savions tous que ses parents avaient du mal avec elle. C'était leur fille unique et ils l'adoraient, évidemment, mais l'adolescence est un âge si difficile ! Les parents de Dino aussi étaient très inquiets. Et vous ignoriez tout cela ?

Mel baissa la tête sans rien dire. Dev lui prit les mains pour la réconforter.

— La mère de Mel n'a jamais parlé de cette histoire, déclara-t-il. Apparemment, elle n'a jamais vraiment accepté la mort de ce garçon.

— Je peux le comprendre, admit Zelma en s'animant. Ils étaient tellement amoureux l'un de l'autre ! C'est ça qui inquiétait tout le monde, évidemment : ils étaient si jeunes ! Où se trouve Sarina désormais ?

— A Sydney. Elle a épousé un employé de Maru Downs, qui s'appelait Michael Norton, et ils sont allés s'installer à Kooraki, dans le Channel Country, au sud-ouest. Mel est leur fille.

Zelma parut surprise par cette dernière nouvelle, mais reprit vite un air détaché.

— Vous êtes le portrait de votre mère, mademoiselle, commenta-t-elle. Vous avez hérité de sa beauté et de son charme.

Rose leur apporta le café et ils se mirent à parler d'autre chose, puis Dev et Mel prirent congé en remerciant Mme Campigli pour son aide.

— Elle n'a pas cru un instant que j'étais la fille de Michael Norton, fit observer Mel en remontant en voiture.

— J'ai l'impression que ce Dino Cavallaro était ton vrai père, confirma Dev.

— Cela me rend malade, s'écria-t-elle, soudain furieuse. Pourquoi maman ne m'a-t-elle jamais raconté ça ? Quel besoin avait-elle de me cacher la vérité ? Et pourquoi avoir disparu sans donner de nouvelles à ses parents ? C'est horrible d'avoir agi ainsi !

— Ma chérie, rétorqua-t-il en lui prenant la main, cela ne te concerne pas. Tu pourras sans doute lui parler à notre retour à Sydney pour lui demander de s'expliquer : maintenant que tu sais la vérité, elle acceptera probablement de te donner ses raisons. Pour ma part, ajouta-t-il, je sais que dans ces petites villes les mentalités sont un peu rétrogrades, et n'oublie pas que tout ça s'est passé il y a vingt-sept ans, et que ta mère était une adolescente à l'époque. Sois indulgente, Mel. Ce n'est pas facile quand on est si jeune et si amoureuse de perdre le garçon qu'on aime passionnément, et de se retrouver enceinte. La honte de sa situation l'a sans doute poussée à s'enfuir pour éviter d'affronter ses parents et ses voisins. Et c'est sans doute la honte encore qui l'a empêchée de tout te confier. Je n'apprécie guère ta mère, tu le sais, mais il faut se montrer équitable : la vie n'a pas été tendre à son égard, et cela à un âge où l'on est encore très fragile.

Mel essuya une larme et se blottit contre Dev, qui la prit tendrement dans ses bras. Oui, il avait raison. Sa mère n'avait pas eu une jeunesse facile. Et plus elle pleurait, plus la paix revenait dans son cœur, comme si ses larmes emportaient l'amertume, la tristesse et la colère qui empoisonnaient son âme depuis si longtemps.

Au bout d'un long moment, elle se redressa et essuya ses joues, épuisée mais déterminée.

— Maintenant, allons voir ma grand-mère, déclara-t-elle. Qui sait ? Peut-être sera-t-elle heureuse de me voir ?

Des décennies avaient beau s'être écoulées, quand Adriana Antonelli découvrit ses visiteurs, son visage fatigué mais toujours beau s'éclaira brutalement. Elle ouvrit grand les bras et se précipita vers Mel, les yeux brusquement pleins de larmes.

— Ma petite-fille ! Ma petite-fille ! s'écria-t-elle. Je savais qu'un jour je te verrais ! Dieu soit loué, tu es enfin venue !

Elle l'enlaça avec fougue et la serra contre son cœur dans une étreinte pleine d'amour.

— Ma petite, tu es enfin venue, balbutia-t-elle en lui caressant la tête. Tu ne peux pas savoir le bonheur que ta visite peut m'apporter !

Bouleversée par cet accueil si chaleureux et si tendre, Amelia se mit elle aussi à pleurer d'émotion. Sa grand-mère l'aimait, sans même la connaître, sans question, sans condition. Mel avait enfin l'impression de trouver un véritable foyer.

Adriana Antonelli s'écarta enfin pour la contempler, les joues couvertes de larmes.

— Oh ! Non, ne pleure pas, ma petite, protesta-t-elle. Laisse ça aux vieilles dames comme moi ; toi, tu es jeune et belle, aussi belle que ta mère, tu dois rire et chanter à la vie ! Dis-moi, quel est ton nom ?

— Amelia, grand-mère. Amelia Norton.

— Amelia, quel beau prénom ! Ça te va très bien. Quel malheur que ton pauvre grand-père ne soit pas là pour te voir ! Mais dis-moi plutôt, qui est ce beau jeune homme qui t'accompagne ?

Mel le prit par la taille et se serra contre lui dans un mouvement d'infinie tendresse.

— Je te présente James Devereaux-Langdon, l'homme que j'aime et que je veux épouser. Très bientôt, je l'espère !

Dev lui jeta un regard interloqué avant de se tourner vers la vieille dame.

— Et nous tenons à ce que vous soyez présente à notre mariage, chère madame.

— Je ne manquerais le mariage de ma petite-fille pour rien au monde, protesta Adriana en riant à travers ses larmes. Mais où ai-je la tête ? Je vous laisse debout sous la véranda... Entrez donc ! Nous avons tant de choses à nous raconter. Entrez, mes enfants, entrez...

Elle les précéda à l'intérieur. Avant de franchir le seuil, Mel et Dev échangèrent un regard plein d'émotion.

— Je t'aime, murmura-t-il dans un souffle.

— Moi aussi, je t'aime, répondit-elle de même.

— Tu veux m'épouser ?

— Oui, mon amour. Maintenant, je suis prête !

Et ils échangèrent un baiser tendre pour sceller cette promesse avant de suivre Adriana dans le hall plein d'ombre et de fraîcheur de la grande maison.

Mel avait enfin retrouvé son passé. Elle pouvait désormais affronter l'avenir avec calme et détermination. Un avenir avec Dev, qui s'annonçait aussi beau et radieux que cette magnifique journée ensoleillée.

DAY LECLAIRE

À nouveau dans tes bras

Traduction française de
MARIE VILLANI

HARLEQUIN

Titre original :
THE BABY BOMBSHELL

Ce roman a déjà été publié en 2007

Prologue

— Peu importent les moyens, je veux que vous fassiez en sorte que ma petite-fille épouse Lucien Kincaid.

Shadoe prit place à la table de la cuisine puis, après un bref regard à sa mère, s'adressa à la femme qu'ils étaient venus rencontrer :

— Madame Featherstone…

— Nanna, coupa cette dernière. Je ne réponds à rien d'autre.

Suite à quoi elle déposa devant eux une assiette de cookies à l'avoine et deux grands verres de lait. Tandis qu'Adélaïde, stoïque, affrontait l'implacable regard de leur hôtesse, Shadoe devina que, s'il ne grignotait pas au moins un biscuit, il le paierait très cher.

— Soit, Nanna, convint-il obligeamment. Nous vous remercions d'avoir fait appel au Comité de Cupidon pour provoquer une rencontre entre Raine et Lucien, mais êtes-vous consciente que votre petite-fille n'a aucune intention de se marier ?

— Bien sûr que si !

Nanna croisa les bras sur sa poitrine. C'était une femme de haute taille, svelte, aux longs cheveux grisonnants nattés en couronne autour de la tête. Raine avait hérité de son ossature délicate, de ses yeux d'un vert singulièrement clair et de sa volonté de fer.

— Quiconque prétend le contraire est un idiot ou un menteur !

Shadoe se racla la gorge.

— Hum. En fait, c'est Raine elle-même qui l'affirme.

— Alors je le répète : quiconque prétend le contraire est

un idiot ou un menteur, et cela inclut ma petite-fille, même si je l'adore. Elle peut dire ce qu'elle veut, elle a le béguin pour ce Kincaid depuis l'époque où elle a compris pourquoi les abeilles butinent les fleurs !

Adélaïde estima le moment venu d'intervenir :

— Vous n'ignorez pas, je suppose, que le Comité de Cupidon préfère œuvrer en secret ?

— Naturellement. C'est bien pourquoi tout le monde connaît votre existence ! plaisanta Nanna avant de s'attabler face à eux et de pousser ostensiblement l'assiette de cookies vers Shadoe. Raine m'a raconté comment vous aviez permis à ses amies Tess et Emma de rencontrer leur mari. Tout ce que je demande, c'est que vous fassiez la même chose pour elle.

— Sans considération pour ses préférences ?

— Elle préfère Lucien. C'est juste qu'elle est trop têtue pour le reconnaître. Je vous garantis que si vous les mettez en présence l'un de l'autre, la nature se chargera du reste.

— Tous deux se connaissent depuis de nombreuses années, observa Shadoe. Le fait que rien n'en ait résulté laisse à penser que l'intérêt qu'ils pourraient se porter est superficiel…

— Balivernes ! Lucien et Raine devraient être mariés depuis une bonne décennie. Ils le seraient si Lucien n'avait pas fait la gaffe de tuer mon mari.

Shadoe se figea, un cookie à mi-chemin de sa bouche.

— Pardon ?

Nanna haussa un sourcil.

— Cela n'apparaît pas dans votre enquête ?

C'est tout juste si ce haussement de sourcils ne fit pas balbutier à Shadoe ses plus plates excuses.

— J'ai bien peur que ce détail ne nous ait échappé.

— Pourtant, cette triste affaire n'est pas un secret. Il y a une douzaine d'années de cela, Lucien et Paps se sont pris le bec. Malheureusement, il y avait aussi un fusil dans l'histoire — par la faute de Paps, dois-je préciser avec regret — et au terme de l'incident, il n'est plus resté qu'un seul homme debout. En tout cas, ça a quelque peu rafraîchi les relations entre nos deux familles, conclut la vieille femme avec, dans ses prunelles vertes, une lueur de chagrin qui démentait son ton terre à terre. Mais le temps est venu d'oublier le passé.

Shadoe reposa son cookie intact dans l'assiette.

— Soyons clairs : vous voulez que Raine épouse l'homme responsable de la mort de son grand-père ?

— Avec le temps, notre point de vue sur certains événements peut évoluer, expliqua Nanna — avec dans les yeux, cette fois, une étrange lueur d'acceptation mêlée d'espoir.

— J'en déduis que c'est le cas du vôtre, mais… qu'en est-il de Raine ?

Opiniâtre, Nanna releva le menton et décréta :

— Raine mérite d'être heureuse. Depuis huit ans, elle travaille sans relâche pour maintenir l'exploitation à flot, si bien que sa vie n'est plus qu'un long sacrifice sans fin. Il est temps que ça change, et ça ne peut se faire que par un seul moyen.

— Un mariage ?

Nanna hocha la tête.

— Lucien aime ma petite-fille. Il ne la laissera pas s'éreinter sur quelque chose d'aussi peu important, tout compte fait, qu'une étendue de terre. Il lui offrira ce qu'il faut pour la rendre heureuse. Et avant tout des bébés, de gros bébés joufflus qui ramèneront le rire et la joie dans nos deux familles. Que pourrait-on souhaiter de mieux à Raine ?

— Nous avons fait notre petite enquête préliminaire, dit Adélaïde, se laissant finalement tenter par un cookie, et je dois reconnaître que, cet incident mis à part, Lucien ferait en effet un excellent époux pour Raine. Cela dit, nous avons quelques conditions à poser.

— Rien de plus normal, repartit Nanna sans hésiter. Dites-les moi.

— Premièrement, notre arrangement doit rester strictement confidentiel. La dernière fois, une indiscrétion a été commise, et ça a failli tourner à la catastrophe.

— Aucun problème. Je n'ai pas plus intérêt que vous à ce que Lucien ou Raine apprennent ce que nous projetons de faire.

— Parfait. Deuxièmement, nous allons faire en sorte que

Raine et Lucien se rencontrent, mais il leur appartiendra de passer à l'acte ou pas.

— Croyez-moi, c'est ce qu'ils feront.

— Et enfin, si rien ne résulte de cette première et unique rencontre, nous n'interférerons pas davantage.

Là, leur hôtesse afficha une mine contrariée.

— Un seul essai ? Ignorez-vous donc à quel point ils sont têtus, l'un comme l'autre ?

— Un seul et unique essai, répéta Adélaïde. C'est à prendre ou à laisser.

Nanna médita quelques instants, puis prit un autre cookie et répondit :

— Dis comme ça, je vais devoir prendre, je suppose.

Adélaïde leva son verre de lait comme pour trinquer à leur accord.

— A la bonne heure. Rentrons maintenant dans le vif du sujet, si vous le voulez bien…

1

A la vue de l'aspect menaçant du ciel, Lucien Kincaid grimaça. Ce n'était certainement pas le meilleur jour pour chevaucher à des kilomètres de chez soi. Dès qu'il mettrait la main dessus, Raine Featherstone regretterait amèrement cette petite farce ! D'un léger claquement de langue, il lança sa monture à l'assaut de la colline, dont il atteignit le sommet à l'instant précis où un éclair zébrait le ciel de haut en bas. La foudre s'abattit à quelque distance, sur la vaste étendue de terre texanne, aussitôt ponctuée par un roulement de tonnerre qui se répercuta sinistrement sur les parois des grottes creusées dans le substrat calcaire.

— Qu'en penses-tu, Poke ? marmonna Lucien. Qui sait si cette sorcière n'espère pas qu'un éclair nous anéantira ?

Sa monture favorite répondit par un ébrouement que Lucien s'autorisa à interpréter comme un acquiescement un rien dégoûté. Après des années d'intimes et fréquentes associations, il estimait avoir une assez bonne intuition quant aux opinions de son cheval — dans la mesure où elles reflétaient en général les siennes. Poke n'était pas dupe des humains, envers lesquels il faisait preuve d'une tolérance amusée, teintée d'une saine dose de scepticisme. Il faut dire que Poke était plutôt intelligent, pour un cheval.

En fait, la seule chose que le sage équidé n'avait pas encore apprise était qu'il ne fallait jamais faire confiance aux femmes et qui plus est, celles dotées d'une superbe chevelure brune descendant jusqu'à la taille, d'yeux vert pâle et d'une voix envoûtante. Non qu'il puisse lui jeter la pierre. C'était une leçon qu'il avait lui-même mis des années à apprendre et, vu l'empressement avec lequel il répondait à ce message de Raine, une leçon qu'il ne maîtrisait pas encore tout à fait bien.

Poke s'ébroua de nouveau et Lucien opina.

— Mouais, c'est aussi ce que je pense : sûr qu'elle a quelque chose en tête. Reste à savoir quoi ! conclut-il, rabattant le bord de son Stetson sur son front d'un geste sec.

Il n'y avait qu'un seul moyen de le découvrir. Otant ses gants de cavalier, il sortit un billet de la poche de sa chemise. Il savait pourtant ce qui y était inscrit pour l'avoir déjà lu une douzaine de fois, si ce n'était plus ! Mais autant y jeter un dernier coup d'œil, pour donner le ton à cette rencontre. Et en effet, comme chaque fois, l'ordre arrogant et impérieux versa davantage de lave sur son humeur déjà bien éprouvée.

Kincaid — ainsi commençait le message — et pas Lucien comme elle avait l'habitude de le dire, liant les syllabes de telle sorte qu'elles devenaient caresses. *Retrouve-moi à l'abri. Celui où tu t'es conduit comme le crétin que tu étais lorsque nous étions gamins.* Crétin ? Les sourcils de Lucien se rencontrèrent au-dessus de l'arête de son nez. Voilà comment elle définissait son tout premier amant ? Et que diable voulait-elle dire par « gamins » ? A l'époque, ils étaient bien assez âgés pour savoir ce qu'ils faisaient — simplement, ils étaient aussi bien trop excités pour s'en soucier ! *A 5 heures cet après-midi. Sois là ou tu le regretteras !* Le tout signé d'un simple R, sans fioritures ni chichis féminins. Juste une unique, péremptoire lettre. Cela dit, c'était tout Raine.

Avant que Lucien ait eu le temps de froisser avec rage le feuillet entre ses doigts, une rafale le lui arracha — et il se traîna furieusement sur le sol broussailleux, comme mû par une volonté propre. Raine avait dû l'imprégner d'une bonne dose de sa propre obstination… Lucien le suivit du regard jusqu'à ce qu'il disparaisse derrière des rochers, puis reporta son attention sur le fameux abri.

A demi enterré sous les larges racines d'un immense aulne, il s'accrochait au flanc d'une pente qui descendait quasi à pic vers une rivière où ne coulait en cet instant qu'un mince filet d'eau boueuse. Lucien leva les yeux sur les noirs nuages, au loin ; ils devaient déverser des trombes d'eau à sa source ; bientôt, le courant reprendrait sa pleine vigueur.

— Viens. Nous avons perdu assez de temps comme ça, décréta-t-il en exerçant une légère pression sur les flancs du cheval. Allons voir ce qu'elle veut et ensuite, rentrons dare-dare à la maison.

L'endroit semblait désert et comme à l'abandon. Comme Lucien approchait, le vent forcit, fouettant les branches et projetant feuilles et brindilles sur le toit de tôle ondulée. S'il n'avait tenu qu'à lui, il aurait fait en sorte de négliger l'abri jusqu'à ce qu'il tombe en poussière. Mais le pragmatisme avait prévalu, et il maintenait le refuge en état pour les rares occasions où l'un de ses ranchers aurait besoin d'y passer la nuit, après trop d'heures restées en selle sur cette partie escarpée de ses terres, peu accueillante à d'autres moyens de transport que ce brave Poke ou ses semblables. Regrettable nécessité…

Il descendit de sa monture, dont il laissa la bride tomber à terre. Son cheval et lui avaient un accord : il n'attachait pas Poke et en retour, Poke restait là où il le quittait. Certes, à son âge, l'animal n'avait de toute façon plus guère l'envie de folâtrer, surtout lorsqu'il transportait sur son dos un homme de sa carrure. D'ailleurs, n'était une agaçante sentimentalité, Lucien l'aurait mis en retraite il y a un certain temps déjà. Au lieu de quoi il sellait son vieux compagnon les jours où le travail ne réclamait pas trop d'effort, histoire de converser agréablement avec lui.

Un bruyant coup de tonnerre arracha à l'animal un hennissement anxieux. Lucien lui jeta un regard par-dessus son épaule.

— Oui, je sais, tu n'aimes pas les orages. Mais ne te plains pas auprès de moi, vieux frère. C'est la faute de Raine. Dis-lui donc son fait lorsque tu la verras !

Gravissant les cinq marches gauchies, il manqua trébucher sur la dernière. Il pivota, la palpa du bout de sa botte — une large lézarde fissurait la planche, et il se promit de la faire réparer. Il poussa la porte, inspecta l'intérieur. Il savait déjà ce qu'il n'y trouverait pas, en l'occurrence Raine. Il était déjà

5 heures mais évidemment, elle n'était pas encore arrivée. Il s'avança, dans l'écho métallique de ses éperons battant le plancher.

Il n'était pas venu ici depuis des années, précisément depuis une chaude nuit d'été où il était encore jeune, impétueux, avec un trop-plein d'hormones, et où la femme qui l'accompagnait était plus jeune encore mais presque aussi hardie qu'il était inconscient. Si le besoin d'un bon coup de balai se faisait sentir, tout était impeccable ; le dernier visiteur avait même pris soin d'approvisionner les étagères en boîtes de conserve. Quant à l'antique poêle à bois, il paraissait en état de marche.

Il remarqua, cependant, que le toit fuyait à l'une des extrémités. Il lui faudrait veiller à ce que la réparation soit faite avant l'hiver, et aussi vérifier dans quel état était l'appentis pour les chevaux. Du moins n'aurait-il pas dépoussiéré sa selle pour rien, ces dernières heures…

Derrière la fenêtre, un autre éclair déchira le ciel. Mais lorsque Poke laissa échapper un hennissement de franche terreur, cette fois, ce fut une douce voix féminine qui le rassura :

— Du calme, Poke. Tu ne crains rien.

Lucien sentit le sortilège de ces sons harmonieux opérer en lui. Il n'avait jamais compris cette étrange réaction, mais ce qu'il savait, c'était que son intensité n'avait jamais faibli. Au premier mot, tous ses muscles s'étaient tendus, comme devant une menace : Raine Featherstone, telle une sirène, l'inquiétait autant qu'elle l'attirait. Même danger et même envoûtement.

Bon sang ! Pourquoi ne pouvait-il pas se tenir à distance raisonnable de cette femme ? Au lieu de quoi, aussi docile qu'un veau à l'abattoir, il était revenu de son plein gré dans l'endroit même où il s'était juré de ne plus jamais remettre les pieds !

Sans un bruit, il alla s'appuyer au chambranle de la porte. La tête contre le museau du cheval, Raine lui parlait à l'oreille et si cela avait été possible, l'animal se serait liquéfié à ses pieds en une flaque de sabots, crins et bave admirative. Non que ce pauvre Poke soit à blâmer. Nombre de bêtes plus coriaces que lui — et d'hommes, aussi ! — se comportaient exactement de la même manière !

Car, aucun doute, Raine était une beauté. De ses lointaines ancêtres indiennes, elle avait hérité une luxuriante chevelure d'un noir de jais, un regard à vous remuer l'âme, allure, grâce et fierté. Mais cela n'était encore rien. Tandis qu'au fil du temps, l'ancestrale couleur noisette des iris s'éclaircissait en un dérangeant vert pâle, les femmes Featherstone se voyaient invariablement dotées du plus affolant des pouvoirs, et des attraits : dès le premier cri, leurs voix mélodieuses enchantaient quiconque se trouvait à leur portée.

— Tu devais lui dire son fait, misérable carcasse, pas lui lécher les bottes ! maugréa Lucien.

Femme et bête se tournèrent d'un même élan vers lui pour le foudroyer du regard.

— Tu l'as laissé tout seul dehors ! lui reprocha Raine, lançant une interminable natte de cheveux par-dessus son épaule. Tu sais bien, pourtant, qu'il a toujours eu peur des orages !

Poke renâcla comme pour opiner, et Lucien jeta au renégat un regard noir.

— Parle-moi sur un autre ton, vieux frère. Sans quoi tu pourras faire un trait sur ta petite gâterie du soir !

L'animal parut mâchonner un instant cette menace entre ses dents. Les morceaux de sucre, toutefois, ne devaient pas être aussi haut placés dans son estime que les caresses de Raine, car il finit par enfouir son puissant museau au creux de l'épaule de la jeune femme avec un soupir extatique et une telle vigueur que si celle-ci n'avait pas été dotée d'une athlétique quoique svelte silhouette de près d'un mètre soixante-quinze, cette démonstration d'affection l'aurait sans doute jetée à terre.

La jument de Raine, Tickle, dut en concevoir une certaine jalousie : elle vint elle aussi lui donner, de l'autre côté, des petits coups de museau.

C'en était un peu trop. D'un coup sec, Lucien inclina son Stetson sur son front, signe que sa patience avait des limites.

— Suffit, Featherstone. J'aimerais rentrer avant que l'orage se déchaîne. Entre et dis-moi ce que tu veux.

Ces paroles, hélas, scellèrent l'inéluctable : les premières gouttes s'abattirent sur Raine puis, à la grande consternation de Lucien, glissèrent le long de ses joues telles des larmes — ce qui le bouleversa au plus haut point. Inutile de se creuser la cervelle pour comprendre pourquoi. En ce qui concernait Raine, il éprouvait toujours une vive culpabilité, mêlée d'une exaspérante inquiétude. Emotions qu'il refoula aussitôt, dans la mesure où, d'un point de vue sentimental, elle ne lui inspirait plus rien.

Ou du moins, l'aurait dû.

A présent, les gouttes perlaient de ses cils, et il s'avisa qu'il ne l'avait jamais réellement vue pleurer, pas même à l'enterrement de son grand-père, où elle avait stoïquement affiché une impassibilité que certaines âmes peu charitables avaient attribué à de l'indifférence. Ce n'était pas le cas, il le savait, tout comme il savait à quel point elle aimait ses grands-parents et aussi, à quel point elle le haïssait pour avoir tué Paps. Tout simplement parce qu'il ne lui avait jamais dit la vérité au sujet de la mort du vieil homme.

— Dis ce que tu as à dire, Kincaid, décréta-t-elle. Mais si tu n'y vois pas d'inconvénient, je resterai ici.

— Si, j'y vois un inconvénient, rétorqua Lucien. Nous parlerons à l'intérieur.

Sur quoi, sans lui laisser le temps d'argumenter, il grimpa les marches, lui saisit un poignet, et l'entraîna à sa suite.

— Utiliser la force brute est méprisable ! ragea-t-elle. Surtout quand on en a autant que toi !

Sans tenir compte de cette objection, il la força à gravir les marches.

— Attention où tu mets les pieds. Celle du haut est fissurée.

— Quel gentleman ! Ta grand-mère devait être drôlement fière de toi !

La raillerie porta, même s'il n'en laissa rien paraître.

— Laissons-la en dehors de la discussion, si ça ne t'ennuie pas. Je préférerais ne pas dénigrer les morts pendant un orage. La connaissant, elle pourrait bien envoyer quelques éclairs de notre côté !

Une fois qu'ils furent à l'intérieur, il se planta devant elle, les bras croisés.

— Pourquoi diable m'as-tu fait venir jusqu'ici ? Qu'est-ce que tu veux ?

Il faisait presque trop sombre pour distinguer son expression, mais le peu qu'il en vit ressembla de manière suspecte à de la confusion.

— De quoi parles-tu ?

— Je parle du message que tu m'as envoyé. Celui qui m'ordonne de venir te rejoindre ici.

Elle secoua la tête, les pointes de ses nattes rebondissant sur ses hanches.

— Ce message, c'est toi qui l'as envoyé, pas l'inverse.

Avec irritation, Lucien ôta ses gants, qu'il glissa sous sa ceinture. Puis il fourra une main dans la poche de sa chemise, et la ressortit vide, se souvenant trop tard qu'il s'était défait dudit message.

— C'est que… je l'ai jeté.

— Mais bien sûr ! railla Raine.

— Tu ne me crois pas, marmonna-t-il.

Ce n'était pas une question : l'air parfaitement incrédule des yeux verts, pareils à ceux d'un félin dans la pénombre, ne lui laissait aucun doute à ce sujet.

— Alors aurais-tu l'amabilité de me dire ce que nous ferions tous les deux là, si tu ne m'avais pas envoyé de message ?

— Je le répète : c'est toi qui m'as envoyé ce message.

Singeant ses gestes, elle ôta ses gants, qu'elle coinça également sous sa ceinture ; mais, lorsqu'elle glissa la main dans la poche de sa chemise, ce fut pour en extirper un feuillet blanc soigneusement plié — qui parut à Lucien singulièrement familier.

Par chance, un roulement de tonnerre étouffa le juron qui lui échappa.

Elle attendit que le grondement cesse, puis déplia le feuillet et lut :

— *Featherstone, ramène tes fesses jusqu'à l'abri. Celui*

où nous nous en sommes donné à cœur joie tous les deux il y a quelques années.

Elle le gratifia d'un bref regard de ses yeux verts qui, étrangement, réussissaient à exprimer l'indignation mieux que n'importe quelle autre teinte d'iris. Indignation qu'il comprenait. La formulation du message l'offusquait quelque peu, lui aussi, voire même plus que quelque peu. Aussi se défendit-il :

— Ce n'est pas de moi.

— Pourtant, ça te ressemble, répliqua-t-elle. Tu as toujours été tellement doué pour les mots, Kincaid. Sûr qu'il doit y avoir une femme émoustillée jusqu'aux extrémités de ses faux ongles d'avoir un homme aussi prévenant et respectueux dans sa vie !

— Je ne fréquente pas de femme aux faux ongles, rétorqua Lucien. Et ce n'est pas de moi.

— Non, bien sûr que non. Tout comme tu n'as pas écrit : « sois là à 5 heures ou je te pourrirai la vie. »

Cette fois, Lucien dut forcer les mots à sortir d'entre ses dents serrées :

— Ce-n'est-pas-de-moi.

— Personne d'autre qui m'appelle Featherstone sur ce ton, argua Raine.

— Les messages écrits n'ont pas de ton.

— Celui-là en a un ! riposta la jeune femme, et je l'entends haut et clair. En outre, qui d'autre que toi aurait ces manières de tyran ou serait assez mufle pour faire allusion à ce qui s'est passé ici il y a déjà plusieurs années ?

Son regard dévia vers le coin de la pièce où se tenait le lit, et ses pommettes brunies par le soleil s'empourprèrent légèrement tandis qu'elle ajoutait avec détermination :

— Dans la mesure où tu me pourris la vie depuis un certain temps déjà et où ce message est signé d'un L aussi envahissant et orgueilleux que chacun des mâles Kincaid que j'ai eu le malheur de rencontrer, dis-moi qui d'autre aurait pu écrire ça ?

Lucien tendit la main et attendit jusqu'à ce que, de mauvaise grâce, elle lui remette le feuillet. Il faisait trop sombre pour voir nettement quoi que ce soit de là où il se tenait, aussi s'approcha-t-il de l'encadrement de la porte pour profiter de la faible clarté que le ciel dispensait encore.

Il étudia le message une longue minute. Elle n'avait menti ni sur le contenu ni sur l'arrogance de l'initiale qui tenait lieu de signature. Nom d'un chien ! Il eût pu jurer que c'était bel et bien son écriture !

— Quelqu'un cherche à nous…

Un éclair l'aveugla, tandis que la foudre s'abattait à quelques pas seulement, suivie d'un assourdissant coup de tonnerre qui l'ébranla jusqu'à la moelle. Raine, elle, en perdit carrément l'équilibre. A l'extérieur, Poke hennit de terreur, puis détala — aussitôt imité par la jument de Raine.

— Tickle, non !

Bondissant sur ses pieds, Raine repoussa Lucien, s'élança au-dehors, et atterrit, de tout son poids, pile sur la planche lézardée. Laquelle se brisa. L'espace d'une seconde, la jeune femme chancela, impuissante, et Lucien, par pur réflexe, plongea pour la retenir avant qu'elle ne bascule en avant. L'agrippant par la taille, il ne put que faire volte-face en plein air de manière à amortir le choc tandis qu'ils mordaient tous deux la poussière, et ce furent son poignet et sa main gauche qui, mis en avant, soutinrent l'impact de leurs deux poids combinés.

Fulgurante, la douleur lui arracha un chapelet de jurons. Comme en réponse, les cieux s'entrouvrirent alors pour répandre sur eux des trombes d'eau glacée. Le corps de Raine détournait de lui ce déluge comme en retour le sien la protégeait de la dureté du sol — un sol qui se transformait rapidement en une gluante étendue boueuse.

La jeune femme, néanmoins, ne parut pas plus apprécier de lui servir de parapluie que de l'avoir, lui, pour coussin, car à peine ressaisie, elle lui donna un coup de coude dans les côtes et roula sur le côté, se récriant :

— Qu'est-ce qui te prend de m'insulter, en plus !

— Ce n'était pas contre toi, voyons !

Séparés l'un de l'autre, ils furent aussitôt trempés jusqu'aux os. Lucien inspecta son poignet. Aucune fracture, heureusement, mais indiscutablement une belle foulure.

Un éclair déchira le rideau de pluie et il hurla, de manière à se faire entendre :

— Retourne à l'intérieur. Ce n'est pas prudent de rester ici. La foudre n'est pas tombée bien loin, tout à l'heure.

— Ton poignet, dit-elle, toujours à demi agenouillée dans la boue. Est-il cassé ?

— Non, répondit Lucien sans rentrer dans les détails.

Puis il essaya de se redresser. Le problème, quand on est si grand, c'est qu'il y a davantage de surface à meurtrir et en l'occurrence, son corps le lançait de tous côtés. A sa profonde stupéfaction, Raine nicha une épaule sous son bras droit et l'aida à se remettre sur pied.

— Ne me remercie pas. Je ne laisserais pas mon pire ennemi là-dessous.

Puis elle leva les yeux sur lui et ajouta avec une nuance d'ironie :

— Quoique, à bien y réfléchir, tu *es* mon pire ennemi.

— J'ai toujours su que nous faisions la paire, toi et moi, ironisa de même Lucien. Sauf que je ne savais pas de quelle sorte.

— Maintenant tu le sais : la pire.

Appuyés l'un sur l'autre, ils parvinrent à gravir les marches sans encombre. Dès qu'ils eurent franchi le seuil, une flaque se forma sous leurs bottes, bientôt absorbée par l'épaisse couche de poussière du plancher. Otant son Stetson, Lucien l'envoya vers une patère, à côté de la porte.

Raine l'imita, son chapeau décrivant un arc gracieux avant d'atterrir sur la patère voisine de la sienne.

— On n'est pas près de partir d'ici, je suppose ?

— Pas sans chevaux, confirma Lucien. Et en tout cas, pas tant que cet orage se déchaînera sur le comté.

— C'est bien ce que je pensais. Dommage que je n'aie pas emmené Chien avec moi… J'aurais pu le lancer à la poursuite de nos montures.

Lucien émit un petit reniflement moqueur.

— Ça, pour les poursuivre, il les aurait poursuivies, et

devancées, même. Mais pour les amener au ranch ! Rends-toi à l'évidence, Featherstone : Chien ou pas, nous sommes coincés ici.

Quoique aussi peu enchantée que lui par cette perspective, elle digéra la nouvelle avec à peine plus qu'une grimace. Grimace qui évoqua à Lucien celle qu'elle aurait pu faire en s'étranglant sur l'un des grogs médicinaux de sa grand-mère, ce qui lui donna une vague idée du rang qu'il occupait sur son échelle de valeurs.

— Et maintenant ? s'enquit-elle.

Il fit un geste de la tête en direction du poêle.

— D'abord, il faut mettre ce truc en marche. Au moins pour nous sécher.

— Voilà qui promet d'être intéressant, commenta-t-elle avec un regard dubitatif vers l'antiquité. Mais je crois que nous devrions d'abord nous occuper de ta foulure, dit-elle en le surprenant à fixer son poignet d'un air contrarié.

Jetant un coup d'œil autour d'elle, elle repéra sur une étagère une pile de linge, alla prendre une taie d'oreiller puis, extrayant d'une de ses bottes un fin poignard, découpa l'étoffe en bandes. Suite à quoi, en un geste aussi prompt qu'habile, la lame redisparut dans la botte. Revenant vers lui, elle saisit sa main blessée.

— Ecarte les doigts pour que ce ne soit pas trop serré.

Elle s'appliqua à envelopper sa main et son poignet à l'aide de ce bandage de fortune.

— Je ne me suis pas montrée très reconnaissante, pour tout à l'heure, reprit-elle. Merci de m'avoir rattrapée. Et navrée, vraiment, que tu te sois blessé à cause de moi.

— Ne te tracasse pas. C'est moi qui ai voulu jouer au héros. Dommage que je ne sois pas très doué.

— Manque d'entraînement, sans doute, repartit-elle avant de déchirer l'extrémité de la bande d'un coup de dents et d'en nouer les deux bouts. As-tu mal autre part ?

Ce n'était pas une question à laquelle il souhaitait répondre. Parce que, en vérité, il avait mal partout. La douleur la plus profonde, toutefois, provenait d'être si près de Raine. Cela l'obligeait à inhaler son parfum, à demeurer impassible à son contact alors que ce qu'il brûlait réellement de faire, c'était de l'entraîner jusqu'au lit qu'ils avaient autrefois partagé et refaire connaissance avec la moindre parcelle de son superbe corps. Sans doute était-ce l'orage qui lui mettait des pensées aussi primaires en tête. Les éclairs électrifiaient l'atmosphère, et les grondements du tonnerre évoquaient ceux du désir. En tout cas, quelle que soit l'origine de ce dérèglement de ses hormones, y résister lui devenait de plus en plus pénible.

Comme il se taisait, elle insista :

— As-tu ou n'as-tu pas mal autre part ?

Il haussa les épaules.

— Je survivrai.

Meurtri mais plus sage, comme toujours, s'abstint-il d'ajouter.

— Nous ne savons toujours pas comment nous avons tous deux atterri ici, lui fit-elle alors remarquer.

— Ça attendra, décréta Lucien. Allumons ce poêle avant que tu bleuisses de partout.

— Soit.

S'il y avait bien quelque chose qu'il avait toujours admiré en Raine, c'était qu'elle ne s'attendait jamais à être dorlotée ou même épargnée. D'elle-même, elle s'attelait aux corvées nécessaires et c'est ainsi que bravant tonnerre et pluie, elle sortit sous le porche, prit une bûche sur un tas adossé au mur et la lui lança par l'encadrement de la porte. Lucien en attrapa tant bien que mal plusieurs, qu'il alla déposer près du poêle, jusqu'à ce qu'ils aient assez de combustible pour tenir le siège toute la nuit.

Pendant qu'il allumait le poêle, Raine enflamma les mèches des deux lampes à kérosène, qu'elle plaça à chaque extrémité de la pièce, puis mit un seau sous la section de toit qui fuyait et tendit une corde de mur à mur. Elle prit ensuite plusieurs draps sur l'étagère, ainsi qu'une couverture, qu'elle déploya sur la corde. Elle lança enfin un des draps à Lucien et décréta, désignant la section la plus proche du poêle :

— C'est ton côté. Restes-y et il n'y aura pas trop de dégâts.

— Des dégâts, il y en aura certainement, que je reste là ou pas.

— Il y a dégâts et dégâts ! Essaie de passer cette frontière et tu te réveilleras en enfer.

Lucien eut un sourire.

— Ça pourrait valoir le coup.

— A ta place, je ne m'y risquerais pas.

Elle disparut derrière la couverture, et il entendit une de ses bottes chuter à terre. L'autre dut lui causer davantage de souci car s'ensuivit un bruit de sautillement sur un pied en chaussette et force grommellements. Au bout d'une minute, le nez de la botte en question pointa sous la couverture.

— Ça t'ennuierait de… ?

— Pas du tout.

De sa main valide, il tira d'un coup sec sur le talon.

— Merci.

Tel un chant, le charme était de retour dans sa voix de sirène et l'incitait de nouveau à s'approcher. Mais y céder le conduirait du mauvais côté de la corde, droit dans l'enfer qu'elle lui avait promis.

Le cliquetis de sa boucle de ceinture heurtant le plancher, de toute façon, brisa l'enchantement.

Lucien n'ignorait pas qu'il eût dû lui aussi se défaire de ses vêtements trempés, mais étrangement, il n'arrivait pas à rassembler l'énergie nécessaire, bien trop fasciné qu'il était par ce qui se passait derrière la couverture. Le chuintement d'une fermeture Eclair… et quelques secondes plus tard, elle jetait son jean en travers de la portion de corde la plus proche du poêle. L'eau goutta de l'épaisse toile denim en un staccato qui fit écho au martèlement de la pluie sur le toit de tôle.

Lucien regretta de ne pouvoir apercevoir les jambes de Raine, histoire de vérifier si elles étaient aussi fermes et fuselées que dans son souvenir. Portait-elle toujours de simples sous-vêtements de coton blanc ? Ou préférait-elle désormais la soie ? De la soie rouge, peut-être…

La vision de parcelles de soie écarlate tendues sur la peau élégamment hâlée de la jeune femme explosa dans son esprit, et il secoua la tête pour l'en chasser. Le fantasme, toutefois, loin de se dissiper, se fit de plus en plus précis, de telle sorte qu'il voyait à présent la soie vermeille mouler ses seins hauts et fiers, et aussi le sombre triangle, entre ses cuisses… Son corps se raidit, et il ne put retenir un juron.

— Encore en train de jurer, Kincaid ?

La chemise de coton de Raine rejoignit le jean sur la corde. Dieu lui vienne en aide, car cela signifiait qu'elle ne portait plus que les vaporeux sous-vêtements qui hantaient son esprit !

— Il y a un seau sous la fuite du toit, poursuivait-elle. Lorsqu'il sera rempli, plonges-y ton poignet. Ce ne sera pas tout à fait comme de la glace mais presque.

— Mouais. J'ferais ça.

Sans doute opterait-il pour une solution plus drastique encore et irait-il se planter carrément sous cette pluie glaciale jusqu'à ce qu'il ait repris son sang-froid. Ce qui ne devrait guère prendre longtemps. Seulement un siècle ou deux !

— Serais-tu sarcastique ? J'essayais seulement de t'aider.

Sa tête apparut au-dessus de la couverture.

— Tu es encore habillé ? s'étonna-t-elle.

Les neurones de Lucien daignèrent enfin se reconnecter, ce qui lui permit de forger un prétexte plausible :

— Je me vois mal ôter mes bottes avec un poignet foulé.

Raine passa sous la corde, un drap enroulé autour d'elle, tel un sarong. Pas la moindre trace de soie rouge en vue.

— Pourquoi ne l'as-tu pas dit avant ? Assieds-toi, je vais le faire.

L'aiderait-elle également à ôter son jean ? s'interrogea Lucien. Pour peu qu'il se risque à le lui demander, il le savait, il atterrirait face contre terre dans la boue, du mauvais côté de la porte, sans même avoir eu le temps de comprendre ce qui lui arrivait.

S'agenouillant, elle tira sur ses bottes maculées, qu'elle alla déposer avec les siennes le long d'un mur. Ainsi placés l'un à côté de l'autre, son quarante-sept bien tassé ridiculisait quelque peu son petit trente-huit.

— Je ne m'étais jamais rendu compte que tu avais de si grands pieds, dit-elle d'un air amusé.

— Ils ont grandi en même temps que moi.

— Ça paraît logique. Tu devrais aussi ôter tes vêtements. Tu peux le faire seul, je suppose ?

— Ça dépend, tergiversa Lucien sur un ton narquois. Tu restes regarder, au cas où ?

— Tu peux toujours courir.

Sur quoi Raine retourna de son côté de la couverture sans la moindre hâte ni la moindre gêne, comme à son habitude. Aussi désinvolte, en tout cas, que si sa présence ne l'affectait pas le moins du monde. Alors que dans l'état où il était, et s'il avait été un homme moins réfléchi, cette fichue couverture serait déjà tombée dans la poussière et Raine elle-même allongée dessus sous un mètre quatre-vingt-dix de mâle déchaîné !

Pour être franc, plus il y pensait, plus l'idée lui souriait.

Avec un grognement de frustration, il se redressa, et tira d'un coup sec sur la rangée de boutons-pressions de sa chemise de toile bleue, laquelle s'ouvrit de la gorge à la taille. Il s'en débarassa puis, sans bruit, alla l'ajouter aux vêtements mis à sécher sur la corde. Ce faisant, il eut une parfaite vue sur Raine, laquelle était assise jambes croisées sur le matelas. Ses nattes défaites, la tête inclinée en avant, elle s'efforçait de discipliner de ses doigts la cascade de longs cheveux noirs qui, raides et lourds de pluie, gouttaient sur ses genoux.

Lucien déglutit.

— Viens t'asseoir plus près du poêle, sans quoi tu n'arriveras jamais à les sécher.

Surprise, elle leva les yeux et se figea, comme si une nuance, dans cette innocente suggestion, l'avait d'une façon ou d'une autre alertée quant à l'état d'excitation dans lequel il se trouvait. Dans ses pâles yeux verts vacillait une vulnérabilité toute féminine qu'elle n'avait dû trahir que devant très peu d'hommes sur cette terre. Lucien ne s'y trompa pas, et l'en désirât plus encore.

C'est à cet instant précis qu'il se fit une promesse, une promesse qu'il se jura de tenir, dût-il remuer ciel et terre pour cela : d'ici l'aube, elle serait dans ses bras.

2

Ne reste pas plantée là ! s'intima Raine. Trouve une repartie percutante pour détendre l'atmosphère !

Tout près, tel un avertissement, un coup de tonnerre l'extirpa de sa transe.

— Tu n'as rien à faire de mon côté, décréta-t-elle, non sans se morigéner aussitôt : de son côté, il ne l'était pas, justement, et elle venait de lui donner une excellente occasion de s'amuser à ses dépens !

Et en effet, ses yeux aussi noirs qu'une nuit sans lune s'illuminèrent tout à coup d'une étincelle espiègle et un demi-sourire étira un coin de ses lèvres. Elle connaissait cette attitude — un irrésistible mélange de charme diabolique et de fausse candeur à la « mince alors, m'dame ! », combinaison fatale de danger et d'humour qui avait dû lui attirer les faveurs d'au moins la moitié des femmes du comté.

— Ne veux-tu pas essayer autre chose ? Et me rembarrer plutôt avec une phrase du type : Ne me regarde pas comme ça, sale vaurien libidineux !

— Je vois que tu te connais bien, répliqua Raine, faisant mine de recommencer à démêler ses cheveux avec autant de désinvolture que possible. Je disais donc : tu n'as pas à envahir mon côté.

— Je te signale que je suis toujours de mon côté de la corde, observa-t-il alors.

Techniquement, il avait tout à fait raison. Et pourtant… Des épaules nues et puissamment musclées représentaient bien une invasion, surtout lorsque, sournoisement penchées au-dessus de la ligne de démarcation, elles s'infiltraient de force dans ses pensées et ses fantasmes ! Aussi riposta-t-elle :

— Franchir la ligne sous-entend également profiter traîtreusement de ta haute taille pour m'observer en douce !

— C'est que... je m'inquiète pour toi. Si tu attrapais froid...

— Inquiète-toi seulement de rester de ton côté !

Le demi-sourire s'évanouit, de même que toute trace de charme et d'humour. Ne subsista plus que le danger.

— Je me fiche comme d'une guigne de ces histoires de côtés ! Tout ce que je sais, c'est que tu vas finir par attraper la crève, à rester transie là. Alors va t'asseoir près de ce poêle et cesse de te conduire en vierge outragée du siècle dernier !

Piquée, elle bondit sur ses pieds et se planta devant lui.

— Dans la mesure où tu m'as privée de ma virginité il y a des années de ça, le rôle m'irait parfaitement, tu ne crois pas ? Et pour ce qui est d'être outragée, j'en ai tout à fait le droit, il me semble !

— Outragée ? siffla-t-il d'une voix semblable au feulement d'un lion de montagne. Outragée par quoi ? Tu me voulais dans ton lit et je n'ai été que trop heureux de te satisfaire, oui !

— Par pure bonté d'âme, j'en suis sûre, railla-t-elle.

Elle ne lui laisserait pas la satisfaction de voir à quel point il venait de la blesser. Sa fierté vint à sa rescousse, et elle releva agressivement le menton pour accuser :

— Tu es si noble, Kincaid. Un vrai prince. Pas assez puissant, hélas, pour s'offrir le sens de l'honneur !

A ces mots, Lucien repoussa la couverture.

— Explique-toi !

Le feulement s'était mué en rugissement, et Raine recula prudemment d'un pas. Même en colère, il était magnifique. Il l'avait toujours été. Pas seulement à cause de sa taille, assez impressionnante par elle-même, mais par la formidable énergie de sa personnalité et la pure virilité, presque bestiale, qui émanait de lui. Jamais elle n'avait rencontré d'être vivant qui puisse l'égaler. Si ce n'était, un jour, et accidentellement, un étalon sauvage.

La bête, ayant échappé aux hommes qui le maintenaient, s'était ruée dans le corral où elle travaillait avec une jument un peu ombrageuse. A l'assourdissant martèlement de sabots, elle s'était d'instinct placée entre l'étalon et la jument, mais… pour la première fois de sa vie, elle n'avait pas su comment prendre en main un animal. Ses yeux injectés de sang donnaient la mesure de son indomptable volonté et de sa fureur, mais ce dont elle se rappelait avant tout, c'était l'odeur qui emplissait l'air, l'odeur de la virilité dans sa pure essence.

Sa jument y avait aussitôt répondu par un hennissement, de crainte ou d'attirance. Elle n'aurait su le dire à l'époque mais aujourd'hui, à voir Lucien dans toute sa gloire, elle soupçonnait un subtil mélange des deux. Une odeur similaire à celle perçue des années plus tôt effleura ses narines et par instinct encore, elle réagit de la même manière qu'alors : des murmures s'échappèrent de ses lèvres, sans qu'elle ait la moindre idée de ce qu'elle disait exactement. Seul importait le ton.

Lucien eut la même réaction que l'étalon : il recula, secouant la tête de confusion. Les muscles de ses épaules se bandèrent, l'envie de se laisser apaiser par sa voix luttant contre celle, tout aussi forte, d'attaquer.

Tête baissée, il serra les poings et dit d'une voix rauque :

— Arrête ça, Raine.

Puis, comme elle n'obtempérait pas, il secoua la tête, ses cheveux projetant des gouttes d'eau qui échouèrent sur le poêle avec un sifflement semblable à l'avertissement d'un serpent. Au prix d'un phénoménal effort, il se ressaisit, et plongea dans le sien un regard dont l'incandescence la troubla.

— Je ne suis pas un de tes chevaux. Ne cherche pas à me dompter.

Il avait raison. Raine tâcha de retrouver une voix normale, ce qui exigea d'elle un effort aussi pénible que celui qu'il fournissait pour résister à ses murmures.

— Je… je n'y peux rien. C'est un réflexe.

— Un réflexe contre quoi ?

Elle feignit de rajuster son drap, dans l'espoir de détourner la conversation. Il ne céda pas, et attendit sa réponse, si bien qu'elle finit par hausser les épaules.

— Ça arrive, c'est tout.

— Quand ?

— Quand je me sens menacée.

Lucien n'apprécia pas cette réponse. Avec une lenteur délibérée, il recula d'un pas.

— Crois-tu donc que je pourrais te faire du mal ?

— Pas physiquement, non. Mais tu m'as fait du mal d'autres manières, et c'est une leçon que je ne risque pas d'oublier.

— Tu parles des terres contestées ? Remets-t'en, Raine. Elles appartiennent aux Kincaid, désormais.

— Elles appartiennent aux Featherstone ! Mon grand-père s'est battu toute sa vie pour reprendre ces terres aux politiciens corrompus qui l'en avaient exproprié au profit du tien, et il a fallu qu'il meure pour qu'elles nous reviennent ! Je ne vais pas te laisser nous les voler de nouveau sans me battre !

La souffrance se lut sur les traits de Lucien avant que toute émotion ne s'en efface.

— Je n'argumenterai pas avec toi, Raine. Nanna et moi nous sommes mis d'accord sur le droit de propriété de ces terres. Le différend est clos.

— Si elle s'est mise d'accord, c'est bizarrement après une certaine conversation privée entre vous ! Juste par curiosité, de quoi l'as-tu menacée ? Un long et coûteux procès ? Une brochette d'avocats renommés ? Tu savais qu'elle ne pouvait pas se permettre de lutter contre toi !

— Je ne sais pas pourquoi je m'en donne la peine, mais… sache que je n'ai exercé aucune pression sur elle, maugréa Lucien. Si tu ne me crois pas, demande-le-lui.

Raine l'avait bien fait, mais sa grand-mère s'était bornée à répondre que les terres appartenaient désormais à Lucien et qu'elle refusait d'en discuter davantage. Elle ignorait, en tout cas, quel était le sujet de discussion le plus douloureux pour elle — leur relation personnelle, ou Paps et les terres. L'un comme l'autre l'affectaient également ; du reste, ils étaient en quelque sorte entremêlés.

Lorsque Lucien s'était détourné d'elle après lui avoir fait l'amour, il lui avait pris quelque chose d'irremplaçable, quelque chose qui allait bien au-delà de l'aspect physique de la chose et touchait à son essence même. En leur contestant ces terres, le grand-père de Lucien, Buck, s'était approprié une partie de l'héritage des Featherstone, dont elle était aujourd'hui l'unique descendante. Mais lorsque Lucien avait ensuite accidentellement tué Paps lors d'une dispute au sujet des limites des propriétés, il avait aussi tué ce qui lui restait d'innocence. Ce jour-là, elle avait perdu les deux hommes qu'elle aimait le plus au monde et aujourd'hui encore, son âme ne s'en était toujours pas remise.

Cependant, bien que la cause soit perdue, la combativité de ses ancêtres l'incitait à continuer la lutte. Tant qu'elle disposerait d'armes, elle ne se rendrait pas, même si ces armes n'étaient, en l'occurrence, qu'un esprit vif et des reparties cinglantes.

— Tu as abusé une vieille femme ! Ton grand-père lui avait rendu ces terres après la mort de Paps. Pour preuve, elle dispose d'une lettre. Cette lettre, je la trouverai, et alors je te traînerai en justice pour récupérer ce qui m'appartient de droit !

— Il n'y a aucune lettre à trouver, contra posément Lucien.

— Tout le monde sait que Buck Kincaid avait rendu ces terres à Nanna, s'obstina Raine. C'est ta grand-mère qui a ensuite prétendu que ce n'était pas le cas !

Raine croisa les bras sur sa poitrine pour serrer davantage le drap contre elle. Un froid glacial l'envahissait, en partie à cause de cette conversation, mais surtout à cause de ses sous-vêtements humides.

— Seulement, reprit-elle, elle a fort opportunément attendu pour ça que son mari soit mort afin qu'il ne puisse pas la contredire !

Avec une exclamation d'impatience, Lucien plongea sous la corde, l'empoigna par le bras et la propulsa fermement vers le poêle. Attrapant la chaise la plus proche, il la plaça devant le brasier.

— Assieds-toi.

— Ne me donne pas d'ordre, Kincaid !

Elle s'arracha à son emprise, consciente que c'était parce qu'il le voulait bien, tout en ajoutant avec hargne :

— Je ne t'appartiens pas !

— A force de t'entêter, tu vas finir dans un lit d'hôpital avec une pneumonie ! Qui s'occupera de ton ranch ? Nanna ?

Maudit soit-il ! Qu'il avance d'emblée le seul argument capable d'emporter son adhésion la frustrait au plus haut point. Le pragmatisme, toutefois, l'emporta : plaçant la chaise perpendiculairement au poêle, elle s'y installa à contrecœur, rassembla ses cheveux humides et réentreprit de les discipliner.

— Et toi ? dit-elle lorsqu'elle se fut ressaisie. Ton jean aussi est trempé. Tu ne vas donc pas l'enlever ?

— Tu veux que je me déshabille ? Avec plaisir ! repartit-il, s'exécutant dans l'instant.

Raine eût dû se détourner, elle le savait. Encore fallait-il qu'elle en eût la volonté, or... la clarté des lampes illuminait autant qu'elle drapait d'ombres le corps nu de Lucien et au plus profond de ses entrailles, le désir rejoua sa folle chanson. Un désir que ni le temps ni les circonstances n'avaient terni, et qui se déchaîna en elle avec une violence semblable à celle de l'orage, au-dehors. Stupéfaite, elle secoua la tête. Comment était-ce possible ? Comment, alors que les années, les unes après les autres, avaient réduit leur passion en cendres amères, pouvait-il renaître avec tant de vigueur ? Après tout ce que Lucien lui avait fait subir, comment pouvait-elle encore le désirer ?

Simple réaction physique, sans doute, biologique ou même chimique face à un corps masculin d'une virilité qui n'avait fait que s'affirmer au fil du temps. D'une carrure et d'une taille supérieures à la normale, Lucien avait des cuisses idéales pour l'endurance et bien que ses hanches soient comparativement étroites, son torse était à l'image de ses jambes, long et musclé. Oui, c'était un homme presque plus grand que nature, littéralement capable de déplacer des montagnes, par sa force physique autant que par la seule puissance de sa volonté...

Il se tourna légèrement de côté, et elle entr'aperçut une vilaine cicatrice sur son flanc. Sa gorge se noua et elle demanda, d'un ton qu'elle espérait désinvolte, en la pointant du doigt :

— D'où tiens-tu cette méchante entaille ?

— Parfois c'est l'homme qui gagne, et parfois c'est le taureau, répondit-il, ouvrant son drap d'un coup sec.

Inexplicablement sèche, la réponse intrigua Raine, qui objecta :

— Je sais ce que donne une blessure par corne. Ça n'y ressemble pas.

Il lui décocha un regard inquisiteur.

— Tu prêtes drôlement attention à ce qui, à t'entendre, ne t'intéresse plus, dis donc. Continue à me fixer comme ça et je vais finir par croire que ce que tu vois te plaît !

Raine haussa les épaules.

— C'est le cas, cicatrice ou pas, avoua-t-elle. Mais en effet, je ne suis plus intéressée.

— Ta tête n'est plus intéressée, repartit-il, nouant le drap autour de ses hanches avec dextérité. Mais le reste m'a tout l'air d'avoir une opinion différente !

— Qu'est-ce qui te fait dire ça ? murmura Raine, troublée qu'il l'ait si aisément percée à jour.

Il s'approcha, et elle lutta pour ne pas trahir son émoi tandis qu'il posait l'index juste derrière le lobe de son oreille gauche, puis le faisait descendre le long de son cou.

— Ton cœur bat.

Raine déglutit, puis répliqua avec ironie :

— Oui, c'est une fâcheuse tendance qu'il a. Comme ça, de son propre chef, sans que je lui aie rien demandé !

L'index de Lucien dévia sur l'arête de son épaule, puis jusqu'à la limite du drap.

— Et tes muscles sont aussi tendus que si tu brûlais de t'enfuir à toutes jambes.

C'était le cas. En toute franchise, le déchaînement des éléments au-dehors lui paraissait moins dangereux que celui des émotions qu'elle affrontait ici.

— Il y a une raison pour ça, se borna-t-elle à répondre.

— Qui est ?

— Tu es une menace.

Son honnêteté lui valut un sourire narquois, qu'il ponctua d'un :

— Pas plus que tu ne l'es.

Raine s'écarta.

— Alors je suggère que nous gardions nos distances pour l'éliminer.

— C'est qu'il y a un problème, contra-t-il.

— Lequel ?

— Il n'y a qu'un seul poêle.

Il fallut une seconde pour que cette repartie chemine jusqu'au cerveau de Raine. La seconde suivante, ses lèvres tressautèrent, et elle ne put retenir un léger rire : son sens du ridicule prenait la relève.

— Touché, Kincaid. Alors prends le risque de t'approcher et essayons de ne pas en venir aux mains. T'en crois-tu capable, en même temps que de conduire une conversation à peu près normale ?

— Ça dépend de combien de temps durera l'orage, je suppose.

— Et aussi de quoi nous parlons. D'habitude, parler de la pluie et du beau temps est un sujet peu compromettant…

Comme pour la contredire, le déluge qui martelait le toit de tôle s'intensifia ; les branches de l'aulne le fouettaient elles aussi, en quête d'une brèche où s'infiltrer. Raine jeta un regard inquiet aux chevrons. L'abri était-il solide, au moins ?

— Ça tiendra, assura Lucien, prenant place sur la chaise voisine.

L'inclinant sur ses deux pieds arrière, il en appuya le dossier contre le mur et ajouta :

— Ces trucs-là sont construits pour résister au pire.

— De toute façon, reprit Raine, parler du temps ne me paraît pas une très bonne idée, dans la mesure où c'est cette satanée tempête, en plus de ton message, qui nous a coincés ici !

— Justement, le message. Parlons-en. Ça risque de nous occuper un certain temps.

Parfait, songea Raine. Exactement le sujet qu'il lui fallait pour distraire son attention du pur bloc de virilité exposé si nonchalamment à quelques centimètres d'elle.

— Seulement si tu persistes à contester les faits, attaqua-t-elle. Admets-le donc enfin : c'est ta faute si nous sommes bloqués ici ! Nous ne serions pas dans cette galère si tu ne m'avais pas adressé cette *sommation* !

Les deux pieds avant de la chaise de Lucien retombèrent sur le sol avec un bruit sourd.

— Je le répète une dernière fois : je ne t'ai rien envoyé. Rien !

— Je connais ton écriture, Lucien. J'ai toute une collection de ces ultimatums dont tu me bombardais quand tu me contestais mes terres !

Elle ne prit pas la peine de mentionner les autres occasions où elle avait reçu des lettres de sa part, au cours d'un bref égarement de sa raison qu'elle préférait attribuer à l'impétuosité de la jeunesse. Car ces lettres, hélas, étaient d'une tout autre sorte, débordant non de menaces mais de phrases tendres et passionnées.

— Et crois-moi, je reconnaîtrais tes fichues pattes de mouche entre toutes !

Lucien cala ses coudes sur ses genoux, puis la stupéfia en admettant :

— Ayant vu le message en question, je ne peux qu'en convenir : cela ressemble à s'y méprendre à mon écriture. Et étrangement, l'écriture du message que j'ai reçu ressemble à la tienne, elle aussi.

Raine le considéra un long moment en silence. Il lui retourna son regard sans ciller, preuve qu'il devait être sérieux. A la vitesse où les événements s'étaient enchaînés, elle n'avait guère eu le temps de s'attarder sur ses dénégations, mais à présent, elle se rendait compte que rien dans cette situation n'avait de sens.

— Que disait ce message prétendument de moi ? s'enquit-elle.

— Assez pour me faire venir ici.

C'est-à-dire assez pour piquer, soit sa susceptibilité, soit son intérêt. Et à en juger par l'irritabilité qu'elle avait perçue dans son ton à son arrivée, le premier soupçon devait être le bon.

— J'en déduis qu'il devait être identique au mien, du moins dans les grandes lignes.

— Tu déduis bien.

Il la regarda un instant, pensif, puis reprit :

— Réfléchissons. Qui, à ton avis, aurait intérêt à faire en sorte de nous coincer ici ? Et par de tels moyens ?

Une idée germa dans l'esprit de Raine — si extravagante qu'elle en tressaillit. *Le Comité de Cupidon* ! Etait-elle, après Tess et Emma, l'objet de leurs manigances ?

— Quoi ? demanda Lucien. Tu as quelque chose en tête. Qu'est-ce que c'est ?

Ah ça ! Elle imaginait sans peine sa réaction, pour peu qu'elle réponde : « Eh bien, il y a ce drôle de comité qui manigance pour marier les gens. Et devine quoi ? Nous sommes les prochains sur leur liste ! »

A entendre, c'était absurde ! En outre, d'où le comité aurait-il tiré l'idée saugrenue que Lucien et elle puissent avoir quoi que ce soit en commun ? Ils étaient davantage ennemis qu'amis, et ce depuis des années ! Une relation comme la leur, en tout cas, ne laissait guère présager une fusion romantique !

— Crache le morceau, Raine ! Qu'est-ce qui se passe ? insista-t-il d'une voix qui venait de baisser d'un ton, si bien qu'elle eut la seule réponse dont elle se savait capable, c'est-à-dire le plus éhonté des mensonges :

— Rien.

Et bien sûr, il ne la crut pas une seconde :

— Foutaises ! Tu le sais, et d'une manière ou d'une autre, j'obtiendrai cette réponse. Alors ne me force pas à en venir à certaines extrémités que tu pourrais ne pas apprécier.

Cela, elle n'en doutait pas. A son grand regret, elle connaissait l'implacabilité de Lucien pour en avoir subi les frais lorsqu'il leur avait disputé, à Nanna et à elle, le droit de propriété de leurs terres ! Se placer entre lui et ce qu'il désirait n'était pas le plus sûr des endroits, et se remettre des hématomes émotionnels qu'elle s'était faits la dernière fois qu'elle s'y était trouvée lui avait pris un certain temps.

— Ne t'énerve pas, répondit-elle donc calmement. C'est juste une pensée que j'ai eue. Mais c'est impossible. Grotesque, même.

— Qui a fait ça ? insista-t-il, avec dans sa voix rocailleuse une nuance de menace qui trahissait son impatience. Réponds-moi, Raine.

Génial, pensa Raine. Voilà qu'à présent, il y avait une tempête dehors, une dedans, et que chanceuse comme elle était, elle se trouvait entre les deux !

— Je crois que quelqu'un nous joue un tour, lâcha-t-elle de mauvaise grâce.

— Qui ?

— Le Comité de Cupidon.

Il la fixa sans comprendre.

— Répète-moi ça.

Mal à l'aise, elle réajusta le drap, sur sa poitrine.

— Le Comité de Cupidon. Des excentriques, qui jouent à provoquer des rencontres entre certaines personnes. Tess et Emma…

— Attends un peu, coupa sèchement Lucien. Tu voudrais me faire croire que ce sont tes deux meilleures amies qui se seraient amusées à nous envoyer des message imitant nos écritures, et qu'elles l'auraient fait délibérément juste avant qu'un orage n'éclate pour que nous nous retrouvions tous les deux coincés dans cet abri ? Est-ce que c'est vraiment la seule histoire à dormir debout que tu aies en rayon ?

— Pas Tess et Emma, dit Raine en rejetant ses cheveux en arrière, mais ce Comité de Cupidon, justement. Si tu avais été témoin des manigances dont ils ont usé avec elles, tu comprendrais.

Lucien haussa un sourcil.

— Et le but de ce comité serait… ?

Raine secoua la tête. Hors de question qu'elle réponde à ça ! Qu'il fasse donc ses propres déductions.

— Aucune idée.

Mais à l'évidence, Lucien n'avait aucune intention de s'en tenir là.

— Qu'ont-ils fait à Tess et à Emma ?

Raine bondit sur ses pieds, et alla entrouvrir la porte.

— N'as-tu pas l'impression que ça se calme ? Il doit bien y avoir des torches électriques quelque part. Cela ne devrait pas nous prendre si longtemps que ça de rentrer à pied.

— Seulement la nuit entière, rétorqua Lucien, le grincement de sa chaise indiquant qu'il se levait aussi. La rivière a dû déborder, de toute façon.

Sa voix se rapprochait, et elle pivota pour lui faire face. Comme il tournait le dos au poêle, elle ne put distinguer son expression.

— Mais à la seconde où ils verront Poke rentrer sans moi, poursuivit-il, mes hommes partiront à ma recherche.

Une rafale de vent fonça contre la porte tel un étalon furieux. Raine s'arqua de toutes ses forces pour tenter de la refermer, tout en s'étonnant :

— Ils vont se lancer là-dedans ?

— Non, répondit Lucien, dont elle put enfin voir l'expression, sans en être rassurée pour autant. Tu sais bien que non.

Il tendit un bras au-dessus d'elle, le contact de sa peau nue contre son épaule provoquant en elle une subite décharge de sensations interdites, et referma brutalement la porte au mépris des assauts enragés du vent et de la pluie.

— Mais ils viendront bien, n'est-ce pas ? s'enquit Raine avec espoir. Dès ce soir ?

— Non, répéta Lucien, toujours un peu trop proche d'elle à son goût. Ils attendront l'aube.

La panique submergea Raine.

— Alors, ils… ils vont nous trouver ici… ensemble ?

Lucien haussa les épaules et s'écarta juste assez pour lui permettre de respirer de nouveau.

— Ma foi, oui, à moins que l'un de nous n'étrangle l'autre dans la nuit !

Juste ciel ! Raine s'imaginait sans mal ce qu'ils penseraient s'ils découvraient que Lucien et elle avaient passé la nuit dans cette pièce unique meublée d'un lit fait pour deux. Enfin, fait pour deux à condition que ses deux occupants soient disposés à y dormir étroitement enlacés ! Involontairement, son regard dévia vers le matelas nu, et elle tressaillit. Que Lucien et elle le partagent ou pas, il y aurait conjectures et rires. Sans parler de commentaires graveleux !

Eh bien, se résigna-t-elle avec un soupir intérieur, ce ne

serait pas la première fois et elle n'en était pas morte. Après tout, seule sa fierté en souffrirait.

Lucien dut deviner le cours de ses pensées, car une lueur désabusée obscurcit son regard.

— Ne t'inquiète pas. Le premier qui te manquera de respect ne pourra plus chiquer pendant un certain temps.

Surprise, elle se figea.

— Que veux-tu dire ?

— Tu sais très bien ce que je veux dire. Le premier qui fera une allusion déplacée à cette nuit, que ce soit devant moi ou pas, pourra chercher ses dents ailleurs que dans sa bouche.

— Pourquoi ? se crispa Raine. Tu ne t'es jamais inquiété de ma réputation jusqu'ici, que je sache !

A sa raideur soudaine, elle comprit qu'elle venait de l'insulter, bien qu'elle n'aurait su dire en quoi.

— Où crois-tu que je me sois fait casser le nez ?

Elle haussa les épaules.

— Dans une bagarre de comptoir, non ?

— Dans la mesure où tu étais le sujet du débat, tu as une certaine responsabilité dans l'affaire, l'informa-t-il alors.

Raine se souvenait avoir eu écho de la bagarre en question, assez violente pour que Lucien termine la nuit en cellule sous la garde du shérif Tilson. Mais de là à croire que… Non, c'était du délire !

— Tu veux dire que cette bagarre avec Buster, c'était à cause de moi ?

— Ça n'a plus d'importance.

— Ça en a pour moi.

— Et voilà ! s'exclama tout à coup Lucien en secouant la tête. Tu as encore réussi à changer de sujet ! Je ne sais pas comment tu fais, mais ça doit être en rapport avec ta fichue voix de sirène ! Il suffit que je me laisse aller à l'écouter pour que toute raison m'abandonne !

— Jamais longtemps, marmonna Raine.

Ce en quoi il différait, hélas, de la plupart des autres hommes.

— Encore heureux ! Tu t'apprêtais à me dire, donc, quel

était le but de ce soi-disant Comité de Cupidon. Qu'ont-ils fait à Tess et à Emma, Raine ?

— Ne peux-tu pas le deviner ? maugréa Raine tout en tirant les pans du drap sur lesquels elle menaçait de trébucher à tout instant, au risque de la faire s'étaler de tout son long aux pieds de Lucien, et dans le plus simple appareil encore ! Ce maudit comité manigance des rendez-vous.

— Des rendez-vous ? Tu veux dire comme dans… rendez-vous galant ?

— En quelque sorte.

Il fit enfin le rapprochement, et s'exclama, incrédule :

— Nom d'un chien, Raine ! Quelqu'un essaierait de nous *marier* ? Nous ?

3

Raine fronça les sourcils — fallait-il que Lucien ait l'air à ce point effaré ? — puis admit avec réticence :

— Quelques-uns se sont conclus par un mariage, en effet.

Ou plutôt la totalité, ajouta-t-elle en son for intérieur. Car pour peu que ses souvenirs soient exacts, près de trois cents unions avaient été ainsi orchestrées — nombre pour le moins impressionnant ! Eh bien, si le comité était réellement derrière les événements qui l'avaient confrontée à Lucien, qu'ils s'apprêtent donc à devoir subir leur premier échec !

— Et d'où ces hurluberlus tiendraient-ils que nous pourrions former un couple ? s'enquit Lucien.

— Je n'en ai pas la moindre idée. S'ils s'étaient donnés la peine de me demander mon avis, ce qu'ils n'ont pas fait, j'aurais pu leur dire qu'ils perdaient leur temps.

Lucien continua à la dévisager pendant ce qui lui parut être une éternité, puis reprit :

— Tu es sérieuse, n'est-ce pas ? Ce comité existe vraiment ?

Raine s'étant contentée de hocher la tête, il passa une main dans ses cheveux déjà presque secs, où quelques mèches dorées par le soleil contrastaient avec la dominante sombre de ses cheveux et de ses yeux.

— Qu'ils nous aient choisis, nous, n'a vraiment aucun sens ! grommela-t-il. Tu dois bien avoir une idée de ce qui les a motivés !

— Non, aucune, répéta Raine en s'efforçant d'être aussi catégorique que possible.

Il en savait déjà assez. Inutile de lui fournir davantage de munitions contre elle.

Parce qu'il n'y avait hélas qu'une seule explication plausible pour que le comité la prenne, elle, pour cible : un certain accord passé entre Tess, Emma et elle alors que toutes trois n'étaient encore qu'au lycée, par lequel elles s'étaient juré de se dénicher les unes les autres le mari idéal au cas où elles seraient encore célibataires à l'âge de trente ans. Mais il y avait des années de ça, et ce n'étaient que des paroles en l'air ! Que Tess soit allée trouver le comité en faveur d'Emma lorsque celle-ci avait atteint l'âge fatidique ne signifiait pas qu'elle l'avait aussi fait pour Raine, d'autant qu'elle leur avait bien spécifié, à l'une comme à l'autre, qu'elle n'avait aucune intention de se marier de sitôt ! Et puis, de tous les célibataires des environs, pourquoi justement Lucien ?

— Si, dit ce dernier. Tu penses à quelque chose.

Elle qui se targuait d'être une excellente joueuse de poker ! pensa Raine avec irritation, avant de répéter opiniâtrement :

— Je n'en ai aucune idée. Ce n'est pas parce que nous avons eu une brève aventure que…

— Une aventure d'une nuit, rectifia-t-il.

— Soit, concéda Raine de son ton le plus conciliant, bien qu'elle ait tressailli intérieurement à la sécheresse de ce constat. Une aventure d'une nuit, donc, alors que nous étions gamins. Mais ça n'explique pas que…

— Attends un peu, coupa-t-il brusquement. C'est ce que disait ton message.

— Pardon ?

— Ton message, bon sang ! Il parlait de gamins, lui aussi. Tu utilises les mêmes termes ! accusa Lucien, les bras croisés sur la poitrine et le regard dur. Explique-moi donc ça !

— T'expliquer quoi ?

— C'est une drôle de coïncidence, non ?

— Qu'es-tu en train d'insinuer ? contra Raine, juste avant de comprendre enfin.

S'imaginait-il qu'elle était de mèche avec le comité ? Pire, qu'elle voyait en lui un spécimen de choix en matière d'époux ?

— Espèce de… de crétin !

— Mmm. Ça aussi, c'était dans le message.

— Tout ce que ça prouve, c'est que quelqu'un d'autre

que moi considère que tu en es un ! rétorqua Raine, tout en passant sa frustration sur le drap.

Lequel persistait à vouloir s'insinuer sous ses pieds pour la faire trébucher. Elle tira dessus d'un coup sec, sans autre résultat que de l'entortiller, cette fois, autour de ses chevilles, tel un boa constrictor. Exaspérée, elle se dandina jusqu'à la chaise la plus proche et s'y laissa choir.

— Il t'aura suffi de ressortir une de mes lettres et d'imiter mon écriture ! s'entêta Lucien.

— Mais oui, dit Raine en tâchant de dégager ses chevilles du drap. Tout ce que j'avais à faire, c'était de tremper une pauvre mouche dans de l'encre et de la laisser se défouler sur une feuille de papier !

— Tu remarqueras que je ne ris pas, dit-il froidement.

En effet. Elle suspectait même que sa patience ne tenait plus qu'à un fil. Mieux valait rengainer les sarcasmes et s'efforcer de raisonner calmement.

Aussi reprit-elle posément :

— Si je comprends bien, tu penses que j'ai fait en sorte, juste avant qu'un orage n'éclate, de t'attirer ici avec un message où je te traite de crétin, tout ça pour te forcer je ne sais comment à m'épouser. Et que pour me couvrir, j'ai aussi fait en sorte d'imiter ton écriture sur un autre, de manière à pouvoir feindre l'innocence au cas où tu m'accuserais d'être à l'origine de tout ça parce que « Hé, ho, j'ai un message écrit de ta main, moi aussi ! » Est-ce bien ainsi que tu vois les choses ?

— Ça se pourrait bien, décréta Lucien, les sourcils froncés.

— Ou pas ! lâcha Raine avec un reniflement de dédain. Pourquoi te piégerais-je, dis-moi ? Pourquoi serais-je assez folle pour vouloir t'épouser ?

— Pour mettre la main sur les terres, tiens !

— Pas besoin de me suicider pour ça. Aussitôt que j'aurai retrouvé la lettre que ton grand-père a écrite à Nanna, je récupérerai ce qui m'appartient de droit !

— Aucune chance. Cette lettre n'existe pas.

Un puéril « j'te dis qu'si ! » vacilla une seconde sur les

lèvres de Raine, qui le refoula résolument. Inutile d'argumenter sur ce point dans l'immédiat.

— Nous nous égarons, Lucien. Crois-tu vraiment que j'en viendrais à de telles extrémités pour que tu m'épouses ? Comment, dis-moi ? Supposons que ces faux messages soient vraiment de moi. Que devait-il se passer ensuite ? Comment aurais-je pu te convaincre de m'épouser ? Ah oui, j'y suis : en pointant un fusil dans ton dos pour exiger que tu te traînes avec moi jusque devant le pasteur le plus proche avec un : mariez-nous, révérend, ou je lui fais sauter la tête ! Le problème, c'est que…

Elle claqua des doigts, et enchaîna d'un ton moqueur :

— … suis-je bête ! Dire que je me suis donné tout ce mal pour t'attirer dans mon antre, et que j'ai oublié ce fichu fusil !

Il se frotta la nuque, embarrassé, puis lâcha :

— Oh et puis flûte ! C'est vrai que ça n'a ni queue ni tête.

— Merci.

— Tu me jures que tu n'as rien à voir avec tout ça ? insista-t-il néanmoins.

— Pour la dernière fois : non. Mais je te garantis que lorsque je découvrirai le responsable, je l'écorcherai vif !

— Laisse-m'en un peu, je t'en prie.

Raine, qui n'aurait jamais cru que Lucien et elle puissent de nouveau être d'accord sur quoi que ce soit un jour, s'avisa qu'elle n'appréciait guère cette subite communion de pensée. La dernière fois qu'elle s'était risquée à entrouvrir cette porte-là, elle n'en avait retiré que souffrance, expérience qu'elle ne souhaitait revivre à aucun prix. La prudence l'incita à faire dévier la conversation sur un sujet plus innocent :

— Est-ce que tu as faim ? Si j'essayais de nous concocter un ragoût ?

— Hum. Ce ne serait pas de refus.

Lucien alla inspecter le contenu du placard.

— Eh bien, nous avons l'embarras du choix : flageolets, flageolets, ou flageolets ?

— Diable ! A toi de décider.

— Alors ce sera flageolets.

Ils passèrent le quart d'heure suivant à préparer côte à côte un repas correct, et ce dernier se déroula dans une atmosphère relativement agréable, l'un comme l'autre s'abstenant d'aborder le moindre sujet fâcheux. Le temps que Raine s'avise qu'elle tombait de sommeil, tonnerre et éclairs s'étaient éloignés ; la pluie se réduisait à un pathétique crachin. Ne demeura plus que le goutte-à-goutte des branches de l'orme sur le toit et, à l'intérieur, celui du seau placé sous la fuite, dont la monotonie, avec un peu de chance, ne tarderait pas à l'assommer d'ennui.

— On tire le lit à pile ou face ? proposa-t-elle.

— Non, prends-le, répondit Lucien, avant d'étendre une couverture par terre, près du poêle. J'ai dormi dans des conditions bien pires que ça.

— Peut-être, mais tu étais encore jeune, en ce temps-là, se risqua à plaisanter Raine.

— Tu peux parler, repartit-il, s'installant sur la couverture et croisant les bras sous sa nuque. Ne viens-tu pas d'atteindre toi-même l'âge canonique de trente ans ?

Comme elle ne répondait pas tout de suite, il poursuivit, tout à fait sérieusement cette fois :

— Etait-ce donc si terrible que ça ?

— Quand même pas, répondit Raine.

Avec, toutefois, une certaine réticence, qui incita Lucien à demander :

— Pourquoi ? Parce que tu n'as encore ni mari ni enfants ?

— Oh que non ! mentit-elle allègrement.

Qu'il devine qu'elle rêvait de dénicher l'un et l'autre, et c'en était fini. Il y verrait la confirmation de ses soupçons quant à son implication dans les événements de l'après-midi !

— Et toi ? Ne rêves-tu pas d'une femme et d'un corral plein de petits Kincaid ?

— Ouh là, non ! Hors de question !

Fallait-il qu'il soit si catégorique ? s'exaspéra Raine, avant de rétorquer :

— Heureuse que ce soit clair d'un côté comme de l'autre. Que dirais-tu de dormir un peu ?

Il devait penser, lui aussi, que la conversation avait été un peu trop loin, car après avoir éteint la lampe à kérosène qui se trouvait près de lui, il répondit :

— Excellente idée.

Raine éteignit l'autre, s'emmitoufla confortablement dans le drap, sur le lit, puis ferma les yeux. Elle avait craint que sa conscience un peu trop aiguë de la présence de Lucien la garde éveillée. Ce ne fut pas le cas ; quelques minutes plus tard, elle sombrait dans l'inconscience.

Elle ne dormit pas très longtemps, et il lui fallut plusieurs secondes pour comprendre ce qui l'avait réveillée. Il pleuvait de nouveau, et la tôle amplifiait le martèlement des gouttes, sur le toit. Comment les hommes qui s'abritaient ici pouvaient-ils le supporter ? Peut-être s'y habituaient-ils, avec le temps. A moins que leurs ronflements ne soient plus sonores que cet horrible bruit !

— Tu ne dors pas ? demanda Lucien d'une voix ensommeillée.

— Avec tout ce raffut !

— Nous nous faisons décidément drôlement vieux s'il suffit d'un peu de pluie pour nous empêcher de dormir, repartit Lucien en bâillant. Puisque nous sommes réveillés, si tu m'en disais un peu plus sur ce Comité de Cupidon ?

— Que veux-tu savoir ? s'enquit Raine, circonspecte.

— Eh bien, par exemple, comment décident-ils qui mettre avec qui ?

Raine hésita d'abord à tout lui avouer, puis s'avisa que, têtu comme il était, Lucien obtiendrait ces informations d'une manière ou d'une autre. Aussi se tourna-t-elle de côté vers lui, ce qui fit grincer les ressorts du matelas. Elle distingua alors, léchés par les lueurs rougeâtres des braises, les contours des puissantes épaules masculines, et enfouit aussitôt le visage sous le drap. Le plus sûr moyen de ne pas succomber à la tentation était de ne pas regarder !

— Je suppose qu'ils interviennent à la demande d'amis ou de parents qui souhaitent marier leurs proches, marmonna-t-elle d'une voix un rien étouffée par le drap.

— Et ensuite ?

— Ensuite, il y a ces incitateurs qui…

Non, ce n'était pas ça. Quel était le titre de Shadoe, déjà ?

— Ils s'appellent plus exactement « instigateurs ». Il y a ces instigateurs, donc, qui manœuvrent pour que les deux personnes concernées se retrouvent seules l'une avec l'autre.

— Comme maintenant.

— Oui, comme maintenant. Si ce n'est qu'en l'occurrence, ça ne marche pas, dit Raine, non sans jeter un coup d'œil par-dessus le drap pour ajouter : n'est-ce pas ?

— Pas le moins du monde, confirma-t-il d'un ton tout de même un peu trop péremptoire à son goût.

Raine ferma les yeux. Très fort.

— Que se passe-t-il si leurs manigances échouent ? demanda-t-il après quelques secondes de réflexion.

Raine fronça les sourcils. Bonne question. Que se passait-il, en effet ? Elle n'était pas certaine qu'après tant de mal, le comité abandonne si facilement.

— Je n'en sais pas tant que ça sur eux. Juste ce que Tess m'en a dit, et encore !

— Mais quelqu'un doit d'abord les contacter, as-tu dit ?

— C'est ce que j'ai cru comprendre, dit Raine sans vraiment comprendre où il voulait en venir.

— Quelqu'un que nous connaissons leur a donc rendu visite, non ?

Cet aspect de la question n'était pas encore venu à l'esprit de Raine, et elle se récria :

— Qui ? Même mon entourage est à couteaux tirés avec toi !

— J'en ai autant à ton service.

— Alors quelqu'un nous hait assez pour vouloir nous piéger tous deux dans un mariage impossible…

— Ça, pour nous haïr, il doit nous haïr sacrément ! maugréa Lucien. Et je serais curieux de savoir qui c'est !

Raine ne put s'en empêcher : elle éclata de rire.

— Dire que l'un de nos amis ou de nos parents croit nous faire une faveur, hoqueta-t-elle entre deux rires, et qu'à nous entendre, c'est comme si nous étions soumis à la torture !

— A la torture ? répéta Lucien. Tu plaisantes ? Vivre avec toi serait comme vivre au…

Il se tut brusquement, et le rire de Raine se tarit aussitôt.

— Où ? hasarda-t-elle.

La pluie choisit ce moment pour redoubler d'intensité, noyant la réponse de Lucien. Avait-il dit « au paradis » ? Non, elle devait avoir mal compris…

Décontenancée, elle s'assit sur son séant.

— Lucien ?

— A ta place, je resterais où je suis, avertit-il d'un ton bourru.

Elle plaqua le drap contre sa poitrine, et murmura :

— As-tu dit « au paradis » ?

Il laissa échapper un juron, puis admit :

— Peut-être bien quelque chose dans le genre, oui.

— Mais pourquoi ? s'exclama-t-elle, complètement prise au dépourvu. Je croyais que nous nous détestions.

— Tu sais pourquoi, articula-t-il lentement après un long silence, comme si les mots lui étaient arrachés de la bouche. Tu te souviens tout comme moi de comment c'était entre nous. Comment appellerais-tu ça ?

— Du sexe.

— Certainement pas. Le sexe, je sais ce que c'est, et ce n'était pas ça.

Raine posa prudemment un orteil sur le plancher glacial.

— Qu'est-ce que c'était, alors ?

— Fais un pas de plus hors de ce matelas et tu le découvriras à tes dépens.

— D'accord, repartit-elle du tac au tac.

Elle ne sut jamais si elle signifiait par là « je prends le risque » ou « je ne bougerai plus jusqu'au prochain déluge » car, tout à coup, un craquement assourdissant se fit entendre, et tout s'écroula autour d'elle.

— Lucien ! eut-elle à peine le temps de hurler.

Puis ce fut le trou noir.

Lucien comprit avec un temps de retard ce qui venait de se passer. L'aulne ! L'aulne s'était effondré sur l'abri ! La pluie diluvienne devait avoir affaibli l'emprise des racines sur le sol et l'arbre avait culbuté en direction de la rivière, emportant une partie de l'abri avec lui. D'après ce qu'il pouvait voir, il se trouvait du côté du seul pan de mur intact ; là où un instant plus tôt un toit les protégeait des éléments ne restait plus que la vaste voûte étoilée du ciel.

Il repoussa les débris qui le recouvraient et s'assit. La pluie se calmait et des nuages filtrait assez de clair de lune pour qu'il puisse distinguer les environs. La partie qui abritait le poêle avait été totalement emportée. Ce n'était pas plus mal, car du moins cela éliminait-il tout risque d'incendie. En contrebas, les eaux de la rivière en pleine crue rugissaient, signe qu'il ne s'écoulerait guère longtemps avant que cette dernière ne monte avaler ce qui restait de l'endroit. Raine et lui devaient détaler d'ici, et en vitesse !

Raine ! Il refoula une pure vague de terreur. Où était-elle ?

— Raine ! Raine, où es-tu ?

— Lucien ? l'entendit-il répondre — à son grand soulagement, mais très faiblement. Je suis coincée !

— Est-ce que tu es blessée ? hurla-t-il en retour.

— Je ne crois pas, mais... je ne peux pas bouger. Il y a... il y a quelque chose sur moi.

Etouffée, sa voix lui parvenait d'une certaine distance, sur sa gauche et un peu en dessous, là où s'était trouvé l'arrière de l'abri. Planches et tôles arrachées lui en bloquaient l'accès, et il entreprit de les déplacer avec plus d'urgence que de prudence.

— Tiens bon ! J'arrive !

Enfin, pour peu qu'il y parvienne : en plus des décombres se trouvait en travers de son chemin une lourde branche qui ne se laisserait pas écarter aussi facilement. Prenant appui sur le tronc de l'aulne, il arqua les pieds contre la branche et pesa de toutes ses forces. Ses pieds nus ripèrent sur l'écorce, accrochant au passage quelques échardes, et, ravalant un juron, il regretta de ne pas avoir sous la main ses bottes et ses gants de protection. D'ailleurs, bon sang, en dehors de ce fichu drap, il n'avait même pas de quoi se vêtir tout court ! Enfin, avec un craquement, la branche se brisa, laissant place à une trouée suffisante pour lui permettre le passage.

Se faufilant entre les plus grosses ramifications, il se coula dans un fatras de feuilles gluantes, puis s'arrêta un instant pour reprendre son souffle et écarter de ses yeux des mèches de cheveux déjà trempées de pluie et de sueur. Que ne donnerait-il pas pour une bonne machette ! Il eût pu abattre cet amas de ronces en un rien de temps plutôt que d'en être réduit à s'en extirper tel un serpent en train de muer hors d'une peau trop serrée !

— Lucien ? Tu es toujours là ? s'enquit la jeune femme de sa voix mélodieuse.

Et plutôt calme, mais le seul fait qu'elle recoure à son « don » ainsi qu'à l'usage de son prénom lui indiqua que la peur couvait néanmoins.

— Je m'approche, prétendit Lucien, avant d'inspirer un grand coup et de s'élancer de nouveau. Ça ne me prendra plus très longtemps.

— Si Chien avait été là, il aurait pu t'aider, se désola-t-elle.

— Je te trouverai même sans Chien, je te le promets.

Le temps qu'il se fraye péniblement, sur trois mètres à peine, un chemin, il était trempé jusqu'aux os, couvert de débris végétaux et d'écorchures. Nom d'une pipe ! Ramper nu sur un alignement de cactus ne devait pas être pire !

— Parle-moi, mon chou. Où es-tu ?

— Là, en bas.

La voix venait toujours de sa gauche, un peu plus audible, à présent, et apparemment proche.

— Je ne vois rien et je… je ne peux pas bouger.

Et cela la terrorisait, d'évidence.

— Ne t'inquiète pas. Je vais te sortir de là. J'y suis presque.

A la faveur du rai de lune qui déchira à cet instant les nuages, il distingua devant lui le sommier du lit, aplati sous une immense branche. Il tressaillit. Raine aurait pu être dessous ! Elle n'avait dû en réchapper que par miracle !

Quoi qu'il en soit, elle se trouvait plus bas, sous le sommier et les décombres, et il allait falloir l'en sortir d'une façon ou d'une autre. Le problème, c'était que cette zone ne paraissait pas très stable. Il contourna l'amas de débris, aperçut la corde à linge encore accrochée à un bout de planche, mais aucun vêtement. Naturellement ! Ç'aurait été trop espérer que de dénicher son jean ou ne serait-ce qu'une chaussette !

Il tira précautionneusement sur une large section de tôle ondulée. Dessous apparut une trouée, et il comprit que cette partie de l'abri s'était abattue droit sur les racines de l'aulne. Il s'y glissa avec précaution, et atterrit dans une sorte d'étroit terrier.

— Raine ? Raine, où es-tu ?

— Par là.

Lucien demeura un instant immobile et, le temps que sa vision s'ajuste à l'obscurité, s'efforça d'évaluer la situation. Raine devait être passée à travers le plancher et se trouver, d'après ce qu'il pouvait en voir, sous le matelas, qu'elle ne pouvait soulever parce que l'extrémité d'une racine, brisée, éventrait ce dernier et le clouait au sol. Il inspecta d'abord l'ensemble, afin de s'assurer qu'intervenir sur la racine en question ne serait pas lourd de conséquences. Puis, à peu près certain qu'aucun autre désastre n'était imminent, il s'en saisit de sa main valide et tira dessus de toutes ses forces.

Lorsqu'elle fut arrachée du matelas, il empoigna celui-ci, le souleva, et aperçut enfin Raine, étendue sur le drap ouvert, ses cheveux étalés sur l'humus. Un lent sourire détendit les coins de sa bouche.

— Salut, Belle au bois dormant.

— Salut, beau prince, repartit-elle, souriant elle aussi de toutes ses dents.

Elle inspira une profonde goulée d'air frais, attirant l'attention de Lucien sur sa poitrine et les quelques parcelles de soie qui la recouvraient. Voilà qui répondait du moins à une de ses interrogations : de la soie, pas du coton. Il n'en discernait pas la couleur exacte, mais peut-être était-ce même du rouge. Une teinte sombre, en tout cas, qui contrastait légèrement avec sa peau plus pâle.

— Ne bouge pas, que je vérifie que tu n'as rien de cassé, lui enjoignit-il, tout en s'activant à la palper de manière efficace et impersonnelle, attentif à ne surtout pas s'attarder et ce, bien qu'il brûlât de la caresser à loisir. Je ne trouve rien. Comment te sens-tu ?

— Meurtrie de partout. Et terrifiée.

— Tu l'as échappé belle.

Se penchant en avant, il referma soigneusement les pans du drap autour d'elle et l'aida à se redresser. Une trace noirâtre maculait la joue gauche de la jeune femme. Il voulut l'essuyer du pouce, mais ne fit que l'accentuer, ses doigts étant plus sales encore.

— Tout ce que je peux te dire, c'est que la pluie et le vent ont dû fragiliser l'aulne et…

— Reste-t-il quoi que ce soit de l'abri ?

— Quasiment rien.

— Et toi ? dit-elle ensuite en palpant ses épaules. Tu n'as rien ?

Ce contact éveilla en lui de troublantes pulsions. Fort inappropriées en regard de la situation, elles n'enflammèrent pas moins ses sens, l'incitant à rallonger Raine et à célébrer leur survie.

— Lucien ?

Il secoua la tête, tâcha de se souvenir de sa question. S'il n'avait rien ?

— Eh bien… je viens de passer un sale quart d'heure à m'écorcher le dos pour secourir une damoiselle en détresse mais à part ça, je vais bien.

Avec un faible sourire, elle s'abandonna contre lui.

— Vraiment ? Et moi qui sommeillais tranquillement sur mes draps de satin en attendant que tu triomphes des méchants dragons ! Mais puisque je suis réveillée, à présent, si nous leur faussions compagnie ?

— Volontiers, dit-il en s'écartant d'elle pour retourner s'agenouiller près de la trouée. Je passe le premier. Dès que je serai certain que c'est sans danger, je te le dirai.

— Sois prudent.

— Compte dessus.

Une épaisse branche surplombait l'ouverture. Lucien sauta et s'y agrippa des deux mains, ce qui déclencha, du côté de son poignet blessé, une vive douleur dans tout son avant-bras. Dents serrées, il prit une profonde inspiration et se hissa tant bien que mal hors du trou. Il était à mi-chemin lorsqu'un craquement de très mauvais augure se fit entendre. Raine dut le percevoir aussi, car elle cria :

— Lucien ! Lâche !

Dans un sinistre chuintement, les branches s'inclinèrent vers Lucien. Sans hésiter une seconde de plus, il lâcha prise, retombant dans le trou en chute libre. Il heurta violemment le sol, puis roula sur lui-même comme branchages et décombres s'écroulaient sur l'ouverture. Raine hurla de nouveau son nom. Ce cri déchirant lui donna la force dont il avait besoin, et il se projeta de toutes ses forces en arrière. Le vacarme, au-dessus de sa tête, lui parut durer une éternité, tandis qu'autour de lui terre et poussière le faisaient suffoquer.

Puis ne demeura plus que la plus complète obscurité, et le silence, sépulcral.

4

Derrière lui, la voix tremblante de Raine le brisa.

— Lucien ? Lucien, je t'en prie, dis quelque chose.

— Quelque chose.

Ce ne devait pas être ce qu'elle espérait, car elle éclata en bruyants sanglots. Penaud, Lucien rampa hâtivement dans sa direction.

— Raine, ma chérie, pardonne-moi. Je n'avais pas l'intention de te bouleverser davantage…

Au passage, un rocher lui poignarda le flanc. Stoïque, il supporta la douleur sans desserrer les dents.

— … Je vais bien, je t'assure.

Elle s'élança vers lui, le rejetant contre le rocher. Cette fois, il ne put réprimer un gémissement.

— Quoi ? s'alarma-t-elle. Qu'est-ce qui ne va pas ?

— Rien.

Mais apparemment, « rien » était à placer au même niveau de gravité que « quelque chose », car cela lui valut de nouvelles larmes.

— Ne me mens pas. Tu es blessé. Je l'entends dans ta voix !

— *Ma* voix serait spéciale, maintenant ? Ça c'est un comble !

Les mains de Raine descendirent le long de ses épaules, puis de ses bras. Elle ne dut rien découvrir qui méritât plus ample examen, parce qu'au bout de quelques secondes, elles dévièrent sur ses pectoraux, puis le long du sillon de toison qui s'affinait en direction de son pubis, ne s'arrêtant qu'à la limite du drap, lequel ne tenait plus que par miracle autour de ses hanches.

A son vif désappointement, elle ne descendit pas plus bas, mais remonta jusqu'à son visage, qu'elle explora avidement. Alors, à son tour, il prit le beau visage entre ses mains, essuya ses larmes. Elles lui parurent infecter aussitôt ses mains meurtries, inoculant dans son sang une toxine qui paralysa son cerveau et permit à un pur instinct animal de prendre le dessus. Sans plus réfléchir, il l'attira à lui et chercha sa bouche, qu'il captura avidement sans se préoccuper de son hoquet de surprise.

Sans plus s'embarrasser de préliminaires, il plongea droit entre ses lèvres entrouvertes et ils luttèrent quelques instants pour la suprématie, leurs langues mêlées en un ardent duel. Lorsqu'ils reprirent leur souffle, une plainte s'échappa des lèvres de Raine. A moins que ce ne soit des siennes. Il n'aurait su le dire et ne s'en soucia pas. Tout ce qui lui importait était de continuer à l'embrasser, à la toucher, à tisser coûte que coûte entre eux ce lien plus puissant que le vent, la pluie et la rivière qui rugissait en contrebas.

Il tâtonna derrière elle jusqu'à ce qu'il trouve le matelas dont il l'avait délivrée. Ils s'y laissèrent tomber dans un entremêlement de draps humides, de bras et de jambes trempés et gluants, sans briser une seule seconde le sceau de leurs lèvres, les cheveux fous de Raine les enchaînant eux aussi l'un à l'autre.

— Calme-toi. Calme-toi, ma chérie, murmura-t-il tout contre ses lèvres. Nous nous en sortirons, tu verras.

Elle s'arracha à sa bouche pour déverser une pluie de fervents baisers sur sa mâchoire, ses épaules, son torse.

— J'ai cru que tu avais été tué !

Exquises, les caresses apaisaient les élancements diffus de sa peau contusionnée. Il relâcha son souffle en un soupir de pur plaisir, puis plaisanta :

— Il faut plus qu'un abri qui me tombe sur la tête pour ça.

— Tu oublies l'arbre.

— Celui-là ? repartit Lucien. Une ou deux secondes d'inquiétude, c'est tout.

Cette désinvolture affichée leur valut, de la part des décombres, un dernier, menaçant soubresaut. Lucien roula sur Raine et s'arqua au-dessus d'elle à l'aide de ses bras de manière à subir le premier d'éventuels impacts. Elle enfouit la tête dans le creux de son épaule, implora :

— Non ! Ne risque pas de nouveau ta vie pour moi.

— Pur réflexe, m'dame. Si j'avais pris le temps de réfléchir, je me serais plutôt planqué derrière toi ! Quoique, chétive comme tu es…

— Je ne suis pas chétive ! se défendit-elle avec un petit rire larmoyant.

— Mmm. Je dois reconnaître qu'il y a çà et là quelques rondeurs intéressantes…

Au-dessus de leurs têtes, l'abri rendit l'âme dans un dernier soupir. Lucien, alors, continua à n'écouter que son instinct, mais un instinct d'une tout autre sorte, cette fois, qui l'incitait à offrir à Raine autre chose sur quoi se concentrer que leur possible mort imminente, et donc à accomplir l'acte le plus naturel du monde.

S'emparant de nouveau de sa bouche, il tira sur le drap pour la dénuder, bien qu'il ne distinguât quasiment rien tant l'obscurité le privait presque, en plus de la vue, de sons et de sensations. N'exista plus pour lui que Raine, et même la symphonie nocturne de la nature s'effaça devant le léger bruit de sa respiration entrecoupée. Il n'éprouva plus que l'exquise fermeté de son corps sous le sien, ne goûta plus sur sa langue que son essence même — ce qui exacerba son désir jusqu'à la souffrance.

Elle dut ressentir la même urgence parce qu'elle murmura son prénom de sa voix de sirène, l'envoûtant aussi sûrement que sa chevelure les enchaînait physiquement l'un à l'autre. Oui, une impérieuse urgence s'empara de lui, une urgence qu'il n'avait plus éprouvée depuis des années. Depuis la dernière fois où il avait fait l'amour à Raine.

La seule et unique fois où il avait fait l'amour à Raine.

En cet instant, ce désir le balayait telle une lame de fonds, preuve tangible de ce qu'il s'était efforcé en vain d'oublier depuis : s'unir à Raine cette unique fois avait été une expérience indescriptible, au-delà de tout entendement. Et la perdre ensuite l'avait privé d'une part essentielle de lui-même, dont il ignorait jusqu'à l'existence avant qu'elle ne l'emporte avec elle. Ces émotions, cet enchantement, il voulait les connaître encore, s'imprégner de cette magie.

— Arrête-moi maintenant, avertit-il. Dans une seconde, je ne pourrai plus me retenir.

— Je ne peux pas, chuchota-t-elle.

— Tu le regretteras demain, bon sang ! Et moi aussi !

— Nous ne sommes pas encore demain, si ?

En effet. Et Lucien s'était contenu aussi longtemps qu'il était humainement possible. L'urgence le reprit, doublée d'une détermination inébranlable à narguer le destin. Avec des gestes aussi vifs que précis, il dégrafa son soutien-gorge et le lui ôta. La culotte de soie suivit, non sans qu'il regrette dans un murmure :

— Dommage que je ne puisse pas te voir.

— Tu peux, repartit-elle, se saisissant de ses mains et les dirigeant sur son corps. Caresse-moi et souviens-toi.

Lucien empoigna sa taille souple ; un grondement assourdissant lui déchira tout à coup les tympans, un grondement qui n'avait aucun rapport avec des éléments en furie ou un abri qui s'écroule.

— Mes mains sont sales, protesta-t-il faiblement.

Le rire de Raine lui caressa le visage.

— Les miennes aussi. Il faut croire que cette fois-ci, nous laisserons des traces !

Une vision de Raine marquée de ses empreintes assaillit l'esprit de Lucien. Il la marquerait de son sceau... Tout comme cette toute première fois, il y a des années de cela, en ce même endroit : ils s'étaient appartenus aussi sûrement que s'ils étaient allés devant un prêtre pour échanger leurs vœux.

Ce jour-là, elle s'était lentement déshabillée sous ses yeux, puis s'était étendue sur ce même matelas recouvert d'un drap blanc, ses cheveux étalés telle une cascade de soie noire autour d'elle. Jamais il n'avait connu vue plus érotique, ni plus excitante, que le contraste de son corps parfait à l'éclat d'or sur toute cette blancheur.

Il remonta lentement une main vers ses seins. Il s'en souvenait clairement, en effet — leur galbe à la fois ferme et moelleux, leur poids, leurs sombres crêtes. Le goût de celles-ci. Avec une sourde plainte, il inclina la tête, impatient que ce souvenir redevienne réalité.

Au premier effleurement, elle tressaillit tout entière et s'arqua contre lui, agrippant ses cheveux. Mais ce n'était pas encore assez. Il voulait davantage d'elle, bien davantage. Cette lointaine nuit où il l'avait faite sienne pour la première fois était la plus mémorable de sa vie — il n'avait jamais connu cela auparavant ou même depuis avec une autre femme — et il voulait la revivre, l'entendre gémir, savourer l'ensorcellement de sa voix…

Il glissa l'autre main entre leurs deux corps, en quête du mystérieux triangle, entre ses jambes. D'une lente caresse, il remonta le long de la soyeuse peau de ses cuisses. Puis il s'immobilisa à quelques centimètres de son intimité la plus secrète, dans l'attente de sa décision. Elle s'ouvrit à lui sans réserve et, sans plus hésiter, il inséra un doigt dans sa chaude moiteur, tandis que son pouce effleurait le point d'origine de son désir.

Elle fut parcourue d'un voluptueux frisson, mais il voulait plus encore. Ce qu'il voulait, c'étaient les prémices de l'extase.

Alors, il effleura de nouveau du pouce le bourgeon de son plaisir. Une fois. Deux fois. Puis une troisième fois, en un lent cercle.

— Lucien !

Vibrantes, suppliantes, les suaves intonations déchaînèrent en eux l'énergie même de la nature dans toute sa sauvagerie. Oui ! C'était ce qu'il espérait entendre ! L'appel dont l'écho se répercutait au tréfonds de son être, qui exigeait qu'il s'enfouisse en elle, qu'elle l'accueille, absorbe son essence et la mêle à la sienne. Qu'elle fasse de leur union plus qu'un simple accouplement — l'irréversible fusion capable de transformer à jamais un homme et une femme.

Les mains sous ses fesses, il la souleva légèrement contre lui, et la pénétra d'un lent et profond mouvement. Puis il rejeta la tête en arrière, la gorge palpitante de tremblements convulsifs, immergé dans un pur univers de sensations. L'étroitesse. La moiteur. Et le besoin vital de laisser libre cours à son désir en lutte avec la nécessité de se retenir encore un peu pour faire de cette étreinte un instant magique pour eux deux.

Elle pressa ses deux mains contre ses reins, et lui dit :

— Lâche prise.

L'ordre l'atteignit avec la force d'un coup de feu. Il s'y soumit, sans plus chercher à contrôler ce qui se passait entre eux. A quoi bon ? Il ne pouvait pas plus maîtriser les conséquences de leurs retrouvailles que celles de l'orage qui les avait coincés ici.

Il plongea donc en elle, encore et encore, en réponse à l'appel de ce sauvage, douloureux désir, et elle l'accueillit de tout son être, mouvement après mouvement, l'encourageant à l'emporter toujours plus haut. Puis les sons incomparables de l'approche de l'extase, arrachés à la gorge de Raine, l'enveloppèrent ; des taches de couleur explosèrent sous ses paupières, et une vague de plaisir le submergea, corps et âme.

Tout contre lui, Raine hurla sa jouissance, et il la plaqua plus près de lui encore, se repaissant de ses tremblements avec une satisfaction sans pareille. Ainsi, l'enchantement de leur précédente étreinte n'était pas un caprice du hasard. Quelle qu'en soit l'explication, leur fusion provoquait une réaction qui allait au-delà de la simple compréhension humaine. Et c'est enivré par ce constat qu'il reprit sa bouche dans un dernier, farouche baiser, qu'elle lui rendit avec la même fougue, s'accrochant à lui comme pour défier ce que le destin leur réserverait à titre de punition pour cette transgression.

Peu à peu ne resta plus de la fureur de leur passion que leur respiration entrecoupée tandis qu'il gardait Raine contre lui ces toutes dernières, douces-amères minutes, dans le vain espoir de l'absorber de tous les pores de sa peau, et aussi de la marquer, peut-être, de son essence.

Suite à quoi la raison reprit ses droits.

Seigneur, qu'avait-elle fait ?

Raine tâcha de reprendre le contrôle de sa respiration. En vain. Telles des ondes sismiques, les répliques de leur étreinte continuaient de la balayer de leurs exquises vagues de chaleur. Elle n'avait guère hâte, de toute façon, que l'instant s'achève — parce qu'alors, la raison reviendrait, et il lui faudrait assumer les effets de ce bref moment de folie.

Toujours étendu sur elle, Lucien l'imprégnait de son odeur. Une odeur qui était comme une partie d'elle-même, aussi familière que son contact, sa voix ou son goût. Des années plus tôt, il l'avait marquée du sceau de sa possession et aujourd'hui, elle en connaissait de nouveau la brûlure, de manière plus profonde, plus indélébile encore qu'auparavant. Comme s'ils ne faisaient plus qu'un…

Avait-il la même impression, lui aussi ? L'affectait-elle de la même manière ? Qu'avait-il dit, à propos de leur première fois ? « Le sexe, je sais ce que c'est, et ce n'était pas ça. » En dépit de leurs désaccords, de leur défiance l'un envers l'autre, il existait entre eux une indéniable connexion. Ne restait qu'une question : que faire à ce sujet ?

— Est-ce que ça va ? Je ne t'ai pas fait mal ? murmura la profonde voix, encore un peu rauque, de Lucien tout contre son oreille.

Elle pouvait encore faire en sorte que ça s'arrête là. Prétendre que c'était le cas et le repousser d'une main ferme. Il s'en offenserait, mais du moins se prémunirait-elle contre d'inéluctables souffrances. C'est ce qu'elle voulut faire. Mais ce que rencontra sa paume, plutôt que son torse, fut l'angle un peu rugueux de sa mâchoire, à partir duquel ses doigts remontèrent d'eux-mêmes jusqu'à ses cheveux.

— Non, chuchota-t-elle en l'attirant à elle pour un langoureux quoique bref baiser. Tu ne m'as pas fait mal.

— Des remords ?

— Ils viendront bien assez tôt, j'en ai peur. Mais pour l'instant, je n'en ai pas l'énergie.

Il la libéra de son poids puis, allongé contre elle, l'enlaça. Raine avait oublié ce que c'était que d'être étendue nue entre les bras d'un homme, d'éprouver la profonde dichotomie qui opposait le masculin du féminin. Aussi opposés que les pôles, aussi différents l'un de l'autre que la terre de la lune et néanmoins, tout comme ces corps célestes, unis dans la plus parfaite des complémentarités.

Lucien brisa le silence d'un lourd soupir, puis fit observer d'un ton un peu trop désinvolte :

— Cette nuit pourrait avoir certaines conséquences, tu sais.

Curieusement, ce fut ce moment-là que choisit le cerveau de Raine pour se court-circuiter, et elle répéta un peu bêtement :

— Des conséquences ?

— Oui. Dans neuf mois, environ.

Raine eut subitement du mal à respirer. Seigneur ! Dire qu'elle n'y avait même pas songé !

— Tu veux dire… un bébé ?

— Quelque chose comme ça, dit-il avant d'appuyer une paume sur son abdomen, de manière à la fois possessive et inquisitrice. A moins que tu ne prennes la pilule ?

— Non.

— C'est bien ce que je craignais, murmura-t-il, ses doigts frôlant la soyeuse toison de son entrejambe. Alors il faut que tu fasses un de ces tests dès que possible.

— Et si je suis enceinte ? s'enquit-elle d'une voix mal assurée, aussi troublée par cette éventualité que par sa caresse.

— Nous aviserons en temps utile, répondit-il calmement.

— Je n'avais vraiment pas prévu ça ! se récria-t-elle presque involontairement.

— Je m'en doute. Si c'était le cas, tu aurais pris tes précautions.

— Non, ce que je veux dire, c'est que j'espère que tu conviens enfin que ce n'était pas un vicieux stratagème de ma part pour récupérer les terres.

Lucien médita un peu trop longtemps à son goût cette affirmation, puis concéda :

— Je dois admettre qu'il y aurait des manières moins tordues d'arriver à tes fins.

— Je tiens à ce que ce soit clair, reprit Raine. Ce qui vient de se passer est…

— Fais attention à ce que tu dis.

— Comment cela ? dit-elle, de nouveau perplexe.

— Je tiens à préserver ce souvenir pendant très, très longtemps. Pour que, lorsque je serai sénile, il maintienne au moins une étincelle de vie dans mon regard… Quand, sous ma véranda, je me balancerai sur mon rocking-chair, je veux que les passants se demandent ce qui peut bien faire sourire le vieux débris que je serai devenu.

— Parce que tu en souriras ? Ce qui vient de se passer entre nous t'amuse ?

— Non. Cela restera en moi jusqu'à la fin de ma vie. Et toi, oublieras-tu cette nuit ? demanda-t-il avec, dans la voix, une certaine nervosité.

Si un enfant en résultait, non, évidemment, mais… Raine ferma les yeux, et se résigna à admettre l'amère vérité : qu'elle conçoive ou pas un enfant de cette étreinte, cette nuit demeurerait une des plus inoubliables de sa vie. Tout comme la toute première occasion où elle s'était offerte à Lucien. Exhumer ce moment-là lui était souvent douloureux et, tout à la fois, source d'incandescente espérance.

Il en irait de même avec ces instants-ci. Si les circonstances avaient été autres, une relation aurait pu s'ensuivre. Une relation qui, peut-être, aurait laissé une empreinte plus durable qu'une simple étincelle dans le regard d'un vieil homme. A cette pensée, le regret la transperça, et elle se lova tout contre Lucien, en quête du réconfort de sa chaleur. Elle comptait bien se délecter de chacune des secondes du peu de temps qui leur restait, parce que c'était tout ce qu'elle aurait jamais — d'éphémères secondes arrachées au destin.

Aussi chuchota-t-elle :

— Non, je n'oublierai jamais cette nuit, moi non plus.

5

L'aube réveilla Lucien. Il songea aussitôt que ses hommes ne devaient plus être bien loin et jeta un coup d'œil à Raine, nichée tout contre lui. Enchevêtrés, les draps étaient à leurs pieds et à côté, il aperçut ses sous-vêtements de soie ôtés avec tant de hâte la veille.

Des sous-vêtements d'un flamboyant, presque aveuglant… rouge !

Il contempla la jeune femme avec un sourire. Même avec toute cette boue sur le visage, et les cheveux parsemés de débris végétaux, elle était superbe. Il émanait d'elle une sorte de noblesse… Peu de femmes enduraient les mêmes épreuves qu'elle pour s'en sortir plus fortes et plus déterminées qu'auparavant. Il ne pouvait que l'en admirer plus encore.

Incapable de résister à la tentation, il l'éveilla d'un baiser. Les longs cils papillonnèrent, puis elle ouvrit les yeux et le fixa longuement sans un mot, comme pour graver ses traits dans sa mémoire. Il riva son regard au sien, fasciné par ses iris, les plus saisissants qu'il ait jamais vus, leur vert auréolé d'or encore brumeux de rêves impossibles.

Il inclina la tête, réclama de nouveau sa bouche. Alors qu'il restait encore tant à dire, tant à discuter. Il leur fallait profiter de ces tout derniers moments de répit pour convenir de ce qu'ils allaient faire désormais et…

— Hé ho ! Il y a quelqu'un ?

Lucien se redressa, empoigna les sous-vêtements de soie rouge et les lança à la jeune femme.

— Habille-toi, vite ! Et ne fais pas de bruit.

— Ne vas-tu pas leur faire savoir que nous sommes là ? s'étonna-t-elle comme il demeurait silencieux.

— Si, dans une seconde.

Il attendit qu'elle ait revêtu slip et soutien-gorge, puis l'aida à s'envelopper dans un des draps maculés de terre. Il noua ensuite l'autre autour de ses hanches et cria à l'intention de son contremaître :

— Par ici, Dobey.

— C'est vous, patron ?

— A ton avis ? s'irrita Lucien. Ça t'ennuierait de venir me donner un coup de main ?

— C'est comme si c'était fait, patron !

Lucien attira Raine à lui pour lui voler un dernier baiser, puis lui enjoignit :

— Ne te fais pas voir. Je m'en débarrasserai aussitôt que je pourrai et je reviendrai te chercher.

— Mais…

— Ne discute pas, Raine. Tu sais comme les rumeurs vont vite, par ici. Autant ne pas attirer les ennuis. Reste cachée et avec un peu chance, notre réputation n'en souffrira pas.

Elle obtempéra, mais il vit bien qu'elle n'appréciait guère la tournure que prenaient les choses. Une minute plus tard, une trouée était dégagée au-dessus de sa tête, et Dobey passait la sienne au travers. A peine aperçut-il Lucien, et surtout son accoutrement, qu'il éclata de rire et lança par-dessus son épaule :

— Z'allez pas en croire vos yeux, les gars !

— Reste pas là à bâiller aux corneilles, maugréa Lucien. Aide-moi à remonter !

Il se retrouva à l'air libre d'un bond et, étirant ses membres courbatus, éprouva un plaisir incomparable à se dresser sous le soleil matinal. Restait à éloigner ses hommes au plus vite pour que Raine puisse jouir elle aussi de cette liberté.

— Belle jupe que vous avez là, patron, dit son contremaître avec, sous son épaisse moustache grise, un sourire un peu édenté. Qu'est-ce qui est arrivé à vot' jean ?

— La tempête, se borna à expliquer Lucien.

— Sacrée tempête, alors !

— Tu peux le dire ! Nom d'un chien ! C'est tout ce qu'il en reste ? s'écria-t-il lorsqu'il avisa les vestiges de l'abri.

Rembruni, Dobey hocha la tête.

— Autant vous le dire : j'm'attendais pas à trouver quelqu'un d'vivant là-dessous ! Tout c'que la rivière a pas emporté a fini sous cet arbre !

Il n'exagérait pas. Autant que Lucien puisse en juger, il ne restait pas un seul mur debout. Ne subsistaient, des planches et des tôles de l'abri, que les portions écrasées par les branches. Il avait vu la mort de près plusieurs fois mais là…

— On a ramené les chevaux, reprit Dobey.

Quelque chose, dans son ton, attira l'attention de Lucien, qui tourna la tête dans la direction qu'indiquait son contremaître. Au-delà des hommes et de leurs montures paissaient Poke et, à ses côtés, Tickle. Flûte !

— Ils sont rentrés ensemble. Z'avez une idée d'à qui appartient l'autre ?

— Peut-être bien, marmonna Lucien.

— Si vous en êtes pas sûr, p't-être qu'elle l'est, elle, dit alors Dobey avec un signe de tête vers l'aulne déraciné.

Raine émergeait du trou. Derrière eux, les hommes se turent, bouche bée. Lucien les comprenait. Ainsi auréolée de ses longs cheveux couleur de nuit hérissés de brindilles et de feuilles, elle évoquait quelque déesse née des entrailles de la terre.

Hautaine, elle considéra l'assemblée de cavaliers et peu à peu, les sourires narquois des hommes cédèrent la place à quelque chose comme du respect et de l'émerveillement. L'un après l'autre, ils baissèrent la tête. A l'exception d'une des dernières recrues, un dénommé Rand, un grand gars efflanqué à peine sorti de l'adolescence, qui s'approcha de Lucien et lui dit à voix basse, sans quitter Raine des yeux :

— Y'a quelque chose que vous devriez savoir.

— Parle.

— Pas devant elle.

Lucien n'apprécia ni le ton, ni le regard, ni l'attitude du garçon. D'un geste sec, il le fit reculer d'un pas.

— Dis ce que tu as à dire, et tout de suite.

— Eh bien… La clôture du pâturage sud a été sectionnée. Délibérément. Le temps qu'on s'en aperçoive, son taureau s'en était donné à cœur joie avec les nouvelles Longhorns.

— Quand ?

— Hier dans l'après-midi. Sans doute juste avant l'orage, indiqua le garçon, avant de jeter un bref regard vers Raine et de le détourner aussitôt. Que voulez-vous qu'on fasse ?

— Rien. Je m'occuperai de la clôture, décréta Lucien sur un ton qui eût dû mettre fin à la conversation.

Et qui n'eut malheureusement pas l'effet escompté. Sous l'ombre portée de son Stetson, le cow-boy se fendit d'un rictus.

— J'serais curieux d'voir ça, Kincaid.

Lucien, qui se détournait de lui, fit volte-face, furieux.

— C'est *Monsieur* Kincaid pour toi, mon gars ! Un autre mot de travers sur ce qui ne te regarde pas, et tu pourras remballer illico ton sac de couchage !

— Vous me flanqueriez à la porte ? s'indigna Rand. A cause d'elle ?

— Sans hésiter !

Puis Lucien lança à l'intention de son contremaître :

— Dobey, toi et les gars, partez devant, je vous rejoins !

— Sûr, patron. Allez, les gars, remuez-vous. Doit y avoir d'autres dégâts à s'occuper.

Lucien regarda ses hommes se remettre en selle et s'éloigner. Il y eut, apparemment, une vive discussion entre eux avant que Dobey n'y mette sèchement un terme. Inutile de se demander quel en était le sujet, songea Lucien avant de noter mentalement de recommander à Dobey, la prochaine fois, de garder un œil sur la nouvelle recrue. Quelque chose, à propos du garçon, ne lui paraissait pas très clair. Or il avait appris il y a longtemps déjà qu'il avait tout intérêt à suivre son instinct en ce qui concernait les trois éléments les plus importants dans sa vie — les humains, les animaux et le poker.

Il amorça le geste de rabattre son Stetson sur son front, avant de se remémorer qu'il avait perdu ce dernier en même temps que ses vêtements lorsque l'abri s'était effondré. Bon sang ! C'était son préféré, en plus !

— Rosie en a reçu toute une panoplie hier, informa Raine.

Et du style que tu aimes. Ça ne prendra pas très longtemps de l'aplatir. Une colère ou deux devraient suffire.

Lucien sourit. Quand il se mettait en rogne, il avait en effet la fâcheuse manie de jeter son Stetson à terre. Et il n'était pas le seul : il avait vu celui de Raine atterrir plus d'une fois dans la poussière, lui aussi. Aussi repartit-il :

— Avec toi dans les environs, je n'en doute pas.

— Oui, convint-elle avec amusement. Il semblerait que nous ayons ce genre d'effet l'un sur l'autre.

Elle s'approcha, et Lucien eut du mal à détourner son regard d'elle. Alors qu'il avait l'air ridicule dans ce drap, elle était splendide. Il eût préféré, toutefois, qu'elle ne s'affiche pas ainsi devant ses hommes.

Il s'éclaircit la voix, et lui en fit le reproche :

— Pourquoi es-tu sortie de sous cet arbre ? Je t'avais dit de rester cachée.

— Tu me l'as peut-être dit, mais ça ne veut pas dire que je devais t'obéir, rétorqua-t-elle avec un haussement d'épaules. Et puis, à quoi bon me cacher, puisqu'ils avaient Tickle avec eux ?

La curiosité eut raison de Lucien, qui s'étonna :

— Comment as-tu su qu'elle était là ?

— C'est difficile à expliquer, répondit Raine, le front plissé. J'ai… senti sa présence, tout bonnement.

D'autres que lui en auraient ri, mais Lucien avait été trop souvent témoin de son empathie avec les animaux pour la dénigrer.

— Tu as raison. Je suppose que c'était inutile, en effet.

Peu importait, de toute façon, ajouta-t-il en son for intérieur. Le premier qui se risquerait à un commentaire déplacé tâterait de son poing, tout comme la dernière fois. Dommage, cependant, que tous les problèmes ne puissent être réglés de manière aussi simple.

Il lorgna Raine, et fit la grimace. Têtue comme il la connaissait… Bah ! D'une façon ou d'une autre, il allait leur falloir passer un accord. Seulement, y parviendraient-ils sans se foncer dessus tête baissée ?

— Le moment me paraît bien choisi pour décider de ce que nous allons faire, hasarda-t-il en guise d'entrée en matière.

— Que veux-tu dire ?

Ainsi, elle voulait d'abord piaffer ? pensa Lucien, exaspéré. Il allait lui en donner l'occasion !

— Au cas où tu ne t'en serais pas rendu compte, mon chou, notre relation s'est sensiblement modifiée, la nuit dernière, lui fit-il remarquer, un rien goguenard.

Elle prit un air distant qui énerva Lucien au plus haut point.

— Parce que nous nous sommes envoyés en l'air ?

— Nous ne nous sommes pas envoyés en l'air, bon sang !

Dommage qu'il ne soit pas encore en possession de son nouveau chapeau, car ç'aurait été l'occasion idéale de le jeter dans la poussière. Voire même le piétiner, pour faire bonne mesure.

— Ne me dis pas que tu ne fais pas la différence entre un « comment allez-vous, m'dame, j'espère qu'ça vous gêne pas qu'j'garde mes bottes » et ce qui s'est passé entre nous cette nuit !

— J'espère qu'ça vous gêne pas qu'j'garde mes bottes ? répéta-t-elle avec un gloussement. Est-ce ainsi que tu procèdes d'habitude, Kincaid ?

— Ça dépend avec qui, maugréa Lucien sans prendre la peine de masquer sa contrariété. Mais laisse-moi deviner : tes amants ôtent les leurs.

— Et leurs chapeaux, aussi.

— Je suis surpris que Nanna n'y trouve rien à redire, elle qui est si farouchement opposée à la bagatelle hors mariage !

— Elle ne s'en est pas privée la dernière fois que ça s'est produit, et je ne doute pas qu'elle me sermonne cette fois-ci encore, répliqua calmement Raine.

Il fallut une bonne dizaine de secondes à Lucien pour comprendre ce que cela impliquait.

— Tu n'as… que deux fois ? s'exclama-t-il, incrédule. Tu veux dire… toi et moi ? C'est tout ?

Elle fit mine de secouer la tête d'admiration.

— Dieux du ciel, Kincaid, tu es une vraie flèche !

— Co… comment diable étais-je supposé le savoir ?

balbutia Lucien. Tu as trente ans, pour l'amour du ciel ! J'aurais cru que…

Puis, plutôt que de s'enfoncer davantage, il s'interrompit net.

Raine croisa les bras sur sa poitrine, en une attitude si défensive que c'est tout juste s'il se retint d'aller l'enlacer pour la réconforter. Il doutait, cependant, qu'elle apprécie un tel geste de sa part, dans l'humeur où elle se trouvait…

— Tu te souviendras peut-être que j'ai perdu mon grand-père le lendemain de nos premiers ébats ! le brava-t-elle. Et qu'à dix-huit ans à peine, je me suis retrouvée avec un ranch à gérer seule et une veuve à consoler ! Ça ne m'a pas laissé beaucoup de temps pour…

Elle carra les épaules, et conclut avec hargne :

— Pour folâtrer dans des abris !

— Eh bien, reprit Lucien après s'être maladroitement raclé la gorge. Si tu en avais eu un peu plus l'occasion, tu… tu saurais que ce qui se passe entre nous lorsque… enfin, bref, que ce qui se passe entre nous est unique.

— Je le garderai à l'esprit. Tout comme je prendrai bien soin d'insister à l'avenir sur le « ni bottes ni chapeau » !

Lucien eut un profond soupir.

— Tu te moques de moi, n'est-ce pas ?

— Juste un peu.

Lucien s'avisa tout à coup que cette conversation se déroulerait mieux s'il avait : A. mieux dormi, B. un bon litre de café aussi noir que du goudron dans les veines, C. autre chose qu'un drap noué autour des hanches et D. moins de remue-ménage dans ses hormones. Et à lui seul, le D. suffisait à lui faire perdre la raison !

Il s'ébroua, ultime effort pour réactiver ne serait-ce qu'une de ses cellules grises privées de sommeil, puis reprit :

— Mettons les choses au clair : ce que tu voudrais, c'est oublier cette nuit ? Prétendre qu'il ne s'est rien passé ?

— Exactement.

Il s'en doutait un peu, mais l'entendre le lui confirmer l'exaspéra au plus haut point.

— Tu vas faire comme la dernière fois, n'est-ce pas ?

Son silence fut la seule réponse dont il eut besoin.

— Bon sang, Raine ! s'exclama-t-il. Je sais que ça n'a pas été facile pour toi à l'époque. Ce qui s'est produit avec Paps était un terrible accident. J'ai voulu aider ensuite, je te le jure. Mais même avant que Nanna ne t'expédie d'office à l'université, tu ne me laissais jamais approcher du ranch ! Si je me souviens bien, la dernière fois que je m'y suis risqué, tu m'as carrément menacé d'un fusil ! Nom d'un chien, tu m'as même troué une Santiag ! Et c'était ma meilleure paire !

Elle releva agressivement le menton.

— Paps était tout pour moi. Accident ou pas, tu me l'as pris à cause d'une vulgaire histoire de terres ! Une relation avec toi était hors de question. C'était pourtant simple mais, dans la mesure où tu ne paraissais pas le comprendre, je me suis dit que ce fusil clarifierait les choses.

— Ah ça, pour les clarifier, il les a clarifiées ! Cela dit, la prochaine fois que tu voudras t'expliquer ainsi, attends-toi à ce que j'y trouve à redire, et sérieusement ! Personne ne pointe impunément le canon d'un fusil sur moi plus d'une fois. Après ce qui est arrivé à Paps, j'aurais pensé que tu le savais !

Une touche de couleur empourpra les pommettes de Raine à ces mots. La colère, sans doute. Et, à la voir si hautaine, certainement pas la gêne.

— Si ça peut te soulager, rétorqua-t-elle, Nanna m'a pratiquement écorchée vive après ce petit épisode. Et même le shérif Tilson m'a fait l'honneur d'un sermon.

Un lent sourire joua sur les lèvres de Lucien.

— Hum. J'ai toujours eu un faible pour ta grand-mère.

— Fusil mis à part, reprit-elle avec opiniâtreté, j'avais d'autres raisons de ne pas te faire confiance.

— Comme ?

— Tu parles trop, Kincaid. Personne n'avait besoin de savoir que nous nous étions envoyés en l'air. Or tu as fait en sorte que ça se sache.

— Cesse de dire ça comme ça. Tu vas finir par me mettre vraiment en rogne.

— Ah, parce que ça marche ? ironisa-t-elle.

— Primo, j'aurais cru que la vapeur qui me sort des oreilles parlerait d'elle-même. Et deuxio, ça fait deux fois dans les dernières vingt-quatre heures que tu m'accuses de ne pas avoir tenu ma langue à propos de cette première nuit. Il est temps de mettre une bonne fois pour toutes les choses au clair, là aussi : je n'ai jamais, ni à l'époque ni depuis, rien dit de ce qui s'était passé entre nous cette nuit-là. Et je ne le ferai jamais. Est-ce bien clair ?

— Ça s'est pourtant su, et pas par moi. Ce qui ne laisse que toi !

Il y avait malheureusement une faille à sa logique. D'autres personnes avaient su, à l'époque — ses grands-parents… et ceux de Raine. Il ne pouvait le lui dire, néanmoins, sans lui avouer aussi le reste. Et il n'avait aucune intention d'ajouter à sa souffrance.

Aussi insista-t-il :

— Je le répète une dernière fois : je n'ai jamais trahi notre secret.

— Alors comment est-ce que ça s'est su ?

Bien que conscient que cela le condamnait, Lucien ne desserra pas les lèvres, et elle hocha la tête, le regard soudain morne et froid.

— C'est bien ce que je pensais.

Elle se tourna vers Tickle et reprit :

— Une dernière question avant de partir. Que t'a dit ce gamin ?

— Quel gamin ?

Elle jeta un regard furieux par-dessus son épaule.

— Ne joue pas au plus fin avec moi, Kincaid. Ta toute nouvelle recrue, Rand. Il t'a dit quelque chose. Quelque chose qui ne t'a pas plu.

Ainsi, ils en étaient définitivement revenus aux noms de famille, songea tristement Lucien. Exactement comme avant. A la seconde où une barrière tombait, elle en dressait aussitôt une autre à sa place !

— Il semblerait qu'il y ait eu un… léger accident.

— Nanna ? s'alarma-t-elle aussitôt.

— Non, rien de tout ça. Pour autant que je le sache, Nanna se porte à merveille.

Sur le visage souillé de la jeune femme, le soulagement lutta avec la circonspection tandis qu'elle insistait :

— Alors, qu'est-ce qui se passe ?

Lucien hésita. C'était un autre des sujets qu'il aurait mieux valu aborder avec une liste cochée de A à D. Et tout particulièrement le B ! Seigneur, il tuerait pour un café, en cet instant !

Elle haussa un sourcil, toujours dans l'attente de sa réponse.

— Ma clôture a été sectionnée, lâcha-t-il de mauvaise grâce.

— De quel côté ? s'enquit-elle avec plus de circonspection que jamais.

— Le pâturage sud.

— Ah, commenta-t-elle avec un sourire sans joie. La terre contestée.

Il mordit aussitôt à l'hameçon :

— Elle n'est plus contestée, si tu te souviens bien. Elle appartient désormais aux Kincaid et ton taureau en a profité pour aller rendre une petite visite aux Longhorns que j'ai achetées le mois dernier.

— Es-tu certain qu'elle a été sectionnée ? Et pas abattue par la tempête ?

Soit elle ne savait strictement rien de l'affaire, soit elle était drôlement douée pour mentir, songea Lucien.

— Juste par curiosité, Featherstone : que faisait ton taureau dans ce pâturage précis ?

La colère assombrit les traits de Raine.

— Est-ce une accusation ?

— Il ne s'y trouvait pas le mois dernier.

— Et ça veut dire ?

— Ça veut dire que quelqu'un cherche à saboter mon programme de reproduction, et j'essaye de déterminer qui !

— Tu crois que c'est délibéré ?

— Je n'en serai certain que lorsque j'aurai vu cette clôture mais oui, je crois que c'est délibéré.

— Pour ton information, répondit froidement la jeune femme, cette partie des terres que tu as prise à Nanna est précisément celle où coule la rivière, et j'avais autrefois l'habitude d'y faire paître mon bétail. A présent que par ta faute, le pâturage en question n'est plus qu'une impasse, enchaîna-t-elle avec, dans les yeux, une lueur d'accusation désabusée, j'y avais mis Old Bullet pour qu'il ne lui arrive rien. Vieux comme il est, il peut à peine se déplacer d'une extrémité à l'autre, alors je doute sérieusement qu'il ait eu l'énergie nécessaire pour monter tes vaches ! Satisfait ?

Non, il ne l'était pas ! Il ne le serait que lorsqu'il aurait abattu une à une les barrières qu'elle persistait à placer entre eux. Il garda, cependant, cette pensée pour lui, et concéda :

— Pour l'heure, oui.

Elle tourna les talons puis, sans le moindre signe d'embarras, souleva le drap, ce qui dénuda entièrement une de ses jambes, pour se hisser gracieusement en selle. Assise très droite, elle empoigna les rênes d'une main et Lucien se dit que son ascendance indienne ne lui était jamais apparue plus évidente, tant sa fierté était racée et sa beauté farouche.

— Je n'ai pas touché à cette clôture, répéta-t-elle, mais ce n'est que partie remise. Dès que je dénicherai cette lettre écrite à Nanna, je réclamerai cette terre. Et alors, j'arracherai cette clôture piquet par piquet.

Elle ne prit même pas la peine d'attendre sa réponse. Monture et cavalière s'élancèrent au galop, les cheveux de Raine claquant derrière elle tel un étendard de pure bravade féminine.

Lucien ne remua pas un orteil tant qu'elle n'eut pas disparu de sa vue puis, avec un soupir, il se laissa aller contre le flanc de Poke et marmonna :

— Ça s'est plutôt bien passé, tu ne crois pas ?

L'animal protesta d'un mouvement de tête contre son épaule, ce qui manqua lui faire perdre l'équilibre. Inutile de se demander quel parti le traître avait pris…

— Hé, ça aurait pu être pire ! Elle aurait pu m'obliger à rentrer à pied dans ce fichu drap ! Un murmure, et tu l'aurais suivie ventre à terre, hein ?

Poke n'eut pas à répondre. Narquois, le rictus qu'il affichait parlait de lui-même.

6

— Elle ne devrait plus tarder. Elle est rentrée il y a environ une heure et s'est ruée droit vers la salle de bains.

Debout face au poêle, Nanna remuait dans un grand chaudron une mixture à l'aspect peu ragoûtant, mais dont l'arôme de cannelle donnait l'agréable impression d'être chez soi.

— Je suis vraiment navré, Nanna, s'excusa Shadoe, assis à la table. Il n'était pas dans mes intentions de leur faire courir le moindre risque. Si j'avais su qu'un orage s'annonçait…

— Tout ce qu'a fait cet orage, c'est de précipiter l'inévitable, le rassura Nanna en lui adressant un malicieux sourire par-dessus son épaule. Vous serez peut-être intéressé d'apprendre qu'elle est rentrée sans vêtements. Enfin, sans vêtements dignes de ce nom.

Shadoe arqua les sourcils.

— Intéressant développement, en effet. Que s'est-il passé, à votre avis ?

— La seule chose qui puisse se passer lorsqu'un homme et une femme se retrouvent l'un et l'autre en tenue d'Eve et d'Adam ! repartit la vieille dame avec un gloussement.

— Dans ce cas, décréta Shadoe, le comité n'interviendra pas davantage. Sa tâche est accomplie.

— Et quelle était-elle ? demanda Raine, apparue dans l'encadrement de la porte, ses cheveux tressés encore humides de sa douche. Ou suis-je censée le deviner ? Et lorsque ce sera fait, que diriez-vous d'un bon coup de pied aux…

— Raine ! Surveille ton langage ! se récria Nanna tandis que Shadoe bondissait sur ses pieds et saluait :

— Bien le bonjour à toi aussi, Raine. Ça me fait plaisir de te voir.

La jeune femme pénétra au pas de charge dans la pièce, son colley sur les talons.

— Trêve d'entourloupes, Shadoe. Etes-vous derrière ce qui s'est passé cette nuit, oui ou non ?

Question que Chien, après un bref coup d'œil à sa maîtresse, souligna d'un sourd grondement, cependant que Shadoe admettait :

— En grande partie, oui.

C'était bien ce que suspectait Raine depuis la seconde où elle l'avait entr'aperçu, tout à fait à l'aise, dans la cuisine de sa grand-mère. Elle savait, pour l'avoir appris au cours du mariage d'Emma, que Shadoe était le principal instigateur du Comité de Cupidon. S'il se trouvait là, ce ne pouvait être que pour une seule raison. Qu'il la confirme, toutefois, était fâcheux.

— Vous nous avez envoyé à l'un et à l'autre des messages prétendument signés de la main de l'autre ?

— Coupable.

Raine se mit à arpenter la pièce, son colley sautillant à son côté avec un enthousiasme qui contrastait singulièrement avec sa contrariété.

— Ça vous ennuerait de me dire dans quel but ? Vous auriez pu nous faire tuer, Shadoe !

— J'en suis réellement désolé. Si j'avais su qu'un orage s'annonçait, j'aurais choisi un autre jour, je t'assure.

Elle pivota brusquement vers lui, manquant du coup se heurter au colley.

— Pour l'amour du ciel, Chien ! Fais attention où tu mets les pattes ! Ainsi, enchaîna-t-elle à l'adresse de Shadoe, votre but n'était pas de nous prendre au piège dans cet abri ?

Shadoe tenta de s'écarter du colley, qui levait vers lui des babines un peu trop retroussées à son goût, puis hasarda :

— Euh, vous prendre au piège, non. Mon intention était simplement de vous faire profiter d'un tête-à-tête, au cas où vous y seriez enclins.

— Lucien et moi nous détestons !

A ces mots, le rictus de Chien s'évanouit, et il tourna la tête vers elle avec une expression d'étonnement si comique qu'une lente rougeur lui monta aux joues. Maudit animal ! Elle n'aurait rien dû lui confier à propos de cette nuit ! Il n'avait jamais su garder un secret !

— D'où vous est venue l'idée saugrenue que Lucien et moi puissions être enclins à autre chose qu'échanger quelques directs bien placés ?

Shadoe jeta un coup d'œil à Chien, puis reporta sur elle un regard dubitatif.

— Est-ce vraiment tout ce que vous avez fait hier soir ?

Là, Raine s'empourpra carrément, tandis qu'elle mentait sans aucun scrupule :

— Nous nous sommes heureusement retenus.

Suite à quoi elle feignit de ne pas entendre le petit reniflement de dédain de Chien. Décidément, l'hypocrite était un peu trop prodigue de ses opinions, ces temps-ci ! Il lui faudrait avoir une sérieuse explication avec lui à ce sujet !

— Je suis heureuse de l'entendre, intervint Nanna en ne se détournant qu'alors du poêle.

Inutile de se demander, à son sourire narquois, ce qu'elle déduisait de l'attitude de Chien !

— Pourquoi ai-je le désagréable pressentiment que tu as quelque chose à voir dans tout ça ? s'enquit Raine.

— Parce que c'est le cas, répondit sans la moindre hésitation sa grand-mère.

— Tu es allée voir le Comité de Cupidon ? Mais… pourquoi ?

— Tu sais pourquoi, dit la vieille dame avec un sourire triste. Tu t'épuises jour après jour à maintenir ce ranch à flot, quand j'aimerais tant te voir enfin heureuse avec un bon mari et une famille à toi.

— Ma famille, c'est toi, répliqua farouchement Raine. Je n'ai besoin de personne d'autre. Il ne faut pas attendre le bonheur d'un homme, il faut se le créer soi-même ! N'est-ce pas toi qui me l'as appris ?

— Je ne te dis pas le contraire, ma chérie, convint Nanna en lui tapotant la joue. Tu t'es créé une merveilleuse existence ici. Mais elle n'est pas complète. Crois-tu donc que je ne devine pas que tu languis après quelque chose de plus ?

Ce dernier commentaire incita Raine à se dégager de son étreinte pour arpenter la pièce en de longues enjambées furieuses.

— Et tu crois que ce plus, c'est Lucien ? dit-elle avec un petit rire sans joie. Même si c'était le cas, comment peux-tu l'envisager après ce qu'il a fait à Paps ? Pourrais-tu l'accueillir dans notre famille ?

— C'était un accident, Raine. Une horrible tragédie que Lucien ferait n'importe quoi pour réparer, murmura la vieille femme avec des larmes dans les yeux. T'est-il jamais venu à l'esprit que l'issue aurait pu être différente, ce jour-là ? Si c'était Lucien, qui était mort, aurais-tu pardonné à Paps ?

— Bien sûr ! affirma d'emblée Raine.

Puis l'argument de sa grand-mère porta, et elle répéta avec un soupir :

— Bien sûr que j'aurais pardonné à Paps.

— Il est temps de pardonner à Lucien, ma chérie. Temps de reprendre le cours de ta vie et de cesser de jauger tous les célibataires des environs en te demandant s'ils sont à sa hauteur. Aucun ne l'est.

— Parce que tu crois que Lucien me sert de toise ? ironisa Raine.

En vain. L'ironie de Nanna l'emporta sur son émotion, et elle repartit :

— Tu as eu le béguin pour ce garçon dès la seconde où tu l'as connu. Quant à ce pauvre bougre, ses mains le démangent depuis que vous êtes assez vieux l'un et l'autre pour savoir ce que veut dire au juste « opposé » dans « sexe opposé » !

Raine secoua la tête.

— Un béguin ne suffit pas pour se marier. Parce que c'est bien ce que vous aviez en tête, n'est-ce pas ? poursuivit-elle d'un ton accusateur à l'adresse de Shadoe. Un mariage ?

— C'est en effet notre objectif, confirma ce dernier.

— Navrée de vous décevoir, mais ça n'arrivera pas.

— Rien n'est moins sûr, contra paisiblement Shadoe.

En Raine, la colère céda brusquement place à une irrépressible envie d'éclater en sanglots. L'épuisement, sans doute. Comment expliquer, sinon, que l'éventualité d'un mariage lui apparaisse tout à coup presque exaltante ?

Elle lutta pour se ressaisir, et tenir tête à la fois à Shadoe et à sa grand-mère.

— Vous ne m'avez pas bien entendue. Il n'y aura pas de mariage entre Lucien Kincaid et moi. Un point c'est tout.

— Tu l'épouseras, ma chérie, c'est inévitable, repartit Nanna. Ce serait même arrivé bien plus tôt si Lucien et toi n'étiez pas si têtus !

Nanna était du genre à imposer sa sagesse. Personne n'osait plus argumenter lorsqu'elle exprimait son opinion avec une telle autorité.

— Génial ! Et que fais-tu de notre libre arbitre ? L'un de vous s'est-il préoccupé ne serait-ce qu'une seconde de ce que pouvait en penser Lucien ? Il n'appréciera pas plus que moi que vous manipuliez son avenir, je peux vous le garantir !

— Tout dépend de ce que cet avenir a à lui offrir, dit Nanna sans fléchir. Et c'est à toi de décider si tu veux en faire un paradis ou un enfer.

Nul doute que la nuit passée relevait de la première option, songea tristement Raine. Mais une fois encore, tout avait basculé à la lueur du jour. Nanna ne le comprenait-elle pas ? Lucien et elle n'étaient pas faits l'un pour l'autre. De leurs personnalités à leurs affinités mêmes, sans mentionner leur contentieux à propos de la terre, ils se trouvaient de part et d'autre d'une infranchissable barrière. Or si parfois des antagonistes pouvaient former un tout, ils demeuraient le plus souvent tout simplement en opposition.

Lucien Kincaid était un profiteur. Qu'importait qu'elle lui pardonne pour Paps ? Il ne l'en avait pas moins privée de son innocence, de sa réputation et de son bien. La seule chose qu'il ne lui avait pas encore prise — du moins récemment — c'était son cœur, et elle comptait bien faire en sorte que cela demeure ainsi. Dans sa violence aveugle, la nature les avait jetés dans les bras l'un de l'autre. Suite à quoi une malencontreuse remarque de la part d'un de ses employés avait suffi à recreuser l'abîme entre eux. Quelles chances avait une hypothétique union contre ça ?

Aucune.

Aussi releva-t-elle sur sa grand-mère un regard où luisait une violente détermination.

— Tu as fait une erreur, Nanna. Tu n'aurais pas dû intervenir. Quant à vous, Shadoe, ajouta-t-elle en pointant la porte de l'index, je ne veux plus vous voir ici à mon retour. Et je vous avertis, Cupidon d'opérette, que si vous vous risquez à interférer de nouveau dans ma vie, vous ou n'importe quel autre membre de votre fichu comité, vous vous en mordrez les doigts !

Raine gagna rageusement l'écurie puis, une fois hissée en selle, siffla Chien et s'élança au galop vers ce qui restait de son pâturage nord — à savoir, la partie que Lucien n'avait pas annexée. Il lui fallait jeter un coup d'œil à cette clôture et à Old Bullet. Et aussi, un peu de tranquillité pour décolérer et relativiser les événements des dernières vingt-quatre heures.

Et pour ça, rien de tel que de chevaucher en compagnie de son chien. Il y avait quelque chose d'apaisant chez les animaux, ne serait-ce que parce qu'avec leurs besoins et leurs émotions primaires, ils étaient très faciles à comprendre. Même les chats trouvaient grâce à ses yeux, sans nul doute par pure sympathie pour leur esprit de contradiction. Qu'on les pousse dans une direction et ils partaient dans l'autre, et encore, en vous gratifiant de quelques coups de griffe, manifestation de l'évidente supériorité féline sur l'idiotie humaine. Une réaction tout à fait saine, à son sens. Alors qu'un chien était prêt à subir n'importe quel affront pour une caresse, les chats ne se souciaient que de leur bien-être, quel qu'en soit le coût pour autrui, et tant d'impudence forçait son admiration.

Parvenue au sommet d'une crête, elle parcourut du regard l'étendue de terre qui séparait la frontière nord de sa propriété de la frontière sud des terres Kincaid. Y serpentait une vigoureuse rivière qui avait été autrefois sa propriété exclusive. Une fois la zone revendiquée par Lucien, piquets et barbelés l'avaient forcée à puiser au compte-gouttes l'eau dont son bétail bénéficiait jadis en abondance.

Avec un claquement de langue, elle dirigea Tickle vers un bosquet de prosopis et jeta un coup d'œil en dessous. Old Bullet aimait s'y mettre à l'abri du soleil et se frotter contre l'imposant tronc, et ne dédaignait pas d'en goûter les baies lorsqu'elles étaient à sa portée. Curieusement, elle ne l'y trouva pas. Même le petit sifflement qui le faisait d'ordinaire accourir n'eut aucun effet. Il lui faudrait envoyer un de ses hommes à sa recherche… Suite à sa petite incursion sur les terres voisines, ceux de Lucien n'avaient pas dû être particulièrement tendres pour lui faire repasser la limite.

De l'autre côté du bosquet, elle trouva justement Lucien, occupé à examiner la clôture. A son approche, il releva les yeux et repoussa un Stetson flambant neuf en arrière. Sur un joyeux aboiement, Chien l'abandonna pour aller gratifier l'ennemi d'un vigoureux coup de langue.

— Alors ? lança-t-elle, plus durement qu'elle ne l'aurait voulu. Est-ce Old Bullet qui l'a forcée ou a-t-elle été sectionnée ?

Elle s'efforça aussitôt de se modérer. Ce n'était tout de même pas la faute de Lucien si son chien était piètre juge en ce qui concernait les humains !

— Les deux, répondit-il. Il semblerait qu'elle ait déjà un peu souffert avant d'être sectionnée.

— Comment est-ce possible ?

— Je n'en suis pas certain, mais je compte bien le découvrir, maugréa Lucien d'un ton bien trop maussade pour la tranquillité d'esprit de la jeune femme.

Elle lorgna le troupeau qui paissait à quelque distance de là, sur la rive qui appartenait autrefois aux Featherstone, puis s'enquit :

— Et tes Longhorns ?

— C'est mon problème. Je le gérerai.

Ah ça, rien à dire, Lucien avait le chic pour claquer poliment la porte sur une discussion ! s'exaspéra Raine *in petto*. Qu'importe. Autant se débarrasser au plus vite de l'autre sujet qui les concernait, même si cette perspective ne l'enchantait guère.

— Il y a quelque chose que tu dois savoir, commença-t-elle.

Avec une mauvaise grâce si évidente qu'il repartit :

— Laisse-moi deviner : tu sais qui est à l'origine de la petite farce d'hier ?

— Oui. C'est Nanna qui a fait appel au Comité de Cupidon.

Curieusement, Lucien se détendit aussitôt. Il secoua la tête, l'ombre d'un sourire aux lèvres.

— Ça n'a pas l'air de te contrarier plus que ça, s'étonna Raine. Ni même de te surprendre.

— C'est bien d'elle de tenter une telle folie !

— Traiterais-tu ma grand-mère de folle ? s'offusqua Raine, glaciale.

Le regard qu'il fixait sur elle se rétrécit.

— C'est cet acte, que je qualifie d'insensé, contra-t-il posément. Il y a une différence.

Puis il se redressa lentement et franchit le tas de barbelés tombés à terre pour s'avancer vers elle. Suite à quoi il la fit descendre d'office de sa monture et reprit :

— Voilà qui est mieux. A présent, oublie cet oursin que tu as l'air d'avoir sous ta selle et dis-moi ce qui te tracasse.

— Je n'aime pas être manipulée !

— Au cas où tu l'aurais oublié, je ne suis pas celui qui tire les ficelles.

C'était exact, et puisque le sujet était clos, autant régler celui qui les concernait plus directement. Aussi attaqua-t-elle :

— Réponds-moi franchement, Kincaid : cette clôture, crois-tu que c'est moi qui l'ai sectionnée ?

— Non. Est-ce que c'est assez franc pour toi ?

Trop, sans doute, car elle en cligna les yeux de surprise.

— Et… et pourquoi ?

— Parce que tu n'es pas vindicative. Entêtée, peut-être, mais pas vindicative.

Lucien retourna alors auprès de la clôture, sourcils froncés. Chien le gratifia d'un dernier coup de langue, puis alla s'adonner aux loisirs typiquement canins qu'étaient les reniflements, grattements et roulades dans l'herbe.

— D'après ce que je vois, reprit Lucien, cette section a été réparée plusieurs fois. Très certainement à cause des coups de boutoir de ton taureau. C'est peut-être ce qui a fini par énerver le gars en charge de ce secteur.

Raine s'agenouilla à son côté.

— Old Bullet était très gourmand d'eau fraîche. Ça peut expliquer qu'il ait eu envie d'atteindre ta portion de la rivière, surtout s'il pouvait en plus batifoler avec tes bêtes. Mais quel intérêt aurait un de tes employés à abattre cette clôture ? Ça n'a aucun sens !

— Ça en a si pour une raison ou pour une autre, le gars en question, sans savoir que ton taureau était dans les parages, a laissé une trouée dans l'intention de revenir réparer plus tard.

Il fallut plusieurs secondes à Raine pour comprendre où il voulait en venir.

— Old Bullet en aurait profité pour rendre visite aux copines et…

— Pour se couvrir, le gars aurait sectionné lui-même la clôture, mais de ton côté, pour faire croire à une tentative de sabotage de ta part, acheva Lucien. Histoire de détourner les soupçons et de ne pas se faire virer pour négligence.

Accroupie sur ses talons, Raine rejeta son Stetson en arrière pour le dévisager.

— Intéressante théorie, mais comment vas-tu la démontrer ?

— C'est mon problème.

— Au cas où personne ne te l'aurait encore dit, lâcha-t-elle avec un soupir d'exaspération, tu es vraiment agaçant quand tu claques la porte au nez des gens comme ça !

Il tourna la tête vers elle, les yeux voilés par une émotion qu'elle n'osa pas nommer. Trop de souvenirs de la nuit passée s'y attachaient, des souvenirs d'une intimité qu'elle préférait oublier ; ils lui remémoraient trop cruellement qu'à la faveur d'une nuit d'orage et dans l'ivresse des sensations, elle avait perdu tout sens commun — ce qui avait toujours de regrettables conséquences.

Elle bondit sur ses pieds, s'écarta.

— Et maintenant ?

— Au cas où personne ne te l'aurait encore dit, tu es plutôt douée pour claquer les portes, toi aussi !

— Autre preuve qu'une relation entre nous est impossible, rétorqua-t-elle. Avec tout ce claquage de portes, nos murs ne tiendraient pas longtemps debout !

Un fin sourire se dessina sur les lèvres de Lucien.

— C'est bien ce qui s'est produit hier soir, et ça ne nous a pas si mal réussi que ça, il me semble.

Elle n'eut pas le temps de répondre au sarcasme : Chien accourait vers elle en aboyant frénétiquement. Même sans être particulièrement à l'écoute de ses bêtes, elle eût su que quelque chose n'allait pas.

— Montre-moi, Chien, je te suis.

Elle ne put cependant amorcer le moindre pas : Lucien venait d'abattre une main sur son épaule.

— N'y va pas.

— Il le faut. Il doit y avoir un problème.

— Je sais. J'allais t'en parler.

Elle pivota vers lui, l'estomac noué par l'appréhension.

— Que veux-tu dire ?

— Je ne sais pas comment te l'annoncer autrement que crûment. Je suis navré, mon chou : Old Bullet a été abattu.

Raine s'élança aussitôt dans la direction d'où était venu son chien. Mais elle ne put parcourir que quelques mètres à peine avant que Lucien ne se jette devant elle pour lui bloquer le passage.

— Ecarte-toi, Kincaid, ordonna-t-elle d'une voix altérée par le chagrin. J'ai un animal à secourir.

— Il n'y a plus rien que tu puisses faire, objecta Lucien. Crois-moi, il est inutile que tu voies ça. Laisse-moi m'en occuper.

— Pourquoi ? dit-elle, les larmes aux yeux.

Les poings crispés, elle jeta un coup d'œil par-delà son épaule vers une masse sombre étendue à terre.

— Tu crois que ton homme est responsable ?

Il la ramena vers Tickle.

— C'est ce que j'ai l'intention de découvrir. Si c'est le cas, je remplacerai ton taureau.

Raine jeta un dernier coup d'œil en arrière, s'essuyant les yeux du revers de sa manche.

— Et tu renverras celui qui a fait ça ?

— Tu as ma parole. Je ne cautionne pas ce genre de comportement, tu le sais bien.

— Je ne sais plus rien, rétorqua amèrement Raine. A une époque, je n'aurais jamais cru que tu puisses être un profiteur. Et voilà que je me trouve face à une clôture qui me prive de ce qui devrait appartenir aux Featherstone !

— Ne t'engage pas sur ce terrain-là, Raine, avertit Lucien, sous le coup d'une fatigue soudaine. Ça ne sert à rien.

Elle n'argumenta pas davantage, mais il n'aurait su dire si c'était bon ou mauvais signe. Parfois, il n'arrivait plus à la déchiffrer. Elle refoulait toute sa passion derrière un masque impénétrable.

— Nous avons des décisions à prendre, reprit-il avec un soupir.

Elle recula d'un pas.

— Quelles décisions ?

Raine n'avait pas toujours été ainsi sur la défensive, se désola-t-il intérieurement. Il se souvenait d'une époque où chacune de ses émotions éclatait sur son visage. Elle avait été pleine de joie et de romantisme, confiante en sa capacité à concrétiser ses rêves. Ces rêves étaient morts par sa faute.

A cause d'une malheureuse erreur de jugement, d'une réaction instinctive dont il se blâmait depuis douze ans, la vie de Raine avait basculé. Il n'avait pas su la protéger alors mais aujourd'hui, il ne lui ferait pas défaut. Une fois l'affaire Old Bullet réglée, il lui ferait de nouveau croire aux contes de fées.

— Alors, ces décisions ?

— C'est vrai. Commençons par celle-là.

L'attirant brusquement à lui, il s'empara de ses lèvres. L'espace d'un instant, elle hésita, puis elle se laissa aller contre lui. Leur lourd passif de terres contestées et de tragédie s'effaça ; il ne resta plus qu'un homme et une femme enlacés sous un ciel sans nuage et cédant, mus par leur instinct, à ce qui leur paraissait le plus naturel. En l'occurrence un impérieux besoin d'entremêler jambes, bras et langues.

Il moula ses fesses de ses mains pour la plaquer violemment contre lui, avide d'un contact plus intime, dont l'étoffe de leurs jeans les privait. A en juger par la plainte de frustration qui lui échappa, elle devait trouver cette barrière aussi exaspérante que lui, qui ne rêvait de son côté que de lui arracher ses vêtements, de l'étendre par terre et de la prendre avec la même urgence et la même possessivité que la nuit précédente.

— Je te veux, murmura-t-il entre deux baisers aussi passionnés que désespérés. Ça ne fait que quelques heures que je t'ai quittée et pourtant, si je ne t'ai pas tout de suite, je vais devenir fou !

— On ne peut pas, protesta-t-elle tout en s'accrochant à lui. Tu sais bien qu'on ne peut pas.

— Qu'est-ce qui nous en empêche ? Nous sommes deux adultes consentants, Raine. Nous n'avons besoin de la permission de personne pour faire l'amour.

Elle inspira une goulée d'air.

— N'utilise pas ce mot-là. Ce n'est pas de l'amour !

Tant d'obstination irrita Lucien, qui s'emporta :

— Comment peux-tu en être si sûre ? Nous éprouvons cela depuis des années !

— Nous n'avons éprouvé cela qu'une seule fois, alors que nous étions jeunes et irréfléchis. Et ce que nous éprouvons encore aujourd'hui, ce sont des… des démangeaisons, tout simplement !

— Ces démangeaisons auraient dû s'apaiser d'elles-mêmes hier. Or aujourd'hui, c'est encore pire ! Alors, dis-moi : que comptes-tu faire, toi ?

— J'ordonnerai à mes gars de me plonger nue dans un chaudron d'abeilles tueuses si c'est le seul moyen de t'arracher de sous ma peau, Kincaid !

Lucien masqua son amusement par un fougueux baiser. Elle luttait avec tant d'opiniâtreté contre l'inévitable ! Mais il ne la laisserait pas condamner ce qu'ils ressentaient l'un pour l'autre avant que ce sentiment n'ait eu au moins une chance d'atteindre son plein potentiel.

Quand il eut repris son souffle, il la força à le regarder.

— Tu as tout faux, mon chou. Nous ne sommes pas victimes de démangeaisons mais d'une attaque en règle de fleurs sauvages. Elles poussent là où elles ne devraient pas pour apporter couleur et vie aux terres ingrates et se multiplient jusqu'à ce que tu ne puisses plus t'en débarrasser.

Cède-leur, Raine, enjoignit-il, enhardi par le désarroi que trahissait l'intense regard vert. Cède à ce que tu désires au plus profond de toi-même.

Il exigeait trop, trop vite. Elle s'arracha à son étreinte.

— Non ! Une fois m'a suffi !

Sa véhémence éveilla la suspicion de Lucien.

— Qu'est-ce qui t'a suffi une fois ?

— T'aimer !

Irréfléchi, cet aveu le déstabilisa, en même temps qu'il le comblait d'aise.

— Et le risque existerait encore ?

Sans répondre, elle fit un pas vers sa jument. Il lui agrippa le bras.

— Réponds-moi, Raine. Le risque existe-t-il toujours ?

— Que crois-tu, Kincaid ? s'emporta-t-elle, en tâchant de rajuster sa chemise d'une main maladroite. J'étais amoureuse de toi, à dix-huit ans, et regarde ce que ça m'a valu !

— Raine !

Elle le repoussa violemment.

— Non ! J'ai tout perdu la dernière fois. Mon grand-père. Ma réputation. Mon avenir. Et toi !

— Tu ne m'as pas perdu. Tu m'as quitté. C'était ta décision.

— Je n'avais pas d'autre choix ! Pas après l'accident de Paps !

— Laisse-nous au moins une chance, Raine, implora encore Lucien. Recommençons du début et voyons où ça nous mène.

A ces mots, toute clarté déserta les chatoyants iris verts.

— Crois-tu donc cela possible ? s'enquit-elle tristement. Peux-tu ressusciter Old Bullet ? Préserver ma réputation, cette fois ? Et ma terre, me la rendrais-tu ? Est-ce sur ces bases-là que tu voudrais recommencer ?

Lucien secoua lentement la tête. Old Bullet était mort, et personne ne pourrait le ramener à la vie. Quant à la terre, il ne pouvait pas plus la lui rendre qu'il ne pouvait expliquer pourquoi. Bon sang, aujourd'hui encore il ne pouvait même pas défendre sa réputation. Les gens jaseraient quel que soit le nombre de nez qu'il casserait. En fait, plus il en casserait, plus on jaserait !

— Tu sais bien que je ne peux rien faire de tout ça, répondit-il d'un ton morne.

— Alors je ne vois pas l'intérêt de poursuivre cette conversation. Ce serait une erreur de continuer à nous voir et cette erreur, j'ai l'intention de ne pas la commettre, décréta Raine en rappelant à ses pieds un Chien peu enthousiaste. Retourne de ton côté de la clôture, Kincaid. Et cette fois, restes-y !

— Les barbelés peuvent être sectionnés, Featherstone, menaça Lucien, plus frustré que jamais. Et les piquets arrachés.

— Et à quoi ça t'avancerait ? rétorqua-t-elle avec morgue.

Ramassant son Stetson, elle le claqua contre sa cuisse pour en ôter la poussière, se hissa sur Tickle, puis ajouta :

— Les clôtures servent à séparer tout ce qui doit l'être. Les Kincaid et les Featherstone n'ont jamais rien eu en commun, ni autrefois ni aujourd'hui. Attaque-toi encore une fois à cette clôture et tu te retrouveras avec quelque chose de pire qu'une portée de bâtards !

— Est-ce ce que sera notre enfant ? riposta-t-il. Un bâtard ?

Choquée, elle porta la main à son ventre en un geste de protection ancestral.

— Nous ne savons même pas s'il y aura un enfant.

— Alors je te conseille d'envisager cette éventualité, asséna Lucien. Parce que s'il s'avère que tu portes mon enfant, entends-moi bien, Raine : j'arracherai ces barbelés à mains nues, s'il le faut, pour t'atteindre.

Ce n'était pas une menace en l'air. Les rênes en main, elle lança Tickle au triple galop… Mais Lucien savait qu'elle emportait ses paroles avec elle. L'unique question en suspens était…

Emportait-elle aussi son enfant ?

7

Au coup frappé à la porte, Raine eut la surprise de découvrir Lucien sur son seuil.

— Qu'est-ce que tu fais là ?

— Bonsoir à toi aussi. Belle soirée, n'est-ce pas ?

Il s'appuya à la rambarde de la véranda, inclina la tête en arrière pour regarder le ciel.

— La lune est pleine, la brise fraîche. Il ne fait ni trop chaud ni trop froid. Que demander de plus ?

— D'accord. Quel est le problème ? soupira Raine en se résignant à actionner l'interrupteur de la lanterne.

Ce qu'elle distingua alors l'incita à ouvrir la porte-moustiquaire à la volée et à le rejoindre près de la rambarde. Elle lui saisit la mâchoire.

— Grands dieux, Kincaid ! Que t'est-il arrivé ?

— Rien.

— Ça n'a pas l'air d'être rien, dit-elle, effleurant de l'index l'hématome qui bordait son œil gauche. On dirait que tu as jeté ton œil sur le poing de quelqu'un.

Il captura sa main.

— J'ai peut-être fait quelque chose de ce genre, en effet.

Avec un soupir d'exaspération, Raine dégagea sa main.

— Dis-moi, s'il te plaît, que ça n'implique pas un crétin qui a pour nom Buster ?

Lucien fit mine d'arquer pensivement les sourcils.

— Maintenant que tu en parles, ce nom me dit quelque chose. Si ce n'est que cette fois, ce n'est pas mon nez qui a trinqué, mais le sien. Et pas seulement son nez ! se vanta-t-il d'un ton excessivement satisfait.

Dieu merci, Lucien n'était pas un chat ! songea Raine. Sans quoi il lui eût ramené dans sa gueule le cadavre de sa proie vaincue !

— Eh bien, du moins n'as-tu pas atterri en cellule cette fois-ci. A moins que… serais-tu venu jusqu'ici dans l'espoir d'échapper au shérif ? plaisanta-t-elle en faisant mine de scruter les alentours.

— En quelque sorte.

— Tu me parais plutôt placide pour quelqu'un en cavale.

Il se pencha alors vers elle, et lui chuchota à l'oreille :

— Ce qu'il me paraît plus intéressant d'observer, c'est où j'ai choisi de passer mes toutes dernières heures de liberté.

Aïe, s'alarma Raine. Elle avait pourtant cru cette question réglée il y a déjà une bonne semaine.

Elle croisa les bras.

— Trêve de plaisanteries. Qu'es-tu venu faire ici ?

Il lui décroisa les bras et l'entraîna vers les rocking-chairs qui occupaient un coin de la véranda.

— J'ai des nouvelles à propos d'Old Bullet.

— Et j'ai besoin de m'asseoir pour les entendre ?

— Ces nouvelles-là… et d'autres, dit-il en s'installant confortablement à son côté, un pied contre la rambarde.

D'une impulsion, il mit le fauteuil en mouvement.

— C'est un de mes gars qui est responsable. Un gamin du nom de Rand.

— Celui qui était à l'abri le lendemain de la tempête, n'est-ce pas ?

— Celui-là, oui. Je l'ai renvoyé, et j'ai pris des arrangements pour remplacer ton taureau.

— Ce n'est pas nécessaire.

— Si, ça l'est, trancha-t-il d'un ton qui ne souffrait pas de discussion.

— C'est tout ? Tu as fait tout ce chemin pour me dire ça ?

— Non, il y a un ou deux autres sujets dont il nous faut parler.

Il tourna la tête vers elle, le regard très intense, et lâcha :

— Comme par exemple… comment va notre bébé ?

Raine stoppa net l'oscillation de son fauteuil.

— Pardon ?

— Notre bébé. Y en a-t-il un ?

La bouche subitement sèche, Raine jeta un coup d'œil affolé vers la porte d'entrée. Ignorait-il donc à quel point sa voix grave de baryton portait, dans le silence de la nuit ?

— J'ignore si je suis enceinte ou pas, chuchota-t-elle. Et j'apprécierais que tu ne clames pas nos égarements à tout venant !

— Par tout-venant, je suppose que tu désignes ta grand-mère. Eh bien, j'ai de mauvaises nouvelles pour toi, mon chou : Nanna sait pertinemment ce qu'il en est ! Mais si ça peut te faire plaisir, je vais être plus discret, ajouta-t-il d'une voix singulièrement intime — qui manqua la faire bondir hors de son fauteuil. Est-il encore trop tôt pour savoir, pour le bébé ?

— Oui, sans compter que…

Elle s'interrompit. Tenait-elle vraiment à lui faire part de son autre problème ?

— Que quoi ?

Seigneur, y avait-il plus gênant, comme conversation ?

— Réfléchis, Lucien, reprit-elle avec un soupir. Tu me vois aller à la pharmacie et demander un test de grossesse ? Les gens jaseraient !

— Hum. Je n'y avais pas pensé. J'ai une idée : je vais en contacter une loin d'ici, et je leur demanderai de t'en envoyer un par la poste. Est-ce que ça t'irait ?

— Oui, merci.

Il y eut ensuite un blanc dans la conversation, et Raine se dit qu'il allait partir. Et en effet, il exhala un profond soupir et annonça :

— Je ferais mieux d'y aller. A demain.

— Demain ?

— Ah ? Je ne te l'ai pas dit ? J'aurais cru, pourtant, minauda-t-il en se frottant la mâchoire d'une main.

— Me dire quoi, Kincaid ? articula-t-elle entre ses dents serrées.

Il haussa nonchalamment les épaules.

— Que je compte revenir te rendre visite.

— Me rendre visite ? Je ne comprends pas. Me rendre visite pour quoi ?

— Pas pour quoi. A qui.

Il se redressa, se planta devant son fauteuil, dont il agrippa les accoudoirs des deux mains, et s'inclina sur elle jusqu'à ce que leurs visages ne soient plus qu'à quelques centimètres l'un de l'autre.

— Je compte te rendre visite pour te courtiser.

— Me courtiser ? répéta-t-elle, hébétée, comme si le mot lui était totalement étranger.

A moins que ce ne soit la proximité de Lucien, qui soit à l'origine de la soudaine défaillance de son cerveau !

— Tu veux dire comme dans… rendez-vous galant ?

— Appelle ça comme tu veux. Personnellement, je trouve que « courtiser » a un petit côté désuet plutôt plaisant, tu ne trouves pas ?

— Je dirais même carrément obsolète, en ce qui concerne notre relation, ironisa Raine.

Les lèvres de Lucien effleuraient quasiment les siennes. Tout ce qu'elle avait à faire était de se pencher un peu pour…

Il fronça les sourcils et s'écarta d'un demi-centimètre au moment même où elle se portait légèrement en avant.

— Pas encore. Cette fois, j'ai l'intention de faire ça dans les règles de l'art. Quoi qu'il en soit, je me suis dit qu'il valait mieux que je passe pour te le faire savoir, histoire de m'épargner au moins de désagréables retrouvailles avec ton fusil !

L'air de rien, elle se pencha un tout petit peu plus pour chuchoter :

— Nous avons déjà emprunté cette voie, et elle ne mène nulle part, tu t'en souviens ?

— Je suis tenace. Je veux essayer de nouveau.

Elle avança d'un millimètre de plus, et manqua basculer en avant comme il s'écartait brusquement.

— Tenace, vraiment ?

— C'est tout moi, te dis-je : M. Prêt-A-Saisir-N'importe-Quelle-Opportunité, repartit Lucien.

Suite à quoi il lui ébouriffa les cheveux et conclut, goguenard :

— Sois gentille : n'oublie pas d'embrasser Junior pour moi.

Puis, un sourire aux lèvres, il dévala les marches, grimpa dans son pick-up et démarra en trombe, la laissant seule sous sa véranda, privée d'au-revoir, de baiser d'adieu et même de la moindre idée quant à la manière d'éteindre le brasier qu'il venait d'enflammer en elle. Bonté divine, elle avait été sur le point de défaillir entre ses bras ! Et il le savait pertinemment, le bougre ! La courtiser, mon œil ! La torturer, plutôt, en la narguant avec sa bouche et en la lui refusant ensuite !

Nanna émergea sous la véranda comme les feux arrière du pick-up disparaissaient à sa vue.

— N'est-ce pas la voix de Lucien, que j'ai entendue ?

— Ou… oui. Il… il vient juste de partir.

Raine se racla la gorge. Voilà que sa propre voix lui semblait étrange, comme languissante et — Dieu la préserve — presque tendre !

— Que voulait-il ?

— Me rendre visite.

L'esprit plus vif qu'elle, sa grand-mère s'enquit aussitôt :

— En voisin ou en… prétendant ?

— Pas en voisin, se borna à indiquer Raine.

Nanna accueillit la nouvelle sans ciller.

— Dans ce cas, reprit-elle, une curieuse étincelle dans le regard, je ferais mieux d'aller faire un tour à l'épicerie demain pour acheter du citron et des pommes.

Raine fronça les sourcils.

— Je t'annonce que Lucien a l'intention de venir me courtiser et tu parles d'acheter des fruits ? Qu'est-ce qui m'échappe, dis-moi ?

— Je croyais pourtant t'avoir éduquée correctement, ma fille, dit sa grand-mère avec un claquement de langue désapprobateur. Sache que quand un homme vient te conter fleurette, ce qu'il te faut avant tout en réserve, c'est un stock de citronnade et de tarte aux pommes.

— Ah, une des lois de la chose, je suppose, commenta Raine en réprimant à grand-peine un sourire.

A moins que Lucien n'ait fondamentalement changé ces

dix dernières années, il allait haïr la loi en question au moins autant qu'il abhorrait la citronnade.

— Un conseil, Nanna, reprit-elle, se retenant à présent de s'esclaffer.

— Oui, ma chérie ?

— Lucien prend sa citronnade comme il choisit ses femmes.

Nanna parut intriguée.

— C'est-à-dire ?

— Plutôt acide !

Lucien rejoignit Raine sous la véranda et accepta presque sans sourciller le verre empli à ras bord de citronnade qu'elle lui offrait. Vaillamment, il en ingurgita une raisonnable gorgée, tout comme chacun des soirs où il était venu au cours de la semaine passée. Et comme chaque soir, ses lèvres se retroussèrent à tel point de dégoût que ce fut pur miracle s'il n'en avala pas ses dents !

Il lui fallut cinq bonnes minutes avant que les larmes ne cessent de brouiller sa vision et que sa langue retrouve sa sensibilité.

— Tu as bien dit à Nanna qu'il était inutile qu'elle se donne tout ce mal, n'est-ce pas ? hoqueta-t-il.

— C'est qu'elle insiste, repartit gaiement Raine. Et si tu veux le savoir, elle presse même ces citrons de ses propres mains, jour après jour. Des heures durant, elle reste assise à la table de la cuisine à presser des citrons. Rien que pour toi. Il faut croire qu'une Featherstone au moins a un faible pour toi !

Si sa langue n'avait été douloureusement recroquevillée sur elle-même, Lucien eût crié grâce. En l'état actuel des choses, gratitude oblige, il dut se résoudre à s'étrangler sur une seconde gorgée du breuvage. De nouveau, cinq atroces minutes s'écoulèrent avant qu'il puisse recouvrer sa voix pour demander :

— Alors, comment s'est passée ta journée ?

— Une clôture m'empêche toujours de jouir de ce qui

m'appartient, alors je suppose que ma journée aurait pu être meilleure.

Conscient qu'elle s'efforçait surtout de le tenir à distance, Lucien ne s'en formalisa pas. Il repartit aimablement :

— Sens-toi libre de sauter par-dessus cette clôture au cas où tu souhaiterais me rendre visite à ton tour.

— Je ne m'y risquerai pas. Les fils barbelés laissent des cicatrices. Un autre verre ? proposa-t-elle, le pichet de citronnade à la main.

Lucien écarta hâtivement son verre.

— Pas si tu tiens à la vie !

Un silence de mort s'abattit. Nom d'un chien ! Avait-il vraiment dit ça tout haut ? A l'évidence, oui !

Il s'apprêtait à s'excuser lorsqu'il la surprit à rire sous cape. Il se redressa tel un diable hors de sa boîte.

— Nom d'un… Tu sais que j'ai horreur de la citronnade, n'est-ce pas ? Tu t'en souvenais !

— Je n'ai aucune idée de ce dont tu parles, osa-t-elle prétendre.

— Mon œil, oui !

D'un geste rageur, Lucien jeta le reste de l'infâme breuvage par-dessus la rambarde, en direction du parterre de géraniums le plus proche, puis il se redressa, arracha la jeune femme à son fauteuil, et se rassit, l'obligeant à s'installer sur ses genoux.

— Tu me le paieras, femme. J'ai tellement d'aphtes dans la bouche que c'est à se demander comment je peux encore parler !

— C'est le prix à payer pour m'imposer chaque soir ta présence sans même m'en avoir demandé la permission, répliqua-t-elle avec un sourire narquois.

Sa voix baissa d'une octave et elle enchaîna, avec un accent traînant singulièrement semblable au sien :

— « Je ne te l'ai pas dit ? Hum. J'aurais cru pourtant. » Quelle galanterie de ta part de m'avoir laissée libre de décider !

Il était temps de prendre sa revanche, estima Lucien. Une main sur le ventre de la jeune femme, il écarta les doigts et s'enquit :

— Alors, comment va Junior ?

Un frisson agita Raine.

— Tu es peut-être un peu sourd d'oreille, répondit-elle d'une voix qui, s'il n'avait perçu l'intensité de sa réaction corporelle, n'aurait rien trahi. Je t'ai dit et redit qu'il n'y a pas de Junior.

— En es-tu certaine ?

— Aussi certaine que je peux l'être sans avoir fait le test.

— Sais-tu à quoi je devine toujours que tu mens ?

— A quoi donc ? dit-elle, un rien désarçonnée.

— Ton menton pointe !

— Tout comme le tien lorsque tu joues au dur !

Elle laissa tomber sa tête sur son épaule et reprit avec un soupir :

— Pauvre Junior. Entre toi et moi, il n'aurait pas la moindre chance d'en placer une, n'est-ce pas ?

— On dirait, concéda Lucien, qui marqua un temps avant d'ajouter : Fais-moi plaisir, fais ce test.

— Est-ce pour ça que tu viens me courtiser chaque soir, comme tu aimes à le dire ? Pour avancer un pied dans l'encadrement de la porte, au cas où ?

Nichée comme elle l'était contre lui, il ne distinguait plus son expression, mais quelque chose dans cet abandon même témoignait d'une vulnérabilité inhabituelle chez elle, et il répondit posément :

— Je suis ici parce que nous nous appartenons l'un à l'autre et que j'espère qu'avec le temps, tu le comprendras aussi.

— Au risque de t'offenser, je t'assure que ce n'est que du désir, Lucien, dit-elle alors. Ça n'a toujours été que ça.

Il ne laissa pas ces mots l'atteindre. Il savait reconnaître quand la peur s'exprimait et dans la voix de Raine, elle ne s'exprimait pas, elle hurlait !

— C'est en partie du désir, en effet, admit-il. Mais ce que j'éprouve va bien au-delà. Ce que je veux de toi, Raine, ce n'est pas que ton corps, c'est tout. Ton esprit. Ta fougue. Ton aptitude à amadouer les animaux. Ta générosité, ta franchise et ton amour. Et je te veux que tu sois enceinte ou pas.

— Et si le test est négatif ?

Il déposa un tendre baiser sur sa tempe.

— La question la plus intéressante, ma chérie, ce serait plutôt : et s'il est positif ?

Raine descendit l'escalier en chaussettes, ses bottes dans une main, son chapeau et les clés de sa jeep dans l'autre. Chien la talonnait, sans doute par crainte qu'elle ne l'abandonne. Parvenue dans l'entrée, elle chaussa ses Santiags, enfonça son Stetson sur sa tête, et rejeta en arrière les cheveux qu'elle n'avait pas pris la peine de tresser, et qui cascadaient lourdement jusqu'à ses reins. Dans l'immédiat, ne lui importait que de s'échapper de cette maison et d'aller conduire sous les étoiles pour respirer et réfléchir un peu.

Rouillée, la portière de la vieille jeep ne s'ouvrait plus depuis longtemps, et elle passa une jambe par-dessus pour s'installer derrière le volant. Heureusement, elle réussit à démarrer du premier coup, et s'engagea bientôt sur un chemin tout juste carrossable, tant il était creusé d'ornières, qui la conduisit, au travers de tertres et de ravins broussailleux, à l'extrémité est de sa propriété, sur un petit promontoire.

Elle s'y gara, et éteignit les phares. Les premières lueurs de l'aube déchiraient les brumes de la nuit, et sous ses yeux s'étendait une luxuriante vallée, au centre de laquelle se dressait un spacieux ranch et diverses dépendances. Le tout appartenant à un seul et même homme — Lucien Kincaid.

Elle ferma les yeux, regrettant de ne pouvoir chasser l'homme en question de ses pensées aussi aisément que son ranch de sa vue. A son côté, Chien chercha à attirer son attention d'un petit coup de patte sur sa jambe.

— Non, Chien, il est inutile d'en discuter, décréta-t-elle sans même ouvrir un œil. Je te le répète : je ne suis pas bornée, je suis pragmatique. Pourquoi crois-tu que je ne me suis jamais mariée jusqu'ici ?

L'animal laissa échapper un petit jappement rauque.

— Retire ça tout de suite ! Je ne suis pas amoureuse de Lucien ! Si je ne me suis pas encore mariée, c'est parce que je cherche quelqu'un de spécial. Une âme sœur. J'épouserai le prince charmant, et personne d'autre. Et ce n'est pas Lucien Kincaid !

Elle ouvrit un œil, et n'apprécia guère l'expression narquoise inscrite sur le museau poilu de Chien.

— Misérable traître ! Me souhaites-tu donc vraiment de passer le reste de ma vie avec cette tête de mule de…

Tout à coup, l'animal se raidit, la tête tournée vers la vallée. Puis, les oreilles pointées en avant, il s'élança sans crier gare hors de la jeep, bondit par-dessus la clôture et dévala la colline avec force aboiements désespérés.

Raine demeura un instant interdite. L'instinct de Chien était très sûr, alors que… ?

Sans plus hésiter, elle prit derrière son siège une boîte à outils, dont elle déversa le contenu sur le siège passager. Les tenailles furent les dernières à en tomber. Elle s'en empara, sauta hors de la jeep. Il ne lui fallut que quelques secondes pour sectionner la clôture mais sans gants, les barbelés l'écorchèrent, et c'est les mains ensanglantées qu'elle regagna son véhicule et le lança dans la trouée ainsi percée.

Elle dévala à son tour la pente, les mains crispées sur le volant. Projetées contre le capot, les broussailles eurent vite raison des phares, anéantissant toute visibilité. Par deux fois, la jeep manqua culbuter, et c'est tout juste si elle parvint à la remettre sur ses quatre roues au prix, chaque fois, d'un pneu crevé ; elle n'aurait su dire par quel miracle elle évita l'accident. Une fois en bas, elle frôla un peuplier de Virginie particulièrement mal placé qui lui arracha son capot, et roula à tombeau ouvert jusqu'au ranch, devant lequel elle freina dans un crissement, le moteur fumant.

Elle se rua jusqu'à la porte d'entrée et martela le battant, rejointe par un Chien hors d'haleine. Une odeur de fumée lui piquait la gorge, bien qu'aucune flamme ne soit encore visible. Personne ne répondit et Chien se jeta contre la porte, grattant et aboyant frénétiquement. Or Raine n'ignorait pas que s'il agissait ainsi, ce ne pouvait être que parce que Lucien était encore à l'intérieur.

Il n'y avait plus de temps à perdre. Empoignant un des

fauteuils en osier de la véranda, elle le lança violemment contre l'encadrement vitré de la porte. L'épais verre dépoli éclata, projetant des éclats de part et d'autre. Raine les enjamba avec précaution puis hurla :

— Lucien ! Où es-tu ?

Son appel n'eut pour seule réponse qu'un terrifiant silence. Une âcre fumée s'épaississait et à quelques pas de là retentissaient les sinistres crépitements d'un brasier. Il lui fallait trouver Lucien, et vite !

— Chien, va chercher de l'aide !

Cet ordre lancé, elle considéra rapidement ses options. Trois directions s'offraient à elle — une vers la gauche, côté séjour, une vers la droite, côté cuisine et, devant elle, l'escalier menant à l'étage. De la lumière provenait de la cuisine, mais elle suivit son instinct et s'élança vers les chambres, au-dessus.

La fumée était plus dense en hauteur et ses appels se muèrent en quinte de toux. Otant sa chemise, elle l'appliqua contre son nez et sa bouche et en noua les manches autour de sa nuque. Une seconde plus tard, elle trébucha sur Lucien, étendu face contre terre sur le palier.

Elle l'empoigna aussitôt des deux mains par son col et entreprit de le tirer vers l'escalier. Péniblement, car il lui parut aussi lourd qu'un sac de ciment humide, et tout aussi difficile à manœuvrer. Il remua alors qu'elle atteignait la première marche et elle hurla, de toute la force de ses poumons :

— Réveille-toi, Kincaid ! Remue-toi, sale profiteur ! Nous devons sortir d'ici !

— Suis pas… un profiteur, marmonna-t-il.

Il n'articulait que très difficilement, mais Raine n'avait jamais été aussi heureuse de l'entendre se chamailler avec elle !

— Il faut que tu m'aides, Lucien. Tu es trop lourd pour que je te porte. Peux-tu t'asseoir ?

Il ne répondit pas, et elle le secoua, instillant toute sa puissance de persuasion dans sa voix :

— Assieds-toi, Kincaid ! Maintenant !

Avec un grognement sourd, il agrippa la rambarde d'une main et se hissa en position assise, non sans maugréer entre ses dents. C'était toute l'aide dont Raine avait besoin. Assise à son côté, elle l'enveloppa de ses bras et, entraînés par leurs poids combinés, ils dévalèrent la douzaine de marches sur les fesses. Un douloureux atterrissage sur le carrelage de pierre du vestibule stoppa net leur chute, cependant qu'un grand carnet à croûte de cuir s'échappait de sous la ceinture de Lucien. Raine le ramassa et le glissa sous la sienne.

— Lucien ? Un dernier effort, mon chou. Il nous faut sortir d'ici.

Il ne répondit ni à la marque d'affection, ni à la supplique, et elle jeta un regard désespéré vers la porte. Inconscient ou pas, il fallait qu'elle le sorte de cet enfer. Elle voulut se lever, mais un fulgurant élancement, dans son genou droit, l'en empêcha. Elle serra les dents. Qu'importe, elle ramperait !

Centimètre par centimètre, elle traîna donc le corps inerte de Lucien vers la porte. Elle en était à mi-chemin quand celle-ci s'abattit dans un violent craquement : une dizaine d'hommes apparut sur le seuil. Deux d'entre eux la saisirent sous les aisselles, tandis que les autres emportaient Lucien. Un instant plus tard, déposée sur le gazon, elle arracha la chemise de son nez, inspira une profonde goulée d'air puis, à quatre pattes, se précipita vers Lucien toujours inconscient, et que ses hommes — dont, à son grand étonnement, le dénommé Rand — entouraient, moroses.

— Que lui est-il arrivé ? s'alarma-t-elle.

— A voir la bosse qu'il a derrière le crâne, un sacré coup sur la tête, dit Dobey, avant d'aller ramasser la chemise à quelques pas de là et de revenir l'aider à l'enfiler.

— Seigneur, il ne va pas…

La voix de Raine se brisa, et tout ce que le contremaître put lui répondre fut :

— L'ambulance est en route.

Raine essuya rageusement ses larmes d'un revers de manche. Leur relation ne pouvait pas se terminer ainsi. Pas après ce qu'ils avaient déjà traversé. Ce serait trop injuste !

Agrippant le col de la chemise de Lucien, elle se pencha

sur lui et lui intima, à voix basse mais avec plus de détermination qu'elle n'en avait jamais eue :

— Ne t'avise pas d'y laisser ta peau, tête de mule ! Ne t'en avise surtout pas ! Notre enfant a besoin d'un père. Tu entends, Kincaid ? Junior a besoin de toi !

8

« Junior a besoin de toi ! »

C'était comme s'extirper d'un chaudron de mélasse. Chacun de ses membres lui était plus lourd que du plomb, et il avait mal partout. A la poitrine. A la tête. Nom d'un chien, même son postérieur le lançait !

Lucien ouvrit péniblement les yeux puis, avec une douloureuse inspiration, se redressa dans son lit. La tête lui tourna aussitôt, et il lui fallut toute sa volonté pour ne pas s'effondrer de nouveau contre l'oreiller. Peu à peu, la pièce cessa de tournoyer, et son regard tomba sur l'assortiment de fils qui le reliaient à divers moniteurs placés en demi-cercle autour de lui.

Aïe. Ce ne devait pas être bon signe ! songea-t-il confusément.

« Tu m'entends, Kincaid ? Junior a besoin de toi ! »

Junior ? L'incendie ! La fumée et… accourue de nulle part, Raine !

Avec un grognement, il arracha les fils l'un après l'autre et sauta à bas du lit. L'espace d'un instant, il vacilla sous l'assaut de tourbillonnantes vagues de vertige, tandis que deux infirmières se ruaient vers lui.

— Monsieur Kincaid ! Que faites-vous ? s'exclama la plus âgée, à l'évidence l'infirmière en chef, horrifiée.

— Ça me paraît évident, non ? rétorqua Lucien.

Telles des échardes, les mots lui écorchèrent la gorge, et il empoigna, sur une petite table près du lit, un pichet en plastique. Il en ingurgita la moitié d'un trait, puis déversa le reste — en majeure partie des glaçons — sur sa tête, avec un beuglement mi de douleur, mi de plaisir. Suite à quoi, tout à fait réveillé, il lança le pichet sur le lit et s'ébroua.

— Si vous souhaitiez de l'eau, ou un bain, il suffisait de nous le dire, monsieur Kincaid, dit l'infirmière en chef d'un air pincé.

— Inutile, comme vous le voyez. A présent, si ça ne vous ennuie pas, j'aimerais sortir d'ici.

— Navrée, monsieur Kincaid, c'est impossible.

— Ah oui ? Regardez-moi donc…

Lucien se pencha pour lire le nom de la femme sur son badge.

— … mademoiselle Strum.

— Vous souffrez peut-être d'une commotion cérébrale, sans parler de l'intoxication provoquée par l'incendie. Vous ne pouvez pas sortir sans l'autorisation du médecin.

— Bien sûr que si je peux ! Tout ce que j'ai à faire est de mettre un pied devant l'autre et de me diriger vers la porte marquée « SORTIE ».

L'infirmière arqua un sourcil.

— Vêtu d'une blouse d'hôpital ?

Lucien fureta autour de lui. Ses vêtements n'étaient nulle part. Les bras croisés sur son ample poitrine, l'infirmière le toisait d'un air narquois, et il estima préférable de changer de tactique.

— Comment va Raine ?

L'autre infirmière, nettement plus jeune, s'enhardit à lui répondre :

— Vous voulez parler de Raine Featherstone ? Elle…

— Nous ne sommes pas autorisées à vous informer sur l'état de santé d'autres patients à moins que vous ne soyez de la famille, la coupa Mme J'applique-le-règlement-à-la-lettre.

Derrière elle, la jeune infirmière lui adressa un clin d'œil, puis leva les pouces en l'air, et Lucien en déduisit que Raine allait bien.

— A-t-elle été blessée ?

Une nouvelle fois, la jeune infirmière se pencha de côté, secouant la tête en signe de dénégation. Sourcils froncés, l'infirmière Strum pivota brusquement vers elle et en une fraction de seconde, l'expression de sa subordonnée passa de l'espièglerie à une si placide innocence que s'il n'avait pas craint d'en défaillir de douleur, Lucien en eût ri à gorge déployée.

Pivotant derechef vers Lucien, Strum pointa l'index vers le lit.

— Vous, retournez vous coucher !

Ce n'était pas la meilleure tactique à employer avec lui. Déchirant la blouse d'un coup sec, Lucien se retourna pour arracher un drap au lit, puis le noua autour de ses hanches en grommelant :

— Si vous tenez à la vie, ôtez-vous de mon chemin, harpie !

Lorsqu'il releva les yeux, ce fut pour découvrir, derrière la matrone, tout un essaim d'infirmières.

— Qu'est-ce que tu crois être en train de faire, Kincaid ? lança une voix derrière ce mur humain. Je te laisse seul deux minutes et ça te suffit pour créer une émeute ?

— Raine ? C'est bien toi ? En arrière, femmes ! aboya Lucien. Laissez-la passer !

Une trouée se fit dans l'affolement général, et Raine s'avança.

— Te voilà encore nu dans un drap ? Pas étonnant que tu aies ton public ! C'est incroyable ce que la vue d'un homme nu peut provoquer chez une femme, même lorsque sa carcasse est dans un état aussi pitoyable que la tienne !

Lucien la dévorait des yeux.

— Tu n'as rien ? Tu boites !

— Ce n'est rien, une vieille blessure de guerre.

Cette fois, Lucien ne put se retenir de rire, ce qui lui fut aussi douloureux qu'il l'avait craint.

— Que dirais-tu de filer d'ici ? suggéra-t-il ensuite dans une quinte de toux.

Etonnamment, elle n'argumenta pas ; c'était heureux car, dans l'état où il se trouvait, il n'aurait pas tenu plus d'un round. Au lieu de quoi elle aboya à l'adresse de l'infirmière en chef :

— Apportez-lui ses vêtements. Nous partons.

Opiniâtre, la vieille chouette ne céda que lorsqu'il eut signé une décharge et même ensuite, échapper à ses griffes ne fut pas une sinécure. Le temps qu'elle lui colle dans les bras une pile d'avertissements écrits auxquels s'ajoutèrent toutes les menaces verbales imaginables, c'est à peine s'il tenait encore debout. Si bien que lorsqu'un brancardier lui avança un fauteuil roulant, c'est tout juste s'il ne se jeta pas à ses pieds de gratitude, pitoyable entorse à sa virilité qu'il masqua par des grommellements bourrus.

— Oui, oui, Kincaid, on sait tous que les vrais hommes ne chevauchent rien qui n'ait pas quatre fers aux pattes ! railla Raine. Cesse de te plaindre ou je te remets dans ce lit !

Décidant qu'un silence hautain servait mieux ses intérêts, Lucien ne desserra plus les dents jusqu'à ce qu'ils émergent tous trois sous le brûlant soleil du Texas. Le brancardier l'achemina jusqu'à l'antique berline de Nanna, que Lucien considéra avec une admiration circonspecte — même les cornes pourtant impressionnantes de ce pauvre Old Bullet n'auraient pas eu raison d'un tel char d'assaut !

— Où est ta vieille guimbarde ? s'étonna-t-il.

— Si tu veux parler de ma jeep, sache qu'elle agonise en ce moment même devant ta véranda.

Elle lui ouvrit la portière passager, puis ajouta comme il lorgnait le siège conducteur :

— N'y songe même pas, Kincaid. Je ne risquerai pas ma peau pour épargner ton ego masculin.

— Ni celle de notre enfant ? repartit-il du tac au tac.

Loin d'esquiver la flèche, elle riva son regard au sien.

— Oui. Celle de Junior encore moins.

— Alors tu es vraiment enceinte ? coassa-t-il.

— C'est ce que dit ton test, et ce que six autres ont confirmé. Monte, Lucien. Nous en discuterons en chemin.

Il ne se fit pas prier, et attendit sur des charbons ardents qu'elle contourne l'immense véhicule pour venir s'installer à ses côtés.

— Quand l'as-tu découvert ?

— Le matin de l'incendie.

— Ce matin, donc ?

— Non, il y a deux jours, dit-elle en mettant le contact.

Deux jours ? Etait-elle sérieuse ? Pas étonnant qu'ils aient été si réticents à le laisser sortir !

— Tu ne te souviens de rien ?

— Seulement que tu m'as dit que notre enfant avait besoin d'un père, répondit Lucien en lui jetant un regard de côté. Est-ce que Nanna est au courant ?

Raine exhala un soupir dégoûté.

— Nanna, et sans doute le comté tout entier. J'ai cru que Dobey allait s'évanouir. A moins que ça n'ait été parce que j'étais sans chemise quand je l'ai annoncé !

Lucien cligna des yeux.

— Tu veux bien me répéter ça ?

— Il m'a bien fallu me protéger le visage de la fumée, se défendit-elle. C'était ça ou m'étouffer !

— Gare-toi sur le côté, tu veux ?

— Mal au cœur ?

— Non. Nous avons à parler et je préférerais le faire au calme.

Elle crispa les mains sur le volant, signe révélateur de son appréhension, puis se rangea sur le bas-côté et déclara :

— Je te donne dix minutes pour t'épancher, suite à quoi j'ai l'ordre de te mettre au lit.

— Je me fiche comme d'une guigne des ordres de cette vieille bique ! Nous avons des décisions à prendre et j'ai la ferme intention de faire en sorte qu'elles soient non seulement prises, mais que nous nous soyons tous les deux solennellement engagés à convoler en justes noces le plus tôt possible. Ou devrais-je dire : en secondes noces ! asséna-t-il sous une brusque poussée de testostérone.

Un sourire joua sur les lèvres de la jeune femme.

— Pour ce qui est de la vieille bique, il ne s'agit pas de qui tu crois, mais d'une autorité bien supérieure.

Inutile d'être médium pour deviner qui.

— Nanna ?

— Elle t'a préparé la chambre d'amis, et me prie de t'informer que tu vas rester chez nous quelque temps. Quant à cette histoire de noces, ça ne peut pas se décider en dix minutes et tu le sais.

— Soit, concéda Lucien de mauvaise grâce. Cela dit, une

petite précision : je retourne chez moi. Remercie Nanna de ma part, mais c'est non, merci.

— Tu n'écoutes décidément rien, n'est-ce pas, Kincaid ? rétorqua-t-elle avec un soupir d'exaspération. Alors je te le répète une dernière fois : fumée, incendie, coma. Tu n'as plus vraiment de « chez toi », figure-toi ! Il va falloir des mois pour tout remettre en état ! Et ne t'avise pas d'essayer d'aller camper avec tes gars, parce que Nanna les a déjà menacés de les écorcher vifs s'ils te laissent approcher ne serait-ce que de la distance d'un crachat de tes terres d'ici la fin du mois !

— Dans ce cas, je suppose que je n'ai plus qu'à répondre : « grand merci, m'dame, pouvez pas savoir à quel point j'apprécie votre hospitalité » ?

— En effet.

— Et comment a-t-elle pris la chose, pour le bébé ?

— Oh, elle est ravie…

Raine grimaça.

— … si ce n'est qu'à son sens, comme elle me l'a clairement fait savoir, les bébés sont « le fourgon de queue dans un train, et non pas la locomotive » !

— Là, elle n'a pas tort.

Ce n'était sans doute pas ainsi que la pauvre Nanna prévoyait de devenir arrière-grand-mère, et en toute franchise, ce n'était pas non plus ainsi qu'il espérait devenir père, lui non plus. En la matière, il était strictement du type à passer d'abord devant monsieur le maire.

— J'ai autre chose à t'annoncer, reprit Raine.

— Vas-y, je t'écoute.

— C'est à propos de… ce gars que tu as viré. Rand. Celui qui a tué Old Bullet.

— Eh bien ?

— Le shérif Tilson l'a arrêté pour avoir mis le feu à ton ranch.

Lucien se redressa sur son siège.

— Nom d'un chien ! Ce n'est pas tout à fait comme ça que ça s'est passé.

— C'est aussi ce que prétend Rand, mais je ne crois pas qu'il espère que tu témoignes en sa faveur.

— Bien sûr que si ! se récria Lucien.

Puis, après une légère hésitation, il précisa :

— Je crois que c'est peut-être mon frère.

Raine le dévisagea avec incrédulité.

— Répète-moi ça ?

— Le gamin prétend qu'il est mon demi-frère. Papa aurait eu une liaison avec sa mère peu de temps avant que mes parents divorcent. Que papa ne l'ait jamais reconnu l'a rendu amer, et c'est sans doute pour se venger qu'il est venu se faire engager au ranch. Ce qu'il ne savait pas, c'est qu'il y a un bout de temps que papa a fichu le camp pour la ville.

— C'est à la mort de ta mère que tu es revenu vivre au ranch, n'est-ce pas ?

— Oui, j'avais tout juste dix ans quand je me suis présenté sur le seuil et que je leur ai annoncé que le seul moyen de se débarrasser de moi était de me vendre à un cirque ambulant !

Raine partit d'un petit rire.

— Etrange, tu ne trouves pas ? Tes parents détestaient la vie au ranch alors que les miens l'adoraient. S'ils n'étaient pas morts dans cet accident de voiture, ils auraient pris la relève de Paps.

L'ombre de ce dernier revint planer lourdement entre eux, jusqu'à ce que la jeune femme reprenne, les larmes aux yeux, à la stupéfaction de Lucien :

— Il est temps que nous fassions la paix à propos de Paps, Lucien. Je ne te blâme plus pour sa mort.

Lucien se dit qu'il devait avoir inhalé plus de fumée qu'il ne le croyait. Non seulement elle embrumait encore son cerveau, mais sa gorge lui paraissait tout à coup rêche, le seul fait de parler douloureux.

— Pourquoi ? Qu'est-ce qui t'a fait changer d'avis ?

— Nanna, en me demandant ce qui se serait passé si c'était toi qui étais mort ce jour-là, expliqua Raine, sa mâchoire tendue révélant sa lutte intérieure, malgré son calme apparent.

— Et ? la pressa-t-il un peu plus sèchement qu'il ne l'aurait voulu.

— Cette pensée m'est horrible, mais je lui aurais pardonné, Lucien, confessa-t-elle avec un regard lourd de chagrin. Même à mon corps défendant, je ne l'aurais pas haï pendant douze ans à cause d'un stupide accident. Alors qu'à trop t'aimer, je t'ai banni de ma vie.

Bouleversé, Lucien chercha quoi répondre, mais en vain.

Raine se glissa alors dans ses bras, et murmura :

— Laisse aller, Lucien. Peut-être pourrons-nous en parler dans quelque temps mais d'ici là, enterrons enfin le passé.

Lucien se racla la gorge.

— Hum, oui. Enterrons-le.

— Tu ne m'as pas dit ce qui a provoqué l'incendie, reprit-elle. Rand a quelque chose à y voir, apparemment ?

Lucien la serra contre lui, dans l'impérieux besoin de les savoir saufs l'un et l'autre et ensemble, aussi précaire que soit l'instant.

— En quelque sorte. Rand m'est tombé dessus alors que je me préparais à partir pour ma journée de travail. Il avait un coup dans le nez et… notre conversation s'est un peu échauffée. Malheureusement, du porridge cuisait sur le gaz et… bref, nous n'avons pas réussi à étouffer les flammes. C'est à ce moment-là que je me suis cogné la tête.

Elle s'écarta pour le scruter d'un air suspicieux.

— Tu te l'es cognée, ou est-ce Rand qui…

— Non, même pas. Je crois que j'ai heurté le rebord de la table. Quand j'ai repris conscience, il s'efforçait de me traîner dehors. Le feu était déjà hors de contrôle, alors je l'ai envoyé chercher de l'aide pendant que je montais récupérer d'importants papiers. A propos… où est mon journal de bord ?

— Je l'ai mis en lieu sûr.

Aïe, songea Lucien avec une grimace comme elle le considérait un peu trop attentivement à son goût.

— Plutôt important, ce journal, si tu as risqué ta vie pour retourner le chercher.

Vital. Non qu'il ait l'intention de le reconnaître. Au lieu de quoi il répondit avec désinvolture :

— J'avais encore largement le temps d'aller le récupérer. Du moins je l'aurais eu si je n'étais pas tombé dans les pommes sur le palier. Je suppose que c'est à ce moment-là que tu es arrivée ?

— Tes hommes n'étaient pas bien loin, prévenus par Rand, je présume, puisqu'il était là lorsqu'ils nous ont sortis.

— Bon, faudra qu'j'explique tout ça au shérif Tilson pour qu'il relâche le gamin. Revenons-en à nous, et à ces noces.

Elle se raidit.

— Tu me demandes en mariage, Kincaid ?

Quelque chose, dans son ton, avertit Lucien qu'il avançait en terrain miné.

— Ecoute, je reconnais que ce n'est pas ainsi que nous rêvions l'un et l'autre de nous marier, mais…

— Ça, tu peux le dire ! l'interrompit-elle. Autant que ce soit clair : je ne me marierai pas par obligation !

— Soit.

Raine ouvrit de grands yeux.

— Ça m'étonne que tu cèdes si facilement. Qu'est-ce que tu as derrière la tête ?

— Tu serais choquée de l'apprendre, repartit-il, la voix rauque.

— Essaie donc.

— Eh bien, ce que j'ai en tête, c'est… des visions de toi et moi, nus.

— Mmm, je dois avouer que c'est une vision que j'ai de temps en temps, moi aussi, confessa Raine avec une petite moue, non sans ajouter : Dieu merci, nous sommes dans une voiture et sur la voie publique, sans quoi…

Mais déjà, une farouche expression assombrissait les traits de Lucien.

— Reviens là, ordonna-t-il sourdement.

Raine secoua la tête.

— Nous n'avons pas le temps. Nanna nous…

Tel un rapace, Lucien fondit sur elle et s'empara de ses lèvres. Ils tombèrent tous deux sur la banquette, dans un enchevêtrement de bras et de jambes, et rien n'importa plus pour Raine que de sentir le corps de Lucien sur le sien, ses mains sur sa peau, ses lèvres sur les siennes. Elle avait été si près de le perdre, lui aussi ! Trop près. Qu'importaient alors les clôtures, les terres ou même l'inévitable décision qu'il leur restait à prendre à propos de leur avenir ?

9

Deux semaines s'écoulèrent. Deux exaspérantes, stériles semaines au terme desquelles Lucien ne s'estima pas plus près de résoudre ses problèmes avec Raine qu'avant l'incendie. A peine abordait-il le sujet de leur avenir qu'elle prétextait une tâche urgente à accomplir ailleurs — un ailleurs souvent aussi physiquement éloigné de lui que possible.

Il s'était efforcé de lui laisser un peu de temps et d'espace — du moins, dans la mesure du raisonnable. Mais il atteignait rapidement les limites de ce qu'il considérait comme raisonnable, et à défaut de trouver rapidement un moyen d'abattre les barrières qu'elle s'obstinait à maintenir entre eux, il n'hésiterait bientôt plus à la jeter en travers de son épaule pour l'emporter jusque devant le pasteur le plus proche. Avant d'en venir là, toutefois, il lui restait peut-être une dernière solution : demander conseil à la seule personne encore plus têtue que sa future promise.

— Nanna ? hasarda-t-il donc un matin. Vous avez une minute ?

— Toujours pour toi, mon petit.

Elle l'invita à prendre place à table, déposa devant lui une assiette de cookies et un verre de lait.

Lucien fixa longuement l'assiette, puis plaisanta :

— Impossible de mener une conversation avec vous sans en passer d'abord par les cookies, n'est-ce pas ?

Elle lui retourna un sourire si semblable à celui de Raine que c'en était presque douloureux.

— J'ai découvert qu'il est difficile pour un interlocuteur

d'argumenter lorsqu'il a la bouche pleine, repartit-elle. Ça me donne donc l'avantage.

— Sournoise, avec ça !

— Mais futée.

La vieille femme s'attabla face à lui, puis reprit :

— Si c'est au sujet de ton départ, je te réponds la même chose que ces deux dernières semaines : tu resteras ici tant que je n'en aurai pas décidé autrement.

Lucien prit un cookie.

— Et cet « autrement » coïncidera avec le jour où Raine et moi nous marierons, je suppose ?

— Ça me paraît être un aussi bon jour qu'un autre, admit-elle, avant de le fixer d'un regard inébranlable pour ajouter : et je ferai en sorte que ce mariage se fasse avant l'arrivée du bébé.

— Je l'apprécierais aussi. Hélas, j'ai un peu de mal à en convaincre votre tête de mule de petite-fille…

— Pourquoi crois-tu que j'ai fait appel au Comité de Cupidon ? rétorqua Nanna avec un reniflement de dédain.

Lucien en profita pour aborder un point qui lui tenait à cœur.

— Ce mariage, vous le désirez vraiment ? Honnêtement, je veux dire.

Elle le dévisagea un long moment, puis s'enquit :

— Tu veux parler de Paps, n'est-ce pas ?

Lucien reposa son cookie intact sur l'assiette. Cette conversation aurait dû avoir lieu depuis longtemps. A l'époque, il n'avait pu que balbutier de maladroites excuses à une veuve éplorée. Il avait mûri d'un coup, ce triste matin-là. Irrévocablement transformé par cette tragédie, il s'était aussi juré de trouver un moyen d'offrir plus à Nanna que de vaines paroles. Et qu'elle s'en soit rendu compte ou pas, il avait fait de son mieux pour tenir cette promesse. Aujourd'hui, que lui dire, à part la simple vérité ?

— Vous n'imaginez pas à quel point je m'en veux pour Paps, commença-t-il d'une voix altérée. Mais rien de ce que je pourrai dire ne le ramènera, et Dieu sait que je donnerais n'importe quoi pour en être capable !

La vieille femme prit une de ses mains dans les siennes.

— Je ne t'en ai jamais voulu, Lucien. Je sais que ce n'était qu'un regrettable accident.

Un muscle joua dans la mâchoire de Lucien.

— Peut-être, mais ça ne change rien au fait que j'ai pris la vie d'un homme. Votre homme.

— Tu ne l'as pas fait délibérément, nuança Nanna sans lâcher sa main. Et c'était autant la faute de Paps que la tienne. Il n'aurait jamais dû aller te débusquer chez toi. Et encore moins en colère et avec un fusil !

Lucien croisa le regard, vert lui aussi, de Nanna, et ce qu'il y lut lui fit s'exclamer dans un chuchotement rauque :

— Vous savez. Vous savez tout, n'est-ce pas ?

— En effet.

— Et vous n'avez jamais rien dit à Raine ?

— Ce n'était pas à moi d'en décider, mais à toi.

Lucien secoua la tête.

— Non. Certaines vérités ne sont pas bonnes à dire.

— C'est ton choix. Mais je pense, moi, que, parfois, se taire cause plus de mal que de parler.

Lucien balaya la suggestion d'un geste de la main.

— A quoi bon ?

— Qu'est-ce que je vais faire de toi ? lâcha Nanna avec un soupir. Tu connais ma petite-fille. Que crois-tu qu'elle fera lorsqu'elle devinera que cette fichue clôture que tu as mise entre nos terres sert à dissimuler un secret ?

Inutile de se le demander.

— Elle n'aura de cesse d'arracher tous les barbelés qui seront sur son chemin, quitte à s'écorcher vive…

— Exactement. Et il n'y a qu'un moyen de l'éviter : tout lui dire avant que le fait de le découvrir par elle-même ne lui brise le cœur une seconde fois.

— Tout ?

Nanna opina. Son regard exprimait la résignation.

— Tout. Et tant pis si cela implique de lui avouer mon rôle dans l'histoire. Tu veux épouser ma petite-fille ? Alors la clôture qui vous sépare depuis cette tragédie doit être abattue. Et toi seul peut le faire.

Lorsque Raine s'éveilla le lendemain matin, le soleil était déjà haut dans le ciel. Sans perdre de temps, elle se doucha, s'habilla, et dévala l'escalier. Dans l'entrée, elle manqua se heurter à Lucien, qui la retint par la taille avant qu'elle ait pu s'esquiver.

— Où vas-tu si vite ? Pour une fois que je te croise, j'aimerais te parler.

— Prends rendez-vous, je n'ai pas le temps, rétorqua Raine, avant de jeter un coup d'œil à l'extérieur par la porte restée ouverte.

A sa grande surprise, elle y aperçut Poke et Tickle, sellés et harnachés.

— Où vas-tu avec ma jument ?

— As-tu toujours mon journal ? Celui que tu as récupéré la nuit de l'incendie ?

— Oui, dans mon bureau.

Raine le devança dans la pièce en question et alla ouvrir un tiroir, d'où elle sortit l'objet. Une feuille pliée s'en échappa, et Lucien se pencha pour la saisir en même temps qu'elle. Trop tard, car la lettre tomba sur le tapis, et s'entrouvrit assez pour que Raine puisse en lire les premières lignes. Aussitôt, son cœur s'emballa, tandis qu'un horrible soupçon s'enracinait en elle. Elle recula d'un pas. Surtout, ne pas toucher, ni même regarder cette lettre : ce qu'elle craignait avant tout, c'était que son intuition se confirme.

— Tu ne la ramasses pas ?

Elle coula un regard de biais à Lucien, et ne lut pas la moindre trace d'émotion sur son visage. Lentement, elle ramassa le document. Il ne lui fallut qu'un coup d'œil pour savoir de quoi il s'agissait.

C'était la lettre par laquelle Buck Kincaid cédait à Nanna le droit de propriété de la terre contestée.

Raine fixa longuement les mots dactylographiés, refusant d'y croire.

— Tu l'avais, croassa-t-elle. Je ne sais pas comment tu te l'es procurée, mais tu l'as eue en ta possession tout ce temps, n'est-ce pas ?

Elle caressa d'un index tremblant le sceau du notaire qui

authentifiait la signature de Buck Kincaid. Le document avait été fait le jour de l'enterrement de Paps. Elle ignorait comment Lucien avait pu mettre la main dessus ensuite, mais la preuve était là, tangible.

— Dis-moi que c'est ta grand-mère qui l'a volée, et que tu l'ignorais quand tu as forcé Nanna à te céder cette terre, supplia-t-elle, soucieuse de lui trouver une excuse.

Il ne répondit pas, et elle accusa :

— Alors depuis le début, tout n'a été que mensonge ! Lorsque tu affirmais que la lettre n'existait pas, que la terre t'appartenait ! Pas étonnant que tu aies pu exiger que Nanna te la donne : sans la lettre, elle ne pouvait rien prouver !

— Il y a plus que ça.

— Plus ? Ça suffira, merci ! se récria-t-elle, vibrante de colère. Tu nous as volé ce qui nous appartenait de droit ! Et en ce faisant, tu as accru nos difficultés financières, en accaparant notre principale source d'eau !

— Me laisseras-tu au moins une chance de m'expliquer ?

— Me rendras-tu ma terre ?

Lucien secoua la tête.

— Je ne peux pas.

— Alors nous n'avons plus rien à nous dire !

Elle voulut le contourner, s'enfuir, mais il lui agrippa le bras.

— Il y a plus que tu ne crois comprendre, répéta-t-il.

— Lâche-moi, Kincaid. Je comprends tout ce que j'ai besoin de comprendre !

— Alors, tu n'as aucune question ? Aucun doute ? Je suis coupable et c'est tout ? Quand est-ce que ça s'arrêtera, Raine ? Quand me feras-tu enfin confiance, en dépit des apparences ?

— Pourquoi ? Parce qu'un mariage avec moi résoudrait tes problèmes, n'est-ce pas ? Il ne te suffit que d'un « oui, je le veux » pour que le reste de nos terres te reviennent. Jusqu'au dernier brin d'herbe ! Bon sang, Kincaid, avec un tel butin à la clé, ça m'étonne que tu n'aies pas contacté le Comité de Cupidon toi-même !

— Femme, il y a des jours où tu abuses vraiment de ma patience, gronda Lucien.

— Alors pourquoi me retiens-tu ?

D'un geste rageur, elle s'arracha à l'étau de sa main et fonça vers la porte d'entrée, décrochant son Stetson au passage. Deux secondes plus tard, elle se hissait sur Tickle. Lucien lui avait emboîté le pas, mais avant qu'il ait pu s'approcher de Poke, Raine tapait ce dernier sur la croupe.

— A la maison, Poke !

L'animal détala au galop tandis que Raine décrétait :

— Certains secrets se gardent, Kincaid. Tu n'aurais jamais dû me laisser lire cette lettre.

— Nanna pense le contraire.

— Eh bien, pour la première fois en soixante-douze ans, elle a tort ! Sans cette lettre, je t'aurais probablement épousé et j'aurais empli ta maison de gros bébés joufflus !

Une fugace émotion traversa les traits burinés de Lucien, sans qu'elle puisse l'identifier.

— Merci, lâcha-t-il d'une voix excessivement égale, mais je me contenterai de celui qui est déjà en route.

Il n'y avait rien à répondre à ça. Aussi lança-t-elle sa jument au triple galop vers le nord. Consciente de sa détresse, Tickle déploya toute sa vigueur, et ce ne fut que lorsque Raine s'avisa que cela présentait un risque pour sa grossesse qu'elle se résigna enfin à ralentir, non sans se morigéner vertement pour son inconscience.

Parvenue sur le promontoire qui surplombait les terres des Featherstone et des Kincaid, elle porta son attention sur la clôture qui lui interdisait le plein accès à la rivière. Lucien ignorait ce que cette terre représentait vraiment pour Nanna et elle, songea-t-elle avec amertume, sans quoi il ne la leur aurait jamais prise…

Or c'était bien ce qu'il avait fait ! Mais pour quelle raison, si ce n'était la plus évidente : l'appât du gain ? Cela n'avait pourtant aucun sens. Lucien n'était pas cupide, ce qui impliquait qu'il devait sincèrement croire que cette terre appartenait de droit aux Kincaid. Cela dit, ça n'expliquait pas qu'il l'ait réclamée bien après le décès de Paps — juste après celui de son propre grand-père. Pourquoi avait-il attendu tout ce temps ?

Sur une profonde inspiration, elle balaya du regard l'étendue de terre en question. Quelle que soit la motivation de Lucien, elle ne le laisserait pas plus longtemps la spolier de son bien. Attrapant son lasso, elle en lança le nœud sur le piquet le plus proche puis, en enroulant l'autre extrémité au pommeau de sa selle, elle utilisa la force de Tickle pour le déraciner. Pieu et barbelés s'effondrèrent avec, pour tout râle d'agonie, un bruyant cliquetis.

« Alors, tu n'as aucune question ? Aucun doute ? Je suis coupable et c'est tout ? »

L'accusation de Lucien se répercuta dans sa tête, et elle serra les dents. Oui, il était coupable et oui, la discussion était close ! Qu'y avait-il de plus à dire ?

Et cependant… Pourquoi tant de souffrance, tant de désillusion, dans le regard de Lucien ? S'il y avait quelqu'un en droit d'en éprouver, c'était plutôt elle !

Elle ôta son Stetson d'un geste rageur, épongea son front d'un revers de manche. Il y avait une faille dans ce raisonnement : si c'était elle qui avait raison, pourquoi se sentait-elle donc si coupable ?

Projetant de nouveau son lasso, elle arracha avec hargne piquet après piquet. Le temps qu'elle ait arraché le dernier à sa portée, la colère s'était muée en chagrin et des larmes lui brouillaient la vue. Sautant à bas de Tickle, elle tomba à genoux devant la clôture déterrée et essuya impatiemment les larmes égarées sur ses joues.

« Quand me feras-tu enfin confiance, en dépit des apparences ? »

Autant l'admettre, cette accusation-là la hantait plus que les autres. Elle ne lui avait pas fait confiance, en effet. Ni à dix-huit ans, ni à présent. Et pourtant, ne s'était-il pas efforcé de la protéger, à l'époque, et récemment encore, ne l'avait-il pas sauvée d'une mort certaine au péril de sa vie ? Il lui offrait aujourd'hui la protection de son nom pour leur enfant et ce n'était pas, elle le savait, afin de mettre la main sur le reste de ses terres.

Non, il était temps de se rendre à l'évidence : personne n'était plus digne de confiance que Lucien. Au fond d'elle-même, elle le savait, ce qui mettait en relief une importante question, une question sans réponse plausible : pourquoi ?

Pourquoi Lucien s'était-il approprié leur terre ? Elle l'aurait pourtant juré trop intègre pour s'abaisser à un acte aussi vil.

Et s'il ne l'avait pas commis ?

Mais alors, si Lucien n'avait volé ni la terre ni la lettre, comment s'étaient-elles retrouvées en sa possession ?

Et tout à coup, elle sut.

10

Lucien sella hâtivement un des chevaux de trait du ranch puis, la lettre et le journal dans une de ses sacoches, monta en selle. S'il avait une vague idée de l'endroit où il trouverait Raine, par précaution, il siffla Chien.

— Cherche ta maîtresse !

Sans se faire prier, l'animal fila comme une flèche vers le nord. Lucien le suivit, à quelque distance. Mieux valait que Raine ait le temps de se calmer et de toute façon, lui aussi avait à réfléchir un peu à propos de cette assertion sienne quant à certains secrets qu'il valait mieux garder. Il se trouvait que, quoi qu'en pense Nanna, il était d'accord avec Raine. Résoudre leur conflit à propos de la terre contestée était nécessaire. Mais il n'irait pas au-delà.

Quel qu'en soit le coût, l'autre secret resterait secret.

Chien débusqua Raine là où il le prévoyait — à la frontière de leurs propriétés respectives, recroquevillée devant un amas de piquets et de fils barbelés. Elle n'avait pas l'air très encline à parler, aussi prit-il le parti de la provoquer un peu :

— Il était inutile de te donner tout ce mal ! J'avais prévu de le faire pour toi comme cadeau de mariage.

A sa grande consternation, les épaules de la jeune femme s'affaissèrent, agitées de tremblements, et elle enfouit sa tête entre ses bras. Aïe ! se reprocha Lucien. Apparemment, c'était un peu trop, en guise de provocation.

Chien rampa vers elle en gémissant pitoyablement, tandis que Lucien manquait chuter de sa monture dans sa hâte de la rejoindre. Tombant à genoux à ses côtés, il l'enlaça.

Contrairement à ce qu'il craignait, elle ne résista pas, et se nicha contre lui dans un sanglot.

— Ne te méprends pas, mais… pourquoi me laisses-tu t'approcher ? murmura-t-il contre ses cheveux quand ses larmes se furent taries. J'aurais plutôt cru que tu m'accueillerais d'un direct sur le nez.

— J'ai… j'ai réfléchi. Je te dois des excuses, Lucien. J'aurais dû te faire davantage confiance.

Le soulagement envahit Lucien. D'une manière ou d'une autre, enfin, après tout ce temps, ils allaient pouvoir s'expliquer. A condition, néanmoins, d'avancer un pas à la fois.

— Ne te tracasse pas, ma chérie. Ce n'est qu'une parcelle de terre. Elle était là bien avant nous et le sera encore bien après.

— Tu te trompes, Lucien, dit-elle avec un reniflement pour endiguer d'ultimes larmes. Cette terre est spéciale.

— Pourquoi ?

— Parce que nous y avons répandu les cendres de Paps, répondit-elle d'une voix rauque.

Lucien tressaillit.

— Je… je n'en avais aucune idée, Raine, vraiment. Elle ne m'en a rien dit, sans quoi…

Il ravala *in extremis* le reste de sa phrase, non sans se traiter d'imbécile.

Trop tard, cependant, car d'un prompt geste de la main, elle lui ôta son chapeau et acheva :

— Sans quoi tu ne lui aurais pas acheté cette terre, n'est-ce pas ? Est-ce le morceau de puzzle qui me manquait ?

Dans la brutale clarté du soleil, le visage de Lucien trahit ce qu'il ne pouvait se résoudre à lui avouer à haute voix.

— C'est Nanna qui t'a rendu cette lettre ! Elle est venue te voir quelque temps après l'accident, alors que nous étions en difficulté, n'est-ce pas ? Et pour la dépanner, tu lui as acheté la terre contestée.

— Mmm, dit Lucien en se frottant la nuque. C'est de cet ordre-là, en effet.

— Et elle ne voulait pas que je le sache ?

— Je lui ai promis de garder le secret, mais… je crois qu'elle espérait que tu exigerais des explications. Peut-être était-ce sa manière d'essayer de nous rabibocher. Qu'est-ce qui t'a mis la puce à l'oreille ?

Elle ôta à son tour son Stetson et le lança près du sien. Le soleil découpa ses traits avec une égale brutalité, accentuant les émotions qu'elle s'efforçait tant bien que mal de contenir.

— Je trouvais étrange que tu conserves une preuve si compromettante, surtout si tu l'avais acquise illicitement. Et aussi que tu aies risqué ta vie pour la sauver des flammes.

Que Dieu aide leurs enfants s'ils s'essayaient un jour à cacher un secret à leur mère, songea Lucien avec amusement. Elle les percerait à jour avant même qu'ils aient ouvert la bouche !

— Et qu'en as-tu conclu ?

— Une fois que j'ai compris que c'était Nanna qui t'avait vendu la terre, je n'ai plus vu qu'une seule raison pour que tu t'y accroches à ce point. Et ce que je crois deviner, c'est…

Presque inaudible sur les derniers mots, la voix de Raine se brisa.

— Je t'en prie, ma chérie, l'implora Lucien. Ça ne vaut pas tant de chagrin.

— Si. Il est grand temps d'en finir avec tout ça.

Lucien ferma les yeux — en vain. Il était bien trop à l'unisson de sa souffrance pour être en mesure de l'ignorer. Que ne pouvait-il enfin l'en soulager en l'absorbant par tous les pores de sa peau !

— Ce que je crois deviner, reprit-elle, c'est qu'un jour… probablement une fois Nanna partie elle aussi, tu aurais fait en sorte que cette lettre refasse mystérieusement surface et… et alors, tu m'aurais rendu la terre en feignant d'y être forcé. Est-ce que je me trompe ?

Elle le scrutait attentivement au travers de ses larmes, et il répondit en haussant les épaules :

— J'ai peut-être eu une idée de ce genre. Mais tout ça, c'est fini. Une fois que nous serons mariés, la question ne se posera plus et plus rien ne nous séparera.

— Je n'en suis pas si sûre, Lucien, dit-elle alors tristement. Quand tu m'accusais de ne pas te faire assez confiance, tu avais raison. Peut-être avons-nous vécu trop longtemps de part et d'autre de cette clôture pour être capables de nous comprendre l'un l'autre.

— Je t'en voulais en effet de mettre tant de barrières entre nous, mais parfois, se risqua-t-il à faire observer, elles sont nécessaires... Ne serait-ce que pour protéger d'autres que soi de davantage de souffrance.

— C'est pour ça que tu ne m'as rien dit pour la terre ?

— Oui.

Elle le considéra en silence un long moment. Dans ses yeux, rendus presque translucides par l'éclat du soleil, il pouvait lire comme à livre ouvert la moindre de ses pensées, la moindre de ses émotions.

— Il y a quelque chose d'autre, reprit-elle lentement. Quelque chose d'autre que tu ne me dis pas. De quoi d'autre me protèges-tu, Lucien ?

Chien, qui tournait autour de lui depuis quelques secondes, donnait à présent de petits coups de pattes contre son flanc. Lucien se releva, chassa l'animal d'un geste de la main, puis décréta :

— Laissons ces absurdités derrière nous pour parler plutôt de ce que nous allons faire, maintenant.

— Des absurdités ? répéta-t-elle, les yeux plissés.

— Tu l'as dit toi-même, certains secrets doivent être gardés.

A peine eut-il prononcé ces mots que Chien se jeta contre lui en aboyant et tira de toutes ses dents sur sa chemise pour la dégager de sa ceinture. Lucien, déconcerté, recula précipitamment d'un pas.

— Qu'est-ce qu'il lui prend ?

— Manifestement, il te reproche quelque chose, lui aussi, expliqua Raine en le scrutant avec une attention encore plus soutenue. Peut-être que si tu réponds à ma question, il te laissera tranquille. Que me caches-tu encore ?

— Ça n'a rien à voir avec nous ! s'exclama-t-il, furieux de l'avoir laissée s'engouffrer dans la brèche. Et encore moins avec notre enfant. Au lieu de nous appesantir sur ce qui n'est plus, nous ferions mieux d'envisager l'avenir. Notre avenir !

Evitant le colley, il s'approcha de nouveau de la jeune femme, la hissa sur ses pieds et poursuivit :

— Je te le demande haut et clair, cette fois : veux-tu m'épouser ?

— A cause du bébé ? Parce que la raison le commande ?

Lucien soupira bruyamment.

— Bon sang, Raine, je te voulais déjà pour femme lorsque tu avais dix-huit ans et moi vingt et un ! Je n'ai pas cessé de t'aimer. Ne vois-tu donc pas dans quel état je suis ? Je t'aime depuis toujours, et je continuerai à t'aimer jusqu'au jour où mes cendres seront répandues auprès de celles de Paps !

— Par amour alors, pas par commodité ? insista-t-elle, taquine.

Il prit ses mains dans les siennes.

— Par amour d'abord et avant tout. Epouse-moi, Raine. Ni par convenance, ni à cause du bébé, mais parce que tu m'aimes et que tu souhaites emplir ma maison de gros bébés joufflus. Un ou dix, peu m'importe du moment que tu es leur mère, et surtout ma femme.

Il lut dans son envoûtant regard vert qu'elle était prête à accepter, et n'attendait plus que de l'entendre le lui confirmer, lorsque Chien bondit une fois encore sur lui — et réussit à déchirer sur une bonne longueur un des pans de sa chemise.

Le « oui » de Raine mourut sur ses lèvres.

— Que cherche Chien sous cette chemise, Lucien ?

Il recula, une main sur la déchirure.

— Je ne sais pas de quoi tu veux parler.

Elle bondit à son tour et, avant qu'il ait pu l'en empêcher, ouvrit d'un coup sec sa chemise et l'en dévêtit à moitié. Elle détailla ses épaules, ses bras, son torse, puis vit la cicatrice de son flanc gauche. Lucien retint son souffle, et attendit avec fatalisme que l'avenir pour lequel il avait tant lutté meure avant même d'avoir pu naître.

Raine avança la main pour effleurer la blessure, puis suspendit son geste.

— Une corne de taureau, as-tu dit ?

— N'insiste pas, femme, grogna Lucien, les poings serrés. Un homme n'aime pas parler de ses défaillances.

— Tu ne dois cette blessure ni à un taureau ni à aucune

de tes bêtes, Kincaid. Crois-tu donc que je n'ai jamais vu les séquelles d'une blessure par balle ? Qui t'a fait ça ?

Lucien referma sa chemise.

— C'était un accident.

Le terme était fort mal choisi. Raine se raidit aussitôt.

— Un accident ? Comme celui avec Paps ?

— Raine…

— Cette blessure, elle t'a été faite le jour de sa mort, n'est-ce pas ?

Comme il ne répondait pas, elle rouvrit brusquement sa chemise pour examiner attentivement la cicatrice.

— A-t-il eu le temps de tirer à son tour avant de…

— Non.

— Mais c'est pourtant lui qui t'a fait ça ! s'écria-t-elle, l'agrippant par le col de sa chemise pour le secouer. Il t'a bien tiré dessus, n'est-ce pas ? Ne me mens pas, Lucien. Je le lis dans tes yeux !

Il fixa un point par-dessus son épaule gauche, et lâcha dans un soupir :

— N'insiste pas, Raine.

— Mais… pourquoi ? Pourquoi Paps t'aurait-il tiré dessus à propos d'une dispute au sujet de la terre contestée, comme tu le prétends ? Ça concernait ton grand-père, à l'époque, pas toi !

Cette fois encore, il demeura silencieux. Saisissant sa mâchoire, elle le contraignit à la regarder.

— Cette dispute avec Paps, elle concernait bien la terre, n'est-ce pas ?

Lucien se borna à esquisser un signe de dénégation.

— Alors que…

Elle écarquilla les yeux, recula en trébuchant.

— Non, oh non !

— N'insiste pas davantage, Raine, la conjura Lucien, qui se sentait mourir à petit feu en même temps qu'elle.

Elle était, hélas, bien trop bouleversée pour l'entendre.

— Il avait découvert ce qui s'était passé cette première nuit dans l'abri, n'est-ce pas ? Il est venu à ta rencontre parce que nous avions… Seigneur ! Tout est ma faute ! Il est mort à cause de moi !

— Ne dis pas ça ! se récria Lucien. Ton grand-père est mort parce que c'était un vieil imbécile ! Qu'avait-il besoin d'un fusil pour me forcer à t'épouser ? J'aurais fait n'importe quoi — n'importe quoi, tu entends ? — pour que tu deviennes ma femme ! Il était dans une rage folle ce jour-là, parlait de nous traîner tous les deux à l'église avant le coucher du soleil. Le shérif venait juste de me relâcher après ma bagarre avec Buster et je n'avais pas les idées très claires, moi non plus ! Je me souviens vaguement d'avoir dit quelque chose qui a dû le contrarier, parce qu'il s'est mis à secouer le fusil dans ma direction. Bon sang ! Ce truc était si vieux que le coup est parti tout seul ! Et oui, la balle m'a éraflé !

— Parce que tu appelles ça une éraflure ?!

— En tout cas, ma vie n'était pas en danger et de toute façon, Paps n'avait pas l'intention de me tuer ! Ce n'était qu'un accident, mais ensuite…

Lucien ferma les yeux et passa une main lasse sur son front.

— Je regretterai jusqu'à la fin de mes jours ce qui s'est passé ensuite. J'aurais dû laisser tomber. Faire le mort. N'importe quoi plutôt que de me précipiter sur lui pour tenter de lui arracher ce satané fusil ! Après quoi… tu sais la suite.

— Pourquoi ne nous as-tu pas dit ce qui s'était vraiment passé ? lui reprocha Raine. Pourquoi t'être tu tout ce temps ?

— Paps était un homme bien. Je m'en serais voulu de ternir sa réputation à cause de cette seule erreur. De…

Il inclina la tête, relâcha son souffle en un soupir tremblant.

— De faire tomber l'homme que j'adorais de son piédestal, devina Raine. Alors tu as assumé la responsabilité de l'accident.

— Au début, j'ai voulu te le dire… Tout est même écrit là.

Il alla chercher son journal dans la sacoche de sa selle, le lui tendit. Raine l'ouvrit d'une main hésitante et en feuilleta les pages jusqu'à ce qu'elle tombe sur le brouillon d'une lettre d'amour passionnée ; il y décrivait minutieusement le déroulement de cette fatidique journée.

Lourds de sens, certains mots lui sautèrent aux yeux.

Des mots comme « responsable », « remords ». Des mots empreints d'un désespoir déchirant.

— Cette lettre, tu ne me l'as jamais envoyée, articula-t-elle, la gorge nouée.

— Je n'en ai jamais eu le courage. Je voulais avant tout te protéger et…

Elle se jeta dans ses bras, s'accrocha à lui.

— Est-ce l'ultime secret ? demanda-t-elle d'une voix entrecoupée. L'ultime barrière entre nous ?

— Il n'y en pas d'autre, je le jure.

En Raine, la colère l'emporta sur l'émotion.

— Je t'aime, Kincaid. Mais je t'avertis que si tu te risques encore à jouer au preux chevalier avec moi, tu ne pourras plus marcher droit pendant un certain temps. Compris ?

— Compris. A partir de maintenant, ce sera à toi de me défendre envers et contre tous, repartit Lucien.

Sur quoi il s'empara de ses lèvres en un ardent baiser, puis la souleva dans ses bras et l'étendit à terre. Il s'allongea à côté d'elle, posa la tête sur son ventre et murmura :

— Tu n'as toujours pas répondu à ma question, Raine. Veux-tu m'épouser ?

Entremêlant ses doigts à ses cheveux, Raine le serra fort contre leur enfant, et sourit au travers de ses larmes.

— Oui. Oui, bien sûr, je deviendrai ta femme.

Il leva la tête.

— A cause du bébé ? Ou parce que c'est raisonnable ?

— En toute franchise, t'épouser est certainement l'acte le moins raisonnable que j'accomplirai jamais. Mais lorsqu'on est fou amoureux, qu'importe la raison ?

A peine eut-elle le temps de prononcer ce dernier mot qu'il la bâillonnait d'un nouveau baiser. Le long, fervent baiser de l'homme qui aime une femme plus que sa vie même. Un homme qui errait dans l'obscurité depuis trop d'années et avait été à deux doigts d'y perdre définitivement son cœur et son âme.

Puis un long moment de silence s'écoula tandis qu'ils se tenaient simplement enlacés, tels deux amants qui, après avoir longtemps erré, auraient enfin retrouvé l'autre partie d'eux-mêmes.

Jusqu'à ce que Lucien se redresse sur un coude et s'enquière, songeur :

— Au fait, quel prénom allons-nous donner à cet enfant ? Si c'est une fille, que dirais-tu de lui donner celui de Nanna ? Ta grande-mère mérite bien cet hommage…

— C'est adorable à toi d'y penser, mais es-tu certain de vouloir prénommer notre fille Rayon de Lune ?

— Rayon de Lune ? Euh… très poétique. Mais pour faire plus court, il suffira de l'appeler Lune… Lune Kincaid. Ça sonne bien, non ? En tout cas, ça restera dans les esprits ! Et si c'est un garçon, ce sera en l'honneur de Paps. Qu'en dis-tu ?

— Je ne suis pas certaine que ce soit une bonne idée.

— Pourquoi pas ? Son vrai prénom ne peut quand même pas être pire que Rayon de Lune, si ?

— De ton point de vue, peut-être que oui.

— Tant pis. Autant être magnanime jusqu'au bout. Alors, qu'est-ce que ce sera ?

— D'accord, dit Raine avec un haussement d'épaules fataliste. Puisque tu insistes. Mais je t'aurai prévenu !

Il se redressa à demi au-dessus d'elle, les paumes appuyées de part et d'autre de sa tête.

— Crache le morceau. Comment appellerai-je mon premier fils, dis-moi ? Poindexter ? Yogi ? Archibald ?

Il fronça les sourcils, suspicieux.

— Je t'en prie, dis-moi que c'est au moins un nom bien viril, et pas quelque chose comme Valéry ou…

— Viril, je crois, oui…

— Raine !

— D'accord, d'accord, dit Raine non sans ravaler tant bien que mal un fou rire. Mais n'oublie pas que c'était ton idée.

Dans ses superbes yeux verts, amour et humour se mêlèrent comme elle annonçait le plus sérieusement du monde :

— Si c'est un garçon, tu devras l'appeler Buster !

Épilogue

Shadoe remplit deux flûtes de champagne et rejoignit Adélaïde sous une tonnelle de roses, dont le riche parfum s'ajoutait à celui des divers arrangements floraux qui égayaient le jardin du ranch Featherstone.

— Autant te l'avouer, maintenant, dit-il, j'ai cru qu'avec ces deux-là, nous n'y arriverions jamais.

Avec un sourire bienveillant, sa mère tourna la tête vers une autre tonnelle sous laquelle Lucien se penchait pour embrasser sa promise, une main sur sa taille, l'autre posée sur le léger renflement de son ventre.

— Nous n'y serions peut-être pas parvenus si mère Nature ne nous avait pas donné un coup de main, répondit-elle.

— Exact.

Shadoe termina sa flûte, puis s'enquit :

— Alors, qui est le prochain sur la liste ?

Adélaïde arqua un sourcil.

— Es-tu donc si impatient de te remettre au travail ?

La réponse demeura en suspens. Une attrayante blonde venait de lui adresser un chaleureux sourire et Shadoe, tendant sa flûte vide à sa mère, abandonna cette dernière avec un bref baiser sur la joue.

— Excuse-moi, maman. Je vois là une splendide rose jaune du Texas qui ne demande qu'à être cueillie.

A peine eut-il disparu dans la foule des invités qu'une silhouette émergea de l'ombre derrière Adélaïde, un cigare entre les dents et une canne à la main.

— Nous nous sommes bien débrouillés, n'est-ce pas, Addie ? lui dit-il. Ton fils ne se doute d'absolument rien.

Adélaïde sourit.

— Je me souviens pourtant t'avoir dit d'observer, et non de t'impliquer. Mais tu dois être un peu sourd d'oreille, je suppose ?

— J'ignore de quoi tu parles, rétorqua son compagnon d'un air bravache qui démentait ses paroles.

— Je parle de cette apparente coïncidence entre l'envoi de ces messages et l'approche de l'orage, répliqua Adélaïde. Et aussi de la façon dont ces chevaux se sont inexplicablement emballés. Tu n'y es pas étranger, je présume ?

D'un coup de canne, l'inconnu décapita une des roses qui la surplombait, puis la lui offrit.

— Disons qu'avec Thomas Palmer, il n'y a pas de demi-mesures. Alors qu'en dis-tu ? Es-tu satisfaite de mes talents de Cupidon ? M'engageras-tu pour ta prochaine mission ?

— Sans hésiter. J'en ai d'ailleurs plusieurs autres en vue. Et à propos de mission réussie, j'ai cru comprendre que tu es sur le point de devenir arrière-grand-père ?

— En effet, confirma fièrement Thomas. Mais il faut dire aussi qu'Emma avait l'ordre de me livrer un arrière-petit-fils sous une échéance de neuf mois après son mariage.

— Eh bien, je ne suis pas encore tout à fait prête à devenir arrière-grand-mère, mais je dois reconnaître que je commence à me languir de ne pas être au moins grand-mère. Et dans la mesure où aucun de mes enfants ne paraît enclin à exaucer ce souhait, j'imagine qu'il va me falloir y mettre mon petit grain de sel…

— Tu veux dire que notre prochaine mission, c'est Shadoe ? demanda Thomas, goguenard.

— Oh, pas seulement Shadoe. J'ai aussi une fille, et elle est encore plus opiniâtre que son frère. Tu te sens d'attaque ?

— Ça dépend. Tous les coups sont-ils permis ?

Adélaïde eut un petit rire.

— Est-ce possible autrement ?

Raine alla de nouveau s'assurer que tout était calme dans la chambre du bébé, puis revint mettre la touche finale à l'e-mail qu'elle écrivait à Tess et à Emma.

Où en étais-je ? Ah, oui. Donc, notre fille s'appelle Lune, ce qui est un diminutif pour Rayon de Lune, en l'honneur de Nanna. Si nous avons un jour un garçon, nous le baptiserons en l'honneur de Paps… En tout cas, dès que mon cher mari devient un peu trop tyrannique ou protecteur, je fais semblant de me tromper et d'appeler Lune « Buster ». Ce pauvre Lucien devient alors tout vert, et c'est plutôt comique à voir ! Sans doute parce que Buster est le prénom de l'odieux individu qui ne cesse de faire des remarques désobligeantes à mon sujet au bar du coin, et a une fâcheuse tendance à vouloir casser les nez — d'ordinaire celui de Lucien. Et aussi parce que je lui ai fait croire que le prénom de mon grand-père était précisément Buster (un de ces jours, il faudra bien que je lui avoue que c'est John, en réalité).

Emma, merci pour la vidéo du petit Tommy. C'était si touchant de le voir faire ses premiers pas. Et toi, Tess, as-tu déjà des prénoms en tête ? Je sais, je sais. Tu ne nous as pas encore dit que tu étais enceinte, mais… Nanna le pense et… tu connais Nanna. Si elle affirme que tu l'es, tu ferais aussi bien de te mettre dès maintenant en quête du berceau ! Oh, et elle te suggère aussi de décorer sa chambre en bleu !
A propos de tout ça, justement… j'ai une idée. Au cas où nos enfants ne parviendraient pas à se marier avant l'âge de trente ans, si nous nous jurions toutes les trois de contacter le Comité de Cupidon ?

Avec toute ma tendresse, Raine.

P.S : je plaisante, pour le comité !

P.P.S : enfin, presque !

LIZ FIELDING

L'amour de Sarah

Traduction française de
ANNIE LEGENDRE

HARLEQUIN

Titre original :
FLIRTING WITH ITALIAN

Ce roman a déjà été publié en 2013

1

Blog de Sarah Gratton

Mes bagages sont prêts, ma place est réservée dans l'avion. Mes anciens étudiants, qui doivent rendre leur premier devoir à mon remplaçant, sont dans l'affolement de la dernière minute, et moi, je m'apprête à découvrir de nouvelles coutumes, un nouveau climat, un nouveau pays.

Les élèves m'envient, je le sais : quel Anglais digne de ce nom, jeune ou vieux, ne rêve pas de s'immerger dans un océan d'art et de culture, d'être emporté dans la frénésie joyeuse de la vie romaine sous l'infatigable soleil d'Italie ?

A raison, bien sûr.

Mais pour le moment, les seules questions qui me préoccupent sont, par ordre d'importance : à quoi ressemblera mon nouveau chez-moi ? Quel accueil me réserveront mes nouveaux collègues ? Comment seront mes étudiants ?

Vous mourez d'envie de connaître la réponse à ces questions ? Rien de plus simple : il vous suffira de consulter ce blog régulièrement !

— Lex ! J'ai trouvé un nouveau job. A Rome !

— Tu quittes Maybridge High ? La meilleure école de langue de toute l'Europe ?

Sarah Gratton eut un petit rire amusé.

— N'exagérons rien ! La meilleure d'Angleterre, ce ne serait déjà pas si mal.

Plutôt qu'une soudaine envie de voir du nouveau, son départ avait tout d'une fuite, elle le savait. Pourtant, jusqu'à présent, elle avait réussi à faire bonne figure. Mais son arrière-grand-père n'était pas dupe.

Il avait beau avoir fêté ses quatre-vingt-dix ans pendant l'été, il descendait toujours chaque matin à pied en ville pour acheter son journal. Et son cerveau était encore assez affûté pour régler en dix minutes chrono leur compte aux mots croisés du *Times*.

— Tu es certaine que tu ne regretteras pas, ma chérie ?

— Oui, répondit-elle, cherchant machinalement à son doigt la bague qui n'y était plus. Les étudiants adorent Tom. Je me suis aussitôt dit que c'était à moi de partir. Et puis tout le monde pense que, s'il m'a quittée, c'est ma faute.

— Pourtant, c'est lui qui a triché, Sarah. En abandonnant ce poste que tu adores, tu perds sur tous les plans.

— Tom n'a pas triché.

Il n'avait même pas menti. Même pas fait semblant. Il en aurait été incapable. Il lui avait tout simplement décrété un beau jour qu'il l'aimait toujours beaucoup mais qu'il était tombé amoureux de quelqu'un d'autre.

Il lui avait annoncé la nouvelle en plein milieu des vacances de la mi-trimestre, lui laissant une toute petite semaine pour trouver le courage d'affronter leurs collègues avec un sourire figé.

Puis il y avait eu un coup de théâtre. En entrant dans la salle des professeurs, ce matin-là, elle avait appris que Tom avait démissionné. Il avait renoncé au poste dans lequel il se sentait si bien.

Comme pour lui montrer ce qu'il était encore capable de faire pour elle.

Comme pour lui donner encore un peu plus de regrets.

Alors elle avait fait disparaître toute trace de lui dans son appartement, retiré toutes les photos, évité soigneusement de se rendre dans les endroits qu'ils avaient fréquentés ensemble, où elle pouvait encore rencontrer leurs amis communs.

Mais elle n'avait pu l'effacer aussi radicalement de sa tête. Et encore moins de son corps.

Il était présent sur toutes les photographies de l'école, lors des cérémonies de remise de diplôme, dans la cafétéria des étudiants où son entrée attirait toujours un essaim de jolies filles.

— D'ailleurs, je ne perds rien au change. J'ai pris ma vie en main. N'est-ce pas toi qui me conseillais de prendre une année sabbatique, de changer un peu d'air ?

— Mais tu n'as plus dix-huit ans. Et tu ne pars pas précisément pour t'amuser.

— D'une certaine manière, si. Je vais avoir le beurre et l'argent du beurre. D'abord un job épatant, car enseigner l'anglais à des fils à papa ou à des *golden boys* ne me semble pas particulièrement épuisant. Et puis, ne vais-je pas vivre dans la plus belle ville du monde, après Paris ? J'espère seulement être à la hauteur des références faramineuses dont mon ancien directeur m'a gratifiée dans sa lettre de recommandation.

Lex chassa les incertitudes de sa petite-fille d'un mouvement de la main.

— Je n'en doute pas une seconde ! Mais la langue ne sera-t-elle pas un handicap pour toi ?

— La majorité des étudiants viennent de toute l'Europe. Ils sont employés dans des multinationales ou font leurs études à l'université, et ont besoin, pour leurs examens et leurs concours, d'acquérir rapidement un anglais oral performant. Ils n'attendent pas que je leur parle italien !

Et puis, l'essentiel n'était-il pas de mettre deux mille kilomètres entre elle et tous ceux qui, depuis sa rencontre avec Tom, ne la voyaient plus que comme la moitié d'un couple ? Les mêmes qui d'ailleurs, après leur rupture, ne la considéraient plus tout à fait comme elle-même...

Le directeur de Maybridge High s'était montré charmant, laissant même entendre qu'elle pourrait réintégrer les rangs l'année suivante, après ce petit break salutaire. Il n'en était pas question, naturellement, et elle avait poliment décliné l'offre. Mais, pour remercier le brave homme de sa bienveillance, elle avait fini par accepter sa suggestion de tenir un blog à l'intention de ses anciens étudiants. De leur offrir un voyage virtuel, en quelque sorte.

D'ailleurs, quelle importance ? Qui allait s'intéresser à ses élucubrations ? Ses collègues avaient d'autres chats à fouetter, et ses étudiants auraient vite fait de l'oublier.

Rappelée à la réalité par la main de son arrière-grand-père se posant sur son bras, elle sursauta. Puis, levant la tête, elle lui sourit.

— Ce n'est pas si loin que ça, Lex, dit-elle. Je reviendrai te voir si souvent que tu te lasseras de moi.

— Pourquoi reviendrais-tu ? Pour t'ennuyer avec un vieux bonhomme comme moi ? Inutile de perdre ton temps et ton argent. Profite de l'Italie pendant que tu en as l'occasion.

— J'aurai tout le temps qu'il me faudra.

Et puis, grâce à l'argent qu'elle avait mis de côté pour sa robe de mariée, elle pourrait voyager ! La Méditerranée, la Grèce…

— On n'a jamais trop de temps pour profiter de la vie, ma chérie. Les meilleurs moments passent toujours beaucoup trop vite. Tu connais le vieil adage : *Carpe diem.* « Cueille le jour »…

— Oui, bien sûr, répondit-elle distraitement.

— Je te parle sérieusement.

Il la considérait avec le regard inquisiteur qu'il avait réservé à ses patients pendant tant d'années. Ce regard qui les transperçait jusqu'à l'âme.

— Je prescris une aventure, dit-il. Surtout rien de sérieux. Juste pour s'amuser. Un souvenir qui, plus tard, fera naître le sourire sur tes lèvres chaque fois que tu y penseras. Un souvenir qui te tiendra chaud dans tes vieux jours.

— Lex, tu te moques de moi !

Il lui adressa un sourire malicieux.

— Fais-moi confiance. C'est le médecin qui te parle.

Elle rit.

— Grand-père, tu es un homme merveilleux ! Et je t'aime très fort.

Ils avaient toujours été très proches. Son père et sa mère

l'aimaient tendrement et avaient accompli leur métier de parents à la perfection, tous ses aïeuls l'avaient gâtée. Mais seul Lex avait toujours eu le temps de lui raconter des histoires, de passer du temps avec elle. Et, maintenant qu'elle était grande, tandis qu'il s'apprêtait à répondre, les yeux fixés sur un invisible horizon, elle sut exactement ce qu'il allait dire.

— T'ai-je déjà parlé du temps que j'ai passé en Italie pendant la guerre ?

— Une ou deux fois.

Petite fille, c'était son histoire favorite.

Maintes fois, l'hiver, au coin du feu, pendant que son arrière-grand-mère était occupée dans la cuisine, il lui avait raconté à mi-voix l'histoire de son bel amour italien. Comment, lors d'un vol de reconnaissance sur l'Italie, le moteur de son avion était tombé en panne. Comment il avait dû s'éjecter en parachute. Et comment il avait failli mourir de froid.

L'histoire s'était embellie au fil du temps, s'agrémentant de détails plus ou moins vraisemblables.

— Raconte-la-moi encore ! dit-elle sur le même ton pressant que dans son enfance. Dis-moi comment tu as été sauvé par une belle Italienne qui t'a trouvé à moitié mort dans la neige. Comment elle t'a soigné et caché jusqu'à l'arrivée des Alliés.

— Tu connais tout ça par cœur.

Sans doute, mais n'était-ce pas là l'intérêt des vieilles histoires ? Cette rassurante répétitivité ?

— D'après grand-mère, tu avais tout inventé, dit-elle pour déclencher l'ire de son grand-père, et avec elle, le flot intarissable de ses souvenirs. Que la jolie Lucia n'était qu'une vieille fille rabougrie bien contente de trouver un peu de chair fraîche à se mettre sous la dent dans son étable.

— Ta grand-mère ne savait pas de quoi elle parlait, répondit Lex, une étincelle malicieuse brillant dans ses yeux bleus. Avant que les Allemands en fassent une ruine, la demeure était splendide. Quant à Lucia, elle était…

Il s'interrompit soudain.

— Donne-moi ma boîte. Je vais te montrer.

— Me montrer ?

Il y avait toujours du nouveau, dans l'histoire de Lex.

Un détail piquant, un nouvel obstacle pour trouver de la nourriture ou de quoi se chauffer. Mais c'était la première fois qu'il parlait de lui montrer quelque chose.

— La boîte ! dit-il de nouveau.

Elle avait vu des centaines de fois le contenu de cette vieille boîte à biscuits en métal ornée d'un joli quadrillage écossais. Il n'y avait jamais eu de photographie de Lucia à l'intérieur. Tout cela allait se terminer par une pirouette. Mais, au lieu de sortir un par un les souvenirs de la boîte, agrémentant chaque photo jaunie, chaque lettre, chaque médaille d'une remarque ou d'une anecdote, il renversa le tout sur la table.

Ce n'était qu'un petit guéridon et tout s'éparpilla, glissant sur le sol. Elle s'agenouilla pour ramasser les souvenirs, essuyant la photo sépia de son arrière-grand-mère qui avait traversé toute la guerre dans le portefeuille de Lex.

— Laisse cela, dit-il. Tes ongles sont plus longs que les miens. Regarde si tu peux sortir ce qu'il y a là-dedans.

Le fond de la boîte était tapissé d'une feuille de papier noir. En la décollant, Sarah vit qu'elle dissimulait une autre photo.

— Pas le genre de chose à laisser traîner, dit-il. Cela n'aurait pas plu à ta grand-mère !

Alors apparut un vieux cliché, jauni, usé dans les angles et craquelé par endroits. Mais l'image était parfaitement lisible. Il s'agissait du portrait d'une ravissante jeune femme brune. Elle avait de beaux yeux noirs au regard profond et une bouche pleine, aux lèvres sensuelles.

— Elle était très belle, dit Sarah dans un murmure.

Et, levant les yeux, elle eut le temps de capter dans le regard de son arrière-grand-père une telle expression de tendresse qu'elle en eut la gorge serrée.

— Je comprends mieux maintenant à quel point cela a dû être dur pour toi…

La belle inconnue était assise sur un muret de pierre en partie écroulé, ses cheveux brillant comme un casque d'ébène sous le soleil. Derrière elle, on pouvait apercevoir les ruines de ce qui avait dû être jadis une vaste demeure.

Ce n'était donc pas une légende, finalement. L'histoire qui avait bercé son enfance était bien réelle. Une belle histoire, qui aurait pu devenir tragique. Cette femme avait risqué sa vie pour un parfait étranger.

Elle souriait et on pouvait lire dans ses yeux en amande l'intensité des sentiments qu'elle éprouvait pour l'homme qui prenait la photo. Etait-ce à cela que Lex avait fait allusion ? A ce souvenir qui lui tenait chaud dans ses vieux jours ?

— J'aurais dû retourner là-bas, dit-il soudain. Après, quand tout a été fini. Mais j'étais marié, mon fils et ma femme m'attendaient à la maison…

Sa voix s'éteignit.

Elle posa sa main sur celle de son arrière-grand-père.

— C'était la guerre, Lex. Tu n'as rien à te reprocher.

Ils auraient pu être découverts, tués tous les deux. « On n'a jamais trop de temps pour profiter de la vie… » De nouveau la voix profonde de Lex résonnait à ses oreilles.

— Elle a risqué sa vie pour moi. Mais quand les Alliés sont entrés dans Rome, tout s'est brusquement accéléré. J'ai à peine eu le temps de lui faire mes adieux avant d'être rapatrié en Angleterre. Pour retrouver une épouse qui m'avait longtemps cru mort.

— As-tu essayé de prendre des nouvelles, pendant toutes ces années ?

— J'ai écrit, envoyé un peu d'argent. Mais je n'ai pas reçu de réponse. Alors, je me suis dit que cela valait sans doute mieux. Mon deuxième enfant, ta grand-mère, allait bientôt voir le jour et je travaillais nuit et jour pour finir mon doctorat de médecine.

Il haussa les épaules et conclut :

— Je ne me plains pas. J'ai eu une bonne vie.

Elle tournait et retournait la photo.

— Juin 1944. Isola del Serrone. Est-ce le nom de son village ? Je me demande si elle est encore en vie.

— Elle aurait un peu plus de quatre-vingts ans, répondit-il d'une voix sourde.

— Une jeunesse, comparée à toi ! dit-elle, malicieuse.

Et avec ce regard profond, ces pommettes saillantes, l'Italienne devait être encore belle.

— Tu devrais essayer de la retrouver, dit-elle.

— A quoi bon ?

Ignorant sa réaction, elle alla chercher son ordinateur, presque toujours allumé sur le bureau, dans un angle de la vaste pièce.

— Voyons un peu… Isola del Serrone, lut-elle après avoir pianoté sur le clavier. Ce village a vu naître une actrice, un pilote de course…

Elle cliqua sur le nom du pilote, et la photo d'un homme en combinaison ignifugée, un casque à la main, s'afficha.

— Oh ! Comme c'est affreux.

— Quoi ? Qu'y a-t-il ?

— Le pilote s'est tué en 1983 lors d'une séance d'entraînement, laissant une femme et deux enfants.

Elle parcourut rapidement l'article, puis ajouta :

— Mais ils habitaient Turin… Ah ! Voici quelque chose…

Elle cliqua sur un nouveau lien et lut :

— C'est un vignoble produisant un vin d'appellation contrôlée…

— Laisse, Sarah… Certaines choses appartiennent à jamais au passé… Lucia a dû fonder une famille de son côté. Elle n'apprécierait certainement pas de voir un mort ressusciter.

— Mais tu n'es pas mort !

Et, alors qu'il s'apprêtait à replacer la photo dans sa cachette, elle ajouta :

— Pas question de l'enfermer de nouveau. Je connais quelqu'un qui peut la scanner et te la rendre comme neuve. N'as-tu pas dit tout à l'heure que nous avions besoin de souvenirs pour nous tenir chaud ?

— C'est vrai. Et tu pourras l'emporter si tu me promets de suivre mes prescriptions.

— Tu veux parler de l'amant italien ?

— Oui. Et à forte dose : nuit et jour jusqu'à ce que les symptômes disparaissent, dit-il avec un bon sourire.

Blog de Sarah Gratton

Mon Dieu ! Par où commencer ? A qui s'adressait-elle,

exactement ? A ses anciens étudiants ? A ses collègues ? A une quelconque autorité susceptible de tomber sur son blog par hasard ?

A moins que ce ne soit à elle-même ?

Elle avait déjà sélectionné les photos qui accompagneraient le texte, et se mit à écrire.

Je vous imagine assis tous ensemble à la cafétéria et rouspétant parce que, en plus de vos révisions, vous devez lire le blog de Mlle Gratton !

Vous révisez, vraiment ? Alors dites-vous bien que le cours de civilisation anglaise n'est rien de plus que ce qu'il est : un cours de civilisation. Bien sûr, si vous aviez la chance de vivre comme moi en immersion dans l'une des civilisations les plus fabuleuses de l'histoire de l'humanité… Non, ne quittez pas cette page !

Vous vous imaginez que ce blog ne va parler que de vieux empereurs poussiéreux, de monuments en ruine et de bâtiments religieux plus austères les uns que les autres ? Eh bien, vous vous trompez du tout au tout. Si vous saviez où je vis ! C'est un endroit absolument délicieux. La rue qui y mène est étroite, pavée de cailloux vernissés et la pente est si raide qu'elle est interrompue par une marche tous les deux ou trois mètres. Evidemment, elle est inaccessible aux voitures, mais cela n'empêche pas les gamins de la dévaler à toute vitesse avec leur vieille Vespa rafistolée, au risque de se rompre le cou.

J'habite au dernier étage de la maison jaune, sur la gauche. Inutile que je m'inscrive à un club de gym. La rue en pente et les escaliers suffisent amplement à ma dose quotidienne d'exercice physique.

Le jour de son arrivée, il pleuvait à torrents et, quand elle avait sonné à la porte de sa logeuse, elle était trempée jusqu'aux os. Jamais il ne lui serait venu à l'esprit de mettre un imperméable dans ses bagages avant de quitter Londres.

Ma terrasse est minuscule. Le pot de géranium est

un cadeau de bienvenue de mes nouveaux étudiants (prenez-en de la graine...), très gentils et d'une incroyable élégance... Et eux rendent leurs devoirs en temps et en heure.

Ça, c'était le meilleur moyen pour que la plupart de ses rares lecteurs potentiels se déconnectent !

Quant à la vue !

Elle était tout simplement fabuleuse, avec son panorama de dômes, de clochers, de collines et de toits de tuiles rouges serrés autour de l'énorme meringue du mémorial Victor-Emmanuel comme des poussins autour de leur mère.

Bien sûr, il y a beaucoup d'églises. Du reste, le dôme que l'on voit au loin, sur la gauche, est celui de Saint-Pierre de Rome. Et là, juste en face, c'est le marché de l'Esquilino, où je vais faire mes courses. Il y a tout un tas de victuailles que vous chercheriez en vain sur le marché de Maybridge. Ces fleurs de courgettes, par exemple. J'en ai acheté quelques-unes, mais pas pour les manger, comme on fait ici. Leur jaune était si joli que je les ai mises dans un vase.

Et, pour les filles qui me liront, je vous présente Pietro, qui vend des dolce latte absolument sublimes.

Partout, la nourriture est absolument fabuleuse. Je vais avoir bien besoin de ma rue en pente et de mes trois étages si je veux continuer à entrer dans mes vêtements.

Ah oui ! Il faut aussi que je vous parle des vêtements.

Elle releva la tête, un sourire aux lèvres. Cela commençait à devenir amusant.

Elle avait été accueillie à l'aéroport par Pippa, la secrétaire de direction de l'école, une jeune Anglaise qui s'était installée à Rome pour rejoindre son boy-friend. C'était Pippa qui lui avait trouvé son appartement, dans l'un des plus anciens quartiers de Rome. Il appartenait à un membre de la famille du boy-friend.

Bien sûr, il n'avait rien à voir avec son joli petit appartement moderne de Maybridge. Mais, après quinze jours passés à Rome, elle avait vite compris l'avantage d'habiter un quartier si central. Et elle était tout de suite tombée amoureuse de sa petite terrasse de pierres dorées envahie par les lauriers-roses et les chants d'oiseaux.

Pippa lui avait montré comment utiliser les transports urbains, lui avait fait faire un tour rapide du quartier et, après avoir jeté un coup d'œil navré sur sa garde-robe, donné quelques bonnes adresses de boutiques dans le vent.

Elle avait même proposé de l'accompagner, ce qui avait été l'occasion de joyeuses sorties chez les soldeurs de marques, Armani, Versace, Valentino et consorts. Les tissus étaient absolument fabuleux, et leur coupe parfaite tombait à merveille sur son corps aminci par les quelques kilos qu'elle avait perdus lors des derniers mois.

Bien sûr, à cela s'ajoutait les inévitables lunettes de soleil signées par un grand couturier.

Les Italiens sont d'une élégance incroyable, même dans une salle de cours, et j'ai dû revoir entièrement ma garde-robe. Cela a été un peu difficile financièrement mais vous apprécierez les résultats quand vous verrez les photos, j'en suis certaine !

Après quelques hésitations, elle avait envoyé l'avarice au diable. Finalement, elle avait de l'argent de côté puisqu'elle n'avait plus ni robe de mariée, ni cérémonie de mariage à payer.

Il semblerait qu'il existe également une tradition incontournable, quand on vient en Italie, qui est de s'acheter au moins une paire de chaussures. Je n'y ai pas dérogé, bien sûr. Et j'ai acheté celles-ci, et celles-ci et encore celles-ci…

Elle tendit la jambe pour admirer les sandales qu'elle

portait ce jour-là. Prise d'une soudaine impulsion, elle attrapa son iPhone et les photographia.

Comme vous pouvez le constater, il n'y a pas que de vieux monuments et de vénérables ruines dans la Ville éternelle. Mais je sais que vous attendez avec impatience que je vous parle de ses célèbres églises. Pour aujourd'hui, ce sera Santa Maria del Popolo. Vous la reconnaîtrez facilement sur la photo jointe : une scène sanglante du film Anges et Démons *s'y déroule. Rome, une ville ennuyeuse ? Franchement, je ne crois pas.*

Elle eut un petit sourire amusé. Le blog ne ressemblait peut-être pas tout à fait à ce que son directeur avait imaginé. Avec un peu de chance, il déciderait bientôt de le fermer et elle en serait débarrassée. Puis, tandis qu'elle téléchargeait les photos, elle se demanda si Tom se hasarderait à le lire. Et si Louise aurait la curiosité toute féminine d'y jeter un coup d'œil.

Ces sandales auraient rendu n'importe quelle femme jalouse, et d'autant plus si celle-ci commençait à avoir les jambes gonflées… Quelques bonnes âmes parmi les ex-collègues de Sarah s'étaient empressées de lui faire savoir que Louise était enceinte. Mais Tom avait été plus rapide. Il n'avait pas voulu qu'elle l'apprenne de quelqu'un d'autre. Comme si cela faisait moins mal !

Elle s'administra une gifle virtuelle et cliqua sur l'icone « ENVOYER ».

Finalement, elle consulta son courrier électronique. Il y avait un message de son père, accompagné d'une photo où il soufflait les bougies de son soixantième anniversaire. Et un autre de Lex qui voulait savoir si elle progressait dans la recherche de son bel Italien aux yeux noirs.

Pas le temps de faire mieux qu'une brève réponse.

En pleine acclimatation avec un nouveau contexte de vie et de travail, elle n'avait pas un moment à elle. Elle avait même dû refuser à plusieurs reprises les offres de Pippa qui l'invitait à sortir avec elle et son boy-friend.

Et ce fut exactement ce qu'elle expliqua à Lex.

A moins que ce ne soit pas le manque de temps qui l'empêche de sortir mais plutôt la lâcheté. Après Tom, elle avait du mal à se faire à l'idée de fréquenter d'autres hommes. Elle ne parvenait pas à s'imaginer dans les bras d'un autre, embrasser ou être embrassée par un autre.

Il y avait encore deux mails de collègues féminines de Maybridge High lui demandant comment elle s'en sortait. L'une d'entre elles souhaitait même savoir quand elle pourrait lui rendre visite !

Elle répondit chaleureusement à toutes les deux, leur racontant ses premières semaines à Rome et leur vantant la gentillesse de ses nouveaux collègues, dont plusieurs l'avaient déjà invitée à venir passer le week-end dans leur famille.

C'était gentil de leur part, mais elle n'avait pas la moindre envie de rencontrer trop de gens. Elle préférait rester concentrée sur son travail… et ses souvenirs.

Elle avait passé un diplôme de littérature et de civilisation anglaise, et ses connaissances en histoire romaine, en dehors de Jules César et du mur d'Hadrien, laissaient à désirer. Elle consacrait donc ce qui lui restait de temps libre à visiter les sites touristiques pour combler ses lacunes.

Pourtant Lucia, le bel amour italien de son arrière-grand-père, occupait toujours son esprit et, par un beau samedi d'automne, elle décida d'aller visiter le village d'Isola del Serrone.

Elle n'avait pas l'intention de révéler son identité, elle voulait juste savoir ce qui était arrivé à Lucia, si elle avait eu une bonne vie. Et, dans le cas où elle serait toujours de ce monde, si elle n'avait besoin de rien.

La famille Gratton lui devait bien cela.

2

Matteo Di Serrone était furieux. Sa cousine Isabella di Serrone avait beau être la coqueluche du cinéma italien, il lui vouait en ce moment précis une haine féroce.

Alors qu'il s'apprêtait à quitter Rome à l'aube pour faire une escapade dans ses terres, il l'avait trouvée sur le pas de sa porte, poursuivie par une horde de paparazzi. Et s'était retrouvé impliqué dans ses habituels démêlés avec la presse.

Elle connaissait pourtant sa détestation des médias. Ils avaient détruit sa mère et ils en feraient autant avec elle si elle continuait à jouer avec le feu.

Lui qui avait prévu un agréable trajet matinal jusqu'à Isola del Serrone et une paisible journée dans les vignes à vérifier que les raisins étaient à point pour les vendanges ! Au lieu de cela, pour tromper les poursuivants d'Isabella, il conduisait sa limousine, jouant les gardes du corps tandis que son insupportable frère paradait à ses côtés dans un invraisemblable accoutrement.

— Un petit sourire, Stephano, lui dit-il. Toi, au moins, tu vas tirer quelque chose de l'opération.

— Oh ! ça va, mon vieux. Arrête de jouer les rabat-joie. Tu sais bien que tu ferais n'importe quoi pour Bella.

Matteo jeta du coin de l'œil un regard à son frère. Maquillé, rendu méconnaissable par une perruque et des lunettes de soleil, un des élégants manteaux de leur cousine jeté sur ses épaules, il avait suffisamment de sex-appeal pour être pris pour elle.

Et, à en croire la file de véhicules à deux ou à quatre roues qui les suivaient, le plan fonctionnait à merveille.

— Pas tout à fait n'importe quoi, dit Matteo avec un sourire en coin. Je te jure que, même pour Bella, je serais parfaitement incapable de mettre du rouge à lèvres.

Les montagnes surplombaient la vallée de leurs dentelles claires, paisibles et menaçantes à la fois. Levant la tête vers elles, Sarah s'efforça de les imaginer au cœur de l'hiver, couvertes d'un lourd manteau de neige. Digne repaire des loups et des ours.

A moins que Lex n'ait inventé la présence de ces animaux sauvages, ce qui était fort possible.

Le soleil d'octobre était encore assez chaud, et elle se réjouit d'avoir pensé à se munir d'un chapeau de paille. Elle s'arrêta sur le pont pour regarder la rivière. Les eaux cristallines, qu'un été particulièrement chaud avait réduites à un mince torrent, dansaient entre les rochers.

Puis elle reprit tranquillement son chemin, montant vers le village tout en cherchant autour d'elle le vieux mur écroulé de la photo, les ruines d'une vieille demeure.

Des escaliers menaient à une petite place inondée de soleil, ombragée ici et là par de vieux platanes. Elle était bordée de petits commerces, un café ouvrait sa bouche sombre à un angle et son propriétaire, en tablier, commençait à sortir les tables. A l'autre angle se dressait une vieille église qui semblait trop grande pour un si petit village.

L'endroit ressemblait à un décor de film. C'était si beau qu'elle se mit à prendre des photos, pivotant lentement sur elle-même pour être sûre de ne rien manquer.

Comme elle marquait une pause, elle s'aperçut que l'homme au tablier l'observait.

— *Buon giorno !* fit-elle avec un grand sourire.

Il la regarda un moment puis la salua d'un bref signe de tête avant de se réfugier à l'intérieur de son établissement.

Elle haussa les épaules. On ne pouvait pas dire que l'accueil était chaleureux. Alors, au lieu de traverser la place pour aller à la pêche aux informations devant un bon café, elle se dirigea vers l'église. Le curé du village était toujours une bonne ressource. Elle avait scanné la photo de Lucia sur sa tablette numérique avant de l'encadrer pour Lex, mais elle ne l'avait pas emportée avec elle. Mais elle pourrait toujours décrire la maison.

Après la lumière vive de l'extérieur, l'église lui parut sombre et fraîche comme un tombeau. Au bout d'un moment, elle put distinguer plusieurs fidèles patientant sur une rangée de chaises à côté du confessionnal. Le prêtre allait être occupé pendant un bon bout de temps.

C'était une jolie église, ornée de fresques aux couleurs vives. Sur l'un des murs de chaux blanche s'alignaient des rangées d'ex-voto. Peut-être l'un d'entre eux portait-il le nom de Lucia ?

C'était un point de départ.

Comme elle regardait autour d'elle, une femme qui arrangeait des fleurs sur l'autel l'observa par-dessus les lunettes perchées sur l'arête de son nez. Le village ne paraissait pas habitué aux étrangers. Se sentant comme une intruse, elle décida de revenir plus tard, quand l'église serait tranquille. Pourquoi ne pas emprunter le sentier qui montait sur la colline, d'où elle pourrait avoir une vue panoramique sur le village ?

Elle grimpa allègrement quelques centaines de mètres, dépassant des maisons protégées par de hauts murs, apercevant çà et là au travers d'une grille de fer forgé un pot de géraniums, une fontaine ou une cour pavée.

Soudain, elle dut s'arrêter net, bloquée par une grille qui fermait le sentier et servait probablement à empêcher les chèvres de déambuler dans le village. Comme elle s'apprêtait à l'ouvrir, elle dut s'écarter brusquement pour laisser le passage à un jeune homme qui portait un manteau roulé en boule sous son bras.

Il se ressaisit le premier et lui lança avec un large sourire, en lui tenant la grille ouverte :

— *Il mio piacese, signora !*

— Je vous en prie. *Grazie mille.*

— Tout le plaisir est pour moi, *signora inglese.* Bonne journée ?

La joie de vivre faite homme, de nouveau il lui décocha

un sourire éblouissant. Puis il poursuivit son chemin. Il n'avait pas fait dix mètres qu'il déversait un flot de paroles dans son portable.

Souriant devant tant d'énergie juvénile, elle regarda autour d'elle. Derrière la grille le chemin continuait, menant à un bois de pins au sommet de la colline. De là-haut, elle pourrait scruter le paysage.

Elle reprit gaillardement son chemin, jetant ici et là un regard charmé aux rangées de vignes qui épousaient les flancs de la colline. Soudain, comme elle était presque arrivée au sommet, son cœur manqua un battement.

Devant elle, le sentier longeait maintenant un vieux mur écroulé depuis si longtemps que de vieilles mousses en recouvraient les décombres. C'était là que, par un beau jour d'été 1944, Lucia s'était assise, adressant un lumineux sourire à l'homme qui s'apprêtait à disparaître à jamais de sa vie.

Se penchant, elle posa sa main sur la pierre chaude.

Oui, Lucia s'était assise exactement à cet endroit.

Quand elle leva les yeux, elle vit une maison. La maison. Mais qui n'avait plus rien d'un tas de ruines. Entièrement restaurée, elle avait retrouvé sa splendeur d'antan et l'ocre de sa façade vibrait dans la gloire du soleil méditerranéen.

Sur l'un des côtés, une pergola protégée par une vigne montante abritait une longue table rustique où des générations avaient dû s'attabler pour manger sous la fraîcheur des pampres.

Du jardin jaillissaient des flots de végétation exubérante et, par-dessus le bruit de fond d'un lointain tracteur, on n'entendait que le bourdonnement des abeilles.

Les mains tremblantes, elle prit plusieurs photos de cette scène qui semblait ressuscitée comme par miracle de la brume des souvenirs. Seul le vieux muret de pierre écroulé n'avait pas changé. Apparemment, il constituait un raccourci pour aller au village. Elle jeta un regard derrière elle. Qui pouvait bien être le jeune homme qu'elle venait de croiser. De la famille ? Un ami ? Ou plutôt un jeune amant clandestin, à en croire la trace de rouge à lèvres qui brillait encore sur son menton.

Retirant son chapeau, elle s'éventa et reporta son attention sur la maison. Qui pouvait bien demeurer ici ? S'agissait-il toujours de la famille qui possédait la maison quand Lex y avait séjourné ?

C'était peu probable.

D'après les informations qu'elle avait trouvées sur internet, les vignobles du domaine d'Isola del Serrone avaient été rassemblés longtemps auparavant au sein d'une coopérative gérée par les gens du village.

Le rectangle bleu d'une piscine que l'on pouvait deviner derrière la maison laissait supposer qu'elle avait été rachetée par un riche homme d'affaires de Rome pour y venir le week-end.

Quoi qu'il en soit, elle ne trouverait aucune réponse ici. Il n'y avait que le muret de pierre, et le soleil.

Prise d'une soudaine impulsion, elle s'assit sur les vieilles pierres, les bras écartés de chaque côté, comme la jeune femme de la photo, et regarda devant elle en souriant. Les yeux clos, elle s'efforça d'imaginer les émotions de l'inconnue au moment du cliché. Savait-elle que, le danger maintenant passé, c'étaient ses dernières heures de bonheur avant que Lex ne soit rapatrié dans son pays ?

Et qu'elle se retrouve seule ?

— Alors ? Est-ce confortable ?

Elle rouvrit les yeux avec un sursaut. L'homme qui se tenait devant elle, au beau milieu du chemin, semblait avoir surgi de nulle part. Son visage était dans l'ombre, et des lunettes de soleil ne permettaient pas de voir l'expression de ses yeux. Le ton de sa voix était neutre, mais n'avait rien de particulièrement accueillant.

— Suis-je en infraction ? demanda-t-elle, s'efforçant de garder son calme bien que son cœur batte la chamade.

L'inconnu n'avait pas l'air dangereux mais elle était seule, en pleine nature. Et personne ne savait où elle était.

— Vous êtes sur une propriété privée, *signora*.

— J'ai suivi le sentier…

— Qui est barré par une grille, si j'ai bonne mémoire.

— Oui, mais…

— Une grille… fermée.

— Un jeune homme me l'a tenue ouverte.

Son interlocuteur parlait en anglais, un anglais terriblement accentué comme seul un Italien pouvait le faire, mais en anglais tout de même.

— Comment l'avez-vous su ? demanda-t-elle.

— Que vous étiez ici ?

— Non. Que j'étais anglaise.

— Eh bien, répondit-il, un mince sourire faisant frémir le coin de ses lèvres, à dire vrai, le jeune homme en question a consacré quelques secondes de son précieux temps à me téléphoner qu'un intrus avait pénétré dans la propriété.

— Il vous a téléphoné ?

Elle revoyait la jeune silhouette dégingandée dévaler le chemin, un téléphone portable vissé à l'oreille. Elle qui s'était imaginé qu'il parlait à sa jeune maîtresse, qu'il brûlait déjà de serrer de nouveau dans ses bras !

— Que pensait-il que j'étais venue faire ? M'introduire dans la maison pour voler l'argenterie de famille ?

Elle espérait l'avoir vexé. Qu'il rirait, peut-être. Sa bouche généreuse semblait faite pour le rire.

Au lieu de cela, se penchant sur son sac qu'elle avait posé à ses pieds, il s'en empara et commença à le fouiller.

— Hé ! dit-elle, protestant tandis qu'il en sortait son téléphone.

Quel culot !

— Dites donc, votre mère ne vous a pas appris que jamais, sous aucun prétexte, on ne doit ouvrir le sac d'une dame ?

— Nous devons d'abord établir que vous en êtes une, répondit-il en prenant son téléphone dont il se mit à consulter les messages.

Il la détailla d'un regard laissant clairement entendre qu'il n'hésiterait pas non plus à la fouiller elle-même.

Le T-shirt de soie signé d'un couturier à la mode et son vieux jean moulant acheté au marché de Maybridge semblèrent le convaincre qu'il n'y avait pas là de quoi dissimuler ne serait-ce qu'une petite cuillère. Ou peut-être remit-il cette opération à plus tard.

Cette hypothèse suscita en elle plus de trouble qu'elle n'aurait dû.

Quoi qu'il en fût, il reporta son attention sur son iPhone, passant maintenant sur ses e-mails. Il s'interrompit soudain et, dardant sur elle, par-dessus ses lunettes noires, des prunelles sombres comme la nuit, demanda d'un ton incisif :

— L'avez-vous trouvé, Sarah Gratton ?

Elle ouvrit la bouche mais resta muette, un instant fascinée par la manière dont il prononçait son nom. Il étirait longuement les voyelles, et elle eut l'image d'un long ruban de crème liquide sortant d'une jarre. Cet homme irradiait littéralement la sensualité. Chacun de ses mouvements, de ses mots, remuait tout au fond d'elle des sensations jusqu'alors inconnues.

— Trouvé ? Mais, de quoi parlez-vous ?

Se pouvait-il qu'il sache qu'elle était en quête de Lucia ?

— Du bel *italian lover* dont il est question ici.

Mon Dieu ! Il avait trouvé les mails de Lex. Surtout, ne pas se laisser démonter.

— Pourquoi ? Vous êtes intéressé par le job ?

Le coup aurait porté si elle avait prononcé ces mots avec le ton sarcastique adéquat. Mais ils semblaient s'être englués dans sa bouche, comme si une émotion s'était glissée entre l'idée et la parole.

Ce devait être à cause de ses yeux. Sombres comme la nuit, mais avec cette petite étincelle dorée qui brillait tout au fond.

Comme en signe d'invite, le bel inconnu tendit la main vers elle et, dans un geste tout à fait inattendu, en entoura sa nuque. Elle sentit la Terre s'arrêter de tourner tandis qu'elle s'efforçait frénétiquement de reconnecter son cerveau avec la réalité.

Mais il était bombardé par des milliers de signaux, tout aussi déstabilisants les uns que les autres. Le soleil lui brûlait les bras, la gorge, pénétrait au fond d'elle-même. Et elle regardait, fascinée, cette bouche sensuelle qui se penchait vers la sienne.

Et puis il y avait cette odeur de peau masculine, de coûteuse eau de toilette…

Il fallut une éternité pour que leurs lèvres se rejoignent. Quelque part dans un coin de son cerveau hébété, elle sentit se former le mot « non ». Elle n'avait qu'à ouvrir la bouche, laisser le mot s'échapper. Mais son visage était comme engourdi dans une mystérieuse attente.

Les lèvres de l'inconnu se posèrent sur les siennes avec un sentiment instantané de déjà-vu, de déjà « senti », comme une immédiate familiarité. Son corps se détendit, se fondit dans celui de son partenaire et elle murmura :

— Oui…

Elle s'agrippa aux larges épaules qui se penchaient sur elle, plantant ses doigts dans les muscles fermes tandis qu'elle commençait à tomber lentement sur l'herbe épaisse qui bordait le côté ombragé du muret.

Elle sentit la bonne odeur d'herbe sèche emplir ses narines, mêlée aux parfums plus musqués du thym et de la lavande qu'ils écrasaient de leurs corps joints. Ses seins pressés contre le torse puissant de l'audacieux inconnu se tendaient dans une attente douloureuse.

Puis il y eut un sursaut comme lorsque, sur le point de s'endormir, on se sent brusquement tiré en arrière.

— Lucia…

— Que dites-vous ?

Sarah ouvrit les yeux. Elle était toujours assise sur le mur, retenue dans les bras de cet étranger qui semblait la croire sur le point de tomber.

— Vous vous sentez bien ?

Sa voix lui parvenait comme du cœur d'une eau profonde.

— Comment ? Oui… C'est ici qu'ils se sont dit adieu, dit-elle d'une voix faible.

Lex avait pris la photo puis il avait pris Lucia dans ses bras et ils avaient fait l'amour sur l'herbe épaisse et verte du printemps pour la dernière fois de leur vie.

Jetant un regard par-dessus son épaule, elle vit son chapeau de paille tombé sur le sol.

— Sarah ! dit de nouveau l'homme d'un ton pressant.

— L'herbe, dit-elle avec un léger frisson. Elle est sèche, maintenant.

— Oui. C'est l'automne.

— L'automne ?

Elle fronça les sourcils, cherchant désespérément à retrouver le fil de ses pensées.

— Vous êtes sûre que ça va bien ? demanda-t-il, la scrutant de ses calmes yeux noirs.

Il avait retiré ses lunettes. Encore un expert de la séduction minute ! *Allez ma fille. Ressaisis-toi !*

— Mais oui. Très bien.

Il caressa sa joue d'un pouce léger, écrasant une larme de sa paume.

— Alors, pourquoi pleurez-vous ?

— Rhume des foins, répondit-elle laconiquement, saisissant la première idée qui lui traversait l'esprit.

— En automne ?

L'avait-il réellement embrassée ?

Elle sentait ses lèvres palpiter encore de l'ardeur de son baiser, mais peut-être n'était-ce qu'une illusion provoquée par l'esprit des lieux, par la force du souvenir ? Ou par son propre chagrin ?

Puis elle aperçut une trace de rouge à lèvres, presque invisible, au coin de la bouche de l'inconnu. Bien sûr qu'il l'avait embrassée ! Ne l'avait-elle pas quasiment invité à le faire ? Quelle mouche l'avait piquée pour s'offrir ainsi ?

Soudain, son cerveau sortit de l'étrange torpeur qui l'avait envahie. Elle devait bouger. Partir d'ici.

— Je suis allergique… à la lavande, dit-elle en se remettant sur ses pieds, le forçant ainsi à s'écarter. C'est héréditaire… Ravie de vous avoir rencontré.

Elle ramassa son sac qui était tombé sur le chemin, sans doute au cours de leurs ébats. Il la dévisagea longuement, comme s'il s'attendait à la voir s'écrouler. Sa pomme d'Adam montait et descendait. Avait-il lui-même vécu un moment d'émotion difficile à refouler ?

— Mon téléphone, dit-elle en tendant une main ferme.

— Quand j'aurai fini.

Puis, s'accoudant le plus tranquillement du monde au

muret de pierre, il commença à passer en revue les clichés qu'elle avait pris avec son téléphone.

La plupart étaient des photos typiques du parfait touriste. Il y avait aussi quelques photos de l'école de langues où elle officiait, de son minuscule appartement. Le genre de choses qu'elle avait envoyées à sa famille ou sur son blog.

— Vous habitez Rome ?

Sans se donner la peine de répondre, elle se rassit sur le muret pour soulager ses jambes flageolantes. La prochaine fois, elle ne se contenterait pas pour son petit déjeuner d'un simple cappuccino et d'une de ces délicieuses mais minuscules pâtisseries qu'on servait sur tous les comptoirs de cafés romains.

— Vous vous êtes pas mal promenée, on dirait…

— Normal. Je viens d'arriver.

Poursuivant son inspection, il s'arrêta soudain sur les photographies qu'elle avait prises de la maison, et du muret écroulé.

— Qu'est-ce qui vous intéresse, dans ma maison ? Elle n'a rien d'un monument historique.

Sa maison ?

Il ne correspondait en rien à l'homme d'affaires entre deux âges en week-end.

— C'est une jolie maison. Dans un joli paysage. Ai-je fait quelque chose de mal ? Je pensais que prendre des photos depuis un chemin communal n'avait rien de délictueux.

— Et moi, je pensais avoir été clair. Il ne s'agit pas d'un chemin communal. Ce sentier fait partie de la propriété Serrone.

— Dans ce cas, vous devriez mettre un panneau pour l'indiquer. Donnez-moi mon téléphone. Je vais effacer ces clichés.

— Ne vous donnez pas cette peine. Je m'en occupe.

On entendit quelques bips, mais il ne lui rendait toujours pas son appareil.

— On ne reçoit pas beaucoup de visiteurs, ici. Surtout venant d'Angleterre.

Etant donné l'accueil qu'on lui avait réservé, il était bien possible qu'aucun Anglais n'ait mis le pied dans la région depuis la Seconde Guerre mondiale, en effet.

— Vraiment ? Ça ne m'étonne pas, finalement. Peut-être devriez-vous apprendre à vous montrer plus accueillant ?

Il avait remis ses lunettes, dissimulant de nouveau son regard, mais sa bouche s'étira en un lent sourire.

— Je ne me suis pas montré assez amical ?

Malgré ce qu'elle croyait un bon entraînement à dissimuler ses émotions, elle rougit jusqu'à la pointe des cheveux.

— Si, si… Cela ira comme ça, merci.

— Comme vous voudrez. En tout cas, je ne sais toujours pas ce que vous êtes venue faire ici. Nous ne sommes dans aucun guide touristique.

Jusqu'à présent, il était resté un homme de l'ombre, une voix, deux yeux de braise, une bouche si tendre qu'un seul baiser avait suffi à la faire pleurer…

Maintenant qu'elle était de nouveau sur le chemin, protégée de l'éblouissement du soleil par l'ombre bleue d'un cyprès, elle pouvait voir son visage. Difficile de déterminer son âge, mais il avait d'épais cheveux noirs coupés très court, sa peau dorée était lisse et fraîche, ses pommettes nettement dessinées et il aurait pu avoir emprunté son nez d'une ligne parfaite à une statue romaine.

Il offrait un agréable spectacle, mais il y avait une arrogance dans son attitude, dans la manière dont il l'avait embrassée puis avait fouillé son téléphone portable qui le rendait fortement antipathique. Comme sa mère lui aurait dit dans son enfance à propos d'un camarade mal choisi, « il n'avait pas été touché par la civilisation ».

Bien sûr, elle aurait pu lui dire ce qu'elle était venue faire à Isola del Serrone. Mais l'histoire de Lucia ne lui appartenait pas.

— Vous avez un avantage sur moi…, commença-t-elle.

— Indubitablement, dit-il, une ombre de sourire faisant frémir sa bouche charnue.

— Je veux dire, du fait que vous avez lu mes mails. Vous connaissez mon nom. Et moi, je ne connais pas le vôtre.

— Vraiment ?

Il s'inclina légèrement, la main sur le cœur.

— *Mi spiace, signorina* Gratton. *Io sono* Matteo Di Serrone.

— Di Serrone ?

Elle faillit demander : « Comme le fameux pilote automobile ? », mais cela aurait été la preuve que son intérêt pour la région dépassait celui d'une simple touriste.

— Alors, vous êtes un enfant du pays, dit-elle simplement.

— Je suis né au nord de l'Italie, mais ma famille est originaire de ce village.

Turin était une ville du Nord. Matteo di Serrone était-il le fils du pilote de course tué dans la fleur de l'âge ?

— Maintenant que je me suis présenté, peut-être aurai-je enfin le droit de savoir ce que vous faites ici ?

— Quelqu'un que je connais a séjourné dans ce village il y a quelques années. Et il m'a tellement vanté la beauté du pays, l'hospitalité de ses habitants, répondit-elle en appuyant lourdement sur le mot « hospitalité », que j'ai voulu en juger par moi-même… Vous a-t-on déjà dit que votre anglais est étonnant ? Vous n'avez pas seulement l'accent mais également l'ironie et le sarcasme qui vont avec.

— Et vous ? Changez-vous toujours aussi vite de sujet que la météo de votre pays ? Mais puisque cela semble vous intéresser, j'ai eu une nurse anglaise jusqu'à l'âge de six ans. Elle était particulièrement douée dans ces trois domaines.

Pourquoi sa nurse avait-elle quitté le petit garçon dont elle s'occupait à l'âge de six ans ? Quelque chose dans le visage soudain tendu de son compagnon l'incita à changer de nouveau de sujet.

Comme s'il lisait dans ses pensées, il ajouta :

— J'ai fait un an d'études supérieures à Cambridge. Très utile pour rafraîchir ses connaissances.

— Je l'imagine volontiers.

Ce qu'elle imaginait surtout, c'était la horde de filles qui avaient dû se battre pour lui apprendre la langue de Shakespeare !

— Je vous envie votre talent, je vous assure. J'ai encore tant de peine à commander ne serait-ce qu'un simple sandwich dans votre langue maternelle.

— Dans ce cas, permettez-moi de vous épargner cette peine.

— La peine de commander un sandwich ?

— Avec cette chaleur, je vous recommande quelque chose de plus substantiel. N'oubliez pas que vous avez failli vous évanouir. Contrairement à ce que vous pensez, je ne suis pas assez vain pour imaginer que c'est parce que je vous ai embrassée.

Là, il se sous-estimait.

— J'ai bâclé mon petit déjeuner, dit-elle. C'est une erreur à ne pas faire. C'est bien connu.

— Et la brutalité de mon accueil n'a pas dû arranger les choses.

Il baissa les yeux sur le téléphone qu'il avait toujours en main.

— Ma cousine est une actrice relativement connue en Italie et nous avons quelques problèmes avec la presse… Les paparazzi, vous connaissez ?

— Oui, naturellement. Je ne pouvais pas imaginer… je suis désolée de m'être introduite chez vous.

Il la dévisagea, le regard rétréci.

— Vous êtes sûre que vous n'étiez au courant de rien ?

Il haussa les épaules et ajouta avec un petit rire :

— Il est vrai que Bella n'a pas encore atteint la planète Hollywood. Votre ignorance est pardonnable. Peut-être me permettrez-vous de restaurer votre foi en notre hospitalité légendaire ? Accepteriez-vous de vous joindre à moi pour le déjeuner ?

Il achevait à peine sa phrase qu'une femme traversa la terrasse et commença à dresser la table sur la pergola. Sans attendre la réponse de Sarah, il s'adressa à elle dans un italien si rapide que Sarah n'en comprit pas un traître mot.

Depuis la terrasse, la femme acquiesça avec un grand signe de tête et, se retournant vers son invitée, il expliqua :

— Graziella nous attend pour le déjeuner. Vous ne pouvez pas la décevoir !

Si, elle le pouvait. La raison lui dictait de refuser, en tout cas. Mais elle était venue pour voir la maison. Et c'était une opportunité inespérée.

— C'est très aimable de votre part à tous les deux, répondit-elle comme malgré elle.

— Tout le plaisir est pour nous. Nous ne recevons pas grand monde ici, à part les amis de ma sœur. Et si vous voulez prendre une dernière photo…

Elle le regarda, interloquée.

— Vraiment ?

— Oui, vraiment. Je n'ai rien trouvé de compromettant dans les clichés que vous aviez pris.

Obtempérant aussitôt, elle se hissa des deux mains sur le muret de pierre éboulé.

— A dire vrai, quand vous avez fait votre apparition, j'espérais justement l'arrivée de quelqu'un qui puisse me prendre en photo.

— Pour prouver à votre petit ami que vous êtes bien venue ici ?

Elle se contenta de lui adresser un sourire désarmant.

— Vous gardez vos lunettes de soleil ? demanda-t-il.

Elle s'empressa de les retirer et, prenant appui sur les paumes de ses deux mains, elle se pencha en avant, le regard fixé sur l'objectif de son téléphone.

— Cheese… !

Levant la tête, elle éclata de rire et il prit la photo.

3

Italien pour débutants.

J'ai quitté la route touristique et, en prenant quelques photos sur la place du village, j'ai eu l'impression que rien n'avait changé.

Enfin, excepté les voitures, les satellites et le téléphone portable, bien sûr…

— Merci, dit Sarah quand Matteo lui tendit la main pour l'aider à descendre du muret. Je peux me débrouiller toute seule.

Sans se soucier de ses protestations, il la saisit par la taille et la souleva sans peine. Il la garda contre lui une longue minute tandis qu'elle attendait, les mains posées sur ses épaules, puis il la laissa lentement glisser sur le sol. Il la retint encore un instant contre lui, s'immergeant dans son parfum. Pas un parfum de luxe, sorti d'un flacon sophistiqué, non, quelque chose de plus personnel. L'odeur tiède de la peau, le parfum fleuri d'une chevelure fraîchement lavée, l'odeur d'une femme emprisonnée dans les bras d'un homme et qui sent son désir.

Il lutta un instant contre l'envie d'enfouir son visage dans le creux satiné de son cou. D'appuyer sa joue contre la rondeur de ses seins.

— Merci, dit-elle soudain en se libérant.

Pour dissimuler son trouble, il se baissa pour ramasser son chapeau de paille qui avait roulé sur le sol.

Quand il se redressa, leurs regards se rencontrèrent, puis

se fuirent en même temps. De quelle couleur étaient ses yeux ? Il aurait dû le remarquer…

— Je suppose que nous allons emprunter le raccourci de votre frère ? dit-elle en faisant un petit geste de la main en direction de la maison.

Une jolie main, aux ongles vernis. Pas de bague, aucun bijou voyant. Rien des attributs de la femme fatale.

Une jolie rose anglaise se promenant dans la campagne italienne. S'il n'avait pas été échaudé, il aurait pu se laisser prendre.

— Non, nous allons prendre l'itinéraire normal. Mon frère est jeune et toujours trop pressé. Sa petite amie l'attend à Rome.

— Vraiment ? Il est très beau garçon.

— Nous n'avons pas le même père, répondit-il comme si cela expliquait tout. Ma mère s'est remariée après l'accident qui a coûté la vie à mon père.

Il n'allait certainement pas lui en dire plus que ce qu'elle pourrait découvrir par elle-même en trente secondes sur internet. A supposer qu'elle ne connaisse pas déjà l'histoire de sa famille sur le bout de ses jolis ongles roses !

— Je vois que, avant de partir, votre nurse anglaise vous a également transmis l'art de l'autodérision.

Il haussa un sourcil sardonique.

— Ah ? Comment savez-vous ça ?

— C'est un trait de caractère si typiquement britannique !

— Possible.

La seule leçon utile que sa gouvernante lui avait léguée, c'était que tout le monde avait son prix. Mieux valait se méfier des grands sourires. Et éviter de se laisser approcher de trop près. Il avait négligé le conseil une fois et n'était pas près de l'oublier.

— Vous disiez que nous pourrions nous arrêter pour sentir les roses, fit-elle.

— Pourquoi pas. Nous ne sommes pas pressés, n'est-ce pas ?… Pourquoi souriez-vous ?

— Pour rien.

Il attendit, pour s'assurer que rien ne venait, en effet. Et en fut récompensé quand elle reprit la parole :

— Je me demandais si vous étiez du genre à dénouer les rubans ou à vous emparer des ciseaux… Quand on vous offre un présent, je veux dire.

Pourvu qu'il ne se soit pas mépris sur le sens de sa question !

Il ne comprit que trop bien, et un flot de désir l'envahit, qu'il jugula non sans peine. C'était le moment ou jamais de dénouer les nœuds avec délicatesse.

— Pour moi, l'attente est souvent la meilleure part du plaisir. C'est pour cela que nous prenons le chemin en balcon.

— Et notre déjeuner ?

— Graziella est une excellente cuisinière. Votre patience sera amplement récompensée, je vous l'assure.

Pendant une centaine de mètres, le chemin grimpait le long de la colline couverte de vignobles jusqu'à un large panorama. De là-haut, on distinguait dans la lumière dorée du jour le village aux maisons blotties autour de l'église, quelques fermes et, au creux de la colline, sa cave vinicole et le bâtiment, une vieille bergerie, qui servait pour la dégustation.

— Y a-t-il des ours, dans la montagne ?

— Des ours ? Il y en a quelques-uns, mais plus haut, dans le parc national. Et les loups ont fait leur réapparition. Pourquoi demandez-vous cela ?

— Je crois que Lex m'a raconté des histoires. D'ici, les arbres cachent la maison.

— Elle est construite dans un pli de terrain. Le paysage vaut-il le déplacement ?

— Tout à fait. Lex m'avait dit que c'était beau. Mais c'est mieux que cela. C'est à couper le souffle.

Elle fouilla la vallée du regard.

— Mais, où est la rivière ?

— Par là.

En se penchant vers elle pour lui montrer un mince fil d'argent qui courait derrière le village, il lui frôla l'épaule du menton. Et de nouveau, l'odeur de cette peau dorée par le soleil fit frémir ses narines. Une senteur légèrement épicée, vanille, ou cannelle, peut-être. Une odeur qui vous mettait l'eau à la bouche.

— Là, sur la gauche, insista-t-il.

— Ça y est ! Je la vois.

Puis elle repéra la foule de motocyclistes qui les avaient suivis depuis Rome.

— Mais qui sont ces gens, en bas, sur la route ?

Comme si elle ne le savait pas !

— Des paparazzi. Nous les avons traînés derrière nous depuis Rome.

Elle leva vers lui un regard élargi.

— Votre cousine est ici ? Pas étonnant que vous soyez si méfiant. Et pourtant, vous m'avez proposé de prendre une autre photo de la maison.

— Parce que vos photos ne sont pas bien méchantes. Mais je vais vous dire un secret. Ce matin, Bella n'était pas dans la limousine.

— Alors, ils attendent pendant qu'elle est… ?

— Quelque part.

— Tant mieux pour elle. Puis-je faire encore quelques clichés ?

— De quoi ? Des paparazzi ?

Elle rit.

— Mais non ! D'ici, on ne verrait pas grand-chose. Je veux simplement prendre la vue. Lex sera content de voir à quoi ça ressemble, maintenant.

— Vraiment ?

Il s'efforça de refouler un vif sentiment d'irritation. Il se donnait un mal de chien pour rendre la vie agréable à une parfaite inconnue, lui faisait son numéro de charme, et pendant ce temps-là, elle pensait à un autre homme.

Elle prit ses photos puis s'enquit du nom d'un gros bourg dont les toits de tuile rouge couvraient les flancs d'une lointaine colline.

— Il s'agit d'Arpino, la ville natale de Cicéron.

— L'homme pour qui « une pièce sans livres est comme un corps sans âme » ?

Elle surprit son regard étonné et ajouta avec un sourire malicieux :

— C'est écrit sur un des magnets qui ornent la porte de mon réfrigérateur.

— Alors, c'est que ce doit être vrai. C'est un endroit très intéressant au point de vue archéologique. Le dernier chantier de fouilles vient de mettre au jour une mosaïque romaine parfaitement conservée. Sans compter le clocher, qui mérite vraiment l'ascension.

Prenant soudain conscience qu'il parlait comme un guide, il s'interrompit et demanda en la prenant par le coude :

— On y va ? Faites attention. Le chemin qui mène à l'oliveraie est très pentu.

Elle le suivit d'un pas allègre et se mit bientôt à mitrailler les oliviers centenaires.

— Je sais, dit-elle en lui lançant un sourire par-dessus l'épaule, je suis la vraie touriste de base.

C'était vrai, mais elle avait des excuses. Elle n'avait vraisemblablement encore jamais vu une olive sur un arbre.

— Ne vous excusez pas. Nous avons trop tendance à tenir les merveilles qui nous entourent pour acquises. Les voir avec des yeux neufs est particulièrement rafraîchissant.

Il ponctua ces paroles en ouvrant une étroite porte de bois qui donnait dans le potager, tout en haut de la propriété.

— Oh !

Elle s'était arrêtée net sur la terrasse supérieure, les yeux écarquillés.

Une seconde plus tard, elle l'avait abandonné pour se précipiter sur les parterres de fleurs de courgettes dominées par les hautes tiges d'artichauts bleus. Penchée sur les touffes d'herbes aromatiques, elle roulait les feuillages frêles entre ses doigts, indifférentes aux abeilles qui bourdonnaient tout autour.

— Vous jardinez ? demanda-t-il.

— Non, mais ma mère, oui. Elle s'occupe du jardin, élève des poules. Nous avons aussi des ruches. Ça, qu'est-ce que c'est ?

Il prit sa main fine entre les siennes et la leva jusqu'à son visage. Il n'avait pas besoin de sentir l'herbe en question pour l'identifier, mais il avait envie de faire durer le plaisir.

— Il s'agit de *Thymus citriodorus* 'Aureus'. La variété dorée du thym citron.

— Du latin ! Je suis très impressionnée.

Sa main délicate était si douce au toucher qu'il n'eut pas besoin de feindre sa réticence à la libérer. Cela aurait pu être un jeu mais ce n'était pas le jardin d'Eden, et il n'irait pas en enfer pour avoir mordu dans la pomme.

— Aucun mérite. Je suis botaniste.

Elle leva vers lui un regard brillant de curiosité. Il en avait peut-être trop dit ? Quoiqu'il ait du mal à imaginer ce que pourrait devenir ce type d'information sous la plume d'un journaliste, même sans scrupules.

— Nous n'avons pas de spécialités typiques d'Isola del Serrone, dit-il en se penchant pour cueillir une branche de thym. Mais si vous mettez ceci dans votre sac, vous penserez à nous, et à cette colline, chaque fois que vous l'ouvrirez.

Elle sourit, comme ravie de ce petit geste, et il se surprit à souhaiter qu'elle retire ses lunettes de soleil pour s'assurer que ce sourire atteignait bien ses yeux.

De quelle couleur étaient-ils, finalement ?

Ses cheveux étaient d'un joli châtain chaud, ce qui laissait supposer qu'elle avait des yeux bruns. Mais cela n'en laissait pas moins une infinité de possibilités. Seraient-ils émaillés d'étincelles dorées, ou couleur topaze ? A moins qu'ils ne soient noir et doré, comme les abeilles de Nonna ?

Le soleil filtrait au travers de la paille de son chapeau et jouait sur la rondeur pulpeuse de ses lèvres, mettant un lacis de dentelle plus sombre sur sa peau laiteuse.

Elle devait avoir une peau douce comme un pétale de fleur. Ses paupières closes semblaient des ailes de papillon d'un doux mauve translucide. Ses seins…

Reculant brusquement d'un pas pour couper court aux écarts inattendus de son imagination, il contourna la maison, son invitée sur les talons, et la conduisit sur la terrasse ombragée.

Puis, d'une voix forte et chantante, il appela Graziella pour la prévenir de leur arrivée.

— Le déjeuner va arriver, dit-il en se retournant vers Sarah. Que voulez-vous boire ?

Sur la table les attendaient des bouteilles d'eau et de vin disposées dans un seau rempli de glace. Une buée légère ombrait leurs rondeurs liquides.

— De l'eau, s'il vous plaît, répondit-elle en posant son chapeau et son téléphone sur la nappe blanche. Où puis-je me laver les mains ?

— Vous trouverez des toilettes au fond du corridor, à gauche.

Il la regarda s'éloigner d'une démarche dansante, rattachant d'un geste étrangement familier une mèche de cheveux qui avait glissé de son chignon. A peine eut-elle disparu dans la pénombre fraîche, il s'empara de son téléphone et chercha la photo qu'il venait de prendre d'elle sur le muret de pierre.

Elle était là, penchée vers lui, souriant d'une bouche pleine de promesses. L'une des bretelles de son T-shirt était tombée, révélant la naissance d'un sein. Oui, c'était une très jolie femme, vraiment. Doublée sans doute d'une excellente comédienne. Mais il lui faudrait plus que cela pour se laisser duper une seconde fois.

Sa patience avait été mise à rude épreuve, ce matin-là. D'abord, par l'arrivée inopinée de Bella. Puis la découverte que Stephano, armé de trophées qui seraient probablement très appréciés par sa nouvelle conquête, bons vins, raisins cueillis sur la vigne, miels raffinés de Nonna, s'était échappé sans attendre le retour de la vieille dame.

Stephano escomptait sans doute son indulgence parce qu'il avait pris le temps de l'avertir de la présence d'une intruse dans la propriété. A moins qu'il ait voulu s'assurer que son frère était au bon endroit au bon moment ?

Mais il ne s'était pas vanté de lui avoir tenu la grille ouverte.

Ce devait être à cause du sourire de Sarah. Du moins, il l'espérait. Elle avait le genre de sourire capable de réchauffer la journée la plus grise, le cœur le plus froid. Un sourire qui pouvait faire oublier à un jeune homme à quoi servaient les portes.

Il ne s'était pas attendu à ce qu'elle soit ainsi. Habillée de manière simple et fonctionnelle, elle était assise sur le mur dans une pose sans affectation, le visage levé vers le soleil, souriant comme si cette journée était un cadeau personnel des dieux de l'Olympe.

Et rien dans son attitude ne laissait supposer qu'elle l'attendait.

La dernière fois qu'on lui avait tendu ce genre de piège, il avait bu le miel liquide jusqu'à la dernière goutte. Et ce n'est qu'en voyant des photos privées du mariage de Bella et Nico à la une des tabloïdes qu'il avait compris à quel point il avait été manipulé.

Il lui avait fallu des mois pour avaler cette désagréable couleuvre.

Maintenant, les rumeurs selon lesquelles le mariage battait de l'aile et que les deux tourtereaux avaient des aventures chacun de son côté déchaînaient les mêmes passions. Par une cruelle ironie du sort, c'était la femme qui lui avait tendu le piège, deux ans plus tôt, qui lui avait envoyé un SMS pour le prévenir de se tenir sur ses gardes.

Il avait aussitôt effacé le message, non sans prendre ses dispositions.

Et maintenant, il fallait qu'il choisisse la bonne stratégie. S'il renvoyait Mlle Gratton à ses moutons, il ne faudrait pas plus de quelques jours pour qu'on lui envoie un autre ambassadeur. Sa mère et sa grand-mère lui avaient assez répété que personne, absolument personne ne pouvait résister à la tentation. La gouvernante qui l'avait élevé n'avait pas fait exception à la règle.

Non. Il saisirait la proie qui s'offrait à lui, et jouerait jusqu'au bout le rôle du bel *italian lover* sans cervelle. Il laisserait échapper quelques fausses confidences et capturerait son attention assez longtemps pour que Bella et son mari règlent leurs problèmes de couple.

Après tout, ce n'était pas tout à fait une corvée. Il posa de nouveau le regard sur la photo de Sarah. Il devait prendre des renseignements sur elle. Il envoya la photo sur sa propre boîte mail puis effaça le message émis et reposa le téléphone sur la table.

En entendant le bruit de ses pas, il bondit sur ses pieds. Il lui présenta sa chaise, versa le vin doré et pétillant dans les verres et lui en tendit un.

— *Salute.* Aux jolies anglaises et aux chanceux qui les rencontrent sur le chemin…

— Je…

Gris. Ses yeux étaient d'un beau gris argent, d'une couleur tout à fait inattendue et pourtant parfaite dans un visage qui avait pris une jolie teinte d'abricot pâle sous l'effet de la chaleur.

— Et qui sont ces heureux chanceux ?

— Mon frère, d'abord, sans lequel nous ne nous serions pas rencontrés. Et puis moi, peut-être…

Elle hésita un instant, but une gorgée d'eau puis, après avoir légèrement fait tinter son verre à vin contre celui de Matteo, s'en délecta.

— *Salute.* Et comment se nomme votre frère ?

— Stephano. Il fait des études d'art plastique. En théorie, tout au moins. Je doute qu'il travaille beaucoup.

Il y eut un silence tandis que Graziella posait les antipasti sur la table. Puis Matteo désigna les verres entamés.

— Que pensez-vous de ce vin ? Il est produit sur la propriété, d'un cépage planté par mon arrière-grand-père. Ça a été l'œuvre de toute une vie.

Il fit tourner le vin dans son verre pour en libérer les arômes, l'encourageant d'un sourire à l'imiter.

— La note de tête est d'herbe printanière, dit-il en prenant une gorgée qu'il fit rouler sur sa langue. Suivie d'un arôme de miel enrichi de pêche et de melon, typiques du Frascati classique. Ce vin est la quintessence de tout ce qu'il y a de meilleur sur les terres d'Isola del Serrone.

— Vous êtes passionné !

— Tout homme devrait avoir une passion. C'est mon arrière-grand-père qui a créé ce trésor d'arômes, c'est à moi de l'améliorer encore, s'il est possible, pour le transmettre aux nouvelles générations. Les vins de la famille Serrone ont toujours été des vins organiques et c'est une de nos forces.

Elle prit une gorgée, laissant le breuvage s'exalter sur ses papilles. Puis elle eut un large sourire.

— C'est absolument délicieux. On a l'impression de boire un après-midi d'été.

Elle n'aurait su mieux choisir ses mots pour le charmer. Décidément, il allait devoir se montrer très prudent.

— Pour obtenir un tel slogan, j'aurais dû payer très cher une agence publicitaire.

S'emparant des couverts de service, il empila dans l'assiette de Sarah de la charcuterie italienne, des cœurs d'artichaut, et de minuscules tomates, séchées au soleil et macérées dans l'huile d'olive.

— Combien cela me coûtera-t-il de vous citer ?

— Un morceau de ce pain, qui m'a l'air terriblement appétissant ?

Et tandis qu'il coupait une généreuse tranche de *ciabatta*, elle ajouta :

— Je croyais que le vignoble était géré par une coopérative. En tout cas, c'est ce que j'ai lu sur internet. Peut-être me suis-je méprise ?

— Non, c'est exact. C'est mon arrière-grand-père qui a créé cette coopérative après la guerre. Il voulait reconstruire notre petite communauté autour d'un but commun. Et leur faire partager la richesse de nos terres, à eux qui avaient tant souffert. C'était aussi un moyen de convaincre les jeunes de rester au village au lieu de se faire embaucher dans les usines des villes du Nord.

— Etait-il ici ? Je veux dire… pendant la guerre ?

Etrange question. En quoi cela pouvait-il l'intéresser ? Bah ! Ce n'était un secret pour personne.

— Francesco Di Serrone n'avait aucune sympathie pour le régime fasciste. Quand ils sont venus le chercher, il a dû se réfugier dans les montagnes avec les partisans.

— Et sa famille ?

— Sa femme était sur le point d'accoucher. Les villageois l'ont cachée en attendant qu'elle soit en état de le rejoindre, mais elle est morte de fièvre puerpérale une semaine après l'accouchement.

— Malgré les travaux intensifs de l'équipe d'Alexander Flemming, on n'avait pas encore réussi à purifier la pénicilline, dit-elle avec un soupir. Il s'en faudra de quelques années... Pourquoi me regardez-vous comme ça ?

— Je vous regarde, moi ?

— Avec cet air de supériorité amusée qu'ont tous les hommes quand les femmes parlent de voitures, de foot ou de tout ce qui est un tant soit peu technique. Je suis parfaitement capable de changer un interrupteur, vous savez. J'ai même un diplôme en histoire et civilisation contemporaine.

— Félicitations.

Il n'avait pas la moindre intention de se moquer d'elle. Elle était assez différente de toutes les femmes qu'il avait rencontrées pour susciter plus que de la curiosité. Un véritable intérêt. Ce qui était doublement dangereux.

— Peut-être pourriez-vous m'expliquer, pour l'interrupteur, fit-il en souriant.

— Oh ! Je vous en prie, ne vous payez pas ma tête.

Il s'inclina galamment.

— *Mi spiace, signorina.*

Il avait voulu la faire rire mais, le foudroyant de ses yeux gris, elle prit un morceau de pain et le plongea avec fougue dans la soucoupe de sauce à l'huile d'olive.

— Et le bébé, qu'est-il devenu ?

C'était une question normale pour une femme. Mais la manière à la fois concentrée et fébrile dont elle remuait son morceau de pain dans l'huile l'avertit qu'il y avait anguille sous roche.

Etait-ce un test pour voir s'il avait maintenant assez confiance en elle pour lui livrer des secrets de famille ?

A moins qu'il ne soit en train de devenir complètement paranoïaque.

Après tout, elle était peut-être exactement ce qu'elle prétendait être et, contrainte de déjeuner avec un parfait inconnu, elle s'efforçait bon gré mal gré d'entretenir la conversation.

Il ne tarderait pas à le découvrir.

En attendant, la manière dont son grand-père avait survécu à ce tragique départ dans la vie n'était un secret pour personne. Et cela ne risquait pas d'intéresser le moindre journal à cancans !

— Il a été pris en charge par une femme qui était au service de la famille. Elle-même avait un enfant en âge d'être sevré. Aussi a-t-elle pu nourrir le bébé de ses maîtres et l'élever en le faisant passer pour le sien. Ce n'est qu'en 1944 que son vrai père a pu regagner son domaine et réclamer son enfant.

— C'est incroyable, murmura-t-elle en enroulant un morceau de jambon italien autour de sa fourchette. Digne des légendes de l'Antiquité romaine, Remus et Romulus… Mais eux, c'était une louve… Connaissez-vous le nom de la femme qui l'a recueilli ?

— Elle n'est pas retombée dans l'oubli, Sarah. Mon grand-père a apposé une plaque commémorative à la mémoire de Lucia sur le mur extérieur de l'église, comme c'est la coutume dans notre pays. On la voit encore aujourd'hui, dans l'ancien cimetière.

— Lucia ? Elle est morte ?

Une fois de plus, il cilla. Que signifiait cette expression ? Du chagrin ? Pour une femme que cette jeune Anglaise n'avait pas pu connaître ? Cette histoire était tragique, certes, mais elle datait de près de soixante-dix ans.

— Elle a été victime d'une épidémie de grippe lors de l'hiver 1944. Ainsi que son unique enfant, une petite fille.

— Comme c'est triste !

Une fraction de seconde, il crut voir des larmes dans les yeux de son interlocutrice.

— Beaucoup de gens sont morts dans cette terrible guerre, Sarah.

— Mais pas le bébé ?

— Non, bien sûr que non. Sauf qu'il n'était déjà plus un bébé, à cette époque.

— Oui, bien sûr. C'est ainsi que votre grand-père lui doit la vie. Sans elle, aucun de nous…

Elle se troubla, s'arrêta net, bouche bée.

Maintenant, c'était lui qui sentait les questions l'envahir.

— Aucun de nous quoi, Sarah ?

4

Blog de Sarah

Les paysages sont magnifiques. Les montagnes que l'on voit au loin sont couvertes de neige en hiver. Ce sont les Apennins, où, paraît-il, vivent encore des ours bruns et des loups.

Les gens du pays sont charmants. Alors que j'avais, bien involontairement, pénétré dans une propriété privée, le maître des lieux m'a invitée à déjeuner sur sa terrasse ombragée par une vigne suspendue.

Matteo, retenant son souffle, attendait la réponse de Sarah, avec l'étrange intuition que, quoi qu'elle dise, cela serait important.

Elle aussi s'était figée, le regard élargi, comme si elle soupesait soigneusement les mots qu'elle allait prononcer.

— Sans elle, aucun de nous quoi, Sarah ?

Elle hocha imperceptiblement la tête, comme si elle revenait de très loin.

— Aucun de nous ne serait ici, autour de cette table, en train de déjeuner si agréablement. La maison serait toujours en ruine. Les jeunes auraient quitté le village. Le vignoble appartiendrait à un groupe d'actionnaires sans âme rabaissant le vin à un quelconque produit financier.

C'était une réponse plus pertinente, plus profonde qu'il ne s'y attendait. Mais elle lui cachait quelque chose, il en était sûr.

Bah ! Quelle importance, après tout. Tout ça n'avait rien de réel. Il n'aurait jamais invité cette femme à déjeuner s'il ne l'avait pas soupçonnée d'être envoyée par un de ces maudits tabloïdes qui faisaient de l'argent avec les malheurs de leur famille depuis tant d'années.

— Dit comme ça, une simple plaque commémorative paraît tout à fait insuffisante, répondit-il d'un ton léger. Lucia mérite au moins une statue sur la place du village.

Elle fronça les sourcils.

— Pourquoi ? Isola del Serrone n'est-elle pas un mémorial vivant en hommage au courage d'une femme ?

— Vraiment ? fit-il, ironique.

Puis, devant son apparente sincérité, il s'en voulut. Si elle jouait la comédie, elle était sacrément bonne.

— D'un autre côté, dit-elle, le fait qu'elle n'en ait pas besoin ne veut pas dire qu'elle ne devrait pas en avoir une. Trop rares sont les monuments commémorant les actes glorieux de la gent féminine.

— C'est vrai. Alors, considérez que c'est fait.

Elle claqua des doigts.

— Juste comme ça ?

Et le sérieux de son regard se fondit dans la chaleur du sourire qui illumina son visage.

— Enfin, disons que l'idée est lancée, dit-il, souriant lui aussi à l'idée que quoi que ce soit impliquant les affaires du village pouvait être simple. Il va falloir demander une autorisation au maire. Et si, par chance, il est d'accord, le chef de l'opposition, au conseil municipal, votera contre, par principe.

Elle leva les yeux au ciel.

— Ah ! La politique…

— Pis que cela. Ils sont cousins germains.

— Misère !

— Il faudra plusieurs réunions du conseil municipal, tout le monde aura son opinion, bien sûr, et exigera de la développer longuement.

Les coudes sur la table, le menton appuyé sur ses mains croisées, elle le regardait en souriant. Une abeille tournait paresseusement autour d'elle, mais elle l'ignorait, parfaitement détendue.

— Enfin, dit-il, quand tout le monde se sera exprimé, le chef de l'opposition posera l'inévitable question. Combien tout cela va-t-il coûter. Et surtout, qui va payer ?

— Cela fait deux questions. Peut-être que si vous invitiez votre cousine à inaugurer la statue, les réticences s'évaporeraient d'elles-mêmes ?

Il éclata de rire.

— Bella ? Excellente idée. Ils feraient n'importe quoi pour figurer dans les magazines people. Et encore plus en compagnie de la voluptueuse et célébrissime Isabella Di Serrone. Rien que pour ça, ils seront prêts à dépenser des sommes folles.

— Nous y sommes. Il ne reste plus qu'à trouver un sponsor parmi les fabricants de limonade pour le vin d'honneur et l'affaire est faite.

— Ma parole ! Mais on dirait que vous avez fait ça toute votre vie !

— Au lycée comme à la fac, je faisais toujours partie des comités chargés de récolter les subventions ou les sponsors. La première chose, c'est toujours de trouver une célébrité pour se faire parrainer.

Il se mit à éplucher son artichaut de ses longs doigts minces.

— Quand je pense à toutes ces vies radicalement changées simplement parce que nous avons le plaisir de déjeuner ensemble aujourd'hui.

— Oh ! Je vois… Vous vous moquez de moi.

— Non. Sincèrement, non.

— Nous prenons si peu en charge nos existences, Matteo. Mais elles dépendent de choses si ténues ! Un simple petit grain de sable et hop ! notre destinée part dans un sens plutôt que dans l'autre.

— Je vous assure que je ne me moque pas de vous, dit-il de nouveau.

Ou juste un petit peu. Pendant un moment, il avait presque oublié qui était cette femme.

Mais il ferait mieux de se ressaisir. N'était-elle pas en

train de l'ensorceler ? Après tout, elle avait réussi à le faire rire à la perspective de faire venir tous les médias au village !

Oui, Sarah Gratton pouvait être dangereuse.

Et il devait se montrer prudent.

— Vous avez raison, Sarah. La vie est extraordinaire. Quand je pense au nombre de coïncidences qu'il aura fallu pour que nous fassions connaissance.

Pris par la conversation, il s'était penché, beaucoup trop près, vers elle, et il se redressa brusquement sur sa chaise, décidé à la provoquer.

— Par exemple, pourquoi êtes-vous venue aujourd'hui à Isola del Serrone ? Pourquoi avez-vous quitté le village, emprunté ce chemin et grimpé jusqu'ici ?

Il n'aurait pas pu exprimer plus clairement ses soupçons. Mais son joli visage, si délicat, ne refléta aucune confusion, aucun sentiment de culpabilité, pas le moindre malaise.

Elle avait simplement l'air de réfléchir.

— C'était le week-end. J'en avais assez des musées et j'avais envie de visiter la campagne romaine.

— Parce que votre ami vous en avait parlé ?

— Mon ami ? Ah ! Lex…

Tout à coup, elle n'avait plus l'air si détendue.

— Oui, dit-elle. Et vous ? Par quel miracle vous êtes-vous tout à coup matérialisé sur ce chemin, en pleine chaleur ?

Il décida de jouer le jeu. Prudemment.

— J'étais en retard. J'aurais dû arriver très tôt ce matin. Et si j'avais été seul, j'aurais été tout droit jusqu'aux vignobles.

— Vous étiez en retard à cause des paparazzi ?

— Et de Stephano. Nous roulions dans la limousine de Bella.

— Ah. Très bien…

Elle avait l'air sincèrement perplexe.

— En fait, moi aussi, j'étais en retard. Un ami a consulté les horaires de train pour moi et il s'est trompé.

Un autre ami ? Ou le même ?

— Et toujours grâce à ce fameux concours de circonstances, Stephano, qui ne devait pas être là aujourd'hui, est sorti par la porte de derrière juste à temps pour vous la tenir ouverte et vous laisser entrer, dit-il, suivant le fil de la chaîne du destin jusqu'à ses ultimes conséquences.

— Pourquoi ?

— Pourquoi quoi ?

— Pourquoi Stephano est-il sorti par la porte de derrière ?

— Ah… Parce que je lui ai suggéré, puisqu'il était là, de passer un peu de temps avec Nonna. Mais elle était descendue au village faire quelques courses et il n'avait visiblement pas envie de l'attendre.

— Peut-être craignait-il que sa blonde dulcinée se lasse de l'attendre, dit-elle.

— Si c'est le cas, elle va le regretter. Il avait un cadeau pour elle. Un manteau de chez Valentino que Bella lui a donné.

— C'était donc ça qu'il avait sous le bras ? Une seconde d'impatience, une vie de regret…

— Et vous, vous auriez attendu ?

Elle haussa les épaules.

— Qui sait ce qui peut nous passer par la tête ? Un pas à gauche plutôt qu'à droite, un train manqué, et toute votre vie s'en trouve changée. Vous vous retrouvez sans crier gare en train de plaider chaleureusement pour une statue en l'honneur d'une femme que vous n'avez pas connue dans un village dont vous ignoriez l'existence, en face d'un parfait étranger.

— Les erreurs d'aiguillage ne sont donc pas toutes une mauvaise chose, dit-il sobrement.

Une intruse avec de mauvaises intentions aurait sauté sur l'occasion pour abonder dans son sens, le couvrir de flatteries.

Mais elle se contenta de secouer la tête.

— Prendre le chemin de droite plutôt que celui de gauche n'a pas plus de sens que l'inverse, Matteo. Vous faites le détour, puis vous revenez sur le chemin principal et la vie continue.

— Est-ce pour cela que vous êtes en Italie ? demanda-t-il. Parce que vous avez fait une erreur d'aiguillage ?

— Pas moi. Et c'était un peu plus ennuyeux qu'une simple erreur de direction. L'homme que j'allais épouser est entré en collision avec un imposant obstacle répondant au doux prénom de Louise. Elle est tombée enceinte et me voilà.

— Délogée par le contre-choc.

Il l'observa un moment. Elle gardait admirablement le contrôle d'elle-même. Aucun danger qu'elle ne s'effondre devant lui en pleurnichant. Mais son sourire n'éclairait plus son regard. Et c'était comme si un voile gris avait caché la lumière du soleil.

— Elle devait être sacrément imposante, dit-il, s'efforçant d'alléger l'atmosphère.

— Pardon ?

Il fallut un moment à Sarah pour reprendre le fil de la conversation.

— Oh ! Je… je ne voulais pas dire qu'elle était…

— Grosse ? Non, suffisamment imposante pour bloquer le passage.

— Je parlais métaphoriquement.

— Moi aussi. On dirait que votre ex-fiancé n'a pas eu le choix.

— Disons qu'elle avait des arguments… massifs.

Le coin de la bouche de Sarah avait frémi, mais seule une petite lueur au fond de ses yeux trahissait son envie de sourire. Il prit le temps de savourer sa bouchée de jambon et de légumes en salade, puis répéta :

— Massifs…

Il ne savait pas pourquoi il était si important soudain pour lui de la dérider. Il sentait simplement que c'était nécessaire.

Il fut récompensé par un petit reniflement vite réprimé.

— Non, honnêtement. Je voulais juste dire que Tom a été littéralement… submergé.

Tom ? Ce n'était donc plus Lex ?

— Par les arguments massifs de la demoiselle en question ?

— Oh ! Ça suffit ! fit-elle, retenant un rire entre ses lèvres serrées.

— Abandonnez donc un peu votre retenue de jeune Anglaise bien élevée, Sarah. Elle vous a volé votre homme. Vous n'êtes pas tenue d'être gentille avec elle.

— Gentille ! Là, vous y allez un peu fort.

— Vous êtes en Italie, Sarah. Le pays des passions extrêmes. Oubliez vos métaphores et laissez parler la tigresse qui est en vous. Vous mourez d'envie d'arracher les yeux de cette Louise. Admettez-le !

Elle secoua la tête.

— Non. Elle ne l'a pas fait exprès. Elle n'avait pas l'intention de me prendre Tom. Un seul regard a suffi et j'ai compris…

— Gentille Sarah Gratton. Douce Sarah Gratton. Et vous vous êtes rendue sans un combat ? Etes-vous sûre que vous teniez à cet homme ?

— Mais oui, bien sûr !

— Jusqu'où ? Vous êtes-vous défendue bec et ongles ? A moins que, dans votre politesse extrême, vous ayez été jusqu'à leur apporter le petit déjeuner ?

— Oh ! Vous…

Elle avait l'air plus en colère que chagrinée.

— Bien sûr que je l'aimais, dit-elle. Mais…

— Mais rien… Vous n'avez rien dit. Vous vous êtes effacée bien poliment. Alors, maintenant, mettez-vous en colère. Insultez-le. Je sais que vous en mourez d'envie.

Il se pencha sur elle jusqu'à caresser son oreille de son souffle.

— Je vous promets que je ne dirai rien.

Il fut récompensé par un deuxième petit reniflement.

— Il est vrai, chuchota-t-elle, que perdre quelques kilos ne lui ferait pas de mal.

Ce n'était qu'un tout petit coup de griffe. Plutôt un miaulement qu'un rugissement de lionne. A moins qu'elle ait été moins amoureuse qu'elle ne le croyait ?

Ou qu'elle joue tout simplement la comédie ?

— En tout cas, dit-il d'un air pince-sans-rire, cela ne risque pas d'arriver avant un petit bout de temps.

Il acheva, encore plus près de son oreille :

— … puisqu'elle est enceinte.

Il y eut d'abord un silence choqué, puis la main de Sarah vola jusqu'à sa bouche tandis qu'un rire irrépressible forçait la barrière de ses lèvres avec l'effervescence d'un vin pétillant.

On ne pouvait feindre une telle explosion de joie vengeresse. Et s'il fallait une preuve supplémentaire, il suffisait de voir les larmes qui emplissaient maintenant ses yeux.

Il lui tendit un mouchoir de papier et elle se tamponna délicatement les paupières, puis les joues.

— Vous êtes… mal élevé, dit-elle en cherchant sa respiration.

— Mais je vous ai fait rire. Ce qui est bien meilleur pour vous que de garder vos rancunes et vos peines enfermées à double tour en vous-même. Avouez que c'est tout de même plus gratifiant que de vous montrer « gentille ».

— Oui, dit-elle avec un peu plus de conviction.

Assez content de sa petite thérapie d'amateur, il hocha la tête à l'intention de Graziella qui venait voir si elle pouvait débarrasser, et reprit :

— Donc, c'est ainsi que vous vous êtes retrouvée à Rome. Et cela fait longtemps que vous êtes ici ?

Plongée dans ses pensées, elle ne répondit pas tout de suite. Elle n'en revenait pas d'avoir confié ses tourments à un homme qu'elle ne connaissait pas vingt-quatre heures plus tôt, et d'avoir réussi à rire de la situation qui la taraudait depuis plusieurs semaines.

Elle n'en avait même pas parlé à Pippa.

— *Grazie. Squisito*, dit-elle à la femme qui ramassait les assiettes.

— *Prego, signora*, répondit celle-ci en ajoutant quelques mots dans un italien rapide que Sarah ne comprit pas.

— Graziella nous a annoncé la suite, dit Matteo. Des pâtes aux champignons et à la crème, accompagnées de poulet au romarin. Puis une salade et des fruits.

Sarah poussa un gémissement moitié de plaisir, moitié de torture.

— Je n'ai pas l'habitude de manger autant le midi.

— Moi non plus, durant la semaine. Mais en week-end, je retrouve avec plaisir la cuisine de la maison. Ainsi que le rythme paisible de la vie aux champs. Bien manger, dormir quand il fait trop chaud, partir se promener dans les vignes à la fraîche, voilà le style de vie que j'aime.

— Cela paraît merveilleux, dit-elle avec un soupir. Malheureusement, j'ai un train à prendre.

— Mais vous n'avez encore rien vu ! Profitez donc tranquillement de votre déjeuner. Reposez-vous dans le jardin cet après-midi. Je vous ferai faire un tour du pays dans la soirée. Les vignes, la rivière, le village. Tout ce dont votre ami vous a parlé. Puis je vous raccompagnerai à Rome.

Il marqua une pause et suggéra :

— A moins que vous ne rentriez que demain ?

Elle se sentit envahie par un véritable sentiment de panique. Ils avaient flirté, elle l'avait même laissé l'embrasser. Mais pas question d'aller plus loin. Tout était arrivé trop vite. Elle n'était pas prête.

— C'est très aimable de votre part, mais…

Mais déjà il avait reporté son attention sur le plat de pâtes, aux arômes puissants de champignons et de fromage, que Graziella venait de déposer au milieu de la table. Pour lui, visiblement, l'affaire était réglée. Graziella eut un claquement de langue réprobateur quand elle vit la petite portion que Sarah s'était servie.

La jeune femme se tourna vers Matteo.

— Pouvez-vous lui expliquer que, si elle veut que je goûte à tout, je ne peux pas me servir beaucoup ?

Il traduisit, et elle, qui commençait à reconnaître l'italien, s'étonna.

— Cela ne ressemble pas à l'italien qu'on parle à Rome.

— Cela n'a rien d'étonnant. Il s'agit d'un dialecte local, parlé jadis par les Volsques, qui vivaient dans la région bien avant les Romains.

— Et vous le parlez encore ?

— Comme je vous l'ai déjà dit, nous sommes ici depuis longtemps.

Il s'empara du moulin à poivre.

— Vous en voulez ?

— Un peu, merci.

— Mais vous ne m'avez toujours pas dit depuis combien de temps vous étiez à Rome ? dit-il tandis qu'ils plongeaient leurs fourchettes dans l'odorante portion de pâtes.

— Presque un mois, à deux ou trois jours près.

— Et cela vous plaît ?

— J'ai un bon poste. Un appartement agréable. De quoi me plaindrais-je ?

— Parce que vous travaillez ?

Il n'avait pas pensé à cette éventualité. Mais ce n'était peut-être qu'une couverture. En tout cas, il fallait rectifier le tir.

— Je suis désolé, mais étant donné que vous parlez à peine l'italien…

— J'enseigne l'anglais dans une école de langues, à Rome. Pas besoin de parler italien.

— Oui, bien sûr… Mais votre diplôme d'histoire contemporaine ?

— J'avoue que c'est un peu loin des Romains… Mais je comble mes lacunes. Je vais dans les musées.

— Et cela vous plaît ?

— Oui, tout me plaît, dans votre pays.

— Votre famille, vos amis ne vous manquent pas ?

— Nous échangeons des mails, des photos, nous discutons sur Skype.

— Ce n'est pas pareil. Un ordinateur ne peut pas vous prendre dans ses bras pour vous réconforter.

Elle rit.

— C'est vrai. Mais j'ai toujours voulu voyager. Ensuite, il y a eu les études, le premier emploi. Et quand j'ai rencontré Tom… On aurait dit que c'était le destin.

— Tout a été comme sur des roulettes jusqu'à ce qu'il rencontre l'Obstacle protubérant.

Elle sourit encore. Ce souvenir la faisait encore souffrir, mais à quoi bon raviver ses blessures ? Tout cela appartenait au passé, maintenant.

Le poulet arriva à ce moment-là, embaumant la tonnelle de son odeur de thym et de chair parfumée. Elle en profita pour se ressaisir.

Il lui servit de la salade, une belle roquette au goût piquant, puis fit tinter son verre contre le sien.

— Inutile de vous morfondre, Sarah. Il a fait son choix tout seul. Vous n'y êtes pour rien.

— Mais cela lui a coûté un travail qu'il aimait.

— A vous aussi.

— Exact. Mais moi, je réalise un vieux rêve. L'Italie est la première étape de mon tour du monde.

— Etes-vous heureuse ?

A cette minute même ? Avec les rayons de soleil dessinant sur la table leur dentelle lumineuse au travers des pampres de la vigne ? Le doux bourdonnement des insectes, les parfums de fleurs pâmées dans la chaleur de l'après-midi et les yeux noirs de Matteo qui la tenaient sous le feu de leur regard. Cet homme qui la taquinait et avait même réussi à la faire rire de sa malheureuse histoire d'amour ?

— Oui, dit-elle, je suis heureuse.

— Alors, laissez-moi vous dire que moi aussi, je suis très heureux que vous ayez croisé mon chemin, Sarah.

Et elle se surprit à répondre :

— Moi aussi.

Le poulet était succulent, et le dessert glacé, une vraie merveille qui fondait dans la bouche en libérant des arômes fruités d'une douceur exquise. Mais, s'avouant finalement vaincue, elle ne put accepter la pêche veloutée que son hôte lui présentait.

— Non, merci. Je déclare forfait.

— Mais il faut finir par un fruit. Nonna nous l'a toujours dit. Une poire, un abricot de notre vigne…

Il roula les yeux, mimant le désespoir.

— Vous offensez notre vieille tradition d'hospitalité, Sarah !… Un peu de raisin, peut-être ?

Elle rit. Il y avait longtemps qu'elle ne s'était sentie d'humeur aussi joyeuse.

— Non. Pas même du raisin.

Refusant de se le tenir pour dit, il tendit la main vers les grappes dorées qui pendaient de la pergola et en détacha une avec délicatesse. Il l'approcha de ses lèvres pour qu'elle en hume les fragrances.

— Toute résistance est inutile, décréta-t-il.

Et elle se sentit faiblir.

Tout aujourd'hui la dépassait, excitait ses sens au détriment de sa raison.

Les couleurs éclatantes de la nature, l'odeur des plantes et des fleurs, la terre baignée dans la chaleur du soleil… Et le premier contact depuis des mois des lèvres d'un homme sur les siennes.

Alanguie par la touffeur inattendue de ce début d'automne, bercée par la danse lente des insectes ivres de lumière, fascinée par le regard sombre de Matteo, qui luisait doucement dans la pénombre, elle se pencha, la bouche ouverte, et l'arrondit autour d'un grain de raisin. Et de l'extrémité des doigts virils.

Le jus du raisin explosa sur sa langue, coulant sur ses lèvres, sur les doigts de son hôte. Et il lui sembla parfaitement naturel de les lécher lentement.

5

Blog de Sarah

Je pourrais vous rendre fous rien qu'à vous décrire l'odeur et le goût de la focaccia maison (en Provence, on dit fougasse, je crois), parfumée au romarin et garnie d'olives noires, ou des antipasti, du poulet aux herbes des collines, et du superbe tiramisu, tout cela dégusté chez un hôte dont la famille vit ici, dans le sud de la campagne romaine, depuis des siècles. Et qui parle un dialecte plus ancien que celui des anciens Romains.

Un homme grand, brun et infiniment séduisant. Comme il fait bon se laisser charmer par un rire musical et spontané. Par de beaux yeux noirs et un sourire qui vous arrache de délicieux frissons…

— Sarah…

Elle sursauta et battit des paupières.

La main de Matteo était posée sur son avant-bras, et il la dévisageait d'un air inquiet.

— Désolé… Je croyais que vous alliez vous évanouir.

— M'évanouir ?

— Vous avez fermé les yeux et vous êtes restée silencieuse assez longtemps. La chaleur, l'alcool…

Elle n'avait bu qu'un demi-verre. Peut-être les trois quarts, mais elle avait la tête parfaitement claire. Elle sentait encore sur ses lèvres l'âcre douceur du jus de raisin, et le goût salé de la peau de Matteo sur sa langue tandis qu'elle léchait l'extrémité de ses doigts…

Bon sang !

Elle n'allait peut-être pas s'évanouir mais elle s'était conduite comme une véritable idiote. Et il faisait de son mieux pour dissimuler leur embarras à tous les deux.

— Je suis navrée… D'ordinaire, je ne bois jamais de vin au déjeuner. Un demi-verre suffit pour que je ne sois plus bonne à rien de tout l'après-midi.

Il haussa les épaules avec un sourire indulgent.

— Vous êtes à la campagne. Vous avez bien le droit de vous détendre, dit-il en se levant. Graziella va vous montrer une chambre où vous pourrez vous allonger.

— Non, merci. C'est inutile…

Elle n'avait pas la moindre envie de dormir. Bien au contraire, elle vibrait littéralement sous l'aiguillon de l'adrénaline. Sa peau était si réceptive que le léger mouvement de l'air, quand il se leva, lui arracha un frisson.

Elle avait perdu le sens du monde réel, de l'écoulement normal du temps, au moment même où il avait pris possession de ses lèvres sur le chemin. Et maintenant, ce comportement absurde… Elle devait s'en aller avant de faire pis encore.

— Ce repas était merveilleux, Matteo. Mais il faut vraiment que j'y aille.

— Bien sûr. Si c'est ce que vous désirez…

Sans insister, il l'aida à repousser sa chaise, lui prit le coude pour l'aider à se mettre debout. Le contact de sa main chaude sur son coude lui fit l'effet d'une décharge électrique, et elle bondit littéralement sur ses pieds.

— Mais pas question de vous laisser prendre votre train toute seule.

— Je vous demande pardon ?

Ce n'était pas parce qu'il lui avait offert à déjeuner qu'il avait des droits sur elle, tout de même !

— Puisque vous ne voulez pas attendre ce soir pour que je vous raccompagne, faites-moi au moins la grâce de bien vouloir rentrer à Rome avec le chauffeur de Bella.

— Bella ? Mais vous avez dit qu'elle n'était pas ici !

— En effet. Stephano ressemble pas mal à sa cousine. Avec un peu de maquillage, des lunettes noires et une perruque, il peut faire illusion. Nous sommes venus ensemble ce matin.

Malgré sa contrariété, elle ne put s'empêcher de rire.

— Stephano habillé en starlette ? C'est une plaisanterie !

— Pas le moins du monde.

— Et le manteau qu'il avait sous le bras ?

— Etait celui qu'il avait réussi à arracher à Bella pour prix de ses services. Il l'a drapé sur ses épaules, pour faire illusion et, le menton levé, le regard droit sur l'horizon, il a joué son rôle comme le bon comédien qu'il est depuis l'enfance.

— Alors, c'était sa récompense ?

— Oui. Un Valentino gagné de haute lutte.

Elle resta songeuse un instant.

— Je comprends mieux pourquoi il avait du rouge à lèvres sur le menton, dit-elle enfin.

— Il a tenu à jouer son rôle jusqu'au bout. N'oubliez pas qu'il fallait qu'il traverse une foule de journalistes en folie pour monter dans la voiture. Mais ne craignez rien. Les vitres sont teintées et vous prendrez place à bord dans le garage qui est sous la maison, complètement invisible, même pour les caméras les plus perfectionnées.

— Dans ce cas, pourquoi nous suivraient-ils ?

— Parce qu'ils n'ont pas vu Bella repartir. Non seulement vous nous rendrez un fier service à tous, mais vous débarrasserez le village de cette sale engeance.

— Oh ! Aurai-je droit à ma statue, moi aussi ?

— En tout cas, peut-être à une plaque commémorative.

Il la regarda accrocher son sac à son épaule, prendre son chapeau de soleil.

— Etes-vous sûre de devoir partir ? Vous n'avez presque rien vu.

— Ce que j'ai vu est déjà beaucoup.

Elle aurait bien voulu aussi s'arrêter devant la plaque dans le cimetière de l'église, l'honorer d'une petite prière en hommage à Lucia. Mais elle savait maintenant ce qu'il était advenu du bel amour italien de son arrière-grand-père. C'était assez.

— J'ai vu ce que je voulais voir, dit-elle encore. Et même davantage. Merci pour ce merveilleux repas, Matteo. Et saluez Graziella pour moi.

— Ce sera fait.

Comme il n'y avait plus rien à dire, il la conduisit jusqu'au garage de béton, situé dans le sous-sol de la maison, par-derrière.

Le chauffeur, sans doute prévenu par Graziella, les attendait en lisant son journal, et se leva aussitôt pour ouvrir la portière côté passager à Sarah. Puis, comme elle ne montait pas tout de suite dans le véhicule, il reprit discrètement sa place derrière le volant, les laissant en tête à tête.

Ils restèrent une longue minute à s'observer, ne sachant ni l'un ni l'autre comment se séparer. Une poignée de main pouvait paraître trop formelle. Un baiser, même sur la joue, trop dangereux.

Elle opta pour la poignée de main.

— Au revoir, Matteo.

Il prit la main qu'elle lui tendait, la retint un moment.

— *Quando verriamono ancora…*

Il la libéra, tint la portière pour elle. Quoi qu'il ait dit, il n'attendait visiblement pas de réponse et elle monta dans le véhicule sans un mot. Il y eut un claquement étouffé tandis que la portière se refermait et, avant même qu'elle ait pu attacher sa ceinture, la voiture sortait en bourdonnant agréablement du garage.

Se retournant tandis que la limousine s'éloignait sur la petite route serpentant entre les vignes, Sarah aperçut Matteo, toujours immobile là où elle l'avait laissé.

Quelle mouche l'avait piquée de s'enfuir ainsi ?

Ne l'avait-il pas invitée à rester ?

La route s'enfonça dans une déclivité de terrain, l'homme et la maison disparurent. Se rasseyant correctement sur son siège, elle attacha sa ceinture. De lourdes grilles de fer s'ouvraient lentement devant eux, une nuée de motos et de scooters formant une haie compacte les attendait.

La voiture franchit la grille dans un crépitement de flashs qu'elle remarqua à peine, trop occupée par ses regrets. Pour une fois, elle qui avait toujours joué la carte du bon sens, elle regrettait le risque qu'elle n'avait pas pris.

Toute sa vie, elle avait fait ce qu'il convenait de faire, choisissant de commencer tout de suite ses études plutôt que de prendre une année sabbatique à l'étranger, se précipitant sur un bon emploi après son diplôme surtout parce qu'il était dans la ville où elle avait toujours vécu, tombant amoureuse du premier garçon qui lui avait fait battre le cœur.

Jamais elle n'avait vraiment éprouvé le besoin de déployer ses ailes, de prendre son envol.

Même depuis qu'elle était à Rome, elle menait une vie raisonnable et casanière.

Non, décidément, elle n'était pas du genre à marcher du mauvais côté de la rue.

Et aujourd'hui, pour la première fois de sa vie, elle avait rencontré quelqu'un qui lui faisait perdre tout contrôle.

Elle ne savait pas exactement ce qui s'était passé quand Matteo l'avait embrassée, sinon que la Terre semblait avoir soudain changé d'orbite et qu'elle avait perdu tous ses repères. Un bref instant, elle avait éprouvé des sensations exaltantes, et terrifiantes à la fois.

Et cette fois, son cœur ne s'était pas mis simplement à battre plus vite. Il s'était littéralement emballé.

A un moment de la journée, elle avait quitté la large autoroute de sa vie bien rangée pour suivre un chemin étroit et sinueux qui s'enfonçait au milieu de bois obscurs. Un de ces itinéraires dont on ne voit pas la fin et qui, comme dans les contes de fées, vous donnent la chair de poule.

Elle avait retrouvé le droit chemin maintenant, mais, alors qu'elle roulait en toute sécurité sur l'autoroute bien tracée, en direction de la vie sage et bien réglée qu'elle menait à Rome, elle regrettait déjà l'étroit sentier au milieu des bois obscurs.

Quando…

Quand ?

Elle se voyait de nouveau étendue sur le doux tapis d'herbes sèches et odorantes, blottie dans les bras de son bel amant italien, prête, ne fût-ce qu'une seule fois, à jouir du goût sauvage de la vraie vie.

*
* *

Matteo regarda la voiture disparaître derrière le tournant.

— Ta visiteuse est partie.

Il se retourna pour regarder Nonna qui venait d'apparaître à son côté.

— Je ne savais pas que tu étais rentrée, dit-il en l'embrassant sur les deux joues.

— Graziella m'a dit que tu déjeunais en tête à tête avec une jeune dame. Je ne voulais pas vous déranger.

Il lui prit le bras pour la raccompagner dans la maison.

— Tu ne nous aurais pas dérangés. Elle aurait été ravie de faire ta connaissance.

— Je suis sûre qu'elle était assez bien élevée pour me le laisser croire, répondit-elle malicieusement. Puis-je savoir qui elle est ?

— Elle s'appelle Sarah Gratton. C'est une Anglaise qui visitait le village.

Nonna fronça les sourcils.

— Une Anglaise ? Mais comment as-tu fait sa connaissance ?

— Je l'ai trouvée sur la propriété. Elle s'y était introduite, soit par erreur, soit volontairement. Je ne sais pas.

— Mais tu crois plutôt à la deuxième hypothèse.

— Bella traverse une mauvaise passe avec Nico en ce moment. Les requins ont senti le sang dans l'eau froide.

— Quel dommage ! Moi qui croyais que tu avais fait une belle rencontre.

Elle espérait sans doute qu'il avait enfin réussi à laisser le passé derrière lui. Qu'il était prêt à repartir d'un nouveau pied.

Rosa Leone, qu'il avait toujours appelée Nonna, s'était occupée de lui depuis que sa mère avait quitté la maison. Il savait qu'elle avait hâte de le voir installé dans une relation épanouie. De voir une nouvelle génération de jeunes enfants gambader dans la maison, la remplissant de leurs cris et de leur joie de vivre.

— Bella et moi sommes une source de soucis pour toi, je le sais bien.

— Non. Jamais ! Mais je voudrais vraiment vous voir heureux tous les deux ! La maison paraît si vide, maintenant.

Elle s'approcha de la fenêtre pour regarder la route sinuant au milieu des vignes.

— Elle est passée par l'église, tout à l'heure, ton Anglaise.

— A l'église ?

Sarah n'en avait pas parlé, même quand il avait évoqué la plaque commémorative. Chaque fois qu'il commençait à croire, à espérer peut-être qu'elle était ce qu'elle prétendait être, un détail venait mettre ses illusions à mal.

— Et que voulait-elle ?

— Je ne sais pas. Peut-être parler avec le prêtre. Mais il y avait la queue devant le confessionnal. Je venais de déposer des fleurs devant la plaque de Lucia Mancini et je l'ai vue devant la porte, en train de regarder tout autour d'elle. Un moment, j'ai cru que…

— Que quoi ?

— Que je la connaissais.

Nonna eut un frisson, et revint vers le centre de la pièce.

— Puis elle est partie.

— Nous avons parlé de Lucia, dit-il. Je lui ai raconté comment elle a sauvé la vie de mon grand-père. Comment elle s'en est occupée. Sarah a même dit que le village devrait lui ériger une statue sur la place.

— Parce qu'elle a nourri ton grand-père au sein ?

— Parce qu'elle a sauvé le village.

— Quelle bêtise !

— Peut-être… Mais sans mon grand-père, les choses seraient bien différentes, dans le pays.

— Ça, c'est bien vrai ! s'exclama Nonna en lui prenant affectueusement le bras. Je ne t'aurais pas, Matteo.

Sarah avait dit quelque chose de semblable. Du moins, elle avait commencé une phrase comme : « Sans elle, aucun de nous… »

Mais elle s'était interrompue, comme si elle avait craint d'en avoir trop dit.

— Ni Bella, répondit-il machinalement.

— Toi, tu es différent, Matteo, dit Nonna en prenant place

dans son fauteuil préféré, dans le coin le plus ombragé de la terrasse. Va-t-elle revenir, la jeune Anglaise ?

Quando verriamono ancora ?

« Quand nous reverrons-nous ? »

— Elle a dit qu'elle avait eu ce qu'elle était venue chercher.

— Et de quoi s'agissait-il ?

Il n'en avait aucune idée. Quelques clichés de la maison ? Du paysage qui l'entourait ? Le bonus inespéré d'une rencontre avec lui ? Si c'était cela, elle serait restée. Elle aurait profité de l'occasion qu'il lui avait offerte pour visiter la maison, lui poser des questions.

Il lui avait proposé de passer la nuit ici, bon sang ! Il ne pouvait pas lui rendre la tâche plus facile.

Avait-elle craint d'avoir été trop loin ? Le baiser qui avait déclenché entre eux une déflagration tout à fait inattendue… La langue de Sarah sur ses doigts tandis que le grain de raisin explosait dans sa bouche…

A moins qu'elle ait eu peur ?

Il ne s'était passé que quelques semaines depuis sa rupture avec l'homme qu'elle allait épouser. Elle n'était sans doute pas prête pour une nouvelle aventure.

Et s'il s'était trompé du tout au tout ?

C'était le problème avec la confiance. Une fois détruite, tout est sujet à caution. Il avait même douté de son propre frère, le jugeant capable, lui qui était toujours à court d'argent, d'avoir laissé le cheval de Troie pénétrer chez eux.

Mais le plus grave, ce n'était pas qu'il se méfiait des sentiments des autres. C'était qu'il n'avait plus confiance en lui-même.

Le désir qui avait traversé tout son corps comme une décharge électrique quand il avait touché Sarah n'avait fait que susciter sa méfiance. Il n'était plus capable de réagir avec son cœur, avec sa passion, sans songer au lendemain.

Et sans tout cela, ce n'était plus que du sexe.

Il serra le poing comme pour écraser le souvenir des lèvres de Sarah sur les siennes.

Il essaya de se persuader qu'il était content qu'elle soit partie.

Levant les yeux, il vit que Nonna s'était assoupie. Il la laissa se reposer dans la fraîcheur de l'ombre et, se réfugiant dans son bureau, ouvrit sur son ordinateur le message contenant la photo de Sarah.

Il resta un long moment à la contempler, repassant tous les événements dans sa mémoire. Le moindre de ses mots. Quelque chose le titillait, quelque chose qu'elle avait dit, pas à propos de Bella, mais qui n'était pas tout à fait normal…

Alors, parce qu'il devait savoir la vérité, il se connecta sur Google et composa le nom de Sarah Gratton.

Grâce à la Mercedes d'Isabella, le trajet de retour à Rome fut rapide et confortable.

Sarah indiqua au chauffeur l'endroit où il pouvait la déposer mais, quand le véhicule s'arrêta, elle s'entendit demander :

— Si je vous donne un mot à l'intention du *signor* Di Serrone, pourrez-vous le lui transmettre ?

— Bien sûr, *signora*. Je vais le déposer au *palazzo* en rentrant chez moi.

Matteo habitait-il un palais ? Ce mot pouvait également désigner un ensemble d'appartements. Elle aussi habitait un *palazzo*, mais on était loin des marbres et des fontaines chantant dans des cours fleuries.

— Merci.

Fouillant dans son sac, elle en sortit un stylo et une carte postale de la piazza di Spagna qu'elle voulait envoyer à sa mère et écrivit :

« Cher Matteo,

» Merci encore pour cette belle journée. Je serais bien incapable de cuisiner aussi bien que Graziella mais, si vous êtes prêt à en prendre le risque, peut-être pourrais-je vous rendre la politesse un soir prochain ? »

Elle ajouta son numéro de téléphone, son adresse, et signa simplement : Sarah.

Puis, trouvant son message un peu trop froid, trop poli,

elle gribouilla hâtivement un post-scriptum avant de tendre la carte au chauffeur.

De nouveau, les flashs crépitèrent quand il lui ouvrit la porte et elle dut se frayer de haute lutte un chemin au travers de la foule des paparazzi qui la criblaient de questions.

Quand ils comprirent qu'elle n'était pas Isabella, ils se volatilisèrent comme un vol d'étourneaux, non sans quelques commentaires plus ou moins agréables.

Et elle se retrouva seule, au bas de sa rue en pente, le cœur battant.

Elle comprenait maintenant comment on pouvait, quand on était une célébrité, se sentir harcelé, pris en chasse.

Quand, les cheveux en bataille, elle poussa la porte de son café favori, elle était essoufflée, et un peu désorientée.

— *Ciao*, Sarah. Qu'est-ce que je vous sers ? lui demanda Angelo, qui lui servait son petit déjeuner presque tous les matins.

— Un cappuccino.

Il lui prépara sa commande en quelques gestes économes puis déposa la grande tasse fumante sur le comptoir et la dévisagea, un peu étonné.

— Vous paraissez toute sens dessus dessous. Où avez-vous été, aujourd'hui ?

Pour toute réponse, elle sortit son téléphone portable et lui montra l'une des photos qu'elle avait prises.

— Ici, dit-elle en lui montrant le paysage de vignes, avec, au loin, la silhouette familière de la colline du village d'Arpino.

— Avez-vous goûté le vin local ? Un vrai nectar.

— J'y ai goûté. Il est remarquable.

Un autre client requit l'attention d'Angelo et elle fit défiler les photos sur son écran, s'arrêtant à celle que Matteo avait prise d'elle-même.

Elle avait du mal à se reconnaître.

Son intention avait été de reproduire celle que Lex avait prise de Lucia, et cela avait réussi au-delà de toute imagination.

Avait-elle réellement regardé Matteo ainsi ? Avec les yeux, la bouche, d'une femme qui vient d'être embrassée… Penchée vers lui, s'offrant presque.

Pas étonnant qu'il lui ait demandé de rester. Il avait dû croire…

Elle rougit et eut un petit gémissement.

Quand il lirait la carte, il n'aurait plus aucun doute.

Matteo commença ses recherches par le site de l'école internationale dans laquelle Sarah avait prétendu travailler. Son nom et sa photo y figuraient bel et bien. Sarah Gratton, ancien chef de département de l'école de langues de Maybridge High et maintenant remplaçante d'un professeur en congé de maternité.

Elle le regardait sereinement, l'air grave et aimable à la fois. Une parfaite professionnelle.

Rien à voir avec le cliché qu'il avait pris sur le muret de sa propriété.

Il composa ensuite le nom de Maybridge Languages School et la trouva, là aussi, dûment enregistrée dans l'équipe des enseignants avec la mention :

« Provisoirement en poste à Rome ».

Le mot *Rome* était cliquable. Il activa le lien, et vit défiler les premières impressions de Sarah depuis son arrivée dans un blog qu'elle avait intitulé tout simplement « Blog de Sarah GRATTON ».

Ainsi, elle était bien qui elle prétendait être, décida-t-il avec un sourire. Et il était prêt à parier les bénéfices de sa cuvée à venir que la photo de son pied nu, délicatement chaussé d'une fine sandale dorée, était destinée à la fille qui lui avait pris son fiancé. Nul doute que, scotchée à cette photo, la jeune personne en question, bientôt enceinte jusqu'au cou, formulerait les vœux les plus ardents pour que Sarah se trouve un nouveau compagnon, vite fait, bien fait.

L'excursion de Sarah à Isola del Serrone figurerait-elle elle aussi bientôt dans son blog ? Dans une rubrique du genre : Comment l'histoire moderne peut rejoindre un vieux village des Apennins ? Ou : Les rencontres que l'on peut faire sur les sentiers des collines ?

Il enregistra la page dans ses favoris puis revint à la liste du personnel enseignant. Il n'y avait qu'un Tom, un jeune homme aux cheveux châtains et au sourire sympathique.

Et parfaitement ordinaire.

Matteo avait du mal à les imaginer ensemble.

Pas de Lex, par contre. Mais c'était certainement un diminutif. Alex ? Alexandre. Il n'y avait personne portant l'un de ces prénoms sur la page. Peut-être était-ce un membre de la famille de Sarah ?

Il enquêta sur Facebook, mais elle n'y était pas inscrite. Ni sur aucun réseau social de sa connaissance. Sage précaution quand on était professeur.

Il reporta son attention sur la photo. S'attarda sur les grands yeux souriants, sur la bouche pleine. Elle avait vraiment du chien, elle était même franchement belle. Et malgré les étincelles qui crépitaient entre eux dès qu'ils se regardaient, elle n'avait pas fait mine de saisir au vol la moindre des opportunités qu'il lui avait offertes de se rapprocher de sa famille.

Maintenant, c'était à lui de partir à sa recherche. Elle l'avait laissé planté là, sur son propre territoire, avec pour tout souvenir le contact de ses lèvres sur les siennes, de sa langue sur ses doigts. Sans un regard en arrière.

Elle ne lui avait même pas laissé son numéro de téléphone, ni son adresse, laissant par là clairement entendre qu'elle n'avait pas l'intention de le revoir.

A moins que ce ne soit le fait d'une intelligence diabolique ? Elle lui avait laissé entrevoir la possibilité d'échanges torrides puis, après avoir allumé la mèche, avait pris ses distances, le laissant se consumer dans des désirs inassouvis.

Ou alors, elle était exactement ce qu'elle prétendait être, une jeune femme déçue par une expérience malheureuse et qui n'était pas prête à prendre de nouveaux risques.

Là, il comprenait. Il était passé par là. Ses propres blessures étaient encore suffisamment fraîches pour le prouver.

Pouvait-il s'être mépris à ce point ? Et si c'était le cas, cela avait-il la moindre importance ?

Il serra les poings. Si elle jouait au chat et à la souris avec lui pour un magazine prêt à payer au prix fort de nouvelles révélations fracassantes sur leur famille, il fallait qu'il en ait le cœur net. Et si ce n'était pas le cas, eh bien… Ne cherchait-elle pas un *italian lover* pour distraire ses peines de cœur ?

Tout ce qu'il avait à faire, c'était de trouver le meilleur moyen pour ensorceler la demoiselle. Tout en prenant des précautions pour ne pas lui-même se laisser prendre au jeu.

En attendant, son expérience en ce domaine lui dictait la meilleure stratégie.

La laisser faire le premier pas !

6

Quelques jours plus tard, Matteo regardait l'endroit où le mur était effondré. Tout avait été restauré sauf là. Comme pour laisser une issue de secours. Un moyen de sortir de la propriété en toute tranquillité. Comme tout le monde, il l'avait utilisé gamin, puis jeune homme, s'échappant à l'insu de tous pour aller danser avec les filles du village.

Une fois parvenus à l'âge adulte, tous les fils de la famille s'étaient arrêtés avec un sourire indulgent devant ce mur, et avaient passé leur chemin, laissant le champ libre à la prochaine génération.

Il poursuivit sa route en direction de l'oliveraie pour voir où en était la maturation des fruits noirs et embaumés uniquement destinés à la consommation familiale. Ses pieds foulaient au passage des touffes odorantes de thym citron.

Et, tout de suite, leur parfum fit se matérialiser dans son souvenir le visage de Sarah Gratton.

Elle n'avait pas demandé son numéro de téléphone, ni donné le sien. N'avait donné aucun signe de vie malgré le prétexte tout trouvé de la statue. Il en avait certainement fait trop, à propos de la pauvre Lucia, mais au moins, ils avaient bien ri.

Il s'interrompit dans sa marche. Inutile de se mentir. Il attendait un appel, ou au moins un mot de remerciement pour le déjeuner. Elle était tout à fait le genre de personne à agir ainsi.

Et sinon, si elle faisait partie de ces filles faciles ne reculant devant rien pour se faire inviter, elle aurait téléphoné pour lui demander si par hasard il n'aurait pas retrouvé un de ses pendants d'oreilles. Ou l'informer qu'elle avait dû oublier ses lunettes de soleil dans la voiture. Il avait entendu ce genre d'excuse des dizaines de fois.

Il avait tout imaginé. Sauf le silence.

Et, du coup, il ne parvenait pas à se retirer sa belle visiteuse de la tête.

Il avait commencé à rêver d'elle, de ses yeux, de la soie de ses cheveux, du parfum de sa peau.

Aucun labeur physique ou intellectuel, que ce soient les préparatifs des vendanges ou l'organisation de la série de visites d'affaires qu'il devait faire prochainement dans toute l'Europe, ne parvenait à la lui faire oublier.

— Humm… Une jolie plante, et qui sent drôlement bon, dans un joli papier de soie. Il y en a qui ont de la chance.

Sarah leva les yeux au moment où Pippa posait une masse de papier jaune vif sur le coin de son bureau. Puis la jeune femme lui tendit une épaisse enveloppe couleur crème avec un sourire entendu.

— On dirait que vous avez un admirateur, *signora* Gratton. Ne serait-ce pas le beau viticulteur qui vous a invitée l'autre jour ?

Le téléphone sonna dans le bureau voisin.

— Sauvée par le gong, dit Pippa. Pour le moment…

Une fois seule, Sarah ouvrit l'enveloppe.

« Voici un modeste cadeau de mon jardin pour votre terrasse. Il tiendra compagnie à votre pélargonium.

» Matteo »

Le cœur battant à se rompre, elle dégagea la plante de son emballage. Le parfum entêtant du thym lui apprit ce qu'il contenait avant même que les minuscules feuilles noir et doré n'émergent.

Rien de dispendieux. Simplement une touffe de thym sauvage, avec la motte de terre du jardin, placée dans un pot de terre cuite.

Et pourtant, c'était un cadeau très spécial. Très personnel.

Ce ne fut que plus tard, après l'avoir rapporté à la maison

et lui avoir trouvé l'emplacement idéal sur la terrasse, qu'elle se demanda comment il savait, à propos du géranium. Ou plutôt, du pélargonium. Bien sûr, un botaniste ne pouvait qu'utiliser le mot savant.

Elle lui avait parlé de son appartement, mais elle n'avait donné aucun détail. Pas plus sur la terrasse que sur les plantes que ses nouveaux étudiants lui avaient offertes.

Il avait dû consulter le site de Maybridge High !

Elle ne savait pas si elle devait se sentir flattée, ou contrariée, de la peine qu'il s'était donnée. Après tout, cela avait tout l'air d'une enquête. Il avait voulu savoir si elle était bien celle qu'elle prétendait être.

A moins qu'elle ne lui ait manqué ?

Après tout, cela faisait maintenant une bonne semaine…

Elle froissa les feuilles de thym entre ses doigts et, tout imprégnée de leur parfum, s'empara de son téléphone pour prendre une photo. Au moins maintenant, son blog servait réellement à quelque chose.

Blog de Sarah Gratton

Amour à l'italienne. Cette plante, Thymus citriodorus 'Aureus', *est arrivée sur mon bureau à l'heure du déjeuner, souvenir merveilleusement odorant de mon excursion dans la campagne romaine chez un homme qui correspond trait pour trait à l'amant italien que m'a prescrit mon grand-père pour soigner mon cœur brisé. Grand, brun, avec un regard velouté qui vous ferait oublier jusqu'à votre propre nom, et des baisers à vous faire fondre tout entière au creux de ses grandes mains brunes.*

Elle sourit pour elle-même. Il y avait là de quoi faire réfléchir son ancien directeur sur l'utilité d'un tel blog. Elle téléchargea la photo des oliviers et des artichauts du verger de Matteo. Y ajouta la photo du pot de thym, juste à côté du pélargonium.

Juste au cas où Matteo passerait de nouveau par là.

Elle venait juste de cliquer sur « Publier » quand son téléphone sonna.

— Oui, Pippa ?

— Tu es bien assise ?

— Euh... Oui.

— Alors, accroche-toi bien, mon chou. J'ai quelque chose à t'apprendre sur le viticulteur qui vient de t'envoyer un pot de fleurs.

— Il est marié ?

— Non, rien de si embêtant. Mais c'est juste que c'est un... aristocrate. Un comte. Comte Matteo Di Serrone.

Rentrée chez elle, Sarah, confortablement installée à l'ombre sur sa terrasse, relisait son blog.

Elle savait qu'elle aurait dû effacer son dernier message. Au cas où, là-bas, dans la froide Angleterre, quelqu'un, à part la pauvre Louise, lirait malgré tout son blog.

Si seulement il était aussi facile d'effacer Matteo de son esprit, et de son corps ! D'envoyer dans les oubliettes de la mémoire une caresse, un baiser, un bel après-midi d'été. Comme ça, d'un simple clic de souris.

Elle regardait d'un œil distrait les monuments de Rome dont l'habit de lumière scintillait dans la nuit. Un peu plus loin sur la droite, le long ruban des voitures se déroulait comme une guirlande lumineuse sur la via Merulana. Mais elle était trop en colère pour jouir du spectacle.

Son téléphone émit quelques bips, l'informant qu'elle venait de recevoir un message. De Pippa, probablement, qui devait poursuivre son enquête sur le beau comte Matteo !

Non, ce n'était pas Pippa.

Je viens seulement de trouver votre carte. Dîner, demain soir ? Matteo.

Mauvais timing ! Deux heures plus tôt, elle aurait été folle de joie. Et ravie d'apprendre que l'envoi du thym citron avait été un geste spontané et non une simple réponse polie à sa carte.

Dire qu'elle avait été s'imaginer qu'elle l'intéressait assez pour qu'il lise son blog !

Cela dit, s'il venait seulement de prendre connaissance de son petit mot, il n'y avait aucun rapport entre l'envoi du pot de thym et ce petit mot. Dans ce cas, étant donné la rapidité de sa réponse, il était intéressé. Et pas qu'un peu !

Malgré tout, sa joie était largement ternie par la colère suscitée par le fait que, lorsqu'il s'était présenté à elle, il avait omis son titre. Se méfiait-il d'elle à ce point ? A moins qu'il ne préfère cacher ses origines aristocratiques à une pauvre fille du peuple, de peur de l'éblouir ? Ou de la transformer en séductrice intéressée ?

Le pire, c'était qu'il ne se gênait pas pour profiter des privilèges dus à son rang, elle s'était empressée de le vérifier. Qui ne l'aurait fait à sa place ?

Google lui avait obligeamment fourni les informations nécessaires. Photographies de magazines montrant le comte paradant dans des galas, des bals ou des fêtes mondaines, avec à son bras les plus jolies femmes du moment, actrices, mannequins, jolies filles à marier de l'aristocratie européenne.

Eblouissant dans son smoking.

Incroyablement digne et impressionnant lors d'une réception officielle, en nœud papillon blanc et queue-de-pie, une décoration rouge sur la poitrine.

Avant même de réfléchir, elle tapota sur les touches de son téléphone :

Bonne idée ! Devrai-je mettre mon diadème ?

Sitôt le message envoyé, elle regretta cette réponse idiote. Mais la réponse ne se fit pas attendre.

Je ne sais pas. Le portez-vous d'ordinaire dans votre cuisine ? M.

Avant qu'elle ait le temps de trouver une réponse lui permettant de sauver la face, le téléphone sonna dans le creux de sa main. Elle le posa aussitôt sur la table basse, comme s'il allait la mordre.

Puis elle déglutit péniblement. Elle n'était pas obligée de répondre, après tout. Sa boîte vocale s'en chargerait à sa place. Si ce n'est qu'elle le regretterait encore plus après. Après tout, c'était elle qui avait écrit cette carte lui suggérant de la rappeler, n'est-ce pas ?

Elle reprit son téléphone, décrocha. Avant même qu'elle ait eu le temps d'ouvrir la bouche, la voix de Matteo retentit au bout du fil :

— Vous êtes fâchée contre moi, Sarah ?

— Non…

— Ah, je vous en prie, ne soyez pas polie. Dites-moi la vérité. Mordez, griffez ! Tout plutôt que vos politesses de gentille petite Anglaise !

— Idiot ! fit-elle en contenant difficilement son rire. Bien sûr que je suis en colère. Vous auriez dû me le dire.

— Pourquoi ? Quelle importance cela a-t-il ?

— Votre titre ou le fait que vous ne m'en avez rien dit ?

— Les deux.

— Je me soucie de votre titre d'opérette comme d'une guigne, Matteo. Mais si vous vous étiez dûment présenté, cela m'aurait évité de passer pour une idiote auprès de mes amis. Ils ne se sont pas privés de me faire savoir que j'avais déjeuné avec un vrai comte italien incognito. Si j'avais su, je ne leur aurais même pas dit que nous avions fait connaissance.

— Pourquoi ? Vous auriez préféré garder notre mémorable rencontre secrète ?

De nouveau, un rire s'étrangla dans la gorge de Sarah.

— Non, mais je suis comme vous. Je préfère la tranquillité, l'anonymat. Et je n'ai pas du tout apprécié le trajet en voiture avec une escorte de paparazzi. Même si certaines femmes aiment se prendre, ne serait-ce qu'un instant, pour une vedette.

— Vraiment ? En tout cas, vous êtes mal informée sur mon compte. Il y a un bout de temps que j'évite soigneusement de faire parler de moi.

Elle ne répondit pas. Avec une cousine comme Isabella Di Serrone, ne pas faire parler de soi était tout simplement mission impossible.

— Je suis sincèrement désolé, Sarah. Je pensais que vous saviez qui j'étais.

— Et comment aurais-je pu le savoir ? Cela fait quatre semaines seulement que je suis en Italie, je ne parle même pas votre langue et, même si j'avais fait des progrès express, les tabloïdes ne sont pas vraiment ma tasse de thé.

Elle s'interrompit brusquement, saisie par une soudaine révélation.

— J'ai compris ! Vous pensiez que je le savais parce que vous m'avez prise pour l'un de ces fouilleurs de poubelles. Un de ces échotiers avides de dénicher les pires ragots, fût-ce au prix du bonheur, voire de la vie de leur victime.

Il y eut un long silence.

Puis la voix de Matteo murmura à l'autre bout du fil :

— Je suis désolé.

Elle ne répondit pas.

— Je suis désolé, dit-il de nouveau, d'abord en anglais, puis en italien, encore et encore.

Il parlait maintenant d'une voix douce et apaisante, comme une caresse sur sa peau.

— Je vous en prie, Matteo. Arrêtez. Je peux comprendre pourquoi vous avez pensé cela.

— Non. Vous ne le pouvez pas. Vous ne savez rien de moi.

— Vous voulez m'en parler ? répondit-elle d'une voix adoucie.

— Une autre fois. Pour le moment, la seule chose que je veux, c'est vous prendre dans mes bras. Et vous embrasser…

Il y eut encore un silence, pendant lequel elle chercha frénétiquement son souffle.

— De préférence, sans votre… diadème.

La manière dont il avait prononcé cette dernière phrase la rendait positivement indécente, et une vague de chaleur envahit Sarah. Si c'était une démonstration de ce qu'un *italian lover* pouvait faire au téléphone…

— Vous êtes loin ? demanda-t-elle à sa grande surprise.

— *Carissima*…

La voix de Matteo traîna sur les voyelles, et elle crut qu'elle allait fondre tout entière sur son transat.

Elle n'en revenait pas. Elle, la fille bien, la prof modèle de l'école de langues la plus chic d'Angleterre, était capable de parler ainsi. De dire des choses pareilles à un homme qu'elle connaissait à peine. Elle aurait dû se ressaisir, rire peut-être, pour détendre l'atmosphère. Mais sa bouche était si sèche qu'elle semblait ne plus pouvoir émettre le moindre son.

Un Klaxon impérieux la ramena soudain à la réalité.

Tout cela n'était qu'un jeu, un jeu qu'elle-même avait commencé avec son petit mot. Rien de sérieux. Et Lex avait raison, c'était exactement ce dont elle avait besoin. Elle n'avait pas envie d'une relation à long terme.

Il n'y avait qu'un seul danger, qu'elle saurait éviter : confondre le sexe avec les sentiments.

— Je me souviens, dit-elle d'une voix aussi posée que possible. « L'attente fait partie du plaisir. »

Un silence, puis la voix chaude de Matteo résonna de nouveau au bout du fil :

— Dans ce cas, j'irai pourtant jusqu'à dire qu'elle n'est que le pâle prélude… Mais il est tard, *cara mia*. N'avez-vous pas une supplique à adresser au maire de notre village ?

Ils savaient tous deux qu'il ne faisait pas allusion à la statue en l'honneur de Lucia, et donc qu'il n'était pas non plus question de supplique. Il s'agissait bien d'un simple flirt. Et jamais Sarah, la sage et timide Sarah, n'aurait pensé être aussi douée.

— Je vais avoir besoin d'aide.

— Pas de problème. Nous commencerons demain. Si votre invitation tient toujours ?

Dernière chance, Sarah Gratton… Tu peux encore dire non.

— A quelle heure ? dit-elle simplement, d'une voix rauque.

— Je viendrai à 19 heures.

Et, sans attendre sa réponse, il ajouta dans un murmure :

— *Buonanotte*, Sarah…

Puis quelque chose comme « *Dolce…* »

Lui souhaitait-il de doux rêves ?

Elle parvint enfin à articuler :

— *Buonanotte*, Matteo…

Mais déjà, on n'entendait plus que la tonalité.

Il fallait absolument qu'elle apprenne l'italien. Pippa lui dirait à qui s'adresser.

Matteo laissa tomber son téléphone sur son bureau, le sourire aux lèvres.

Son titre d'opérette ?

Ce n'était pas le genre de terme qu'on employait lorsqu'on voulait se livrer à une tentative de séduction. C'était en revanche très près, en fait, de ce qu'il se disait cet après-midi même, après une journée à négocier pour vendre ses vins. De nos jours, un titre de noblesse ne servait plus qu'à impressionner les acheteurs étrangers. Et seulement si le prix était correct.

Il exagérait, bien sûr, comme parfois dans des moments de doute. Son nom et son titre lui avaient été légués par des générations de Serrone, au long de siècles d'histoire de son pays. Le raisin poussait sur ces collines alors que Rome n'était encore qu'un village sans importance. Et il se sentait lié à ces vignes, à sa terre, par le même cordon ombilical qui relie l'enfant à sa mère nourricière.

Sarah avait balayé tout cela avec la désinvolture d'un enfant qui donne un coup de pied dans un château de sable.

Et pourtant, il la désirait comme il n'avait jamais désiré aucune femme.

Carissima…

Quand avait-il utilisé ce mot pour la dernière fois ?

Il lui avait échappé sans y penser. Il n'y avait eu là aucun jeu, aucune comédie du parfait *italian lover*. Il l'avait taquinée, flirtant spontanément avec elle, simplement parce qu'elle était une femme infiniment désirable.

Elle n'était pas seulement belle. Elle le faisait rire. De lui, d'elle aussi. Elle touchait au fond de lui quelque chose qu'il avait enterré depuis bien longtemps. Non seulement il la désirait mais, ce qui était plus dangereux, il commençait à l'apprécier.

Beaucoup.

Et c'était une complication qu'il n'avait pas prévue.

Et puis, il y avait ce mystérieux intérêt qu'elle avait manifesté pour Lucia.

Il avait la certitude qu'elle lui cachait quelque chose.

7

Blog de Sarah

Quand j'étais au lycée, j'ai appris par cœur un poème chantant les exploits d'un jeune Romain du nom d'Horace qui avait sauvé Rome quasiment à lui tout seul. J'ai oublié la plus grande partie du texte mais je me souviens de ces quelques vers :

Et comment un Romain mourrait-il plus dignement
Qu'en affrontant sans peur l'ennemi de la cité
Au nom des mannes de ses aïeux
Et pour les temples de ses dieux ?

Je crois être tombée un peu amoureuse du bel Horace. Quand je suis partie courir ce matin, je me suis arrêtée un instant devant un temple nimbé de la brume rose de l'aube sur lequel, un jour, jadis, ses yeux avaient dû se poser.

Sarah avait passé une mauvaise nuit, s'agitant entre ses draps tandis que, dans un état de semi-conscience, elle ressassait les mêmes questions. Quelle mouche l'avait piquée de se lancer à la tête d'un homme comme cela ? Et où cette aventure allait-elle la mener ?

Elle avait connu d'autres garçons, avant Tom, mais il avait été sa seule relation sérieuse et, tout au fond d'elle, elle avait toujours le sentiment de lui appartenir. Et d'une certaine manière, embrasser Matteo, le désirer, c'était tromper son ancien fiancé.

Sauf quand elle était dans les bras de son bel amoureux italien.

En sa présence, quand elle lui parlait, elle ne pensait à rien d'autre. C'était comme si tout son corps, la moindre parcelle de son être, était tourné vers lui, comme une fleur se tourne vers le soleil.

Un simple jeu pouvait-il procurer des sensations aussi intenses ?

Au moment où le ciel avait viré au gris pâle de l'aube, Sarah avait enfilé sa tenue de jogging et ses vieilles chaussures de course, elle qui n'avait pas couru depuis que Tom avait transféré ses sentiments sur Louise.

Bien sûr, elle sentit très vite la dure réalité de son manque de condition physique. Le premier kilomètre fut un enfer. Respiration courte, poitrine en feu, muscles douloureux. Puis, tandis que le soleil teintait le ciel de rose et d'or, elle parvint à trouver son rythme, tant bien que mal. En revenant chez elle, rose de satisfaction, elle répondit gaiement au bonjour de ses voisins étonnés par un « *buongiorno* » qui ne lui paraissait plus étranger.

Après une douche rapide, elle effaça de son blog le message qu'elle avait écrit la veille et le remplaça par quelques commentaires anodins.

Au déjeuner, à la cafétéria de l'école, Pippa fondit sur elle comme un aigle sur sa proie. Elle l'observa d'un regard scrutateur, passant en revue la robe de cotonnade sans manches, en lin noir, qu'elle n'avait encore jamais portée, et le léger cardigan de cachemire rose pêche qu'elle avait jeté sur ses épaules.

— Tu sais quoi ? Tu commences à avoir l'air d'être un peu d'ici. Tu sais, le look romain…

— Qu'est-ce que c'est ?

— D'abord, la manière de s'habiller. Puis cet air qu'ont les gens de Rome d'être un peu propriétaires des lieux. Il n'y a qu'à Paris que j'ai retrouvé cette sensation-là.

— Etonnant, ce que peut faire un simple petit jogging matinal !

— Tu as le temps de faire du jogging ? fit Pippa en ouvrant grand ses beaux yeux bruns. Et moi qui croyais que tu ne pensais plus qu'à ton beau comte italien !

— Comment sais-tu qu'il est beau ?

— Parce que j'ai regardé sur internet, figure-toi. Et quand je dis « beau », c'est un euphémisme.

— Désolée de te décevoir, Pippa. Nous avons déjeuné ensemble, c'est tout. Et à 18 heures, j'étais rentrée chez moi.

— Mais ce déjeuner fut suivi d'un cadeau.

— Un simple pot de plante aromatique. Ou médicinale, je ne sais pas trop. Il l'a envoyé à l'école parce qu'il ne connaissait même pas mon adresse. Pas de quoi se faire un roman.

C'était la stricte vérité. A ce moment-là, il ne lui avait rien demandé, n'avait donné aucun signal suggérant qu'il désirait la revoir. C'était elle qui avait fait le premier pas.

— Bon. En tout cas, tu as l'air réjoui de quelqu'un qui a des projets plus excitants que de passer la soirée en tête à tête avec un bon livre. C'est fou ce que l'air du matin peut faire ! Ce regard brillant, cette peau lumineuse…

— Viens demain matin avec moi. Tu verras par toi-même.

— Non, merci. Moi, le matin, je dors. Ce soir, si tu veux…, dit Pippa, taquine, avec un regard en coin.

Puis elle ajouta plus sérieusement, comme si Sarah n'avait pas déjà entendu parler de lui des dizaines de fois :

— Au fait, j'ai parlé à Federico, mon boy-friend. Il a proposé de faire des recherches sur un site généalogique. Il pourrait retrouver des informations sur la généalogie de Lucia sans attirer la curiosité des gens de son village.

— Humm… Je n'y avais pas pensé.

— De toute façon, c'est en italien. Tu aurais du mal à comprendre. Mais si tu lui donnes tous les détails en ta possession, il sera heureux de dénicher quelques renseignements pour toi. Tu peux venir dîner à la maison un de ces soirs et nous regarderons ça ensemble.

Une sonnerie retentit, les appelant à une réunion pédagogique.

— Formidable. Mais c'est à moi de vous inviter. Pourquoi pas la semaine prochaine, dit Sarah très vite. Je suis un peu prise, le soir, en ce moment.

— Quand tu voudras.

Pippa lui adressa un sourire malicieux, puis, pivotant sur ses hauts talons, la précéda vers la salle de réunion.

Le soir, un rendez-vous avec un étudiant retarda Sarah. Elle fit des courses à la va-vite chez l'épicier du coin de sa rue et, quand elle poussa la porte de son immeuble, la gardienne se précipita sur elle.

— *Buona sera*, *signora* Gratton.

— *Buona sera*, *signora* Priverino, répondit-elle tandis que la brave femme, la saisissant par le poignet, lui décochait une tirade volubile dont elle ne comprit pas un traître mot.

Sarah la suivit dans sa loge, pestant contre ce nouveau retard. Elle devait prendre une douche, laver et sécher ses cheveux, et faire encore mille autres choses avant l'arrivée de Matteo.

Puis elle vit la boîte posée sur un petit meuble, dans l'entrée du petit appartement. Et l'enveloppe crème avec son nom écrit d'une large écriture qu'elle reconnut aussitôt.

La *signora* Priverino en venait maintenant au cœur du drame, usant force mots et gestes pour se faire comprendre. Il semblait en ressortir que le fleuriste, étant arrivé pendant son absence — une de ses très rares absences, insista Mme Priverino en hochant la tête avec véhémence — et n'ayant aucune idée de l'étage de Sarah, avait grimpé plusieurs étages et frappé à plusieurs portes, avant de redescendre pour la trouver, elle, sur le pas de sa porte. Quelle chance extraordinaire, n'est-ce pas ?

— *Molto grazie*, *signora*, dit enfin Sarah en glissant un billet de cinq euros dans la poche du tablier de son ange gardien.

— *Prego.*

L'accorte Romaine hocha la tête avec un gai sourire et tapa dans ses mains.

— *Adesso, vai, vai, ragazza !*

Sarah prit la boîte sous son bras, et se rua dans l'escalier, son autre bras serrant énergiquement le sac de provisions.

Elle laissa tomber le tout sur la table de la cuisine et ouvrit l'enveloppe d'une main tremblante.

Matteo avait-il changé d'avis ? Envoyait-il un cadeau pour s'excuser ?

Elle ouvrit l'enveloppe et en tira un bristol de même couleur.

Le message était bref.

« Il m'est revenu que vous aviez dû travailler toute la journée. Nous dînerons dehors. Matteo. »

Elle hésitait entre le soulagement et une légère contrariété. Après tout, elle s'était donné la peine de faire les courses, choisissant longuement un melon mûr à point pour aller avec le jambon de Parme coupé pour elle par Pietro, de magnifiques escalopes de veau et une salade de roquette fraîche comme le jour. Sans compter l'assortiment de fromages venant de chez Gargantua, piazza dei Fiori. Et les petits-fours de son pâtissier préféré.

Stop !

La fébrilité de l'attente la mettait de mauvaise humeur. Et, tout au fond d'elle, la petite fille sage cherchait un prétexte pour battre en retraite.

Matteo faisait preuve d'une rare sollicitude.

Et elle se montrait aussi aigre qu'une vieille fille.

Les escalopes iraient au congélateur et les petits-fours seraient parfaits avec un café à la pause matinale, dans la salle des professeurs.

Ceci établi, elle ouvrit le carton et découvrit, protégées dans une boîte de sapin odorante, deux bouteilles de vin de la propriété des Serrone. C'était sans surprise, car elle les avait entendues rouler légèrement dans leur boîte tandis qu'elle montait l'escalier.

Ce ne fut pas cela qui fit manquer un battement à son cœur, mais la vue des lourdes grappes de raisin posées dessus, à demi enveloppées dans le même papier de soie jaune que le pot de thym quelques jours plus tôt.

Elle fit courir son doigt sur la courbe doucement renflée

d'un grain, l'arracha délicatement de sa tige et, le glissant dans sa bouche, l'écrasa entre sa langue et ses dents, s'attendant presque à sentir la tiédeur des doigts de Matteo entre ses lèvres.

Soudain, elle était de nouveau transportée sous la pergola, la chaleur vibrant autour d'elle comme le pouls immense de la nature, lourde de bourdonnements d'insectes et d'odeurs végétales. Et, de nouveau, elle sentit monter en elle un désir irrépressible pour un homme qu'elle venait tout juste de rencontrer.

Elle déglutit. Matteo avait raison. Dîner à l'extérieur était certainement plus sage.

Elle rangea ses courses, mit le vin au frais puis arrangea les grappes de raisin dans une coupe de cristal qu'elle avait achetée dans une brocante.

Le téléphone sonna. Son sursaut, les battements précipités de son cœur, la trahirent. Mais ce n'était pas Matteo.

Elle mit un certain temps à reconnaître la voix de son ancien directeur.

— Ici Sarah Gratton.

— Sarah ? C'est moi, Gilles Morgan. Je voulais prendre de vos nouvelles. Votre installation s'est bien passée ?… Et votre nouveau travail, ça vous plaît ?

— Oui, merci.

— Parfait, parfait… Je me disais qu'il fallait qu'on se parle un peu. Je n'avais pas réfléchi en vous demandant de tenir un blog pour l'école. Vous avez certainement des choses plus intéressantes à faire.

Elle sentit sa bouche s'assécher. Elle espérait que personne n'avait lu le message ridicule qu'elle avait posté la veille. Mais, à la manière dont Gilles Morgan avait insisté sur le mot « intéressantes », elle pouvait être sûre que lui, au moins, était tombé dessus.

— Voilà, poursuivait-il d'une voix un peu embarrassée. Je voulais juste vous informer que j'ai supprimé le lien de votre blog sur le site de l'école.

Bon, ce n'était pas une si mauvaise nouvelle.

— Comme vous voudrez, Gilles, répondit-elle avec

empressement, utilisant le prénom de son directeur plutôt que son titre.

Après tout, il n'était plus son employeur et elle ne retournerait jamais enseigner à Maybridge High. D'ailleurs, loin de l'attrister, cette prise de conscience l'emplissait soudain d'un merveilleux sentiment de liberté.

— C'était tout ce que vous vouliez me dire ? demanda-t-elle d'une voix nette.

— Euh… Oui.

— Alors, si vous voulez bien m'excuser… Je dois sortir.

Elle reposa son téléphone, grappilla de nouveau quelques grains de raisin puis alla prendre sa douche.

Pour sa toilette, elle décida de jouer la carte du naturel, un naturel sophistiqué qui lui réussissait si bien depuis qu'elle était en Italie. Un léger maquillage, des dentelles là où on ne pouvait les voir et un simple chemisier de soie crème sur un pantalon de lin gris foncé dont l'élégance reposait simplement sur une coupe parfaite. Puis elle chaussa de confortables ballerines en fine peau de couleur fauve qu'elle n'avait encore jamais portées.

Enfin, elle attacha ses cheveux en une queue-de-cheval retenue sur la nuque avec une barrette d'argent en forme de tortue, héritée de sa grand-mère. Elle eut à peine le temps de vérifier l'ensemble de sa toilette dans sa glace qu'on frappait déjà à sa porte.

Elle respira profondément, et ouvrit.

Matteo, nonchalamment appuyé contre le mur de l'étroit palier, se redressa d'un coup de reins.

Il ne dit rien, ne fit aucun geste. Il se contentait de la regarder intensément de ses beaux yeux noirs.

C'était comme recevoir une caresse. Il posa les yeux sur son visage, sur sa bouche. Et elle réalisa trop tard que son chemisier de soie était une erreur. Il crépitait sur sa peau nue comme une nuée électrique, mettant ses nerfs à vif.

Quand elle crut qu'elle allait s'embraser littéralement s'il ne la touchait pas, ou s'il la touchait, le bras de Matteo jaillit de derrière son dos, lui offrant un bouquet de fleurs.

C'étaient des roses d'un tendre jaune pâle, si fragiles et si belles qu'elle en eut les larmes aux yeux.

Et il n'avait toujours prononcé aucun mot.

— Merci, dit-elle d'une voix étranglée. Entrez. Je…

Elle agita les roses dans l'air, comme pour mimer ce qu'elle ne pouvait dire puis, pivotant sur elle-même, se réfugia prudemment dans la sécurité de sa minuscule cuisine.

Tournant le robinet à fond, elle hésita un moment à se passer de l'eau sur le visage. Se ressaisissant, elle prit un pot à eau en terre cuite, le remplit et disposa les roses dedans, respirant à grands coups pour se calmer.

Elle ne s'arrêta que lorsque le parfum des roses, envahissant ses narines, menaça de lui faire perdre conscience.

— Elles sont magnifiques ! cria-t-elle quand elle put faire confiance à sa voix. Et merci aussi pour le vin. Et pour les raisins…

— Inutile de crier, dit la voix grave de Matteo dans son dos. Je suis là.

Appuyé d'une épaule contre le chambranle de la porte, il l'observait.

Soudain, il marcha vers elle et, lui prenant le vase des mains, il le posa dans l'évier. Puis, l'enserrant par la taille, il l'attira à lui. Son regard se planta dans le sien, sombre, tout éclairs et tonnerre, provocation muette.

— Je ne me fais pas confiance, dit-il. Je ne vous fais pas confiance non plus.

Sur ces mots, il l'embrassa. Sans tendresse, sans jeu érotique, sans flou romantique. Sa bouche prit la sienne avec la fulgurance d'un prédateur.

Elle aurait dû avoir peur, ou du moins, être choquée de cette faim presque sauvage. Mais son sang n'était plus qu'une lave embrasée et elle répondit avec la même fièvre.

Primitif, presque primal, reposant uniquement sur les sens, ce baiser était avant tout honnête et elle le reçut avec la même sincérité, prête à donner le meilleur d'elle-même.

Ce fut le bruit de la cruche se brisant sur le sol qui les sépara.

Relâchant son étreinte, il baissa les yeux sur les fleurs

emmêlées sur le sol, sur la flaque d'eau qui s'élargissait lentement. Puis, refermant ses mains sur les poignets de Sarah, il articula entre ses dents serrées :

— Sortons.

— Mais…

— Dehors. Tout de suite.

Elle contemplait les dégâts, impuissante mais, déjà, il la poussait d'une main ferme vers la porte. Elle eut à peine le temps d'attraper au vol son sac et son cardigan. Déjà ils dévalaient, l'un tirant l'autre, les marches vétustes de l'immeuble.

— Où allons-nous ? demanda-t-elle tandis qu'ils faisaient irruption dans la chaleur encore tiède de cette soirée d'automne.

Il la libéra, enfonçant brutalement ses mains dans ses poches.

— N'importe où. Nulle part. Juste dehors.

Il lui jeta un bref coup d'œil de côté tandis qu'ils descendaient l'étroite rue pavée.

— Vous ai-je fait mal ?

— Non.

S'arrêtant, il la regarda franchement.

— Non, dit-elle avec un geste de la main d'une ampleur typiquement romaine. Et je ne suis pas « gentille », Matteo.

Elle se remit à marcher et il lui emboîta le pas.

— Je vous crois. Les filles « gentilles » n'embrassent pas comme ça. Vous m'avez mordu.

Elle l'avait mordu ? Vraiment ?

Il avait raison. Elle n'embrassait pas comme ça. Du moins, jusqu'à aujourd'hui. Mais jamais elle n'avait été dans un tel état. Avec cette impression d'avoir perdu tout contrôle.

— Attendez-vous des excuses ?

— Je ne me plaignais pas. Et vous ?

— Moi, quoi ?

— Vous attendez des excuses ?

Ce fut à son tour de s'arrêter.

— Non, Matteo. Ce que je veux, c'est un amant. Un homme dont le souvenir me tiendra chaud dans mes vieux jours. Des souvenirs qui choqueront peut-être mes petits-enfants, mais qui me feront sourire encore au crépuscule de ma vie.

— Dans ce cas, rentrons ! fit-il, soudain désinvolte.

Elle s'efforçait de garder son sérieux, mais il avait un tel humour qu'une fois de plus elle dut lutter pour ne pas éclater de rire. Elle adorait cette franchise qui lui faisait voir toujours le bon côté de la vie. Et qui préférait les actes aux grandes tirades.

— Oh ! Matteo. C'est peut-être un peu…

— Rapide ?

— Non. Direct.

— C'est votre faute, Sarah.

Il avait raison. Tom ne l'aurait pas reconnue. Audacieuse, provocante dans la nuit romaine, elle n'avait plus grand-chose à voir avec l'ancienne Sarah.

— C'est votre mauvaise influence. Vous faites de moi une femme fatale.

— Disons que… j'admets seulement avoir libéré la femme fatale qui était en vous. Un rôle que vous avez endossé avec enthousiasme.

Elle le dévisagea entre ses cils baissés.

— Si je vous choque, vous êtes libre de vous retirer.

— Je suis sûr que vous le regretteriez, rétorqua-t-il, ne se souciant pas de dissimuler son sourire amusé quand elle rougit.

Elle s'empourpra encore davantage. Une femme fatale ne rougissait pas.

Sans insister, enlaçant ses doigts aux siens, il l'entraîna vers la ville.

Mais rapidement, leur marivaudage amoureux reprit de plus belle.

— Vous savez sans doute que, dans un entretien de sélection, les deux interlocuteurs ont le même droit à la parole, dit-il soudain. Il ne suffit pas que je vous convainque, moi, de mes atouts. Vous devez vous aussi me persuader que le jeu en vaut la chandelle.

Elle le dévisagea, médusée. Pouvoir lire en elle comme à livre ouvert quand elle jouait ce genre de numéro le rassurait totalement sur sa probité.

— Du sexe sans engagement, c'est le genre de proposition

qu'on ne refuse pas, non ? demanda-t-elle avec une feinte nonchalance.

— Si c'est tout ce que vous recherchez, répondit-il sur le même ton, vous pouvez aller dans n'importe quelle boîte de nuit du Testaccio. Vous ne manquerez pas de candidats.

— Si je ne cherchais que des amants d'une nuit, je n'avais pas besoin de venir à Rome ! fit-elle avec une virulence qui arracha à Matteo un petit rire vainqueur.

De nouveau, la vraie Sarah Gratton montrait le bout de son nez.

— Dans ce cas, qu'êtes-vous venue chercher ?

S'arrêtant net, elle respira un grand coup.

— Bon, vous avez gagné, Matteo. Je mets les pouces. Je ne me suis jamais comportée ainsi jusqu'à aujourd'hui.

La jeune noctambule romaine se transformait en une fragile jeune femme, beaucoup moins assurée.

— Cela, *cara mia*, je m'en doutais.

Lui, en revanche, connaissait ce petit jeu-là sur le bout des doigts. Les fleurs, les billets doux, toutes les petites attentions qui gagnaient le cœur, et surtout le corps, d'une jolie femme.

— Alors, que dois-je faire ? demanda-t-elle. Je veux dire, pour vous convaincre.

— D'avoir une aventure avec vous ?

Parlait-elle sérieusement ?

Et lui ?

A quel jeu jouait-il, exactement ? Cynique, soupçonneux, il était certainement le pire partenaire pour s'embarquer dans une relation légère et gaie, susceptible de soigner un cœur blessé.

8

Blog de Sarah Gratton

En Italie, dîner au restaurant est une tradition importante qui concerne la société tout entière, depuis les grands-parents jusqu'aux jeunes couples d'amoureux ou aux bandes d'étudiants.

Tout le monde est rassemblé autour de la table, gesticulant et riant, le verbe haut et la joie de vivre faisant briller les yeux.

C'est l'un des plus grands plaisirs de cette civilisation méditerranéenne, au climat bienveillant et au tempérament convivial…

Ils arrivèrent enfin dans le restaurant sur lequel Matteo avait jeté son dévolu, une petite trattoria place du Panthéon.

Il était encore tôt et ils purent choisir leur table. Matteo commanda de l'eau, choisit le vin, et le serveur s'esquiva discrètement après avoir laissé la carte sur la table.

Tout de suite, Sarah posa la question qui la taraudait depuis plusieurs jours.

— Pourquoi ne me faites-vous pas confiance, Matteo ? Vous avez été vérifier mon identité sur internet, vous savez d'où je viens, pourquoi je suis à Rome, où je travaille en ce moment. Et pourtant, je sens que vous vous méfiez encore…

— Je me méfie tout autant de moi. Quand je vous ai embrassée, tout à l'heure…

Elle se rappela l'intensité du moment. La passion de leur

étreinte. S'il ne l'avait pas brusquement entraînée dehors, où seraient-ils en ce moment ? Dans son lit, probablement.

Elle secoua la tête.

— C'est différent.

Le silence par lequel il lui répondit était un aveu.

— Vous m'avez dit que vous diriez pourquoi, insista-t-elle.

— C'est vrai. Ce soir, j'avais l'intention de m'asseoir avec vous sur votre petite terrasse, de boire un verre de vin, de grignoter quelques olives, et de vous raconter ma désolante petite histoire.

Puis elle était apparue dans l'entrebâillement de la porte, les pommettes rosies par l'excitation, les yeux brillants, son chemisier de soie frémissant sur sa peau à chaque mouvement.

Et son gentil petit plan bien sage avait explosé comme une bulle de savon.

— Je vais tout vous dire, maintenant.

— Non. Attendez.

Elle baissa les yeux sur leurs mains enlacées et reprit :

— Il faut d'abord que je vous dise quelque chose d'important… Je vous ai effectivement menti sur le motif de ma présence à Isola del Serrone.

Le pouce de Matteo, qui lui caressait doucement la paume, s'immobilisa. Tout sembla se figer autour de lui, le bruit, l'agitation dans le restaurant. Son cœur lui-même.

— Menti ?

Tout ce qu'il savait d'elle paraissait maintenant si logique, si évident. Et pourtant, tout au fond de lui, il avait toujours su que sa présence à Isola del Serrone n'était pas due seulement à la recommandation d'un ami.

— Alors ? demanda-t-il d'une voix faussement assurée. Pourquoi êtes-vous venue chez nous ?

— C'est bien Lex qui m'a parlé de ce village. Et j'ai eu envie de le voir. De pouvoir lui dire ce qu'il était devenu. Lui dire que c'était toujours aussi beau.

Maintenant, les mots se précipitaient en elle.

— Mais je suis aussi venue pour voir la maison. Votre maison.

Les doigts de Matteo se resserrèrent sur son fin poignet,

comme pour retenir quelque chose de très doux, un bonheur qui s'évanouissait.

Mais elle le regardait de l'autre côté de la table, les yeux calmes et graves, la bouche encore gonflée de ses baisers, si belle… Il regrettait maintenant de n'être pas resté chez elle. Que leur baiser ne se soit pas conclu comme il l'aurait dû, dans le lit de Sarah, son corps nu contre le sien, là où les mots n'avaient plus d'importance.

— C'est pour cela que j'ai grimpé le chemin de la colline, dit-elle encore. Je pensais que, de là-haut, je pourrais la repérer au milieu des vignes.

— Et vous aviez raison, dit-il d'une voix dont le calme détachement l'étonnait lui-même.

Détachement ? Croyait-il vraiment que ce qu'il éprouvait pour Sarah Gratton n'était que du désir ? A la minute même où il l'avait vue pour la première fois, où il l'avait surprise assise sur le mur, dans un halo de lumière, où il l'avait embrassée, il avait commencé à s'attacher à elle.

— Je m'attendais à une ruine… Et puis j'ai retrouvé le mur, reconstruit. Envahi par les fleurs. Magnifique.

Soudain, un éclair jaillit dans la cervelle de Matteo. Lorsqu'ils avaient parlé du rôle du hasard dans la vie, elle avait dit que si son grand-père n'avait pas survécu, la maison serait toujours un tas de ruines. Elle savait donc que, jadis, bien avant leur naissance, elle avait été détruite.

— Qui est Lex ? demanda-t-il d'une voix nette.

Elle battit des paupières.

— Mon arrière-grand-père.

— Arrière ?

Le serveur arriva avec le vin, et il le chassa d'un geste impatient, sans se préoccuper de vérifier ni l'étiquette, ni la température, ni les arômes.

Ce fut elle qui le remercia en italien.

— Votre arrière-grand-père ? répéta-t-il. Combien de temps a-t-il séjourné au village ? Quand ?

— Cela fait très longtemps. Nous venons de fêter son quatre-vingt-dixième anniversaire. Il est toujours très actif, joue aux échecs dans un club, part de temps en temps en croisière. Pour taquiner ma grand-mère, il prétend qu'il cherche une veuve joyeuse.

— Quand tout cela s'est-il passé, Sarah ?

Il la vit retenir son souffle, et connut la réponse une fraction de seconde avant qu'elle n'ouvre la bouche.

— En 1944.

— C'était un soldat anglais ?

Un de ceux qui étaient venus libérer le village et qui furent accueillis avec des hourras et des danses dans les rues.

— Non. Il appartenait à la Royal Air Force. Il faisait des vols de reconnaissance. Prenait des photos aériennes. Son avion a subi une avarie et il a dû sauter en parachute. C'est une jeune femme du village qui l'a retrouvé, frigorifié, affamé. Elle l'a recueilli, l'a caché pendant des mois, jusqu'à l'arrivée des Alliés.

Pendant des mois ?

— Je n'ai jamais entendu parler de cette histoire.

— Moi, j'ai grandi avec elle. C'est dans ce qui restait de votre maison qu'ils s'étaient réfugiés.

— Cette femme risquait sa vie. Elle devait avoir un courage et un cœur immenses…

— Elle était aussi très belle. Lex m'a montré une photo d'elle, assise sur le mur écroulé. Exactement à l'endroit où vous m'avez trouvée.

— Et c'est son nom que vous avez prononcé quand je vous ai embrassée. Lucia…

Maintenant, tout était clair. La tristesse de Sarah, l'ombre qui avait traversé son visage quand elle avait appris la mort de Lucia.

— Je la sentais si proche de moi, dit-elle dans un murmure. C'est difficile à expliquer mais, un moment, sur ce mur, je me suis prise pour elle. J'étais là, sur ce mur, il y a plus de soixante ans, et je faisais mes adieux à l'homme que j'aimais. Sachant que je ne le reverrais jamais.

— Vous pensiez à eux, dit-il, essayant de rationaliser ses propos. Et vous imaginiez la scène.

— Oui… Mais c'était même plus fort que cela… Lex ne

voulait pas que je vienne ici. Il disait que remuer les vieux souvenirs pouvait être une erreur. Peut-être avait-il raison.

— Non. Nous devons nous souvenir. Toujours.

— Lui, en tout cas, n'a pas oublié. Pour la première fois depuis qu'il me raconte cette histoire, il y a quelques semaines il m'a montré une photo de Lucia, cachée dans une vieille boîte de biscuits. Sans doute parce que je lui annonçais que je partais travailler à Rome…

— Ils se sont aimés.

— Oh ! oui. Beaucoup.

— *Amore vietato*. Les amours interdites sont souvent les plus intenses. Allez-vous lui dire ce que vous avez découvert ?

Elle secoua la tête.

— Non. Il serait malheureux d'apprendre qu'elle est morte si tôt après son départ. Il lui a envoyé de l'argent mais il a toujours regretté de ne pas avoir pu faire davantage. Quand la guerre s'est déclarée, il venait de commencer ses études de médecine.

— A-t-il pu les achever ?

— Oui. Il a fondé une famille. Eu plusieurs enfants.

— Alors, vous avez raison de ne rien lui dire, dit-il avec chaleur, soulagé de voir ses soupçons levés.

Le hasard avait donné Lex à Lucia ; à lui, il avait apporté Sarah. Il ne pouvait que se sentir reconnaissant.

— En tout cas, ce qui est incontestable, *amore mio*, c'est que sans elle, tous les deux, nous ne serions pas là, dit-il encore en portant sa main délicate à ses lèvres. Nous allumerons un cierge dans l'église. *Per amore. Per luce.* « Au nom de l'amour. Au nom de la lumière. »

Elle aurait été incapable de dire ce qu'elle avait mangé. Ils restèrent assis à leur table longtemps, parlant de tout et de rien. De son enfance, de ses frères aînés qui, contrairement à elle, avaient quitté le nid dès que possible, l'un s'installant au Canada, l'autre en Nouvelle-Zélande. Du jardin de sa mère, de sa dernière visite aux abeilles, pour leur annoncer son départ.

— Parce que vous parlez aux abeilles ? demanda-t-il, souriant.

— Bien sûr. Elles font partie de la famille. Et si vous ne leur dites pas tout, elles partent.

— Vraiment ?

— Peut-être ne sont-elles que de stupides abeilles anglaises, très susceptibles.

— Non, je ne crois pas. Nonna aussi rend souvent visite à ses ruches quand elle a des soucis. Elle bavarde avec elles.

— Lex en fait encore autant. Il dit qu'elles savent très bien écouter.

— Est-ce que le miel est aussi une tradition familiale ?

— Oui. C'est Lex qui a commencé après la guerre. A cause du rationnement, je suppose.

— Désirez-vous autre chose, ou irons-nous marcher un peu ?

Il régla l'addition et, main dans la main, ils s'éloignèrent sur le trottoir.

— Et vous, Matteo. Parlez-moi de votre famille.

— Mon père était pilote de formule 1. Mais vous devez sans doute savoir tout ça, grâce aux recherches de votre amie ?

— Je le sais, oui, mais ce n'est pas Pippa qui me l'a dit. Francesco Di Serrone est le premier nom qui est apparu quand j'ai cherché votre patronyme sur internet. Il portait le nom de son grand-père ? Celui qui a pris le maquis dans la montagne ?

— *Certo.* C'est une tradition familiale. Le premier-né porte toujours le prénom de son grand-père. Francesco, Matteo, Francesco, Matteo et ainsi de suite.

— Donc votre premier fils s'appellera aussi Francesco ? Oh ! Désolée. Je suis indiscrète. Je suppose que vous n'avez pas encore d'enfant ?

— Non, pas d'enfant. Je ne me suis jamais marié.

— Même pas fiancé ?

— La question ne s'est pas posée.

Elle n'insista pas.

— J'ai lu sur internet ce qui est arrivé à votre père. Sa mort lors d'un entraînement. C'est seulement quand vous avez dit que vous étiez retourné chez vous à l'âge de six ans que j'ai fait le rapprochement.

— Impossible de garder un secret, de nos jours. Vous

pianotez sur un clavier et vous connaissez tout de la vie des gens.

— A dire vrai, c'est surtout le village qui m'intéressait. Quand j'ai lu que vous habitiez Turin, j'ai laissé tomber cette piste. Vous m'avez dit que votre mère vous avait ramené chez vous. Mais pas ce qui s'est passé ensuite.

— Non.

Il la regarda longuement et poursuivit :

— Ma mère n'était plus en état de prendre la moindre initiative. Mon père et elle avaient eu une terrible dispute le matin, juste avant l'accident.

— Vous les avez entendus ? demanda-t-elle, horrifiée.

— Toute la rue les a entendus… Mais tout ça appartient au passé. Mon père était un incurable don juan, volant de conquête en conquête. Il menait sa vie comme une voiture de course. Ses conquêtes féminines et ses victoires en faisaient la coqueluche des tabloïdes. Ma mère souffrait beaucoup de leurs indiscrétions, du regard apitoyé de ses amis. Mais on la trouvait capricieuse, on disait à longueur de colonnes qu'elle aurait dû s'estimer heureuse d'être la femme d'un héros. Quand il est mort, c'est sur elle que le blâme est tombé.

— Quelle cruauté !

— A Turin, nous étions littéralement devenus otages dans notre maison. Alors, Nonna et mon grand-père sont venus nous chercher. Mais vous ne pouvez pas imaginer comme la vie au village est devenue difficile. Les paparazzi campaient devant la maison, sur le chemin, se perchant jusque sur les murs de la propriété. La police est intervenue, une chaîne de protection s'est formée, constituée d'habitants volontaires qui n'avaient pas oublié ce que mon arrière-grand-père avait fait pour eux. Aucun étranger ne pouvait pénétrer dans Isola del Serrone sans être passé au crible. Et personne n'acceptait de l'héberger, ni même de lui offrir une tasse de café.

— J'ai moi-même été la cible de regards peu amènes.

Il l'enveloppa d'un regard tendre et malicieux à la fois.

— Ce n'était peut-être pas seulement parce que vous étiez une étrangère, *cara mia*…

— Flatteur, mais je vous assure que cela n'a pas été

une expérience très agréable. A mon avis, ils ont toujours l'impression que leur devoir est de vous protéger, vous et votre famille. Et qu'est devenue votre mère, Matteo ?

— Elle s'est rétablie, a repris sa carrière de mannequin et s'est remariée.

— Mais vous êtes resté avec Nonna ?

— Mon grand-père vivait encore, à l'époque. Il a insisté pour s'occuper de moi. Par son remariage, ma mère était amenée à voyager. Ce n'était pas une vie pour un enfant.

— Mais vous avez un demi-frère !

— Oui, Stephano. Quand il est né, ma mère et son mari s'étaient reconvertis dans le business de la mode, assez loin des projecteurs pour qu'on les laisse tranquilles. De toute façon, Stephano a tout de suite aimé cette vie de luxe. Il vivait tantôt avec eux, tantôt à Isola. Maintenant, il a un studio à Rome.

— Et tout a recommencé avec Bella.

— Ma cousine a sa vie à Rome et en Amérique.

— Bon, maintenant, dites-moi quelque chose de gai. Parlez-moi de votre premier amour.

— Ce n'est pas le premier qui compte, répondit-il en hélant un taxi, mais le dernier.

— Mais… je croyais que nous allions marcher.

— Sur le chemin du retour.

Quand ils descendirent du véhicule, après un bref trajet serrés l'un contre l'autre dans la pénombre, elle regarda autour d'elle.

— Et… où sommes-nous ?

— La seule place de Rome que tout visiteur doit voir.

La prenant par la main, il lui fit tourner un angle de rue. Juste devant eux, inondées de lumière, se dressèrent, dans toute leur splendeur, les cascades de marbre de la fontaine de Trevi.

Les groupes de touristes se pressaient tout autour, prenant des photos, lançant une pièce de monnaie.

— Comme vous ne l'avez pas sur votre téléphone, je suppose que vous ne vous sentez pas prête à faire le serment de revenir à Rome. Sans doute à cause de Tom…

Elle déglutit. Il était irritant de voir avec quelle facilité il lisait en elle. Et il avait raison, évidemment. Elle avait évité le monument de Rome parce que, jusqu'à présent, la Ville éternelle lui avait paru une terre d'exil. Malgré son charme indéniable, c'était un lieu de travail pour elle, pas un endroit où elle avait envie de revenir.

— Vous connaissez la légende, n'est-ce pas ? demanda-t-il.

— Selon laquelle, si vous lancez une pièce de monnaie dans la fontaine de Trevi, vous avez toutes les chances de revenir ?

La prenant par les épaules, il la fit pivoter vers lui et la regarda dans les yeux.

— Voulez-vous revenir, Sarah ?

A la minute présente, avec ses mains puissantes sur ses hanches, elle n'aurait même jamais pensé à partir. Mais elle ne le dit pas. Comme le baiser dans son appartement, le moment était trop intense pour un premier rendez-vous. Elle était là pour s'amuser, prendre la vie avec légèreté.

Aussi se contenta-t-elle de répondre :

— Qui ne voudrait pas revenir à Rome ?

— Ce n'est pas ce que je vous ai demandé, *cara.*

— Je sais…

Relâchant son étreinte, il recula d'un pas.

— Peut-être avez-vous besoin d'encore un peu de temps pour connaître la réponse.

— Non !

Il attendit tandis qu'elle le dévisageait de ses grands yeux brillants.

— Je veux revenir à Rome !

Il hocha la tête et, fouillant dans sa poche, en sortit une pièce de monnaie qu'il lui tendit. Encore chaude de la chaleur de son corps.

— Mais n'est-ce pas de la triche ? Il faut sans doute que ce soit ma propre pièce.

— Cela a deux fois plus de chance, de marcher si la pièce que vous lancez vous a été donnée par votre amoureux.

— Mais nous ne sommes pas…

— Faire l'amour n'est pas seulement une affaire de sexe,

Sarah. C'est un long voyage de découverte mutuelle, un voyage que nous venons juste de commencer.

Lui prenant la main, il mit la pièce dans sa paume, et referma ses doigts dessus.

— N'oubliez pas. Vous devez la jeter par-dessus votre épaule.

— Le dos tourné à la fontaine ?

Il hocha la tête, reculant pour lui laisser de la place.

Sans le quitter des yeux, elle porta la pièce à ses lèvres puis la lança très loin derrière elle.

— *Brava !* Juste au milieu.

— C'est bon ? Peut-être devrais-je recommencer ? demanda-t-elle, craignant soudain que cela ne marche pas. Juste par précaution ?

Il se pencha vers elle, l'embrassa sur la joue.

— Une fois suffit. Il ne faut pas forcer le destin.

Le souffle de Matteo était tiède sur sa peau. Il sentait bon un parfum qu'elle ne parvenait pas à identifier. Un parfum si subtil qu'il ne pouvait pas sortir d'un flacon, aussi onéreux soit-il. Et il avait raison. Il ne fallait pas forcer le destin.

— Que leur arrive-t-il, à toutes ces pièces ? demanda-t-elle en jetant un regard en arrière tandis qu'il l'entraînait de nouveau vers la rue sombre.

— Elles sont retirées régulièrement par la ville. Données à des œuvres caritatives.

Ils marchèrent en silence jusqu'à la piazza del Quirinale. Là, ils purent contempler la ville dont le manteau scintillant s'étendait devant eux, dominé par Saint-Pierre.

— Avez-vous visité le Vatican ?

— Oui, mais il y a tant de choses à voir. Il faudra que j'y retourne.

— Attendez que les touristes soient partis. Dans un mois, il n'y aura plus personne.

Ils redescendirent par des ruelles bordées de jardins entourés de hauts murs d'où dépassaient des palmiers échevelés. Puis ils s'arrêtèrent dans un café et burent un expresso au comptoir, comme pour différer le moment où ils se retrouveraient devant la porte de son appartement. Comme si ni l'un ni l'autre ne voulait que la soirée s'achève.

Mais elle devait finir. Et, semblait-il, pas dans la fièvre érotique avec laquelle elle avait commencé.

Matteo n'avait-il pas dit que l'amour était un voyage. Tous les deux avaient été blessés par la vie. Ils avaient besoin de prendre le temps de se connaître. Et de jouir du paysage.

Ils grimpèrent la ruelle pavée qui menait à son *palazzo* à elle, puis les quatre étages qui grimpaient jusqu'à sa porte.

Il lui prit sa clé des mains, ouvrit la porte puis déposa un baiser au creux de sa paume.

— Merci pour cette exquise soirée, Sarah. Je vous appelle.

— *Grazie*, Matteo. *Buonanotte. Sogni dolci.*

Il sourit. Avait-elle mal mémorisé ces mots ? Elle les avait pourtant vérifiés dans le dictionnaire.

— *Sogni dolci*, Sarah.

Il recula d'un pas puis, lui adressant un dernier salut de la main, s'enfonça dans les escaliers.

Sarah, le dos appuyé à sa porte, porta la main qu'il avait embrassée à ses lèvres.

Elle avait eu des petits amis.

Elle avait été amoureuse de Tom.

Mais Matteo était le premier homme qui se donnait la peine de lui faire la cour.

Matteo atteignit la rue en moins de temps qu'il n'en fallait pour le dire. Il se laissa aller contre le mur, le souffle court.

Il avait oublié cette sensation d'urgence, le désir qui vous brûlait comme un feu de pinède, ne laissant derrière lui qu'une terre calcinée.

Piano… Piano… Il fallait prendre son temps.

Tous deux venaient de connaître un échec amoureux sévère. Et il savait par expérience que le sexe n'était pas un remède à tous les maux.

Il se mit à marcher dans la nuit opaque, ignorant les taxis, jusqu'à ce qu'il arrive sur une petite place où brillait la devanture d'un bar encore ouvert. Il commanda un expresso et un petit verre de grappa.

Que faisait-elle, maintenant ?

Etait-elle assise sur sa terrasse, respirant l'odeur du thym citron qu'il avait déterré de ses propres mains dans le jardin de Nonna ?

Ou bien dans sa chambre, se préparant pour la nuit.

Il se l'imagina en chemise de dentelle blanche — elle devait porter ce genre de chose ravissante dont les femmes du Nord sont folles —, se brossant les cheveux.

Il la vit étendue sur son lit, les bras en croix, souriant au plafond, sa poitrine ronde se soulevant doucement au rythme de sa respiration.

D'un coup, il avala le verre de grappa.

Une minute plus tard, il foulait de nouveau les trottoirs romains en direction de son lointain *palazzo,* s'éloignant à toutes jambes d'elle, de son visage pâle sur l'oreiller, de ses épaules nues dorées par la lumière de la lampe.

Il marcha un long moment au bord du Tibre pour brûler l'énergie sexuelle qui le consumait, qui pétillait comme du vin nouveau dans ses veines chaque fois qu'il la voyait. Qu'il lui parlait. Qu'il pensait à elle.

Quelques jours loin d'elle ne seraient pas une mauvaise chose. Tout allait beaucoup trop vite. Il se méfiait des assauts du désir. De cette impression de ne plus rien contrôler, comme la fois précédente. Et pourtant, rien n'était pareil.

Ce qui se passait avec Sarah, il ne l'avait encore jamais connu avec une femme. Il avait toujours su ce qu'il voulait. Avec cette incertitude, ce doute sur ce qu'il fallait faire, ce qu'il voulait vraiment, il était en territoire inconnu.

Il fallait prendre de la distance, mettre plusieurs pays entre eux. C'était exactement ce dont il avait besoin.

Alors, pourquoi avait-il l'impression que vendredi prochain était si loin ?

Matteo envoya un SMS à Sarah le mercredi soir.

Je suis à Paris. Il pleut et je suis trempé jusqu'aux os. J'aimerais que vous soyez là.

Elle répondit aussitôt :

Je suis dans mon bain. Trempée jusqu'aux os, moi aussi. Aimeriez-vous être là ?

La réponse lui parvint aussitôt, en italien.
Son dictionnaire lui fut de peu d'utilité.
Jeudi matin, elle lui envoya le message suivant :

Je suis en train de corriger des dizaines de tests de langue anglaise. J'ai mal à la tête, des crampes aux épaules et à la main. Y a-t-il un remède ?

Oui. Moi. Vous avez besoin qu'on vous masse les tempes, les épaules et qu'on vous apporte un bon café avec des viennoiseries. Quelqu'un pour embrasser chaque doigt de votre main.

Ce programme me plaît. Alors où êtes-vous ?

A Madrid. En train de lire un rapport d'une centaine de pages avant une conférence sur le changement climatique.

Et ce soir ?

Je travaille sur ma propre intervention. Réservez-moi votre vendredi soir. Samedi, je prends l'avion pour New York. Mais demain, *amore mio*, je suis tout à vous.

En lançant son portable sur son bureau, Matteo souriait. Il se félicitait de son talent d'organisateur. Mais quand il reprit son dossier, les épaules douloureuses lui aussi, il lui fut impossible de se concentrer. Le visage de Sarah s'imposait devant ses yeux. Son sourire. Son sens de l'humour. Sa gentillesse.

A quoi ressemblerait la vie avec une personne comme elle pour voyager avec vous ? Une amante. Une amie. Quelqu'un avec qui parler, rire. Qui éloignerait ses douleurs d'un baiser, qui oblitérerait la laideur du monde, le soir, dans le lit.

Une main que l'on pourrait serrer dans le noir.

Pensée nouvelle et ô combien dangereuse !

Sarah avait repris le footing pour chasser de son esprit une nuit agitée. Mais, quand la fin de la semaine arriva, elle avait retrouvé la longueur de ses foulées, la souplesse de ses muscles, le rythme de sa respiration.

Le vendredi matin, elle s'arrêta pour acheter des fruits pour son petit déjeuner et, tout en gravissant les marches, jonglait avec le sac en papier plein de raisin pour attraper ses clés dans sa poche quand elle aperçut une paire de longues jambes devant sa porte.

— Matteo !

— Je suis désolé de n'avoir pas pu être là hier soir mais, à défaut de dîner, j'ai apporté le petit déjeuner.

Des mèches de cheveux trempées de sueur retombaient sur le front de Sarah. Son T-shirt lui collait aux épaules et dans le dos. Et tout son corps devait fumer dans la fraîcheur du matin.

Quant à Matteo, égal à lui-même, il avait tout du beau mâle italien, tiré à quatre épingles, le sourire étincelant, le visage bronzé. Il lui présenta un plateau de plastique avec deux mugs de café et un sac en papier plein de viennoiseries.

— Quiconque apporte son petit déjeuner à une sportive affamée est le bienvenu, dit-elle. Vous m'accordez deux minutes pour ma douche ?

Elle ouvrit la porte, alla poser ses fruits dans la cuisine et se précipita en direction de la salle de bains. Bon sang ! Il était magnifique et elle mourait d'envie de le toucher, de l'embrasser, de lui montrer à quel point elle était heureuse de le revoir.

— Attendez !

— Quoi ?

Il avait saisi son poignet, l'arrêtant au vol et, repoussant une de ses mèches de cheveux derrière une oreille, il enserra le visage de Sarah entre ses mains.

— Matteo, je…

— Attends, dit-il, passant à ce charmant tutoiement que la langue anglaise ignorait.

Et il l'embrassa. Lentement, tendrement, à l'opposé de son baiser précédent. Là où il y avait eu du désir, il n'y avait plus que la douceur de celui qui sait avoir tout son temps.

Il leva enfin la tête et murmura :

— Nous n'avons pas eu le temps de nous dire bonjour.

— C'est vrai…

Elle l'embrassa à son tour, avec la même tendresse.

— *Buongiorno, Matteo. Come stai ? Felice di…*

— Mais tu fais des progrès ! Va vite. Notre café va refroidir.

Elle prit sa douche en un temps record et en sortit les cheveux enroulés dans une serviette et vêtue de son seul peignoir. Elle n'avait pas la patience de s'habiller. A moins qu'elle n'en ait pas envie.

— Je n'ai que dix minutes. Nous avons une réunion de travail le vendredi matin et je suis encore trop « nouvelle » pour me risquer à arriver en retard.

— Vingt minutes. Mon chauffeur est en bas. Je t'accompagnerai.

— Merci, mais je préfère marcher.

Arriver en voiture de luxe à l'école risquerait de susciter trop de commentaires.

Il rit, lui tendit son café et l'assiette sur laquelle il avait disposé les viennoiseries.

— Miam ! dit-elle en jetant son dévolu sur un *cornetto* rempli de crème. Toi au moins, tu sais parler aux femmes.

— Mieux encore que tu ne le crois. Tourne-toi.

— Mais…

— Pas de temps à perdre en « mais », *cara*.

Ils se regardèrent dans les yeux et elle se vit telle qu'il devait la voir. Un visage blafard, des yeux sans cils parce qu'elle n'avait pas eu le temps de mettre le fameux mascara qui promettait de doubler leur volume — au moins ! —, des lèvres sans couleur parce que sans rouge à lèvres.

Pourquoi diable n'avait-elle pas pris le temps de se mettre un peu de fond de teint, de se maquiller ne serait-ce que légèrement ?

Parce qu'elle n'avait pas pu attendre. Parce qu'il l'avait déjà vue ruisselant de sueur dix minutes plus tôt et que ce ne pouvait être pire.

Et parce que ce devait être comme ça qu'on tombait amoureux.

Il aurait été trop facile de succomber aux charmes d'une jolie pin-up qui avait passé des heures à se pomponner !

Il la fit doucement pivoter sur elle-même et, sans un mot de protestation, elle lui présenta son dos.

— Qu'est-ce que… ?

Les mots moururent dans sa gorge tandis que, écartant son peignoir de bain, il dégageait ses épaules, posant ses mains de chaque côté de son cou.

— Un café, des gâteaux et un bon massage, dit-il en commençant à malaxer ses muscles contractés. Cela te fait du bien ?

— C'est divin.

Puis ses pouces atteignirent la base de son cou, s'attardèrent en mouvements circulaires sur la naissance de sa colonne vertébrale et elle oublia tout, excepté la chaleur qui commençait à irradier dans son ventre. La chaleur de son souffle tandis qu'il posait un baiser, un seul, sur sa nuque.

Voilà comment on tombait soi-même amoureux. Pas au cours d'une de ces fêtes éblouissantes où le champagne coulait à flots, mais dans de calmes moments d'intimité comme celui-ci.

Cette idée aurait dû la terrifier. Ce n'était pas ce qu'elle voulait. Ce que Lex lui avait prescrit, c'étaient des nuits torrides et une histoire dépourvue de sentimentalité. Juste de quoi peupler ses souvenirs quand elle serait si vieille que seul son vieux chat voudrait bien lui tenir compagnie.

— A ce soir, *cara*, dit Matteo en rajustant soigneusement son peignoir.

— Mais tu dois être fatigué. Qu'es-tu allé faire à Paris, puis à Madrid ? Et demain, à New York ?

— Participer à des colloques. Présider certaines réunions.

— Et aujourd'hui ? A quoi vas-tu consacrer ta journée ?

— Je vais travailler au bureau. Je collabore depuis deux ans avec la FAO. Le monde a davantage besoin de nourriture que de vin.

Spontanément, elle leva la main pour lui caresser la joue.

— Mais il a aussi besoin de ton vin, *caro*.

— Oui, je sais. Le monde a aussi besoin de ce qui est bon et beau. Des dons de notre belle terre d'Italie, bénie par les dieux…

— Oui. Exactement.

Elle était en train de réaliser que la presse people n'avait vu que l'image superficielle du comte Di Serrone. Il avait peut-être hérité d'une infime parcelle de la fantaisie débridée de son père, et de son charme, mais il portait en lui les gènes de son grand-père et de son arrière-grand-père. Des hommes de principes à qui l'honneur commandait de se dévouer à leur pays, à leur peuple, à ceux qui souffrent partout dans le monde.

— Qu'as-tu envie de faire, ce soir ? Peut-être aimerais-tu sortir dans un club ?

— Une autre fois.

— Tu as une autre idée à l'esprit ?

— Oui, nous coucher tôt.

Elle leva de nouveau la main et caressa la joue légèrement rugueuse.

— Tu es fatigué, *caro*, dit-elle dans un souffle.

— *Sei bellissima.*

Lui prenant la main, il l'embrassa.

— Dînerons-nous ensemble ?

— Oui, bien sûr. Mais ici. Je m'occuperai de tout.

— Non. Je veux que nous ayons le temps de parler, d'être ensemble. J'enverrai mon chauffeur te prendre à 19 heures.

— Tu n'as pas besoin de m'inviter au restaurant, Matteo.

— Mais nous ne sortirons pas. Je t'invite chez moi, à la maison.

Il se pencha sur elle pour un dernier baiser et, une fraction de seconde plus tard, la porte se refermait derrière lui.

*
* *

Le chauffeur qui frappa à sa porte à 19 heures sonnantes était celui qui l'avait ramenée d'Isola del Serrone, mais ce n'était pas le même véhicule. Cette fois, il ne s'agissait plus de la limousine de star, mais d'une simple Mercedes grise aux vitres non teintées. Après s'être faufilée habilement dans la circulation, très dense à cette heure-là au centre-ville, elle s'arrêta dans une ruelle étroite devant un portail de bois sculpté.

Le chauffeur actionna une télécommande et la voiture se glissa silencieusement entre les vantaux qui s'entrouvraient lentement, dévoilant une cour austère, simplement ornée de pots d'orangers.

Puis, après avoir ouvert la portière de sa passagère, l'homme grimpa les marches d'un perron surmonté d'une imposante marquise. Comme par magie, la porte de chêne s'ouvrit sur une femme aux cheveux argentés qui inspecta Sarah des pieds à la tête, puis lui sourit.

— *Bienvenuta*, *signora* Gratton.

— *Buona sera, signora.*

Le vaste hall dans lequel Sarah pénétra était si impressionnant qu'elle se sentit ridicule d'avoir douté un moment qu'il pût vraiment habiter un *palazzo*.

— *Io sono* Anna, dit son hôtesse.

Puis elle poursuivit, dans un anglais approximatif :

— La gouvernante du comte. Il est… *fare il bagno. Un momento. Vorrei qualcosa de bere ?*

— *No grazie.* Je veux juste attendre Ma… le comte.

Anna la conduisit dans un petit salon qui sentait un peu le renfermé et elle s'assit dans un fauteuil recouvert de satin rebrodé d'argent.

Elle se laissa aller contre le dossier de son siège pour mieux admirer la pièce. C'était mieux qu'un décor de cinéma !

Puis, attirée par une mosaïque ancienne qui décorait l'un des murs du hall, elle revint sur ses pas et l'examina, admirative. Il représentait, dans une dominante de verts et de roses pastel, une naïade blonde et rieuse jouant avec un dauphin au dos d'argent. La scène était à la fois d'un incroyable réalisme et nimbée de magie.

Entendant un bruit de pas, elle tourna la tête et vit Matteo descendre l'escalier d'un pas vif, simplement vêtu d'un polo noir et d'un jean délavé, les cheveux encore humides.

— *Buona sera, cara. I benvenuto nel palazzo Serrone.*

Venant à elle, il déposa un léger baiser sur ses lèvres tendues. Puis il reprit :

— Ce *palazzo* a été construit sur les ruines d'une villa romaine datant probablement du Ier ou du IIe siècle avant J-C, dit-il. La mosaïque a été découverte dans les fondations il y a quelques années, quand il a fallu faire des travaux de plomberie. Veux-tu que je te fasse visiter ?

— Volontiers.

Tendrement enlacés, ils parcoururent le rez-de-chaussée, avec son immense salle à manger, sa bibliothèque où s'alignaient, tous reliés de cuir doré, des ouvrages rares. Le premier étage, lui, offrait un vaste salon, avec une télévision et encore des livres. Et, à droite du hall supérieur, une immense salle de bal au plafond doré.

Le dernier étage était réservé aux appartements privés. Ils s'arrêtèrent dans une pièce dont l'ameublement, un ordinateur, un grand bureau ancien, des étagères, disait la fonction.

— Voici mon bureau. C'est là que s'est perdue pendant une semaine, au milieu du courrier, la carte que tu m'avais adressée.

— Le chauffeur m'avait pourtant assuré qu'il te la remettrait en main propre, répondit-elle, encore rougissante de l'audace dont elle avait fait preuve ce jour-là.

Il lui effleura la joue du bout des doigts.

— Sans nouvelles de toi, j'aurais été te chercher jusqu'à ta salle de cours.

— Vraiment.

— Vraiment. Je ne pouvais plus cesser de penser à toi.

— Eh bien, nous étions deux.

Sautant du coq à l'âne, pour alléger l'atmosphère, elle enchaîna :

— Pourrais-tu m'apprendre quelques phrases d'italien.

Pippa, la secrétaire de direction de l'école, voulait venir dîner chez moi, ce soir. Et, pour justifier mon absence, j'ai menti. J'ai inventé que je prenais des cours d'italien.

— Parce que tu voulais éviter les ragots.

— Non, Matteo, parce que je voulais t'éviter les ragots.

Il réfléchit un instant puis, lui prenant la main, commença :

— Très bien. Répète après moi : *Voglio tenere voi.*

— *Voglio tenere voi ?*

— Ce n'est pas une question, *carissima*. C'est une déclaration. A formuler en y mettant tout son cœur. Essaie encore.

Elle obtempéra, consciente que cette phrase ne demandait pas la direction de la gare la plus proche.

— *Perfetto.*

La prenant dans ses bras, il la serra contre lui de sorte que sa tête reposait sur son épaule.

— Maintenant, dis : *Voglio baciare ti.*

Il avait murmuré ces mots tendrement et, quand elle leva la tête, les répétant fidèlement, sa récompense fut un long baiser.

— Si je comprends bien, dit-elle quand il la relâcha, c'est une leçon de choses.

— Exactement. Simple et efficace. Alors, t'inscris-tu au cours ?

— On verra. Quoi d'autre ?

Les yeux de Matteo se mirent à briller dans l'ombre.

— *Voglio fare l'amore con te.*

Elle répéta les mots mais, cette fois, il ne fit aucun geste, ne traduisit pas, se contentant de la contempler de son regard intense.

Elle ne put retenir un délicieux frisson.

— Qu'est-ce que tu m'as fait dire, Matteo ?

— « Je veux faire l'amour avec toi. »

— Et… et tu le veux vraiment, chuchota-t-elle, comme si quelqu'un pouvait les entendre.

— En douterais-tu une seconde ? Peut-être ne suis-je pas l'*italian lover* que tu attendais, *amore mio* ?

— Tu crois ?

— Toujours parti. Toujours très occupé.

Il s'éloignait mais, le retenant, elle emprisonna son beau visage entre ses mains, le forçant à la regarder.

— Tout ce que tu fais, tout ce que tu es est mille fois plus que ce que j'attendais de toi, Matteo. Ce matin, quand je t'ai vu sur le palier…

Elle s'interrompit. Aucun mot ne lui semblait assez fort pour décrire son émotion. Si ce n'est ce mot de cinq lettres qui ne faisait pas partie de leur contrat. *Amore mio*, oui. « Mon amour. » Pourtant, tout le jour, elle avait porté dans son cœur la lumière de ce mot, sa chaleur.

— Notre voyage est peut-être lent mais il est extrêmement agréable. Et le paysage est magnifique. J'ai l'impression d'avoir emprunté ce train mythique, l'Orient-Express. En première classe. Et de m'arrêter à chaque station pour visiter un merveilleux pays. Chaque fois différent.

— Et si le train s'arrête définitivement à Venise ?

— Nous ferons comme cela nous chantera. Nous nous ferons nos adieux et repartirons, chacun de notre côté, la tête pleine de souvenirs.

— Ou bien ?

— Nous repartirons ensemble. Pour recommencer le voyage dans l'autre sens. Jusqu'à plus soif.

— Alors, que faisons-nous, *cara mia* ? Veux-tu que je demande au train de s'arrêter ?

Elle déglutit.

— Nous voyageons ensemble, Matteo. Et on n'arrête pas un train entre deux gares.

Il sourit, d'un sourire infiniment tendre et en même temps si malicieux.

— Viens. Je vais te montrer mon endroit préféré.

Il lui fit redescendre les deux étages, et après lui avoir fait traverser un salon de réception, la conduisit vers une grande baie vitrée dont les portes intérieures s'ouvraient sur un petit patio ceint d'un péristyle de marbre rose.

De l'extérieur, jamais on n'aurait pu se douter qu'il existait au cœur de la maison un endroit si paisible, si secret.

Une fontaine de pierre murmurait en son centre, faite

d'une grande amphore couchée qui donnait l'impression d'être là depuis des siècles.

— Cet endroit semble hors du temps, dit-elle en se tournant vers Matteo, qui semblait capter ses émotions de son regard attentif. Si tu portais une toge, nous pourrions presque nous croire dans l'ancienne Rome.

— Allongés sur des banquettes et mangeant du raisin suspendu à son pampre ? Je crois que nous serons mieux installés devant une table, avec des chaises.

En effet, une table avait été dressée dans un angle. La flamme d'une petite lampe à huile dansa brièvement quand ils prirent place.

Ils mangèrent lentement, prenant leur temps, parlant de tout et de rien.

Il donna des détails sur ses recherches actuelles, visant à produire des végétaux capables de se développer même dans une eau fortement salée. Puis il évoqua les récoltes à venir à Isola del Serrone. D'abord les vendanges, puis les olives.

— Tu viendras ? demanda-t-il.

Puis il précisa avec un sourire :

— Pas pour regarder. Pour aider.

Comme elle roulait des yeux faussement affolés, il ajouta :

— Mais je te rassure. Nous n'écrasons plus les raisins avec nos pieds. Par contre, nous les coupons toujours à la main. Exactement comme au temps de Jules César. Et tout le monde s'y met. Même les enfants.

— Je serais honorée d'y prendre ma part, Matteo.

Honorée…

Elle avait le don de trouver le mot juste. Dans toutes les régions productrices de vin en Italie, on honorait les vignes pour ce qu'elles donnaient, on les bénissait, remerciant Dieu d'avoir accordé une si belle moisson. Et tout se terminait par un festin, des chants et des danses.

C'était une joie simple et franche. La même joie que celle qu'il éprouvait quand il était avec Sarah, quand il lui parlait, quand il pensait à elle. Au début, il s'était offert à elle comme un cadeau. Mais maintenant, il comprenait que c'était lui qui s'enrichissait de sa présence. Et il perdrait beaucoup quand elle déciderait de prendre le chemin du retour.

— Il est tard, dit-il enfin. Mais je répugne à te laisser partir.

Lui prenant la main, il la porta à ses lèvres.

— Resteras-tu avec moi cette nuit, Sarah ? Seras-tu là quand je me réveillerai ? Me feras-tu le cadeau d'un baiser pour me souhaiter bon voyage vers New York ?

Matteo se réveilla quand un rayon de soleil, filtrant par l'entrebâillement des rideaux, se mit à jouer sur ses paupières. Ouvrant les yeux, il sentit autant qu'il vit Sarah blottie contre lui, un bras passé autour de son corps comme pour l'empêcher de partir.

Aucune chance !

A l'instant même où il l'avait vue pour la première fois, assise au soleil sur le pan de mur écroulé, et qu'il l'avait embrassée, il avait été perdu.

Même quand il prétendait que leur aventure n'était qu'un jeu, qu'il se racontait qu'il maîtrisait la situation, il lui mentait, autant qu'il se mentait à lui-même.

Il n'était pas plus capable de faire l'amour avec une femme à laquelle il ne tenait pas qu'elle-même n'était capable d'aller chercher une compagnie libertine dans l'un des clubs du Testaccio. Il avait passé l'âge, en tout cas.

Il caressa sa joue satinée, redessina du bout des doigts la courbe douce de sa joue.

— *Voglio remanere cui con te*, dit-il tout doucement.

Elle bougea, se redressa sur un coude, sa longue chevelure caressant son torse.

Lorsque durant la nuit il avait retiré la barrette rattachant ses cheveux, et qu'ils étaient retombés sur ses épaules nues, il avait eu l'impression que la naïade rieuse était descendue de la mosaïque pour venir le retrouver dans son lit.

Moment de pure magie. Inoubliable.

— Je suis en train de tomber amoureux de toi, murmura-t-il, d'abord en italien, puis en anglais.

Ses doigts suivaient maintenant la ligne de ses épaules, le contour renflé de ses seins, comme pour en graver le souvenir.

— *Voglio stare con te per sempre.*

— Mmm ?

Elle ouvrit les yeux, le regarda.

— *Ciao, cara. Come stai ?*

— *Voglio stare con te per sempre...* Qu'est-ce que cela signifie ?

— On ne devrait jamais écouter les gens qui se parlent à eux-mêmes.

— Vraiment ?

— Pour simplifier, j'ai dit que je n'avais pas envie de me lever.

— Je pensais bien que c'était quelque chose comme ça. Je peux t'accompagner à l'aéroport, si tu veux.

— Non, dit-il en l'attirant contre lui. Je veux garder cette image de toi. Nue, dans mon lit.

9

Blog de Sarah Gratton

Matteo m'a invitée à l'opéra. Je tenais à vous le dire. Je ne voudrais pas que vous vous imaginiez que je passe mon temps à faire du shopping, à manger des glaces et m'amuser dans un lit avec un italian lover plein de fougue.

Non que la culture italienne soit un pensum. Bien au contraire. Mais, en l'occurrence, je sais que je ne vais pas m'amuser. Nous allons voir La Tosca, *opéra dans lequel, d'après ce que j'ai lu, tout le monde meurt.*

Le bon côté de cette affaire, en tout cas, c'est que j'ai un bon prétexte pour faire du lèche-vitrines. Il faut que je me trouve une robe pour l'occasion. Et des escarpins. Avec des talons immenses. Les bas que j'ai achetés sont si fins qu'on dirait une légère fumée sur mes jambes. Et je ne parle pas de mes sous-vêtements ! Jamais je n'aurais cru qu'on faisait encore ce genre de choses, un bustier en dentelle noire qui s'agrafe dans le dos…

Matteo lui avait téléphoné, envoyé des mails et des SMS pendant toute la semaine qu'avait duré son absence. Et, ce soir-là, quand elle était rentrée chez elle, pensant avoir le temps de se préparer avant son arrivée à l'heure convenue, il était déjà là, un sourire mystérieux flottant sur ses lèvres.

Bien en vue sur la petite table de son minuscule salon, était posé un petit paquet oblong, noué d'un ruban d'argent.

Quand elle l'avait ouvert, les mains tremblantes, elle avait découvert, posés sur un fond de soie blanche, deux longs pendentifs de saphir d'un bleu profond.

Emue jusqu'aux larmes, elle s'était jetée dans ses bras et l'avait récompensé d'un long baiser.

Elle les portait maintenant, tandis qu'ils approchaient du théâtre dans la Mercedes grise qu'il avait décidé de conduire lui-même.

Il y avait foule devant l'Opéra. Les gens se retournèrent sur eux tandis qu'il lui ouvrait la portière et l'aidait à descendre du véhicule. Certains l'appelèrent même par son nom. Mais il se contenta de les saluer d'un bref signe de tête et, entourant ses épaules d'un geste possessif, il l'entraîna vers les escaliers monumentaux.

— Matteo, si tu veux t'arrêter, parler à quelqu'un…

— La seule personne à qui je veux parler ce soir, c'est toi.

Ils prirent place dans une loge tendue de velours rouge, tout près de la scène, et regardèrent le spectacle de la salle, bourdonnant d'un monde élégant et discrètement parfumé.

Sous eux, l'orchestre accordait ses instruments en sourdine.

Puis les lumières s'éteignirent et les musiciens entamèrent la célèbre ouverture. Au même moment, la porte de la loge s'ouvrit.

Sarah jeta un discret coup d'œil par-dessus son épaule et, se penchant sur elle, Matteo chuchota :

— Ma cousine et son mari. Je suis désolé, je ne savais pas qu'ils avaient l'intention de venir ce soir. Je ferai les présentations à l'entracte.

Elle hocha la tête à l'intention des nouveaux venus mais, absorbés par une conversation animée, quoique menée *sotto voce*, ni l'un ni l'autre ne l'avait remarquée. Elle adressa un sourire amusé à Matteo puis se laissa emporter par l'océan de passion qui se déchaînait sur la scène.

A l'entracte, tandis que résonnaient les derniers accords d'un chant déchirant, il se tourna vers sa cousine.

— Isabella, je te présente Sarah Gratton, une jeune professeur venue d'Angleterre pour enseigner à Rome. Sarah, voici Isabella Di Serrone, ma cousine. Et son mari, Nico Bassacio.

— Sarah Gratton ! La mystérieuse visiteuse dont nous ont parlé Graziella et Nonna ? Félicitations. Vous avez fait grande impression sur toutes les deux.

Elle tendit négligemment une main gantée et frôla l'avant-bras de Sarah avant d'ajouter :

— Désolée de notre intrusion mais Nico est rentré de voyage ce matin et…

— Et tu as pensé qu'une apparition en public pourrait couper court aux éternelles rumeurs, dit Matteo avec un sourire.

— Et, reprit Bella, imperturbable, c'est son opéra favori.

— Ton opéra favori, rétorqua son mari d'un ton vif. Moi, en dehors de Verdi…

— On se calme, les enfants ! Sinon, je vous jette hors de ma loge. Belle occasion de faire encore la une des journaux !

Sarah entendait à peine la conversation. Toute son attention s'était concentrée sur Bella. La salle, le brouhaha du public qui sortait pour prendre un rafraîchissement, et même Matteo, tout s'était fondu dans un lointain arrière-plan.

Elle n'avait plus d'yeux que pour Isabella Di Serrone.

Ses épais cheveux bruns, son sourire généreux, et surtout ses yeux immenses, presque noirs en contraste avec le halo doré des minuscules appliques de la loge, éveillaient en elle un étrange sentiment de déjà-vu.

Elle connaissait ces yeux-là. Elle avait déjà admiré ce sourire éclatant sur la photographie déchirée que son arrière-grand-père avait conservée pendant plus de soixante ans.

La jeune femme qu'elle avait en face d'elle, c'était Lucia, mais pas l'émouvante Lucia amaigrie par les privations de la guerre, dans sa pauvre robe de coton délavée. Celle-là avait les joues pleines, elle était soigneusement maquillée, des diamants étincelaient à ses oreilles, à son cou, à ses mains. Et elle portait le meilleur de ce que la haute couture milanaise pouvait offrir.

Avec une parfaite désinvolture, Bella demanda à Matteo de lui céder sa place et vint s'installer à côté d'elle.

— Qu'enseignez-vous, exactement ?

Sarah voulut répondre, mais aucun son ne sortit de sa gorge nouée.

— Matteo m'a dit que vous vous étiez rencontrés à Isola del Serrone. Notre humble village deviendrait-il un haut lieu touristique ?

Elle attendait visiblement une réponse. Matteo, qui parlait avec Nico, vint à sa rescousse.

— L'arrière-grand-père de Sarah a vécu là quelque temps pendant la guerre. C'est une femme du village qui l'a sauvé. Elle l'a caché pendant plusieurs mois.

— Comme c'est romantique ! Etiez-vous à la recherche de cette femme ?

A sa recherche ? Pour quoi faire, se demanda Sarah, médusée.

Elle l'avait là, devant elle, en chair et en os.

— Sarah devrait en parler avec Nonna, Matteo. Elle a vécu au village toute sa vie. Elle a certainement entendu parler de cette histoire… Nico, mon chéri, tu ne trouves pas que cela ferait un bon film.

Bella avait oublié ses interlocuteurs maintenant, et poursuivait sa conversation dans un italien rapide, impossible à suivre pour Sarah.

— Je suis désolé pour ce cirque, Sarah, dit Matteo à l'oreille de Sarah en lui prenant la main. Tu es toute pâle… Tu te sens bien ?

— Oui, oui, très bien. La chaleur, peut-être ? Si nous pouvions boire quelque chose…

Il y avait un plateau chargé de tout le nécessaire au fond de la loge. Mais Matteo semblait las, lui aussi.

— Nous ne sommes pas obligés de rester…

— Tu veux que nous quittions la salle ? Avant que je sache si Tosca a pu persuader l'horrible chef de la police d'accorder sa clémence à son amant ? Non, c'est impossible.

Avec un sourire indulgent, il alla lui servir un verre d'eau. Puis, tandis que la musique reprenait, il lui tendit un mouchoir de batiste blanche, orné de son monogramme.

Mais elle ne pleura pas. Le drame était trop intense, la fin tragique, inévitable.

Bella et Nico prirent congé dans une pluie de baisers et d'accolades, et Matteo retint Sarah.

— Bella a certainement été repérée par des journalistes. L'entrée principale va être prise d'assaut.

Ils se faufilèrent par une sortie discrète, prévue pour les personnalités et purent s'éloigner sans encombre tandis que, devant l'Opéra, l'éclair des flashs trouait la nuit.

— Les femmes de ta famille sont-elles toutes aussi belles ?

— Nous n'avons pas beaucoup de femmes de la génération de Bella. Elle est même la seule. Et je ne me souviens pas bien de sa mère, dont nous n'avons pas beaucoup de photos. Elle avait déjà quarante ans quand Bella est née. Ce qui explique ses caprices de diva. Pourrie gâtée dès le premier âge.

Le cerveau de Sarah fonctionnait maintenant à toute vitesse. Nonna était la grand-mère de Bella. Et elle était Lucia, la jeune femme de la photo.

Sarah aurait voulu sauter au cou de Matteo, lui crier la joie de sa découverte. Mais c'était le secret de Nonna. Un secret qu'elle avait gardé pendant plus de soixante ans.

L'avait-elle reconnue, sous la pergola, quand Matteo l'avait invitée à déjeuner. Avait-elle craint que la petite Anglaise ne dévoile son histoire ?

Il fallait qu'elle voie la vieille femme. Qu'elle lui assure que son secret était bien gardé.

Ce n'était pas comme si Lex attendait des nouvelles. Ne lui avait-il pas intimé d'abandonner ses recherches ?

Elle avait seulement voulu savoir si Lucia était toujours en vie, si elle avait été heureuse. Ce qui était le cas. Elle avait épousé un comte, vivait dans une magnifique propriété. Elle avait eu une fille, une petite-fille. Et elle était chérie de tous.

— Pourquoi souris-tu ? demanda Matteo.

Elle lui prit la main dans la pénombre.

— Pour rien. Je pensais à quel point ma famille paraît terne à côté de la tienne.

— Excepté ton arrière-grand-père, avec son aventure italienne.

— Excepté Lex, en effet.

Elle se tourna vers lui.

— As-tu très faim ?

— Cela dépend de quoi.

Ils se sourirent.

— J'ai envie de rentrer, tout de suite, dit-elle, soudain désireuse de le prendre dans ses bras, de se serrer contre lui. Mon *palazzo* ou le tien ?

Il fit une petite grimace.

— J'ai le pressentiment que Bella et Nico ont l'intention de passer la nuit au palais. Fâchés ou réconciliés, ils ont quand même tendance à être assez bruyants.

Tandis que sa main glissait le long de la colonne vertébrale de Sarah, lui arrachant un frisson, il ajouta :

— Et je ne veux pas être dérangé quand je devrai défaire tous ces petits crochets.

— Tu lis encore mon blog ? demanda-t-elle d'une voix étranglée.

Il sourit.

— Pourquoi donc l'écrirais-tu, s'il en était autrement ?

Certains moments, certaines nuits, étaient gravés dans la mémoire pour l'éternité. Et cette nuit-là fut l'une d'elles pour Sarah et Matteo. Elle leur parut à la fois interminable et beaucoup trop courte, comme si le temps ne comptait plus et que leurs sens, vibrant à l'unisson comme les cordes d'un violon, s'exacerbaient un peu plus à chaque caresse, à chaque étreinte, exaltant toujours davantage leur passion.

Ils se levèrent, affamés, au milieu de la nuit, pour se confectionner un festin d'œufs brouillés, de café et de toasts nappés de miel des Apennins, qu'ils dégustèrent dans l'obscurité de la terrasse, avec, à leurs pieds, la Ville éternelle.

Puis, frissonnants, ils regagnèrent leur lit et, blottis l'un contre l'autre, bavardèrent, riant de tout et de rien, avant de s'endormir à l'aube, tendrement enlacés.

Quand Sarah se réveilla, il était tard et elle était seule. Matteo avait laissé un petit mot sur son oreiller.

« Al mio amore

» Je suis rentré chez moi pour me changer. Prépare un sac de voyage. Je passe te chercher à 14 heures. Je veux que tu fasses la connaissance de Nonna. *Siete la mia aria*. M. »

Elle porta le feuillet de papier à sa joue.

Siete la mia aria. « Tu es ma chanson »...

— Matteo, je peux te parler ?

Il avait pris sa douche, s'était changé et allait sortir quand Nico fit son apparition sur le pas de la porte de sa chambre.

— Cela ne peut pas attendre ?

— Je crains que non.

Il soupira et, supposant une nouvelle querelle dans le ménage de sa cousine, suivit Nico jusqu'au salon du premier étage.

Bella, très pâle, était déjà là, installée sur un sofa.

— Que se passe-t-il ? Je pensais que cela allait mieux, tous les deux...

— Ce n'est pas à notre sujet.

Nico lui brandit sous le nez le dernier numéro de son tabloïde favori. Une photographie, prise lors des noces de Bella, s'étalait sur la une de couverture. On y reconnaissait Nonna, la mère de Bella et la jeune femme elle-même.

Un bandeau blanc la traversait, sur lequel on pouvait lire :

« Secrets de famille chez les Serrone. »

— C'est vrai ? demanda Bella.

— Qu'est-ce qui est vrai ? De quoi parlez-vous ? demanda Matteo, impatient de rejoindre Sarah.

— Il paraît que *mamma* n'était pas vraiment la fille de mon grand-père. Que Nonna a eu un amant anglais pendant la guerre, qu'elle a séduit grand-père afin qu'il croie que le bébé était de lui et qu'il accepte de l'épouser. Elle aurait même appelé *mamma* Alessandra en souvenir de lui.

Matteo n'avait jamais aimé se salir les mains avec ce type de journalisme. Mais il fallait qu'il en ait le cœur net. Arrachant le magazine des mains de Nico, il le parcourut rapidement.

— Regarde toi-même. Ils disent que cette Anglaise, Sarah, est ma cousine. Que toi et moi, nous n'avons aucun lien de parenté…

Tout était là, en effet. Il y avait une photographie de l'arrière-grand-père de Sarah, Alexander Randall, le fameux Lex. Ses médailles de guerre. Sa carrière de médecin. Il y avait même la reproduction d'un article d'un journal anglais relatant le retour au bercail d'un soldat que l'on croyait mort depuis longtemps.

Il y avait aussi des copies du certificat de mariage de Nonna, de l'acte de naissance de sa tante Alessandra, dont les dates étaient édifiantes. Bien sûr, l'auteur de l'article avait abondamment glosé sur le fait que l'enfant n'avait pas été prénommée d'après son père mais d'après le nom de l'amant.

Dans le dossier intérieur, on pouvait voir encore une photo de Rosa Lucia Leone, Nonna, à l'âge de soixante-dix ou quatre-vingts ans, étonnamment belle. Elle était assise sur le mur écroulé, exactement là où il avait trouvé Sarah.

Ils ne se trompaient que sur un point de détail. Nonna avait toujours été appelée Rosa. Apparemment, seul son amoureux anglais utilisait son deuxième prénom.

Sans doute parce qu'elle avait été sa lumière dans l'obscurité de cette période de violence et d'effroi.

— Nonna est-elle au courant ?

Bella secoua la tête.

— Appelle Graziella, dit-il. Qu'elle fasse en sorte que ce journal ne tombe pas sous ses yeux avant que j'aie pu lui parler.

— Parce que tu crois que c'est vrai ? demanda Bella, l'inquiétude creusant son joli visage.

Matteo regarda de nouveau la photo du jeune Alexander Randall en uniforme. Sarah avait le même regard, le même port de tête fier et décidé.

— Oui.

Et si Nonna l'avait reconnue ? En tout cas, elle n'avait rien dit. Sans doute s'était-elle rassurée en pensant que Sarah n'était qu'un caprice parmi d'autres…

— Pauvre *mamma*, dit Bella en gémissant.

Soudain, se redressant de tout son corps mince, elle s'exclama d'une voix sifflante :

— Et c'est cette Sarah qui a fait ça ?

Matteo se figea. Il revoyait tout depuis le premier jour de leur rencontre. Sarah assise sur le mur, le soleil dans les yeux. Son sourire. Leur premier baiser. La certitude qu'il avait eu qu'elle lui cachait quelque chose.

Il ne pouvait pas dire qu'il ne savait pas. Son instinct lui criait qu'elle ne lui apporterait que des ennuis.

Mais il n'avait pas voulu l'écouter.

— Non. Tout ça est ma faute.

Sarah ouvrit la porte en peignoir de bain, ses cheveux mouillés s'échappant d'une serviette trop vite enroulée autour de sa tête. Et son sourire chaud et doux comme du miel atteignit Matteo en plein cœur.

— Matteo…

La tendresse de sa voix le pénétra jusqu'à l'âme.

Il résista à l'envie de la prendre dans ses bras. De l'embrasser, ne serait-ce que pour la dernière fois.

Quand il passa devant elle sans s'arrêter et se dirigea d'un pas lourd jusqu'à la table basse pour y jeter le magazine, le sourire de Sarah vacilla.

— Mission accomplie, Sarah. Je suppose que tu n'as pas l'intention de traîner plus longtemps par ici ? Dans le cas contraire, je te suggère de réviser tes plans. Et vite.

Elle le dévisageait comme si elle ne comprenait pas un traître mot de ce qu'il disait.

— Tu dois pouvoir sans problème inventer un petit drame familial te rappelant dans ton pays ?

— Mais qu'est-ce que… Comment… ?

— Que ceci soit bien clair. Si tu es encore à Rome lundi, je ferai en sorte que tu ne trouves plus un seul emploi dans l'enseignement. Sur toute la planète. Je t'en donne ma parole.

Sans répondre, elle alla jusqu'à la table basse et prit le magazine, qu'elle feuilleta rapidement. Elle ne comprenait pas les textes, mais les photos étaient assez explicites.

Il espéra un moment qu'elle dirait quelque chose, trouverait une explication vraisemblable.

Mais elle se contenta de lever la tête et de le regarder dans les yeux.

— Je suis désolée, Matteo. Vraiment désolée.

Après le départ de Matteo, Sarah resta un long moment immobile.

Puis elle alla chercher la clé USB que Pippa venait de lui donner et, après avoir allumé son ordinateur, passa en revue les documents que Federico avait rassemblés dans un dossier appelé « Serrone ».

La plupart étaient en italien, mais il y avait également des e-mails en provenance d'archives de presse anglaise. La copie des certificats de mariage et de naissance. Une retranscription en italien de la conversation qu'ils avaient eue une fois au cours d'un dîner chez Pippa. Apparemment, il l'avait enregistrée.

Il y avait même la photo de Lucia, qu'il avait dû copier sur son ordinateur portable quand il avait prétendu vouloir l'aider.

Il y avait là assez de preuves de son innocence à elle, de la trahison du petit ami de Pippa pour la disculper devant n'importe quel tribunal. Mais cela n'avait pas d'importance. Elle n'avait pas actionné la détente, mais elle avait chargé le fusil.

Elle prit son téléphone, composa le numéro de son école et expliqua qu'un grave problème familial la rappelait d'urgence en Angleterre. Et que, non, il n'y avait aucune possibilité qu'elle revienne.

Puis elle consacra le reste de la journée à nettoyer l'appartement, à vider les placards, à faire ses bagages. Le lundi matin, elle tendit à la *signora* Priverino ses clés ainsi qu'un sac de fruits et d'épicerie non consommés, appela un taxi et rejoignit l'aéroport, son pot de thym citron sous le bras.

Après avoir pris connaissance du magazine, Nonna convoqua toute la famille à Isola del Serrone pour leur raconter son histoire. Comment elle avait découvert le pilote, blessé et affamé, dans la montagne. Comment elle l'avait soigné jusqu'à ce qu'ils tombent amoureux.

Puis elle expliqua que, lorsque le comte était revenu de la guerre, gravement blessé lui aussi, elle s'était occupée de lui. Et, lorsqu'il s'était aperçu qu'elle était enceinte, elle lui avait raconté ce qui s'était passé pendant son absence et il avait décidé de l'épouser.

— J'ai été une mère pour son fils, dit-elle. Et il a été heureux d'avoir une fille, lui qui, à cause de ses blessures, ne pouvait plus avoir d'enfants.

Puis, après avoir pris la main de sa fille, Alessandra, elle dit encore :

— Il n'aurait pas pu t'aimer davantage si tu avais été de son sang. Il répétait souvent que tu étais un cadeau de Dieu.

Enfin, se tournant vers Matteo :

— Où est Sarah ? Il est temps que je fasse sa connaissance.

— Elle est retournée chez elle.

— Tu l'as renvoyée ?

— Elle l'a trahi, Nonna, dit Bella. Elle nous a tous trahis.

— Mais dans quel but, Matteo ? Pour avoir un rôle dans un film, elle aussi ?

— Non.

L'idée était franchement ridicule.

— Pour de l'argent ?

L'argent… Oui, ce devait être ça. Et pourtant c'était peu compatible avec la jeune femme qui était venue jusqu'à Isola del Serrone pour rendre hommage à la femme qui avait sauvé la vie de son aïeul.

La femme aux yeux clairs qui aimait partager avec lui les bonheurs simples de la vie de tous les jours.

— Est-il important de le savoir ? demanda-t-il, protestant.

— Que t'a-t-elle dit quand tu l'as mise en face de ce qu'elle avait fait ?

Il avait oublié combien Nonna pouvait être têtue. Mais c'était cet entêtement, ce courage, qui avait sauvé la vie d'Alexander Randall. Et qui lui avait permis de garder son secret pendant si longtemps.

— Elle a dit… « Je suis désolée. »

Aucune plainte. Aucune tentative de justification.

Et il ne parvenait pas à chasser le son de sa voix quand elle avait prononcé ces mots-là. L'expression de son visage. Comme si on venait de lui ôter la vie.

Ce fut au tour d'Alessandra de prendre la parole.

— Cet homme, Alexander Randall. C'est mon père. Le grand-père de Bella. Pouvons-nous le rencontrer ?

— Matteo ira en Angleterre pour l'inviter à venir à Isola del Serrone, décréta Nonna.

— Non !

La vieille dame se leva sans discuter.

— Nonna, où vas-tu ?

— C'est Alexander qui a construit les premières ruches pour moi. Ses abeilles voudront savoir qu'il est toujours vivant.

— Matteo… ! supplia sa tante.

Ils le regardaient tous, dans l'expectative.

— Non !

— S'il te plaît.

— Si vous voulez le voir, allez-y vous-mêmes, s'écria-t-il en agitant le magazine. Si vous leur promettez une photo de notre belle réunion de famille, ils seront prêts à vous payer le voyage en première classe, j'en suis certain. Mais laissez-moi en dehors de tout ça !

Ivre de fureur, Matteo tournait dans sa chambre comme un lion en cage. Quel motif avait bien pu pousser Sarah à se comporter ainsi. L'argent ? Un désir de vengeance ? Non. C'était trop absurde, après tant d'années. Et puis, ce n'était pas comme si Alexander Randall avait rayé sa Lucia de sa vie.

Il devait bien y avoir une explication quelque part.

Le blog ! Est-ce qu'elle écrivait toujours dedans ? Lui confiait-elle encore ses impressions ?

Se ruant sur son sac de voyage, il en sortit son iPad et se mit à tapoter fébrilement sur le clavier. Oui, tout était là. Lisant en diagonale, il vit que Sarah avait pris soin de donner toutes les explications nécessaires. La façon dont Pippa avait proposé l'aide de son boy-friend. Comment celui-ci avait constitué un dossier, la clé USB sur laquelle tout était enregistré…

Mais alors ? Alors, elle était innocente ?

Quand il appela Pippa, celle-ci lui confirma toute l'histoire. Et lui annonça dans le même mouvement qu'elle venait de se séparer du dénommé Federico. Elle ne supportait pas l'idée d'avoir pu trahir, même sans le vouloir, celle qui était devenue sa meilleure amie.

— Alors, comme ça, Rome ne t'a pas plu ? demanda Lex.

— Je l'ai adorée.

— Mais tu n'es pas restée.

— Non. J'ai tout gâché. Je n'ose même pas te dire ce que j'ai fait.

Sarah décida de faire simple. Elle raconta tout d'une traite, et sans entrer dans les détails, depuis sa rencontre avec Matteo jusqu'au moment où il s'était rué chez elle, le magazine à la main.

Puis elle lui montra les photos, celles de son amour perdu, de la fille qu'il n'avait jamais connue. De sa belle et célèbre petite-fille.

A la fin de l'histoire, ils pleuraient tous les deux. Extirpant de sa poche le mouchoir que Matteo lui avait donné, elle s'en servit pour sécher les larmes sur les joues ravinées de son arrière-grand-père. Et sur les siennes.

— Comment va-t-elle, ma Lucia ?

— Rosa Lucia.

— Pour moi, elle est restée Lucia. Il faisait nuit. Elle cherchait une brebis égarée. J'ai vu sa lampe. Je l'ai entendue appeler.

— Elle est comtesse, Lex. Veuve depuis de longues années, mais en bonne forme et, comme tu peux le constater par toi-même, Isabella lui ressemble beaucoup. Si jolie. Mais je n'avais pas l'intention d'en parler à quiconque. Ni à Bella. Ni à Matteo.

— Tu n'as rien fait de mal, Sarah.

— J'aurais dû t'écouter, Lex. Ne pas aller là-bas.

— Je suis heureux que tu ne m'aies pas obéi, ma chérie.

Se penchant sur elle, le vieil homme l'embrassa sur la joue et chuchota :

— Va raconter ton histoire aux abeilles. Elles ont le droit de savoir.

Bien sûr, il avait besoin d'être seul avec ses souvenirs, de contempler les photos de sa nouvelle famille.

Elle sortit de la pièce sur la pointe des pieds.

Il faisait froid dans le jardin, en comparaison avec le climat de l'Italie, mais l'air était encore doux pour un après-midi de novembre.

Sous le soleil, les chrysanthèmes et les zinnias brillaient de tous leurs feux. Et les abeilles faisaient encore leur ronde dans le ciel bleu.

— Bonjour, les filles. Vous ne vous attendiez pas à me revoir si tôt. Lex ne tardera pas à venir vous donner les dernières nouvelles.

Les abeilles continuaient leur manège, bourdonnant allègrement autour d'elle.

— Quant à moi, j'ai rencontré quelqu'un. Exactement ce que le médecin m'avait prescrit. Quelqu'un pour me fabriquer des souvenirs. Et avec qui j'aurais voulu passer ma vie à le faire.

Matteo entendit Sarah avant de la voir.

— Le problème, dit-elle en s'asseyant sur un banc, c'est que je ne comptais pas tomber amoureuse… Tom a rencontré Louise, moi, j'ai rencontré Matteo. Personne n'aurait pu prévoir ce genre de choses.

Il aurait adoré continuer à l'entendre parler de leur amour. Mais il ne voulait pas avoir l'air de l'espionner.

Alors, il avança en pleine lumière.

Elle se raidit, les yeux levés vers lui, et pendant une fraction de seconde, il lut toutes ses émotions sur son visage.

La souffrance, la joie, l'amour. Puis, tout simplement, elle s'écarta pour lui laisser un peu de place et reprit :

— Si je n'étais pas partie à la recherche de Lucia, je n'aurais jamais rencontré Matteo. Ce qui signifie que je n'aurais pas pu me faire de beaux souvenirs. Et Lex ne saurait pas que Lucia est toujours bien vivante, ni qu'il a une fille et une petite-fille. J'ai beau faire, je ne peux pas regretter tout ça.

Lui tournant le dos, elle reporta son attention sur les abeilles.

— Vous comprenez, abeilles ?

— Je ne connais rien au langage des abeilles, mais pour ce qui me concerne, tu as mon entière attention.

Elle pivota lentement sur elle-même.

— Comment m'as-tu retrouvée ?

— J'ai téléphoné à Pippa. Elle a ton adresse dans ses dossiers.

— Elle pourrait être fichue dehors rien que pour ça.

— Crois-tu qu'elle s'en soucie ? Après ce qu'elle a fait ? J'ai aussi parlé avec ton directeur. Tu dois être à ton poste dès lundi prochain.

Elle le dévisageait sans mot dire. Le silence devenait insupportable.

— Elles m'écouteront, tu crois, ces abeilles étrangères ?

— *Parla come mangi, caro*, répondit-elle.

Il lui décocha un regard surpris.

— Tu me surprendras toujours, *cara*... Abeilles, voici toute l'affaire. Je n'avais pas l'intention de tomber amoureux. Ce n'était pas prévu. Et, bien que j'aie commencé à rêver d'elle nuit et jour à partir du moment où je l'ai embrassée, j'ai cru que je contrôlais bien la situation...

Une abeille vint bourdonner sur sa manche.

— Elles écoutent, dit Sarah.

— M'écouteront-elles jusqu'au bout si je te dis à quel point je suis désolé, dit-il dans un souffle en venant s'asseoir à côté d'elle.

— Elles m'ont bien écoutée, moi. Et j'ai fait bien pire que toi. Je t'ai trahi, et j'ai trahi Lucia. Mais comment regretter tout cela ? Si rien de tout cela n'était arrivé, nous ne serions pas là, toi et moi.

— Nonna n'a jamais douté de toi, répondit-il. C'est elle qui a voulu que je vienne te chercher pour te ramener au pays. Avec Lex, bien sûr.

— Et toi ?

— Toute ta famille est la bienvenue. Mais la seule personne qui compte pour moi, c'est toi.

Il porta sa main fine à ses lèvres et poursuivit :

— Me pardonneras-tu d'avoir douté de toi ? Reviens à la maison avec moi, Sarah. Reprenons ensemble notre beau voyage. Je t'aime, *cara mia*.

L'abeille décolla pour de nouveaux horizons et il put prendre Sarah dans ses bras.

— Ton visage est la première chose que je veux voir chaque matin en me réveillant. La dernière que je veux voir avant de m'endormir. Et je te promets que nous, nous les vivrons, nos souvenirs. Mais sache d'abord que cela t'engage pour au moins soixante ans !

Pour toute réponse, Sarah, les yeux pleins d'étoiles, lui donna ses lèvres.

OFFRE DÉCOUVERTE !

Vous souhaitez découvrir nos collections ? Recevez **votre 1er colis gratuit* avec 2 cadeaux surprise !** Une fois votre colis de bienvenue reçu, si vous souhaitez continuer à recevoir nos livres, cela se fera automatiquement. Vous recevrez alors vos livres inédits** en avant première.

Vous n'avez aucune obligation d'achat et cette offre est sans engagement de durée !

*1 livre offert + 2 cadeaux / 2 livres offerts pour la collection Azur + 2 cadeaux.
**Les livres Ispahan, Sagas, Hors-Série et Allegria sont des réédités.

☛ COCHEZ la collection choisie et renvoyez cette page au
Service Lectrices Harlequin – CS 20008 – 59718 Lille Cedex 9 – France

Collections	Références	Prix colis France* / Belgique*
❑ **AZUR**	Z8ZFA6/Z8ZF6B	6 livres par mois 28,19€ / 30,19€
❑ **BLANCHE**	B8ZFA3/B8ZF3B	3 livres par mois 23,20€ / 25,20€
❑ **LES HISTORIQUES**	H8ZFA2/H8ZF2B	2 livres par mois 16,29€ / 18,29€
❑ **ISPAHAN**	Y8ZFA3/Y8ZF3B	3 livres tous les deux mois 23,02€ / 25,02€
❑ **HORS-SÉRIE**	C8ZFA4/C8ZF4B	4 livres tous les deux mois 31,65€ / 33,65€
❑ **PASSIONS**	R8ZFA3/R8ZF3B	3 livres par mois 24,49€ / 26,49€
❑ **SAGAS**	N8ZFA4/N8ZF4B	4 livres tous les deux mois 33,69€ / 35,69€
❑ **BLACK ROSE**	I8ZFA3/I8ZF3B	3 livres par mois 24,49€ / 26,49€
❑ **VICTORIA**	V8ZFA3/V8ZF3B	3 livres tous les deux mois 25,69€ / 27,69€
❑ **ALLEGRIA**	A8ZFA2/A8ZF2B	2 livres tous les mois 16,37€ / 18,37€

N° d'abonnée Harlequin (si vous en avez un) _______________

Mme ❑ Mlle ❑ Nom : _______________

Prénom : _______________ Adresse : _______________

____

Code Postal : _______ Ville : _______________

Pays : _______________ Tél. : _______________

E-mail : _______________

Date de naissance : _______________

❑ Oui, je souhaite recevoir par e-mail les offres promotionnelles des éditions Harlequin.
❑ Oui, je souhaite recevoir par e-mail les offres promotionnelles des partenaires des éditions Harlequin.

Date limite : 31 décembre 2018. Vous recevrez votre colis environ 20 jours après réception de ce bon. Offre soumise à acceptation et réservée aux personnes majeures, résidant en France métropolitaine et Belgique, dans la limite des stocks disponibles. Prix susceptibles de modification en cours d'année. Conformément à la loi Informatique et libertés du 6 janvier 1978, vous disposez d'un droit d'accès et de rectification aux données personnelles vous concernant. Par notre intermédiaire, vous pouvez être amenée à recevoir des propositions d'autres entreprises. Si vous ne le souhaitez pas, il vous suffit de nous écrire en nous indiquant vos nom, prénom et adresse à : Service Lectrices Harlequin CS 20008 59718 LILLE Cedex 9. Service Lectrices disponible du lundi au vendredi de 8h à 17h : 01 45 82 47 47 ou 33 1 45 82 47 47 pour la Belgique.

Composé et édité par HarperCollins France.

Achevé d'imprimer en août 2018.

CPi
BLACK PRINT

Barcelone

Dépôt légal : septembre 2018.

Pour limiter l'empreinte environnementale de ses livres, HarperCollins France s'engage à n'utiliser que du papier fabriqué à partir de bois provenant de forêts gérées durablement et de manière responsable.

Imprimé en Espagne.